Der Weg nach Jerusalem

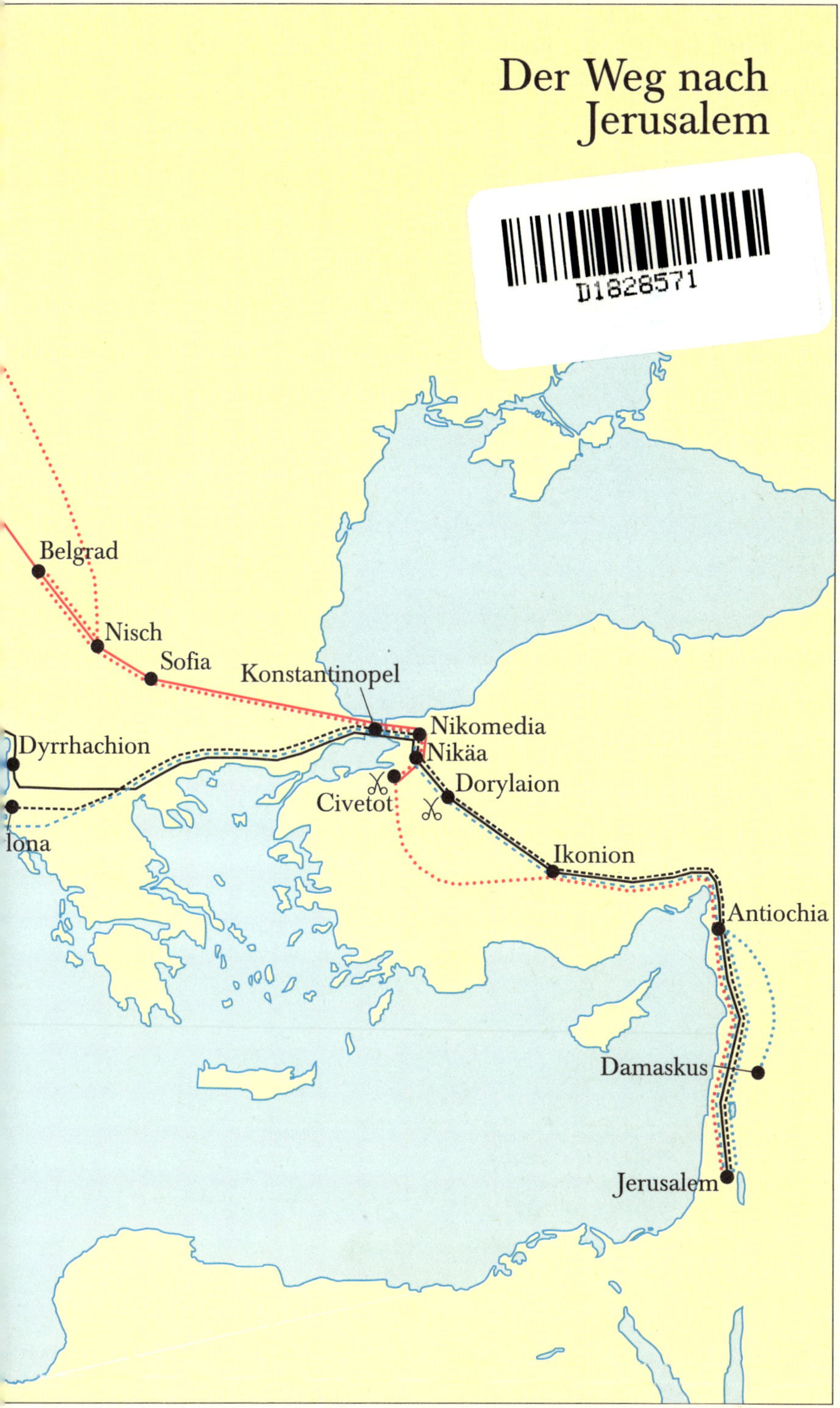

Dieter Breuers

Sterben für Jerusalem

Dieter Breuers

Sterben für Jerusalem

Ritter, Mönche, Muselmanen
und der Erste Kreuzzug

Gustav Lübbe Verlag

Redaktionelle Bearbeitung: Heike Rosbach,
Nürnberg
Umschlaggestaltung: KOMBO
KommunikationsDesign GmbH, Köln,
unter Verwendung zweier Fotos des
Archivs für Kunst und Geschichte (AKG), Berlin
Satz: Agentur Bosbach, Köln
Gesetzt aus der Baskerville roman
Druck und Einband: Franz Spiegel Buch GmbH, Ulm

Printed in Germany
ISBN 3-7857-0895-5

1 3 5 4 2

Inhalt

Die Normannen

Die Zerstörung Roms
Juni 1083

Dunkle Wolken von schwarzen Fliegen steigen von dem aufgedunsenen Stück Fleisch auf, das bis vorgestern noch ein Mensch war. Aus dem grau-gelben widerlich riechenden Bündel ragt ein Pfeil. Ein Langobardenpfeil. Der Knappe weiß sie zu unterscheiden, kennt die schlanken aus Sachsen und die eher kräftigen aus Schwaben, das gehört zu seiner Ausbildung. Er stellt seinen nackten Fuß auf den Oberkörper des Toten und zerrt den Pfeil heraus. Ganze Brocken verwesenden Fleisches lösen sich aus dem Brustkorb.

Man sollte nicht nur die eigenen Männer begraben, denkt der Junge, sondern auch die Römer, die man von den Zinnen geschossen hat. Wenn schon nicht aus christlicher Nächstenliebe, dann wenigstens wegen des Gestanks. Ein Würgen steigt in ihm hoch, während er die Pfeilspitze und den Schaft mit einem Grasbündel säubert. Er hat sich schon zweimal übergeben an diesem Morgen. Inzwischen kommt nur noch grüne Galle.

Über ihm ragt fünfzehn Meter hoch drohend die Mauer der Ewigen Stadt, der Leo-Stadt, um genau zu sein. Papst Leo IV. hat das Viertel rund um die Kathedrale des heiligen Petrus befestigen lassen. Der größte Teil der Ewigen Stadt liegt zwar jenseits des Tiber, aber wer die Leo-Stadt besitzt, so sagt man, dem gehört über kurz oder lang ganz Rom.

Es ist Mittag. Die Sonne brennt erbarmungslos und fast senkrecht vom Himmel. Hastig huscht er weiter. Im hohen Gras zwischen den flachen Felsen sucht er nach Pfeilen und Lanzen. Das ist sein Auftrag, während die müden Helden in ihren Zelten schnarchen. Mit drei alten Brettern, die er mit dünnen Lederstreifen notdürftig zusammengebunden hat, schützt er sich gegen den drohenden Beschuß von oben. Er hätte gerne einen richtigen Schild, aber vorerst darf er nur den seines Ritters bewundern.

Und putzen.

Vier Lanzen und dreizehn Pfeile hat er bereits aufgesammelt, als ihm bewußt wird, daß ihn noch keiner der Verteidiger als Zielscheibe benutzt hat. Niemand rührt sich zwischen den Zinnen. Die Stille lastet schwer über dem Land. Nichts ist zu hören außer seinem eigenen flachen Atmen und dem heiseren Krächzen eines Bussards, der im offenen Brustkorb eines Erschlagenen herumpickt.

Der Knappe läuft versuchsweise ein paar Schritte nach links. Der Bussard fliegt verärgert auf. Sonst passiert nichts. Dreißig Meter nach rechts. Stille. Lediglich der Bussard watschelt zu seiner Mahlzeit zurück. Der Junge lärmt, springt im Kreis herum, droht mit der Faust zur Mauerkrone hoch, brüllt alle Schimpfwörter, die ihm einfallen, und das sind recht viele, aber da oben rührt sich nichts. Die Verteidiger der Ewigen Stadt nehmen den Schildknappen nicht zur Kenntnis. Es ist Mittag, und es ist heiß. Seit zwei Jahren schon versucht König Heinrich, Rom zu erobern, und seit zwei Jahren holen sich seine Leute lediglich blutige Köpfe. Die Leo-Stadt ist uneinnehmbar. Wer wird da einen fünfzehnjährigen Tedesco ernst nehmen.

Man hält Siesta. Basta.

Der Knappe läßt seine dreizehn Pfeile fallen, auch die Lanzen und selbst die drei Bretter. Dann rennt er los. Im Lager fängt er sich erst einmal ein paar Ohrfeigen ein, weil Ritter unwirsch sind, wenn man sie gestikulierend und schreiend aus tiefem Schlaf weckt. Schließlich war der Wein gut und vor allem reichlich. Was, in des Henkers Namen, ist hier eigentlich los?

Was soll das Geschrei, und was quatscht dieser Knabe von unbewachten Mauern? Wer mag diesen Unfug für bare Münze nehmen? Vielleicht ist es ja eine Falle. Und wegen so etwas wird man aus dem Schlaf gerissen.

Wichtigtuer! Zum Teufel mit ihm!

Aber zu guter Letzt werden sie dann doch wach, streifen sich die Kettenhemden über, holen Leitern und Seile, bewaffnen sich mit Schwertern und Wurfankern und schicken Nachricht in die anderen Zelte, wo die Bundesgenossen aus Mailand schnarchen. Jetzt sind sie aufgeregt und so laut, wie nur Betrunkene sein können, die sich anstrengen, besonders leise zu sein.

Eine halbe Stunde später erklimmen sie den wie durch ein Wunder tatsächlich verlassenen Mauerabschnitt und springen wie keuchende Raubtiere von oben hinab in die schlafende Stadt.

Ein kleiner, häßlicher Mann läuft wenig später mit einer Handvoll Begleiter durch die Straßen zum nahegelegenen Grabmal des Hadrian. Engelsburg nennen die Römer den runden Koloß jetzt wegen der Figur des Erzengels Michael oben auf den Zinnen. Der wehrhafte Zufluchtsort wurde schon vor Monaten mit einigem Komfort ausgestattet, denn die Bürger der Stadt sind unzuverlässig und die Adelsfamilien käuflich wie billige Huren. Jenseits des Tiber hört man bereits Lärm und Geschrei. Die deutschen Ritter erobern Haus für Haus und Palast nach Palast. Den kleinen Mann aber finden sie nicht. Papst Gregor hat sich im letzten Augenblick vor seinem Todfeind Heinrich, dem vierten dieses Namens, in Sicherheit gebracht.

Vierzehn Monate sind seitdem ins Land gegangen. Seit über einem Jahr wartet der rechtmäßige Papst inzwischen auf Hilfe. Dutzende von Boten hat er nach Süden gejagt, aber die Wege sind schlecht, und der Normannenherzog Robert, den sie »Guiskard« nennen, den schlauen Fuchs, schlägt sich irgendwo im Osten mit dem Kaiser von Konstantinopel herum. Vom Dach der Engelsburg hat Gregor im letzten Jahr mitansehen müssen, wie sich jene Ausgeburt der Hölle, dieser Sachse Heinrich, der noch in Canossa vor ihm zu Kreuze gekrochen war, von einem Gegenpapst zum Kaiser krönen ließ. Und das Volk von Rom hat ihm zugejubelt.

Treuloses Rattenpack! Dreimal verfluchte Ketzer!

Wieder einmal steht Gregor auf den Zinnen seines Gefängnisses. Jetzt aber hat sich das Blatt gewendet: Die Deutschen haben die Stadt verlassen. Fern im Norden – auf der Via Flaminia – sind noch die Staubwolken zu sehen, die das abziehende Heer Heinrichs aufwirbelt.

Er beschließt, den Namen dieses Abtrünnigen fortan nicht mehr in den Mund zu nehmen, den Namen dieses Feiglings, der es nicht gewagt hat, sich jenem anderen Heer entgegenzustellen, das endlich zur Befreiung Roms heranzieht. Über dreißigtausend Männer sind dem kleinen Mann zugesagt worden, aber noch immer kündigt nichts das Nahen der Normannen an. Vergebens späht Gregor nach Süden. Blau und wolkenlos wölbt sich der Himmel. Bald wird er sich blutrot färben.

Robert Guiskard tobt. Erregt läuft er in seinem Zelt hin und her. Der Soldat Drago, der den Eingang bewacht, hört ihn fluchen. Man tut jetzt gut daran, dem Herzog auszuweichen. Erbitterung herrscht auch in den anderen Zelten des Normannenlagers vor dem Tor des heiligen Laurentius, wo die Wasserleitung aus den Bergen die Stadt erreicht. Wochenlang sind die Männer nach Norden marschiert. Als Befreier des Papstes wollten sie triumphal in Rom einmarschieren, aber die Bürger von Rom – elende Verräter allesamt – haben die Tore verriegelt und ihm, dem Herzog, Nachricht schicken lassen, daß man die deutsche Pest nicht gegen die normannische Cholera einzutauschen gedenke. Das Heer des Kaisers sei gottlob abmarschiert, und man könne sich ganz gut selber helfen. Was der Herzog mit Gregor abgesprochen habe, interessiere die Bürger der Stadt nicht.

Der Papst sei zwar zugleich auch Bischof von Rom, nicht aber das Stadtoberhaupt (sofern ein Normanne diesen Unterschied begreifen könne).

Im übrigen wünsche man gute Heimreise.

Nach ein paar Stunden Rumflucherei und drei Bechern eisgekühlten Weins hat sich der Herzog beruhigt. Inzwischen sind auch seine Späher zurück, und die Anführer kommen zur Lagebesprechung. Die Situation ist weniger ernst als zunächst befürchtet. Die waffenfähigen Männer Roms sind allem Anschein nach nicht in der Lage, alle Abschnitte der endlosen Mauer zu besetzen. Ein paar Scheinangriffe werden abgesprochen, und in der Morgendämmerung umgeht eine Spezialeinheit die Stadt und bricht das große Tor an der Via Flaminia auf, durch das die Deutschen gerade abgezogen sind. Das Viertel auf dem alten Marsfeld geht in Flammen auf. Über die Tiberbrücke dringen die Normannen in die Stadt ein.

Heimlich hatte der Kaiser dem Normannenherzog die Botschaft zukommen lassen, daß er kein Interesse daran habe, sich mit ihm anzulegen. Warum auch. Wegen dieses Zwerges etwa, den Roberts Soldaten jetzt aus der Engelsburg holen und zurück in den Lateran-Palast bringen? Ein hochgewachsener Anführer mit Namen Bohemund mahnt die Männer des Trupps zu mehr Ehrerbietung; die aber halten den Verwachsenen allenfalls für einen Lakaien. Dennoch gehorchen sie murrend. Schließlich ist Bohemund der Sohn des Herzogs.

Drago hat sich den Stellvertreter Gottes auf Erden tatsächlich anders vorgestellt. Aber als der kleine Mann dem versammelten Heer seinen Segen erteilt, kniet auch er sich hin, wie alle seine Kameraden, außer den Muselmanen in ihren Reihen. Die lachen; aber nur hinter vorgehaltener Hand, versteht sich. Sie glauben an irgend jemand anderen. Der aber hat keinen Stellvertreter auf Erden. Der Soldat schaut ärgerlich hinüber zu den kichernden Sarazenen. Nicht einmal ein Bild von ihrem angeblichen Gott haben sie vorzuzeigen. Aber über andere lachen – das können sie, diese dunkelhäutigen Affen.

Nach dem feierlichen Segen wird in den Häusern ein bißchen geplündert. Das kann man Kriegern nicht verbieten, wenn sie eine Stadt mit Gewalt nehmen mußten, aber im Grunde hält sich alles in Grenzen, vor allem weil sich der Adel in seinen Wohntürmen verschanzt hat; bei den armen Leuten ist ohnehin nicht viel zu holen.

Drei Tage später lädt der Herzog das ganze Heer zum großen Siegesfest ein. Der Wein fließt in Strömen, und der Papst versichert den Kriegern, daß allein sie dazu ausersehen seien, die heilige Mutter Kirche und ihn, als ihr einziges Oberhaupt, gegen jede Gewalt zu verteidigen.

Wie seine Kameraden ist auch der Soldat bereits leicht angetrunken, und er findet Gefallen an der Vorstellung, Gott und seine Priester beschützen zu dürfen. Das würde gewiß viele Sünden von seiner Seele abwaschen, die ungefähr so dreckig ist wie der Bauch eines Hundes. Das wenigstens hat ihm ein Mönch versichert, der ihn kürzlich zur Beichte überreden wollte. Gestern war der Soldat noch ein zur Hölle Verdammter; heute ist er plötzlich ein Auserwählter. Für ein paar feierliche Augenblicke empfindet er einen frommen Schauder, und es stiehlt sich sogar eine Träne in seinen roten Bart, die er mit dem Ärmel seines Wamses ärgerlich wegwischt.

Mitten in seine Rührung hinein gellen plötzlich Alarmrufe. Hörner heulen, und in der Vorhalle hört man Waffen klirren. Kommen die Deutschen zurück? Aber es sind nur die adligen Römer, die sich im Schutz der Nacht aus ihren Türmen hervorgewagt haben. Anscheinend glauben sie, betrunkene Normannen seien leicht abzuschlachten. Die indes heulen ihren schauerlichen Schlachtruf *Guiskard*, und von diesem Augenblick an herrscht wirklich Krieg in der Stadt.

Weder der Papst, der den Römern noch immer grollt, noch der Herzog schreiten ein, als die Krieger im Blutrausch zerstören, was an letzter Pracht von der Metropole übriggeblieben war. Drei Tage lang brennt die Stadt. Von da an hört das antike Rom auf zu existieren.

Die Zunge der Frau hängt ihr blau über das Kinn. Tau perlt auf ihren schwarzen Haaren. Drago faßt ihre Füße an. Sie sind steif und kalt. Sie muß es noch in der Nacht getan haben. Gestern waren die Normannen in den Palast des Senators eingedrungen. *Guiskard!* hatten sie gebrüllt, *Guiskard!* Die ganze Stadt hallte nach von ihrem Geschrei. Der Soldat war ziemlich betrunken.

Ist das erst ein paar Stunden her?

Im Garten des eroberten Geschlechterturms auf dem Aventin starrt er verstört auf die Leiche, die im leichten Morgenwind hin und her schwingt. Drago übergibt sich in einen Busch. Das macht der Wein. Nicht die tote Frau.

Es ist richtig, daß er während der Gewaltorgie nach dem Festmahl mit drei anderen Normannen plündernd durch die Straßen gezogen ist. Er kann auch nicht abstreiten, daß er den Senator erschlagen und dessen Kinder an einen jüdischen Sklavenhändler verkauft hat, der in dieser Nacht vermutlich das Geschäft seines Lebens gemacht hat. Wann werden schon einmal römische Senatorenkinder angeboten! Die Frau dagegen hat er nicht einmal angerührt. Weiber, die man schlagen muß, bis sie sich fügen, erregen ihn nicht. Ihre Sklavinnen waren willig. Und ohne jede Furcht.

Die tobende Frau hat er nur deshalb mit ihrem Gürtel fesseln müssen, weil sie ihm das Gesicht zerkratzen wollte. Er kann sich noch immer nicht daran erinnern, warum er nicht auch sie an den Juden verscherbelt hat. Später in der Nacht hat sie sich wohl befreit und mit dem Gürtel erhängt.

Dummes Ding. Sie war jung genug, einen anderen Mann zu finden, der ihr neue Kinder gemacht hätte.

Er schneidet den Gürtel mit dem Messer durch und läßt die

Frau auf den Boden gleiten. Er ordnet ihre Kleider und legt ein Tuch über ihr Gesicht. Vielleicht wird sie gefunden, bevor die Krähen sie entdecken. Er tastet nach seinem Beutel mit den Goldstücken, die der Verkauf der Kinder eingebracht hat. Dann bindet er sein Pferd los und schwingt sich in den Sattel. Sein Blick streift die Leiche der Frau, die zwischen den Blumen liegt. Er denkt an den kleinen Papst im Lateran-Palast, den eifernden Mönch und seine unsterbliche Seele.

Er versucht, sich den schmutzigen Bauch eines Hundes vorzustellen, und kommt letztendlich zu dem Schluß, daß er der Kirche in der nächsten Zeit tatsächlich eine ganze Menge Schutz schuldet.

Der Überfall

Obotriten-Dorf an der Oder
März 1085

Der kleine Kerl grinst sie frech an. Aus der Mitte seines flachen Leibes ragt gewaltig und blutrot sein Glied. Widerwillig füllt die junge Frau die kleine Schale vor ihm mit frischem Ziegenblut und streut eine Handvoll Hirse in das kleine Tongefäß. Morgen würden die Körner verschwunden sein. Zuweilen kommt ihr in den Sinn, daß eine bunt bemalte Holzfigur nicht – selbst wenn sie den Gott darstellt, der den Männern ihre Kraft verleiht – Blut trinken und Körner essen kann. Vielleicht füttert sie nur die Ratten. Aber so zu denken ist gefährlich, und ihr Mann würde sie prügeln, wenn sie zu ihm davon spräche.

Sie betrachtet die kleine Statue und widersteht der flüchtigen Versuchung, den winzigen eisernen Helm zurechtzurücken, den ihr Vater damals angefertigt hat. Keine Frau darf den Gott berühren. So hat sie es schon als Kind gelernt, und auch der rothaarige Mönch mit der kahlgeschorenen Stelle auf dem Hinterkopf, dessen Erzählungen sie manchmal klug, meist jedoch kindisch findet, hat trotz seines Eifers ihr nicht die Scheu vor dem Fluch der Götter nehmen können.

Sorgfältig schließt die Frau die Nische im hinteren und dunkelsten Teil des Hauses und hängt das große Wolfsfell über die groben Planken. Ihr Blick streift das mit Pelzen bedeckte Gestell, das als Nachtlager dient. Seit einigen Tagen schläft sie dort allein. Der Häuptling ist mit einem Dutzend Krieger zu einem Raubzug aufgebrochen. Sie sehnt sich nach den Haaren auf seiner Brust und dem Geruch seiner Achselhöhle. Und nach anderem.

Es ist Zeit, sich um das Essen zu kümmern.

Der Schmied unterbricht seine Arbeit, als er Duna aus der Tür ihrer Hütte kommen sieht. Er ist stolz auf seine Tochter. Er würde sie anmutig finden, wenn derartige Bezeichnungen zu seinem Wortschatz gehörten. Zufrieden stellt er fest, daß Rock und Bluse sauber sind wie immer und daß sie rote Bänder in ihr schwarzes Haar geflochten hat. Keine frei geborene Frau, schon gar nicht die Frau eines Anführers, darf herumlaufen wie die Weiber der Hirten. So haben seine Frau und er es dem Kind beigebracht. Im letzten Sommer hat der Häuptling ihre Tochter in sein Haus geholt.

Nachdenklich betrachtet der Schmied den schweren Ring um ihren Hals. Er ist aus gehämmertem Gold, einem seltenen Metall, das hierzulande nicht gefunden wird und seiner Meinung nach auch zu nichts taugt. Es ist zu schwer und zu weich für ein Schwert oder einen Dolch. Einen Becher kann man vielleicht daraus formen, auch Schmuck, Fibeln, Gemmen, Ringe und Reifen.

Doch da gibt es auch diese runden Silber- und Goldstücke, flach wie Teller, aber nicht viel größer als ein Daumennagel. Sie tragen seltsame Zeichen und zuweilen den Kopf eines Mannes. »Kaiser« nennen sie ihn irgendwo dort, wo die Sonne untergeht, und das soll so viel bedeuten wie »großer Anführer«. In jenen Gegenden – so erzählt man sich – kann man diese kleinen Teller gegen eine Frau eintauschen, oder gegen ein Rind. Der Schmied ist skeptisch. Wer würde derart Kostbares für ein kleines Stück minderwertiges Metall hergeben.

Der Schwiegersohn dagegen denkt anders. Er sammelt diese Metalle, die er »edel« nennt. Der Schmied verzieht den Mund. Wieso kann weiches und schwaches Metall edler sein als Bronze oder gar Eisen? Diese kleinen Teller bringen Glück und Heil.

Sagt der Schwiegersohn. Sofern man den Schatz nicht verliert. Also hat er große Tonkrüge voller Gold- und Silberstücke in der Oder versenkt. Dort sollen sie ruhen auf ewig. Solange niemand die vergrabenen Krüge findet, wird das Heil des jungen Häuptlings strahlen.

Der Schmied brummelt Unverständliches in seinen Bart, den schon erste Silberfäden durchziehen. Ihm würde es genügen, wenn seine Tochter glücklich bliebe. Vielleicht ist sie schon schwanger, denkt er und sieht vom Hügel hinunter in die überschwemmten Auen. Es ist eigentlich zu warm für die Jahreszeit. Der Fluß führt Hochwasser. Das macht die kleine Obotriten-Siedlung auf den Hügeln am Waldrand von drei Seiten unangreifbar. Gefahr droht allenfalls vom Wald her, aber der ist nahezu undurchdringlich, und außerdem ist es zu früh im Jahr, um Krieg zu führen. So wenigstens denken fast alle Menschen am großen Fluß, doch eben deshalb ist sein Schwiegersohn mit den Kriegern unterwegs. Sie werden Pelze und Schmuck mitbringen, vielleicht sogar diese kleinen Teller aus Silber oder Gold; besser noch Waffen, vielleicht sogar richtige Sachsenschwerter.

Der Schmied schleppt schwere Buchenscheite aus dem Schuppen zu seinem primitiven Meiler, wo er Holzkohle herzustellen versucht, seitdem der Köhler vor etlichen Wochen im Wald erfroren ist. Seine Axt war ihm ins Bein gefahren und hatte ihm das Schienbein zerschmettert. Zwei Stunden war er bewußtlos im Schnee gelegen, und als er wieder zu sich kam, hatte er zuviel Blut verloren, um sich aus eigener Kraft in seine Höhle zurückschleppen zu können.

Die Leiche war steinhart gefroren, bevor die Wölfe kamen, so daß man ihn immerhin mit Anstand hat unter die Erde bringen können. Allerdings mußten sie ihm die im Todeskampf weit gespreizten Arme brechen. Ein derart breites Grab wollten sie ja nun doch nicht mit ihren Beilen in die tief gefrorene winterliche Erde schlagen. Es war auch so anstrengend genug.

Der Köhler war ein ungeselliger und bösartiger Kerl, den niemand vermißt; bis auf den Schmied, dessen Eisen seitdem noch schlechter geworden ist. Es taugt so eben für das Beschlagen der Pferde, für eine Sichel, einen Hammer oder ein paar Nägel. Für eine neuartige Pflugschar dagegen oder gar ein Schwert reicht es nicht. Der Schmied ist trotzdem nicht unzufrieden. Er schnitzt Griffe aus dem weichen Holz der Pappeln und aus Hirschgeweihen, verarbeitet Hauer vom Wildschwein und die Zähne des Bären zu Halsketten, baut solide Truhen, weiß auch Farben zu mischen und Felle zu gerben.

Und er hat eine schöne Tochter.

Der Hirte hockt auf einer Lichtung. Unter hohen Buchen wachsen stachelige Ilex-Büsche, zwischen denen seine schwarzen Schweine emsig den Boden nach Bucheckern durchwühlen. Wem die Tiere im einzelnen gehören, weiß der Mann nicht. Es ist ihm auch gleichgültig. Morgens treibt er vierunddreißig Schweine ins Unterholz, und wenn das Licht des Tages nachläßt, bringt er vierunddreißig Schweine zurück. Den Weg nach Hause braucht er ihnen nicht zu zeigen. Er muß nur darauf achten, daß es vierunddreißig Schweine sind.

Aber wenn die Tiere grunzend in die Hütten zurückkehren und sich satt und zufrieden zwischen den Menschen um das offene Feuer niederlassen, ist der Hirte froh, daß der Schmied ihn in seinem halbverfallenen Holzkohleschuppen schlafen läßt. Eigentlich ist der Hirte vogelfrei, und jedermann könnte ihn ungestraft erschlagen.

Aber wer würde dann auf die Schweine aufpassen?

Als seine junge Frau vor ein paar Monaten bei der Geburt ihres ersten Kindes starb, hatte er drei Wochen durchgetrunken und war in seinem Suff schließlich auf die Idee verfallen, seine Brunst an einer verwitweten Nachbarin abzureagieren. Auf deren Geschrei hin lief das halbe Dorf zusammen, und nach einer drastischen Bestrafung jagte man ihn als Ausgestoßenen in die Wälder. Er war froh, daß man ihm nicht die Eier abschnitt, aber auch das mit der Nase war nicht sehr schön. Seitdem hat er ein häßliches Loch mitten im Gesicht, und die Lippen sind ebenfalls weg.

Es knackt zwischen den Büschen. Es knackt immer zwischen Büschen, wenn Schweine nach Bucheckern wühlen, aber dieses Mal knackt es anders. Der Mann ist plötzlich hellwach. Er tastet nach seinem Horn, das an seinem Gürtel hängt, denn wenn sich Räuber nähern, muß er Alarm blasen, schreien und die Dorfbewohner zu Hilfe holen. Sonst muß er das gestohlene Vieh ersetzen.

Der Mönch sitzt angelehnt an eine breite Ulme und schaut der jungen Frau nach. Nachts träumt er von ihr. Manchmal auch am Tage, aber was er danach tut, ist Sünde. Das weiß er genau, und deshalb möchte er zuweilen ganz einfach ein Arme-Leute-Priester sein, mit einem fetten Weib im Arm einschlafen und aufwachen, wenn sie an ihm herumfummelt. Auch das ist zwar angeblich Sünde, aber alle Priester tun es, und deshalb kann die Sünde nicht ganz so groß sein wie die eines geilen Mönches, der verheirateten Frauen nachgafft. Und so weiter.

Außerdem wird der Häuptling ihn auf höchst unangenehme Weise umbringen, wenn er dessen Frau auch nur anfaßt. Und noch vor dem Häuptling vermutlich ihr Vater. Der Mönch versteht sich eigentlich gut mit dem Schmied, der ihm sogar bei der Herstellung des großen Dorfkreuzes geholfen hat. Es steht auf dem Dorfanger, und dort spricht er zu den Kindern von Jesus. Wie er geboren wurde, wie er aufwuchs. Hier muß er ein wenig flunkern. Zwar weiß er selber über die Jugend seines Gottes so gut wie nichts, doch er kennt die Kinder, und er spürt, daß er ihnen das heranwachsende Jesuskind nur als raufllustigen und wilden Kerl nahebringen kann.

Wenn sich die Frauen langweilen, hören auch sie ihm zu. Längst hat er – wenn auch schlechten Gewissens – darauf verzichtet, von der Jungfräulichkeit der Gottesmutter zu sprechen. Obotriten-Frauen stellen sich den heiligen Josef lieber als muskelbepackten Zimmermann vor, der Maria wenigstens dreimal die Woche flachlegt, und nichts interessiert sie mehr als die Frage, warum Jesus angeblich Einzelkind geblieben ist. Nicht einmal von Fehlgeburten weiß dieser milchbärtige Gottesmann zu berichten.

Der Mönch seufzt. Wie erst soll er die wilden Liutizen zum wahren Glauben führen, die südlich von seinen halbwegs bekehrten Obotriten siedeln, wenn er nicht einmal diese Frauen hier von der Tugend der Enthaltsamkeit überzeugen kann.

Duna kommt über den Anger auf ihn zu. Wie jeden Mittag beugt sie sich wortlos zu ihm hinunter und stellt ihm eine Schale mit Essen vor die Füße. Heute hat sie dunkelbraune Saubohnen gekocht. Im Teller liegt sogar ein Knochen mit Fleischresten. Als sie sich bückt, sieht er im Ausschnitt ihres Kleides die Ansätze ihrer Brüste und noch ein bißchen mehr.

Gott wird mich strafen, denkt er.

Mit einem dumpfen Plopp durchbohrt der Pfeil den Oberschenkel des Hirten. Ungläubig starrt der Mann auf die schwarzen Federn am Schaftende. Liutizen. Sonst fällt ihm nichts ein. Aber dann reißt er sein Horn hoch. Alarm blasen muß er nun, doch es bläst sich schlecht ohne Lippen und Nase. Ein krächzender Ton, kaum daß die Schweine ihn hören.

Der zweite Pfeil zerschlägt seinen Kehlkopf. Die Spitze, sorgfältig aus dem Rückgrat eines Bären geschnitzt und mit tükkischen Widerhaken versehen, durchschneidet die Luftröhre und bleibt in der Nackenmuskulatur stecken. Der Hirte fällt röchelnd auf den Rücken. Ein paar Sekunden lang schluckt er sein eigenes Blut. Dann zappelt er wild mit den Beinen und bleibt endlich still liegen.

Aus den Ilex-Büschen kommen geduckte Männer mit gelb und schwarz bemalten Gesichtern und federgeschmückten

Haaren. Sie starren in das offene Loch im Gesicht des Toten, und einer stößt vorsichtshalber noch ein Messer hinein. Dann nähern sie sich lautlos dem Dorf.

Die Frau beugt sich über den eisernen Topf, der an einer Kette über dem offenen Feuer hängt. Der bläuliche Rauch frischer Scheite kräuselt sich durch das Loch in der Decke. Sie liebt diesen Geruch, wenngleich ihr Vater sie schon als Kind ermahnt hat, nach Möglichkeit nur trockenes Holz zu verfeuern, das keinen verräterischen Rauch aufsteigen läßt. Aber jetzt ist ja erst März, und so zeitig im Frühling wird kein Krieg geführt. Außer von ihrem Mann. Aber der ist besonders gescheit.

Sie fährt herum. Irgend etwas hat sie leicht an der Schulter berührt. Sie schreit nicht, als sie den Mann sieht, der eine Lanze auf sie gerichtet hat. Sie greift nach einem brennenden Scheit und wirft es nach seinem Gesicht. Er weicht lässig aus. Raus hier, denkt sie, aber die Hütte hat nur eine Tür, und die versperren gleich drei Mann. Unverkennbar Liutizen. Verlauste, stinkende Liutizen.

Sie kennt die durchlöcherten Lippen, die widerlichen Ketten von abgeschnittenen und geräucherten Ohren, die sie um ihren Hals tragen, das fettige schwarze Haar, die mit grellen Farben angemalten Gesichter, die Schuhe aus Biberfell. Noch einmal versucht sie einen Ausfall, aber sie weiß längst, daß sie keine Chance hat. Sie drehen ihr die Arme auf den Rücken, und einer packt ihre wild strampelnden Beine. So schleppen sie die Frau auf den Dorfanger.

Drüben vor der Schmiede wehrt sich noch ihr Vater. Mit einer Eisenstange drischt er auf seine Angreifer ein, und zweien hat er bereits die Beine gebrochen. Dann fliegt eine schwere Axt und spaltet ihm die Brust.

Duna sieht es nicht. Sie hört die Schreie des Mönches, den sie an vier Hölzern auf dem Boden angepflockt haben und dem sie nun mit kleinen Messern die rosafarbene Haut abziehen.

Liutizen tragen die Häute ihrer Gegner auf dem Helm; angeblich als Zierde, aber vor allem um Entsetzen unter ihren Feinden zu verbreiten.

Der Frau ist es gleich, ob sie den Mönch häuten. Sie schlägt verbissen um sich, aber ihr Widerstand ist vergeblich. Wenn sie noch klar denken könnte, würde sie sich unterwerfen. Aber sie weiß, daß ihr Mann sie nie wieder ansehen wird, wenn eines von diesen schwarz-gelben Tieren auf ihr gelegen hat.

Zwei Männer knien auf ihren Armen. Sie haben ihr Hemd zerrissen und kneten ihre Brüste, reißen ihre Beine hoch und drücken sie weit auseinander. Ein dritter kniet zwischen ihren Schenkeln und versucht in sie einzudringen. Aber noch ist er dafür nicht Manns genug. Warum fällt ihr gerade jetzt die Jungfrau Maria ein, von der ihr dieser kindische Mönch immer erzählt hat? *Hilf, Gottesmutter,* bettelt sie, *hilf mir doch.*

Das hektische Gefummel zwischen ihren Beinen hört auf. Zwei Fäuste haben den Kerl, der sich auf ihr abmühte, hochgerissen. Über ihr schreien sich die Männer an. Dann steht sie auf den Beinen, und irgendwer zieht ihr den Saum des Rocks herunter. Sie sieht schwarze Haare, zu Zöpfen geflochten und mit hellblauen Federn geschmückt, und eine Hand, die ihr fast behutsam die dunklen Haarsträhnen nach hinten streift. Aber in dem Gesicht vor ihr ist keine Zärtlichkeit. Nur hellblaue Augen, ein scharfer Mund, eine Narbe vom rechten Auge bis hinab zum Mundwinkel. Und viel Grausamkeit.

Der Anführer nimmt eine ihrer schweren Brüste in seine Hand und lächelt. Sie muß die Sprache der Liutizen nicht verstehen. Sie weiß, was er zu seinen Männern sagt: zu schade als Hure. Es gibt genug andere Frauen in diesem Dorf. Die hier ist mehr wert.

Viel mehr.

Die Verstümmelung

Im Harem von Bagdad
September 1088

Der Geruch ist dem Jungen vertraut. Er hat nichts gemein mit dem schweren Duft der Parfüms, die sich die Frauen hinter die Ohren und an den Hals tupfen, und nichts mit der schlechten Luft, die die alten plattfüßigen Männer verströmen, die überall herumschnüffeln, um nach dem Schicklichen zu sehen, was immer das sein mag. Es stinkt nicht unangenehm wie ranzig gewordene Butter, allenfalls andeutungsweise nach Fisch; nicht direkt widerlich nach Schmutz, aber auch nicht so sauber wie frisch gewaschene Gewänder. Er mag diesen Geruch, der zuweilen wie eine schwüle Wolke über den Kissen im inneren Gemach der Ersten Frau lagert. Er liebt den Geruch von träger Sinnlichkeit, den Frauenkörper verströmen, wenn sie zärtlich gestreichelt werden.

Es ist die Stunde der Mittagsruhe.

Die sanft rieselnden Brunnen vor den halb geöffneten Fenstern halten die Hitze des Sommers zurück, und das sanfte, monotone Geräusch wiegt ihn in den Schlaf. Er ist glücklich.

Warum auch nicht. Er ist ein hübsches Kind. Schwarze, fragende Augen und eine Haut, die nicht zu dunkel ist. Krauses schwarzes Haar, schöne Zähne, immer fröhlich – die Frauen mögen ihn, und eine mag ihn besonders. Sie ist nicht seine Mutter. Die stammte aus dem Atlasgebirge, und er hat sie nie kennengelernt. Irgendwer hatte die Fünfzehnjährige in einem Berberdorf erbeutet und dem Herrscher der Gläubigen geschenkt.

Der hatte von kundigen Frauen ihre Unberührtheit überprüfen und die Regelmäßigkeit ihrer monatlichen Unreinheit beobachten lassen. Dann hatte er sie einmal besucht, und die für ihn unerwartete Emsigkeit des unerfahrenen Mädchens ließ ihn sich mehrfach ergießen. Noch in dieser Nacht war sie schwanger geworden, aber sie starb bei der Geburt des Jungen. Das Kind erhielt den Allerweltsnamen Yussuf und blieb im Frauenhaus.

Es gab genug Frauen dort, und viele darunter, die Milch für zwei Kinder hatten. Bei ihm vergaßen sie die Rivalitäten, die den Alltag im Harem bestimmen. Er war der Sohn einer gestorbenen Sklavin. Niedlich zwar, aber keine Konkurrenz für den eigenen Sohn; hübsch, aber ohne jede Zukunft. Solche Kinder mag man als Spielgefährten für die eigene Brut. Und manchmal auch für sich selber.

Es war Raissa, eine jener Frauen, die der Kalif häufiger aufsuchte als andere, die den Jungen zuweilen in ihre Räume holte. Sie streichelte seine helle Haut und lehrte ihn, ihr mit einem dünnen Holzstäbchen den Schmutz unter den Nägeln zu entfernen. Später zeigte sie ihm, wie man ihr die blonden Härchen zwischen den Beinen mit einer Pinzette entfernt und dann jene Lippen, die nur Frauen dort haben, mit Henna rot färbt. Das erregt den Mann, erklärte sie ihm. Er konnte sich unter dieser Erregung zwar nichts vorstellen, wunderte sich indes trotzdem, daß er die Dienste auch leisten mußte, wenn allgemein bekannt war, daß sich der Kalif nicht in Bagdad aufhielt.

Wenn er aufmerksam war und Raissa nicht mehr Schmerzen zufügte, als durch das Auszupfen der Haare unvermeidlich war, belohnte sie ihn, indem sie ihn an ihren spitzen Brüsten saugen ließ. Das mochte er. Obwohl Raissas Brüste keine Milch gaben, fand er es wundervoll zu spüren, wie ihre Brustwarzen sich versteiften. Auch sie schien Gefallen daran zu finden.

Yussuf erwacht aus kurzem Traum, weil ihn kleine, heisere Schreie aufgeschreckt haben. Es riecht stärker als vorhin, und er sieht, wie die Erste Frau Raissa auf den Mund küßt und ihre Hände über die weiße Haut des Mädchens und zwischen ihre Schenkel gleiten läßt. Das ist ihm nicht neu. Er hat die großen Brüste der Ersten Frau schon häufig über dem flachen Bauch Raissas baumeln sehen. Auch die spitzen Schreie der jungen Favoritin sind ihm vertraut. Er weiß zwar nicht, warum sie schreit, aber es erschreckt ihn auch nicht. Er zuckt nicht einmal zurück, als Raissa in diesem Augenblick nach seinem Anhängsel faßt und daran zerrt. Sie zupft häufig daran.

Er schließt die Augen und saugt den Duft ein. Diese Mischung aus frischem Schweiß und geheimen Säften, diesen wundersamen, heißen Duft, den die Körper der Frauen in bestimmten Augenblicken verströmen. Frauen riechen nicht immer so. Er erinnert sich genau, daß die Negerin, die ihn zusammen mit ihrem eigenen Kind gesäugt hat, säuerliche Dämpfe ausströmte. Ganz widerlich nach Knoblauch riecht Agnes, die fette Griechin, und es wundert niemanden im Frauenhaus, daß der Herrscher sie nur ein einziges Mal besucht hat. Wiederum anders riechen die Frauen, wenn ihnen einmal im Monat Blut an den Beinen entlangläuft, das sie dann alle halbe Stunde an den Brunnen abwaschen, und auch die Laken der Frauen, die die Ehre erfahren, des Nachts den Besuch des Kalifen zu empfangen, verströmen merkwürdige Düfte.

Sie riechen ähnlich wie die Haut Raissas, wenn sie ihn küßt. Sie küßt ihn jeden Tag. Auf die Stirn und den Scheitel, zuweilen auch auf die Brust oder auf den Mund. So wie jetzt. Nur hat sie dabei noch nie ihre Zunge zwischen seine Zähne geschoben. Eine kleine, spitze und emsige Zunge. Der Junge hat ihre Brüste in den Händen und sie sein Glied in den ihren.

Etwas ist plötzlich anders. Raissa spürt es zuerst, sie zerrt heftiger, aber dann läßt sie ihn abrupt los.

Jetzt bemerkt es auch die Erste Frau; der Junge sieht es eigentlich zuletzt. Sein kleines Anhängsel ist dicker geworden, rot, und es steht waagerecht vor seinem flachen Bauch wie eine kleine Lanze ohne Wimpel. Mit einem Mal ist es still geworden im Raum. Nur die Brunnen rieseln, als sei nichts geschehen. Zu dritt starren sie auf das kleine Stück Fleisch, das plötzlich so wichtig erscheint. Und obwohl der Junge nicht begreift, was von nun an anders sein wird, spürt er beklommen, daß seine Kindheit zu Ende ist.

Er ist natürlich nicht zugegen, als die Erste Frau Raissa erklärt, daß ihr kleiner Schatz nun das Frauenhaus verlassen muß. Er ist auch nicht Zeuge des hysterischen Anfalls von Raissa, die der Geliebten androht, ihr nie wieder zu Willen zu sein, wenn sie ihren Liebling verlieren sollte. Und er wird natürlich auch nicht zu dem heimlichen Treffen mit dem Aufseher aller Eunuchen geladen, bei dem man den Kompromiß aushandelt. Der kahlköpfige Alte mit dem teigigen Gesicht und dem schwabbeligen Bauch ist stets gern zu Diensten.

Wenn die Damen besonderen Anlaß zur Dankbarkeit haben, gewähren sie ihm zuweilen, Beobachter ihrer kleinen Intimitäten zu sein, und weil man ihn nicht schon vor der Pubertät, sondern erst im reifen Mannesalter seiner Hoden beraubt hat, bereitet es ihm immer noch ein unsagbares Prickeln, zumindest Augenzeuge gewisser Ausschreitungen zu sein. Die Frauen im Harem, sexuell vernachlässigt und jeglicher männlicher Zärtlichkeit entfremdet, sind zu jedem Handel bereit, der sie derart wenig kostet.

Man wird sich sehr schnell einig: Der alte Mann verspricht, in spätestens drei Tagen einen Juden oder Christenmenschen aufzutreiben, der bereit ist, die grausame Operation in aller Heimlichkeit zu vollziehen. Allah hat den schrecklichen Akt zwar verboten, aber wenn der Ausführende ein Ungläubiger ist, wird der Allmächtige vermutlich Nachsicht üben, denn sein Erbarmen ist groß.

Sie kommen im Morgengrauen: Drei Juden sind es, die im Hof warten müssen. Anscheinend ein Vater mit seinen Söhnen. Raissa weckt den Kleinen zärtlich aus dem Schlaf und bringt ihn mit dem Versprechen, daß er auch weiterhin an ihren spitzen Brüsten saugen dürfe, letztlich dazu, ein scheußlich schmeckendes Gebräu zu trinken, in das die Juden Opium, zerstoßene Mandragorawurzeln und Bilsenkraut gemischt haben.

Ein arabischer Medicus hätte vor dem barbarischen Akt wahrscheinlich die Halsschlagader des Kindes so lange gedrosselt, bis es ohnmächtig geworden wäre, aber eine derartig verfeinerte Technik beherrschen diese Juden nicht. Sie verlassen sich auf die betäubende Wirkung ihrer Mixtur. Der Junge schluckt und würgt. Aber er übergibt sich nicht.

Dann wird ihm plötzlich sehr leicht, und er folgt den Männern widerstandslos in den Hof. Raissa stützt ihn, doch als die Männer den Jungen über den großen Stein legen, flieht sie in ihre Räume. Dort hört sie weder den hellen Schrei, noch sieht sie die kleine Fontäne Blut spritzen, als das sichelförmige Messer das Glied und den kleinen Hodensack des Jungen abtrennt.

Während seine Söhne die Beine des Kindes auseinanderhalten, schiebt der alte Jude vorsichtig ein glattpoliertes und zuvor in kochendem Wasser gesäubertes Stückchen Holz in die Öffnung der Harnröhre, damit sie nicht verklebt, und brennt mit einem glühenden Stück Eisen die Wunde rings um das herausragende Holzstückchen aus.

Die Schmerzen sind unerträglich. Sein Bauch ist geschwollen wie der einer Kuh, die auf der Weide an einer Kolik verendet ist. Sein Unterleib erscheint ihm wie eine einzige eitrige, glühende Wunde, und nicht einmal die Brüste, die Raissa ihm bietet, verschaffen ihm Erleichterung seiner Qual. Er darf weder essen noch trinken. Sein Mund ist trocken, die Zunge gelb und geschwollen. Eine Woche lang liegt er im Fieber und wehrt sich gegen den Tod.

Der alte Jude kommt jeden Tag und schichtet neue Kräuter auf die eiternde Wunde. Dann läßt das Fieber nach. Am siebten

Tag endlich zieht der alte Mann das polierte Holzstückchen aus dem kleinen Loch. Ein praller Schwall des gestauten Urins schießt heraus. Und mit dem Urin verschwindet auch der Schmerz. Er hat überlebt. Daß er nie ein Mann sein wird, weiß der Junge in diesem Augenblick noch nicht. Es wäre ihm auch völlig gleichgültig.

Als Yussuf aus seinem Dämmerzustand erwacht, kauert Raissa an seinem Lager und flüstert ihm zärtlich Entschuldigungen und Versprechen ins Ohr: Es habe nun einmal sein müssen, weil er nun ein Mann sei (wieso denn das auf einmal?). Daß man ihn ihr weggenommen habe, weil sein Schwänzchen nun nicht mehr unschuldig sei (wieso gibt es unschuldige und schuldige Schwänzchen?). Daß er nie mehr an ihrer Brust habe saugen dürfen (wieso dürfen nur kleine Kinder an den Brüsten der Weiber saugen?), und daß er nun als einziger unter allen Eunuchen zuschauen dürfe, wenn Raissa wieder einmal mit der Ersten Frau allein sei. Immerhin ahnt er jetzt, warum Eunuchen dürfen, was anderen Männern bei Todesstrafe verboten ist.

Raissas leise Stimme lullt ihn in den Schlaf. Lernen werde er, hört er sie flüstern; Bagdad sei der Mittelpunkt des Erdkreises. Einem hübschen jungen Mann stehe die Welt offen. Arzt könne er werden und Sprachen studieren, einen ganzen Harem beaufsichtigen. Seine herrliche Stimme bliebe erhalten. Vor allem aber dürfe er bei ihr bleiben. Bei ihr und den anderen Frauen. Wo man ihn verwöhnen werde, ihn, den Hübschen, den Schönen, den Zärtlichen.

Und sie hält eine Schale zwischen seine Beine und führt vorsichtig einen Gänsekiel in seine frisch vernarbte Öffnung ein, um ihm Erleichterung zu verschaffen. Er pinkelt mit großem Genuß, nestelt dabei an ihrem Gewand und holt sich eine Brust heraus.

Fast ist es wie früher. Es fehlt wirklich nur ein kleines Stückchen.

Die Aussendung

Ein Kloster im Schwarzwald
Mai 1091

Alkuin seufzt, aber das schwache Geräusch geht unter im monotonen Geleier der Schüler.

Veni sancte spiritus,
et emitte caelitus,
lucis tuae radium.
Veni pater pauperum;
veni dator munerum;
veni lumen cordium.

Anscheinend läßt sich der Heilige Geist nur in Ausnahmefällen herbei, zur Erde niederzuschweben, denkt der Mönch und bekreuzigt sich erschrocken. Nichts liegt ihm ferner, als die Heilige Dreifaltigkeit zu lästern. Aber dennoch wachsen seine Zweifel, daß dies die einzige Möglichkeit sein soll, Wissen zu vermitteln: vorlesen, nachplappern lassen, übersetzen, nachplappern lassen, weiterlesen. Stundenlang.

Zuweilen empfindet er auch Mitgefühl mit den Knaben, denen es völlig gleichgültig zu sein scheint, ob der Geist *mit seiner Gaben Zahl* zu ihnen kommt. Durch die kleinen Fenster dringt betörender Duft aus dem Klostergarten in den niedrigen Saal. Tiefblau wölbt sich der Himmel über dem Schwarzwald. Man hört Vögel und das leichte Rauschen des warmen Windes in den jungen Pappeln. Kann man es Vierzehnjährigen verübeln, wenn sie das Wehen des Heiligen Geistes noch nicht zu schätzen wissen?

Sine tuo nomine
nihil est in homine;
nihil est innoxium.
Lava quod est sordidum …

Alkuin schrickt auf. Beinahe wäre er eingeschlummert. Ein unverzeihlicher Fehltritt. Kennt nicht jeder die Geschichte von dem Mönch, der so oft zur Unzeit eingeschlafen ist, daß Christus sich bemüßigt fand, vom Kreuz herabzusteigen und ihn derart zu ohrfeigen, daß er binnen weniger Tage starb?

Wasche, was beflecket ist – es war dieser Vers, der ihn wachgerüttelt hat, und er denkt zurück an die vergangene Nacht, die noch kürzer war als die meisten anderen.

Die Tage sind lang im Frühsommer; die Komplet wird erst zur Dämmerstunde gesungen. Danach fallen die Mönche todmüde auf ihre Schlafsäcke, aber der Mönch ist Prior des Klosters und damit auch Stellvertreter des Abtes. Der indes leidet an Schlaflosigkeit, und wenn der heilige Benedikt auch unnützes Schwätzen untersagt, so dürfen wichtige Themen – natürlich nur mit Erlaubnis des Abtes – durchaus diskutiert werden; aber ausschließlich unter den älteren Mitbrüdern, die wichtige Ämter innehaben und sich ihrer Verantwortung bewußt sind. Der Abt bevorzugt für solche Gesprächsrunden die Nachtstunden. Er ist der einzige, der in einer Einzelzelle schläft.

Erst gegen Mitternacht hat der Mönch sein Lager aufsuchen dürfen. Eine Stunde später weckte ihn sein Nachbar und machte ihm Zeichen, daß er ein dringendes Bedürfnis verspüre. Niemand darf allein dorthin gehen. Er könnte schwach werden und in der Einsamkeit der Lokalität Hand an sich legen. Ein älterer Mönch muß ihn mit einer Laterne begleiten und aus geziemender Entfernung achtgeben, daß den Confrater nicht die Fleischeslust überkommt. Den Bruder plagte jedoch nicht das Fleisch als solches, sondern lediglich der Darm. Die jungen Zwiebeln waren ihm nicht bekommen. Es dauerte einige Zeit, bevor die beiden wieder unter ihre Decken krochen.

Einschlafen konnte der Mönch dann nicht mehr. Irgendwo im großen Saal, zwischen dem Schnarchen und den anderen unvermeidlichen Geräuschen der Nacht, verging sich ein junger Mitbruder hörbar gegen die Keuschheit. Der Mönch rührte sich nicht. Er ist bereits betagt und jenseits der Fünfzig, dennoch nicht zu alt, um sich nicht an seine eigene Jugend zu erinnern. Der hitzige Bruder würde seine Sünde beichten, und Gott würde ihm verzeihen. Kein Grund, sich aufzuregen. Es gab weitaus Schlimmeres in den Klöstern ringsum als einen feuchten Traum.

Dennoch: In zwei Stunden, bei Anbruch der Morgendämmerung, würde der Schlafsaal zum Leben erwachen. Man weckt sich gegenseitig mit leisem Zischen. Gesprochen wird nicht. Alle Mönche sind verpflichtet, noch unter der Decke ihre wollene Tunika bis zu den Waden hinabzuziehen, damit sie keinen Mitbruder in Versuchung führen. Dann werden die Decken gelüftet und über die Strohsäcke gelegt. *Wasche, was beflecket ist*... Alle werden es sehen, denn jeder beobachtet jeden. So schreibt es die Regel vor.

Armer Kleiner. Vermutlich wird man ihn geißeln.

Schwach ist ein Glöckchen zu hören. Es ruft zum Gebet. Nur noch diesen Tag muß der Mönch den Bibliothekar in der Klosterschule vertreten. Bruder Notker trägt im Auftrag des Abtes Material zusammen. Irgend etwas liegt in der Luft.

Da virtutis meritum,
da salutis exitum,
da perenne gaudium.

Er übersetzt, und die Schüler leiern ihm nach: *Gib Verdienst in dieser Zeit und dereinst die Seligkeit nach verbrachter Wanderschaft.* Wir werden sehen, denkt der Mönch. Wir werden sehen. Gott ist die Gnade.

Schweigend verlassen sie das Refektorium. Ein junger Bruder hat während des Essens aus dem Leben des heiligen Benedikt vorgelesen, und alle haben sich gelangweilt. Vor allem die Älteren, die des Heiligen Vita vorwärts und rückwärts aufsagen können. Gerade ihnen fällt es mit den Jahren immer schwerer, einen Sinn in dieser ermüdenden Lektüre zu sehen. In der Welt da draußen gibt es viel Neues, das sie gerne erfahren würden, aber niemand spricht davon zu ihnen. Sollte es wirklich Gottes Wille sein, sie in Unwissenheit zu belassen? Wie gefährlich ist es tatsächlich, einen Blick über die Mauer zu werfen? Lauert direkt dahinter der Leibhaftige?

Ohne direkte Verabredung finden sie in der Bibliothek zueinander. Notker räumt ein paar dickleibige Folianten von einer Bank und stellt einen Krug kühles Wasser auf den Boden. Walther, der Cellerar, läßt sich ächzend auf einem Schemel nieder. Die beiden anderen lächeln nachsichtig. Ihr beleibter Mitbruder steht – wen würde es wundern – in dem Verdacht, die Fastengebote nicht allzu streng einzuhalten. Er wacht nicht nur über Pergament und Holzkohle, Tinte und Wolle, Weihrauch und Kleider. Er kontrolliert auch die Ausgabe von Wein und Bier, Obst und Gemüse, Fleisch und Brot, Honig und Salz. Da die Keller gut gefüllt sind, ist der Speisezettel in letzter Zeit reichhaltig.

Zu reichhaltig vielleicht? Alkuin hat seine Zweifel, und er spricht sie zögernd aus. Er ist der Prior und trägt Verantwortung. Schließlich vertritt er den Abt.

Wasser und Brot – vielleicht etwas Gemüse oder Obst. Mehr steht einem Nachfolger des heiligen Benedikt eigentlich nicht zu. Gewiß, auch der Klostergarten hat eine lange Tradition. Die wilden Rosen und die Lilien eignen sich trefflich zum Schmükken des Altares, und Kürbis und Sellerie, Bohnen und Rettich, Zwiebeln und Kohl, Gurken, Rüben und Endivien sind Alltagsgerichte. Aber sollten die vielfältigen Kräuter nicht eher zur Heilung der Kranken dienen als zur Verfeinerung des Geschmacks?

Sind Kümmel und Kerbel, Mohn und Minze, Koriander und Knoblauch unentbehrlich für die Gesundheit, oder muß man sie als verderblichen Gaumenkitzel ablehnen? Darf man Hühnchen und Tauben essen, oder fallen auch sie unter das strikte Fleischverbot? Gefällt es dem Herrn, wenn man ihr Fleisch ausschließlich für die Kranken und Schwachen reserviert, andererseits aber nicht an Fisch, Käse und Eiern spart?

Sie sind sich einig, daß den besten Schutz vor Laster und Ausschweifung einzig und allein eine strenge Kasteiung bietet: regelmäßiges Fasten und von Zeit zu Zeit Selbstgeißelung. Völlerei ist wie eine schleichende Krankheit. Man muß den Anfängen wehren. Erzählt man sich nicht die Geschichte vom selbstherrlichen Markgrafen, der einem Kloster eine Schweineherde stahl und sich mit dem Argument rechtfertigte, er habe mit seiner Schandtat nur zur Askese der Mönche beitragen wollen? Ob es nun Raub war oder nur ein böser Schelmenstreich: Der Graf wird den Lebenswandel seiner Mönche schon richtig eingeschätzt haben.

Nachdenklich betrachtet der Mönch die Leibesfülle des Cellerars. Eine richtige Diskussion will nicht in Gang kommen. Notker pflückt sich eine Laus aus dem langen, dunklen Bart, die er zwischen den eingerissenen Fingernägeln knackt, Walther sucht zwischen den Zehen nach Schmutz, den er zu schwarzen Krümeln rollt und nachdenklich betrachtet. Gottlob riecht er nicht daran, denkt der Prior leicht irritiert. Alle hätten ein Bad gebraucht, aber der Abt hat festgesetzt, daß dies einem Benediktiner nur zweimal im Jahr zusteht. Sie werden sich bis Weihnachten gedulden müssen.

Der Tag geht mit Arbeit und Gebet zur Neige. Am Abend ruft der Abt den Mönch erneut zu sich. Der alte Mann mit der ungewöhnlich dunklen Haut und dem kahlen Schädel reicht ihm Wein, der nach Nelken duftet. Wein – obwohl der Kalender keinen Festtag aufweist? Das ist mehr als ungewöhnlich. Der Abt trinkt ihm zu. *Weil Wein in des weisen Mannes Mund kein Laster ist,* sagt er, *sondern die Sinne belebt.*

Leise beginnt der Abt zu sprechen. Über den unseligen Streit zwischen Papst und Kaiser, den Zank zwischen Bischöfen und Herzögen, den Hader zwischen Grafen und Äbten. Über die Vögte, die vor allem die kleinen Klöster aussaugen und ruinieren, und die Ritter, von denen kein Schutz zu erwarten ist. Aus Frankreich, vom Kloster Cluny aus, ist der Funke einer Reform über den Rhein gesprungen. Nur dem Papst – sagen die Brüder aus Burgund – schulde der Mönch Gehorsam, sonst niemandem, weder dem Bischof noch dem Herzog, nicht einmal dem Kaiser, und einem gebannten Kaiser schon gar nicht. Und der Verkauf geistlicher Ämter an den Meistbietenden soll endlich wieder als das gelten, was es schon zu Lebzeiten der Apostel war: Simonie, Gotteslästerung, Todsünde.

Noch hat Alkuin nichts Neues gehört. Seit vielen Jahren sind diese Mißstände Gegenstand inbrünstiger Gebete. Noch nicht in die Abgeschiedenheit des Klosters gedrungen ist indes, worüber der Abt abschließend spricht: den Priestermangel draußen im Land. O ja, es gibt angeblich Geweihte des Herrn. Keine Mönche sind es, sondern Ungebildete, weder des Lateinischen mächtig noch der Liturgie. Nicht einmal die Heilige Schrift besitzen sie, um ihrer Gemeinde daraus vorzulesen, und natürlich kennen sie die vier Evangelien nicht auswendig. Schließlich haben sie nie eine richtige Klosterschule besucht.

Der Abt bezweifelt auch, daß sie die Lossprechungsformel beherrschen, so daß sie nicht einmal einen Sterbenden korrekt von der Last seiner Sünden lossprechen können. Aber verheiratet sind sie, nach althergebrachter Sitte, versteht sich, und ohne den Segen der Kirche. Bastarde setzen sie in die Welt, und sie fluchen, daß altgediente Reitknechte vor Scham erröten.

Wen aber sollte es wundern! Leben etwa alle Mönche gottesfürchtig? Treiben viele es nicht auf ähnliche Weise? Schreckliches wird erzählt, vor allem aus Lothringen. Hatte nicht bereits König Heinrich II. in Hersfeld und Corvey, in Prüm und Malmedy regelrechte Lasterhöhlen ausheben müssen? Es soll Mönche geben, die bunte Kleider tragen und Hosen – hier bekreuzigt sich der Abt – mit engen Hosenbeinen.

Der Mönch nickt gedankenverloren. Er weiß, daß viele Menschen ein Benediktinerkloster inzwischen eher für ein Haus ständiger Versuchung halten als für eine Stätte der Arbeit und einen Ort des Gebetes. Bruno von Köln, lange Jahre hindurch Leiter der Domschule in Reims, hat sich mit einigen Gefährten in die Gegend von Grenoble zurückgezogen und im Tal von Cartusia eine Einsiedelei gegründet. Auch Abt Robert de Molesme hat das Kloster Saint-Michel-de-Tonnerre verlassen, um mit sieben Mönchen in den Wald von Molesme zu ziehen. Inzwischen soll er ein Kloster in den Sümpfen von Citeaux gegründet haben. Warum reicht ihnen allen die Regel des heiligen Benedikt nicht mehr? Was ist falsch daran?

Auch der Abt weiß keine Antwort. Lange Zeit schweigen sie. Der ungewohnte Wein benebelt ihren Kopf, aber der alte Mann hat seine Entscheidung längst getroffen. Er vertraut diesem Mönch. Er hat jenes gewisse Alter erreicht, wo es leichter fällt, den mannigfachen Versuchungen der Welt da draußen zu widerstehen; er ist noch rüstig genug, die Strapazen des Reisens auf sich zu nehmen, und mit dem scharfen Verstand ausgezeichnet, Beobachtungen und Erfahrungen einzuordnen und zu werten. Der Abt mißtraut den hochmütigen und übermächtigen Brüdern von Cluny. Er will sich sein eigenes Bild machen.

Alkuin erstarrt, will zunächst nicht glauben, was sein väterlicher Freund ihm da zumuten will. Zum erstenmal seit seiner Aufnahme vor über dreißig Jahren soll er das Kloster verlassen? Alles in ihm bäumt sich auf gegen diesen Auftrag. Hinausschreien will er seinen Protest, wenn er nur einen Ton herausbekäme. Er fühlt sich weder würdig noch fähig, den Auftrag auszuführen.

Begreift denn der alte Mann nicht, was er da von ihm verlangt? Jeder Mensch braucht eine Gemeinschaft: die Frau die Familie, der Soldat das Heer und ein Mönch seine Brüder.

Allein ist man ohnmächtig, hilflos, unrettbar verloren, ein Nichts. Der Mönch wirft sich dem Abt zu Füßen und weiß zugleich, daß selbst das zwecklos ist. Jeder Widerspruch wäre im übrigen Sünde. Demütiger Gehorsam ist oberstes Gesetz im Kloster. Er kniet nieder und bittet den alten Mann um seinen Segen. Der Abt legt seine großen Hände auf die frisch rasierte Haut am Hinterkopf des Mitbruders. Sie ist kalt und feucht.

Die Kerzen flackern. Der Mönch taumelt aus dem Raum. Auf dem Hof bellt ein Hund und schläft gleich darauf wieder ein. Über dem Kloster steht der Mond. Er scheint auf die Bettler, die im Schuppen Unterkunft für die Nacht gefunden haben, und in die Zelle des geflohenen Gefangenen, der seit Tagen vor seinen Häschern versteckt wird. Sein blasser Schein fällt auf die Stallungen und ins Dormitorium, wo die Confratres geborgen einem neuen Tag entgegenschlummern.

Nur einer von ihnen wird ab morgen heimatlos sein.

Der Aufruf

Herrensitz in der Auvergne
Dezember 1095

Der Wind ist kalt und riecht nach Schnee. Er bricht sich an der buckligen Mauer des Turms, fegt die kahle Wand hoch und pfeift durch den kleinen Erker. Joscelin kauert über dem runden Loch und verflucht den Winter und das Wetter und die Dunkelheit. Das ist einer dieser trüben Tage, an denen es nie hell wird. Zudem diese fürchterlichen Blähungen, Folge eintöniger Kost aus getrocknetem Stockfisch und ganzen Säcken voller Zwiebeln, nicht zu vergessen Grünkohl, Weißkohl, Spitzkohl, Rotkohl und vor allem dieser scheußliche Brei aus Hirse und Pferdebohnen.

Seit einer Woche ist es ihm nicht gelungen, auch nur einmal ordentlich zu scheißen. Sein Bauch ist hart wie ein praller Weinsack. Einen mittleren Krug Distelöl hat er getrunken, angeblich ein altes Hausrezept, aber das Zeug kam oben wieder heraus, statt nach unten zu wirken. Danach war er zwei Tage lang sterbenskrank. Jetzt hat er Selleriesamen geschluckt. Auch ein altes Hausrezept. Das soll wirklich zuverlässig helfen, hat ihm seine alte Amme versprochen. Noch spürt er nichts.

Joscelin bleibt geduldig hocken, obwohl ihm am Hintern kalt ist und der eisige Wind seinen Hodensack zu der Größe einer Walnuß hat schrumpeln lassen. So ein zugiger Erker ist trotzdem besser als das stinkende Tongefäß, das in dem verqualmten Kaminzimmer im Wohnturm seines Onkels benutzt wird. Da furzen und scheißen Männlein und Weiblein schamlos herum, und meist sind sie zu betrunken, um den Deckel anschließend wieder draufzulegen. Erst am Vormittag wird der Topf geleert, und besonders im Winter, wenn die kleinen Fenster mit schweren Fellen zugehängt sind, ist es eigentlich nicht zum Aushalten.

Den jungen Mann fröstelt es. Ausnahmsweise ist viel geschehen in diesem Herbst. Seit zwei Monaten ist er ein richtiger Ritter. Bis dahin hat er als Knappe gedient, wie es der Brauch ist. Bei besagtem Onkel in der Nähe von Clermont. Zum Ritter wird man hierzulande gemacht – oder auch ernannt; feierlich geweiht wie am Hof des Herzogs hat man ihn auf jeden Fall nicht. Im Grunde war es nur ein Riesenbesäufnis. Die Tante hat den jungen Wein direkt aus dem Krug getrunken und mindestens dreimal gekotzt. Der Hauskaplan, ein entlaufener Mönch, hat ihr dabei den Kopf gehalten. Unter anderem.

Immerhin hat der Onkel ihm ein einigermaßen brauchbares Schwert geschenkt und dazu ein wirklich ansehnliches Pferd, einen Grauschimmel, recht hoch, so daß seine Füße beim Reiten nicht den Boden berühren, wenn er sie aus den Steigbügeln nimmt. Vom Bruder hat er tatsächlich versilberte Sporen bekommen und einen schweren Schild, aus mehreren Holzschichten gefertigt, dreieckig fast, aber oben halbrund und nach unten spitz zulaufend, an den Rändern und in der Mitte mit Eisen beschlagen.

Der Kaplan hat ihn, als er dazu noch in der Lage war, mit geweihtem Wasser besprengt, und die häßliche Cousine mit dem strähnigen, strohfarbenen Haar und den geizigen Brüsten hat ihn geküßt; gottlob nur auf die Wange. An viel mehr konnte er sich nicht erinnern. Außer daß das Bier im Gegensatz zu sonst angenehm kühl war, der einzige Vorteil des frostigen Oktobers.

Ein paar Wochen darauf war er mit dem Onkel und zwei Knechten hinunter nach Clermont geritten, weil sich niemand in der Gegend das Riesenspektakel des großen Konzils entgehen lassen wollte. Die kleine Stadt war von unzähligen Fuhrwerken verstopft. In den schmalen Gassen drängten sich die Menschen, die zum Marktplatz strömten, wo fahrendes Volk Possenspiele aufführte. Die Wirtshäuser waren belagert und alle Betten seit Wochen vermietet. Äbte und Bischöfe sollen sich – wie man sich erzählt – sogar um einen Strohsack geprügelt haben.

Die Kathedrale war viel zu klein, um all die Menschen aufzunehmen, die an diesem unfreundlichen Dienstag im November zusammengeströmt waren: die Kleriker und die Ritter, die Händler und die Huren, die Spielleute und die neugierigen Bürger der Stadt. So hatte man schließlich einen pompösen Holzthron vor das Osttor geschleppt, auf dem sich der Heilige Vater niederließ. Sonderlich eindrucksvoll wirkte der bullige Mann eigentlich nicht mit seinem kahlen Kopf und dem langen, erstaunlich ungepflegten Bart. Aber was die Leute sofort für ihn einnahm, war die Tatsache, daß er sie in ihrer Muttersprache anredete.

Das erschien ihnen wundersam, war es indes keineswegs, denn Papst Urban war vor gut fünfzig Jahren in der Nähe von Châtillon-sur-Marne als Sohn eines kleinen Grafen geboren und auf den Namen Odo de Lagey de Monteil getauft worden. Aber das wußten die Leute nicht. Vermutlich glaubten sie, der Heilige Vater hätte ausschließlich ihretwegen Französisch gelernt, und jubelten ihm frenetisch zu. Auch der Ritter hatte gejubelt, obwohl er damals noch nicht so richtig begriffen hatte, was der Papst eigentlich von ihm erwartete.

Dabei war das überhaupt nicht schwer zu verstehen: Böse Heiden, sagte der Mann auf dem Holzthron, hätten die Heilige Stadt Jerusalem erobert, und die Christenmenschen würden daran gehindert, zum Kalvarienberg zu pilgern, wo der Heiland gestorben war. Man müsse diese Heiden von dort verjagen, und wer sich an dieser Wallfahrt beteilige, dem würden alle seine Sünden verziehen.

Hier hatte Joscelin eine sehr kurze Gewissenserforschung gehalten und war zu dem Schluß gekommen, daß eine solche

Pilgerreise sehr angezeigt sei, hatte sich dann jedoch wieder auf das nun folgende päpstliche Versprechen konzentriert, daß ein jeder ein ordentliches Stück jenes Landes, aus dem er die Feinde Gottes vertrieben habe, für sich selbst behalten dürfe.

Man stelle sich vor, dachte der Ritter: ein Stück jenes Landes, in dem – wie die Bibel sagt – seit den Tagen des Moses Milch und Honig fließen.

Doch nicht nur an sich und seinen verdienten Lohn denken dürfe ein rechter Christenmensch, ermahnte der Heilige Vater die Menge. Wichtiger sei es, sich das erbärmliche Schicksal der Pilger vor Augen zu führen, die in die Hände der gottlosen Heiden fielen, jener Gotteslästerer, die das Allerheiligste bepinkelten und die christlichen Gefangenen beschnitten, wobei sie das von deren Gliedern strömende Blut in die Taufbecken tropfen ließen.

Unter einer Beschneidung konnte sich der Ritter nichts vorstellen. Gleichwohl erregte ihn der Gedanke, daß Menschen verstümmelt wurden, indem man anscheinend Stücke von ihren Schwänzen abschnitt, und seine Erregung steigerte sich noch, als der Papst sehr anschaulich schilderte, wie die Ungläubigen frommen Christenmenschen den Bauch aufschlitzten, das Ende ihres Gedärms an einen Pfahl nagelten und die Unglückseligen mit Peitschen um diesen Pfahl trieben, bis sich ihr Darm zur Gänze um denselben gewickelt habe.

An dieser Stelle ergriff die Erregung auch Besitz vom Unterleib des Ritters, und er mußte seine Pelzkappe vor den Bauch halten, damit niemand die riesige Schwellung sah. Ein Greuel sei es, rief der Papst, der damit aber nicht die Erregung des Ritters meinte, sondern noch immer die Behandlung der Pilger durch die Ungläubigen, und die aufgestachelte Menge antwortete mit inbrünstigen Haßgesängen: *Rache für die gefolterten Pilger, Rache für die geschändeten Frauen, Rache für die entweihten Altäre!*

Gott will es, hämmerte der Papst seinen Zuhörern ein, und

die schrien wie trunken zurück, daß Gott es tatsächlich wolle, und plötzlich tauchten überall rote Wollstreifen auf, die sich die Menschen kreuzförmig über ihre Kittel hängten. *Gott will es,* brüllten sie, und sie brüllten es noch immer, als sie längst heiser waren. Sie schrien es auf diesem öden Stück Acker, und sie sangen es auch noch am Abend in den rauchgeschwängerten Wirtshäusern, sie stammelten es über dem achten Becher Wein und seufzten es trunken beim Einschlafen auf dem schmutzigen Fußboden der Schenke. *Gott will es!*

Joscelin preßt und preßt, aber seine verhärteten Eingeweide verweigern nach wie vor die Erleichterung. Verfluchte Saubohnen, vermaledeite Zwiebeln! Ruft ihn der Allerhöchste wirklich? Schwer vorstellbar. Was soll der Allwissende schon anfangen mit einem Hurensohn und Raufbold wie ihm, dem schwarzen Schaf der Familie? Das nämlich war er schon immer, und seine Eltern – von ihm aus hab' Gott sie selig – hatten wohlweislich keinen einzigen Gedanken daran verschwendet, ihn in einer Klosterschule aufwachsen zu lassen. Kaum war er zehn Jahre alt, da schickten sie ihn aus dem Haus, weit weg zum Onkel. Der nahm ihn als Knappe und machte schließlich sogar einen Ritter aus ihm.

Das war's dann auch schon an elterlicher Fürsorge. Erst als junger Mann ist er zurückgekommen. Vater und Mutter sind längst tot. Hervé, der ältere Bruder, verwaltet das Erbe; er selbst hilft ihm dabei, so gut er kann. Aber das ist wenig genug. Was soll er eigentlich hier?

Endlich: Der Selleriesamen beginnt zu wirken. Geräuschvoll erleichtert sich der Ritter und lauscht dem entfernten Klatschen an der Außenwand des Turms. Dann säubert er sich flüchtig mit der linken Hand und putzt sich die Finger am Kittel ab. Noch immer in Gedanken tritt er aus dem Erker und geht durch den kleinen Raum mit der niedrigen Balkendecke.

Hier steht sein Bett. Zwischen vier Balken sind Lederriemen gespannt; darauf ein paar Schafsfelle. Schild, Kettenhemd und Sporen hat er an die Wand gehängt. Das Schwert liegt neben dem Bett. Griffbereit, als könne jeden Augenblick etwas passieren. Aber in dieser Gegend ist schon seit vielen Jahren nichts wirklich Aufregendes mehr passiert. Und schon gar nichts Gefährliches.

Auf der schmalen Leiter steigt er hinab in den Hof. Was für ein Familiensitz: der Turm aus dicken Quadern, ein paar Lehmhütten und der Palisadenzaun aus entrindeten Buchenstämmen, die am oberen Ende angespitzt sind. Überall das Gackern von Hühnern und das Schnattern der Gänse. Schmutzige Hunde winseln um ihn herum, ein paar Schafe blöken blöde. Es stinkt nach Schweinepisse. Wenigstens im Pferdestall riecht es angenehm.

Celine, die rothaarige Magd, drückt sich an ihm vorbei. Er preßt sie an die Wand und schiebt gewohnheitsmäßig eine Hand unter ihren Kittel. Sie spreizt gehorsam die Beine, aber auch das sagt ihm heute nichts. Soll das seine Zukunft sein? Saubohnen, Blähungen und hin und wieder ein freudloser Fick mit der Magd? Das Mädchen huscht davon. Er lehnt den Kopf an den Hals seines Pferdes. Er müßte es bewegen, denkt er, sonst wird der Grauschimmel steif. Aber er haßt es, bei Schneeregen durch sumpfige Hohlwege zu reiten. Morgen oder übermorgen. Vielleicht.

Weiter hinten im Hof, bei den Kaninchenställen, bespricht sein Bruder mit einem Knecht die sinnvollste Art der Lagerung von Honig und Wein. Wo man den geräucherten Schinken am günstigsten aufbewahrt, wenn er aus dem Rauchfang genommen wird. Und ob man ein neues Backhaus braucht oder dringender einen Taubenschlag. Welche Kräuter man nächstes Jahr im Garten anpflanzen sollte, und ob es sich nicht doch lohnt, einen eigenen Zuchteber für die schwarzen Schweine anzuschaffen.

So etwas nennt man ritterliches Leben.

Aber Hervé scheint zufrieden, denkt der Ritter. Wenn jener dazu bestimmt ist, Jakob zu sein, muß ich selber halt den Esau spielen. Vielleicht liebt Gott den Bruder mehr. Hervé hat zwar die Seele eines Krämers, aber offensichtlich ist er ein guter Mensch. Er flucht nicht, hat nie Streit mit den Nachbarn und schlägt nicht einmal seine Frau, dieses breitgesäßige Tier mit den riesigen Brüsten, die ihr spätestens in zehn Jahren um die Taille baumeln werden. Und wenn er wieder einmal eine Kuh zahlen muß, zur Sühne, weil Joscelin den Dienstmann von irgendwem halb totgeprügelt hat, schaut Hervé ihn nur traurig an, bevor er kopfschüttelnd das Tier herausrückt.

Man kann ihn sehr glücklich machen, indem man ihm sagt, daß man zur Beichte nach Clermont reitet. Das schlichte Gemüt würde nie auf den Gedanken kommen, daß sich der Ritter statt dessen nach Norden wendet, wo er in einem Kloster ein paar Nonnen weiß, die gegen ihren Willen dort festgehalten werden und sich in einsamen Nächten nach dem Körper eines Mannes verzehren.

Eine Magd hier, ein Nönnchen dort, und dazwischen immer wieder die vorwurfsvollen Dackelaugen des Bruders. Zum Kotzen.

Das Schneetreiben ist in einen sanften Landregen übergegangen. Der Ritter tritt nach einem Huhn, das sich zwischen seine Beine verirrt hat, und klettert wieder die schmale Leiter hoch zur Tür des mächtigen Turms. Von dort blickt er nachdenklich auf die wilde Kraterlandschaft der Auvergne. Das Paradies auf Erden ist das hier wirklich nicht. Eher der Vorhof zur Hölle.

Hinter der schmalen Tür ist es fast warm. In dem kleinen Saal bedecken Felle die Wände, und besonders dicke liegen auf dem steinernen Fußboden. Neben der Tür blakt eine Fackel. Er hockt sich auf einen Schemel nahe dem Kamin, in dem feuchtes Pappelholz zischend weißen Rauch ausstößt. Es juckt ihn zwischen den Beinen und unter den Armen. Man müßte baden, aber das ist nur im Sommer möglich, wenn Mägde aus der Küche warmes Wasser herbeischleppen und in das aus dem Fels gehauene Becken unten im Hof gießen.

Im Winter sind die Läuse unerträglich.

Er muß raus hier. Roß und Rüstung besitzt er selber. Hervé wird ihm einen Beutel Goldstücke mit auf den Weg geben müssen und einen berittenen Knecht dazu. Joscelin wird dafür auf seinen Anteil am väterlichen Erbe verzichten. Ein besseres Geschäft kann der Bruder nicht machen. Heute abend wird er mit ihm sprechen.

Gott will es.

Die Juden

Pogrome im Rheinland
Mai 1096

Alkuin ist müde. Gerne hätte er sich vor der Morgenfeier gedrückt, Gott hätte sicherlich ein Einsehen gehabt, aber so benimmt man sich als Prior nicht, wenn man in einem anderen Kloster gastfreundlich aufgenommen wird. Darum hat er alles geduldig ertragen: die drei endlosen Psalmenlesungen und das verschlafene und ganz und gar nicht jubilierende Alleluja, die Laudes und die Lesung aus der Apostelgeschichte, das Responsorium und den Hymnus, die Bibelverse und die Bittgebete, schließlich das Evangelium und den feierlichen Segen, und dabei ist noch nicht einmal die Sonne aufgegangen. Dennoch drängt die Zeit. Bis zum Mittag wird das Glöckchen die Brüder weitere fünf Male zum Gebet rufen, und er hat seinem Abt daheim so unendlich viel mitzuteilen. Er wird sich kurz fassen müssen.

Nicht nur wegen der vielen vom heiligen Benedikt aufgestellten Regeln, mit deren Beachtung man es in vielen Klöstern gottlob wieder genauer nimmt, sondern auch wegen des relativ kleinen Stücks Pergament, das man ihm für seine Botschaft an das Mutterkloster abgetreten hat. Man hat auch nicht darauf verzichtet, ihn ebenso nachdrücklich wie überflüssigerweise daran zu erinnern, wie kostbar ein solches Blatt ist, und wieviel Mühe es macht, ein Stück in kalkiger Brühe gewässerte Schafshaut zu spannen und zu schaben, bis man es endlich zuschneiden und verarbeiten kann.

Nichts geht über knauserige Brüder in Christo.

Schließlich hat man ihm einen Platz im großen Schreibsaal zugewiesen (wenn auch weitab vom Fenster, bei den jungen Mönchen, deren Augenlicht noch nicht getrübt ist), aber immerhin: Er hat – wie es sich gehört – ein Tintenhörnchen auf seinem Tisch vorgefunden, ein paar Federn und ein kleines Messer zum Anspitzen. Mehr hat er nicht erwarten dürfen, und als sich der erste Sonnenstrahl durch das kleine rundbogige Fenster stiehlt, taucht er den Gänsekiel ein und beginnt seinen Bericht.

Ehrwürdiger Vater, Ich habe Euch – Eurem Willen gehorchend – in den vergangenen Jahren wahrheitsgemäß über alle Ereignisse berichtet, die außerhalb der Mauern unseres geliebten Klosters geschehen sind und mir wissenswert erscheinen. Ich schrieb Euch, wie es um das unselige Verhältnis zwischen dem Papst und unserem Herrn Kaiser steht, den seine Frau Praxedis bezichtigt, sie vor den Augen seiner Saufkumpane zu Ausschweifungen des Fleisches gezwungen zu haben.

Allerdings kann ich Euch hier nur weitergeben, was behauptet wird und sich leider häufig widerspricht. Während die Anhänger des Papstes dabei bleiben, der Kaiser sei so gut wie entmachtet, und ihn schildern, als sei er kein Mensch, sondern der Leibhaftige in Person, versichern die Kaisertreuen, er sei und bleibe der Beschützer der Christenheit, werde bald aus Italien zurückkommen und dann mächtiger sein als je zuvor. Mit aller Vorsicht möchte ich Euch, sofern Ihr es mir gestattet, den Rat geben, gelassen abzuwarten, welche Partei sich durchsetzt. Es wäre töricht und möglicherweise sogar gefährlich, sich schon jetzt festzulegen. Es gibt auch niemanden, der zu diesem Zeitpunkt solches von Euch erwartet.

Bedeutsamer erscheint mir derzeit, was sich hier am Mittelrhein abspielt. Ich habe Euch schon mehrfach über merkwürdige Zeichen berichtet, die man am Himmel gesehen haben will. Vor zwei Jahren hat es viele Seuchen und verheerende Überschwemmungen gegeben. Letztes Jahr verdarb eine große Dürre die Ernte. Im letzten Monat hat man riesige Schwärme von Meteoriten gesehen, auch ein starkes Nordlicht, und manche berichten von einem roten Kometen, der über den Himmel gezogen sein soll.

Unsicherheit herrscht im Land, denn niemand weiß, ob es sich um Erscheinungen handelt, die dem normalen Wechsel in der Natur entsprechen, oder ob Gott uns das Ende aller Tage ankündigen will. Tatsache ist, daß sich nach dem Aufruf des Herrn Papst viele Menschen aufgemacht haben, um das Grab unseres Erlösers in Jerusalem zu befreien, um somit seiner gotteslästerlichen Befleckung durch die Heiden ein Ende zu bereiten.

Was mir daran nicht gefällt, ist, daß sich die Herren von Stand anscheinend allzu viel Zeit lassen und noch zögern, sich um die Fahne ihres Lehnsherrn zu versammeln. So zieht das niedere und ungeduldige Volk ohne jegliche Führung los. Die einfachen Menschen haben ihre verdorrten Felder verlassen und vertrauen anscheinend darauf, daß der Allmächtige ihnen auf ihrer Wallfahrt nach Jerusalem schon helfen wird. Allerdings haben sie nicht die geringste Ahnung, wie viele Tagesreisen es sind bis hin zur Heiligen Stadt, und ich muß gestehen: Ich weiß es auch nicht.

Eine große Schar von Wanderpredigern zieht über Land, spricht vom Jüngsten Gericht und der ewigen Verdammnis, vor der lediglich die Pilgerfahrt schützen könne, und einer der merkwürdigsten Eiferer unter ihnen ist ein gewisser Peter, der aus Amiens stammen soll. Angeblich hat er eine Zeitlang als Eremit gelebt; angeblich ist er bereits einmal im Heiligen Land gewesen und dort von den Heiden gefangen und gefoltert worden; und angeblich trägt er einen Brief bei sich, den er direkt aus dem Himmel erhalten hat. Ich gebe das alles mit großem Vorbehalt wieder, weil niemand diese Behauptungen nachprüfen kann und mir vor allem die Geschichte mit dem Brief eher gotteslästerlich erscheint.

Im Gefolge besagten Peters soll sich eine Frau befunden haben, die eine – wie ich vermute – dressierte Gans bei sich hatte. Dieses Tier folgte der Frau auf Schritt und Tritt, und der Prediger verkündete, dies sei der für alle nachvollziehbare Beweis dafür, daß Gott sogar die Tiere aufgerufen habe, ins Heilige Land zu ziehen. Obwohl ersichtlich war, daß die Gans eindeutig hinter dem Weib herlief, einmal sogar bis zum Altar einer Kirche in Cambrai, waren die Menschen leicht zu überzeugen, daß nicht die Frau die Gans, sondern die Gans die Frau nach Jerusalem führe.

Allerdings ist das Tier nie in Jerusalem angekommen, sondern bereits in Lothringen gestorben. Spötter höhnen, die Gans hätte eine weit höhere Chance gehabt, nach Jerusalem zu kommen, wenn die Frau sie geschlachtet und verzehrt hätte. Aber das gemeine Volk will nun einmal an solche Wunderzeichen glauben, und nur so ist zu erklären, daß die Menschen den Begleitern des besagten Wanderpredigers tatsächlich zwei Schweine für ein einziges Haar seines Esels bieten.

Nichtsdestoweniger hat dieser Peter aus Amiens allem Anschein nach eine außerordentliche Begabung, Menschen zu überzeugen, denn er hat eine unglaublich große Schar von Pilgern um sich gesammelt, die inzwischen mit ihm unterwegs nach Jerusalem sind. Es handelt sich allerdings nicht um einen sehenswerten Kriegsbann, sondern im Grunde nur um einen riesigen Haufen von armseligen Stadtbewohnern, von jüngeren Söhnen aus dem niederen Adel, von hörigen Bauern und Bettelmönchen, von Bettlern und Dirnen, von Schaustellern und Krüppeln, die zum Teil ihre Weiber und sogar ihre Kinder bei sich haben.

Ich fürchte, daß sich vor allem die meisten Leibeigenen unter ihnen nicht deshalb auf diese gefährliche Reise begeben, weil sie ihr Glauben dazu treibt. Man sagt nämlich, daß die Landbesitzer sich dahingehend verständigt haben, alle Unfreien ohne große Umstände ins Heilige Land ziehen zu lassen. Vermutlich folgen also die meisten diesem zerlumpten Peter allein deshalb, um wenigstens eine geringe Zeitspanne als freie Menschen leben zu können.

Ob es ihnen auf dieser gefahrvollen Pilgerschaft wohl besser ergehen wird als in ihrer Kate daheim? Und überhaupt: Steht nicht geschrieben, daß der Sklave seinem Herrn untertan sein soll? Trotzdem läuft das ganze armselige Lumpenpack, das so gut wie nicht bewaffnet ist, sieht man einmal von ein paar Spießen, Keulen und Messern ab, blind hinter diesem merkwürdigen Mann her.

In den Tod, wie ich fürchte.

Gestern ist er auf seinem Weg von Köln rheinaufwärts zur Donau hier vorbeigekommen. Ein häßlicher Mann, in schmutzstarrenden Kleidern und auf einem Esel reitend. Ihm folgen tatsächlich einige hohe Herren aus den Gebieten im Westen, die nicht mehr zum Reich gehören: der

Vicomte Wilhelm von Melun beispielsweise, der angeblich die Kraft eines Holzhackers besitzt und den man deshalb den »Zimmermann« nennt, oder ein gewisser Baron mit Namen Walter Sans-Avoir, ein Habenichts also, oder die beiden deutschen Priester Volkmar und Gottschalk, deren Herkunft niemand kennt. Ich kann mir nicht vorstellen, daß dieser Haufen auch nur bis Regensburg kommt.

Mehr Zutrauen habe ich persönlich in eine andere Schar, die beschlossen hat, nicht nur im Heiligen Land gegen die Heiden zu kämpfen, sondern mit ihrer Pilgerreise gleich hier zu beginnen, indem man diejenigen zum wahren Christentum bekehrt, die unseren Heiland einst durch die verblendeten Römer haben kreuzigen lassen. Jener Peter von Amiens und andere Pilger haben sich auf schäbige Weise an den Juden bereichert, indem sie damit drohten, ihnen die Thorarollen zu rauben, ihre Synagogen anzustecken und sie selber dem Flammentod auszuliefern, wenn sie sich nicht durch eine großzügige Spende freikaufen würden. Solche erzwungenen Spenden werden zwar kaum die Billigung des Allmächtigen finden, sind aber – wie ich höre – durchaus üblich, weil sowohl Kaiser als auch Erzbischöfe nur unter dieser Bedingung bereit sind, die Juden unter ihren Schutz zu stellen.

Gott sei gepriesen – es gibt noch fromme Ritter, die sich auf einen derart unehrlichen Kuhhandel nicht einlassen. Es kann und darf wohl kaum der Sinn einer Pilgerfahrt sein, dem Todfeind Gelegenheit zu geben, sich mit der Zahlung eines Beutels voller Silberstücke aus seiner Schuld zu stehlen. Ein hiesiger Ritter, Emicho von Leiningen, Verwandter des Erzbischofs von Mainz, hat den heimtückischen Juden von Worms lediglich die Wahl gelassen zwischen Taufe und Tod. Nur wenige nahmen das christliche Angebot an, die meisten gaben sich in frevelhafter Weise selbst den Tod. Ich habe mich entschlossen, in Mainz zu besagtem Emicho zu stoßen, um Euch von dort, ehrwürdiger Vater, weiter berichten zu können.

Alkuin streut sorgfältig Sand über die letzten Zeilen, die noch tintenfeucht sind, und erhebt sich ächzend von seinem Schemel, der etwas zu tief war für den Tisch. Sein Arm schmerzt, obwohl er beim Schreiben mehrfach unterbrochen wurde. Die kleinen Horen und die Prim, die Terz am frühen Vormittag und die Sext zur Mittagszeit, die Non am frühen Nachmittag: immer wieder Gebetsunterbrechungen, und er hat sich sputen müssen, um vor der Vesper und der endlosen Komplet seinen Brief beenden zu können. Erste Schatten fallen über das Kloster; eine Amsel zwitschert ihr Abendlied. Der Mönch freut sich auf den nächsten Tag: auf das Zusammentreffen mit Ritter Emicho.

Man sieht nur wenig Rauch über der Stadt. Brennende Strohdächer qualmen nun einmal nicht; ebensowenig wie trockene Fachwerkhäuser. Emicho und seine Männer betrachten das Inferno aus sicherer Entfernung. Weiter hinten in der Schar kauert der Mönch unbeholfen auf dem Pferd, das man ihm großzügig überlassen hat, und versucht zu beten. Es fällt ihm nicht leicht. Unten, am Ufer des Rheins, türmen sich die Leichen von etlichen hundert erschlagener Juden. Mainz brennt.

Für 200 Mark Silber hatte sich Erzbischof Ruthard bereit erklärt, die Mitglieder der jüdischen Gemeinde in seiner Residenz aufzunehmen. Weitere sieben Pfund Gold hatte die Gemeinde dem Anführer Emicho zukommen lassen. Vergebens. Der Ritter hatte etwas von »Judaslohn« geknurrt, das Geld jedoch trotzdem eingesackt. Für die Pilgerreise natürlich, ausschließlich. Dann hatte er den Befehl zum Angriff gegeben.

Es war ein ungleicher Kampf. Die Wachen an den Toren dachten nicht daran, Juden gegen christliche Ritter zu verteidigen. Die Juden wiederum wußten, was ihnen drohte. Sie kannten das Schicksal ihrer Glaubensbrüder in Trier und Worms. Als Emichos Männer die Tore zur Residenz aufbrachen, erwürgten die Frauen ihre Kinder, die Männer erdolchten ihre Frauen und dann sich selbst. Lediglich Urija und ein gewisser Isaak mit seinen zwei Töchtern hatten um Erbarmen gefleht und sich taufen lassen.

Aber zu wirklichen Christenmenschen waren sie dadurch

wohl nicht geworden. Den Mönch schaudert es. Er wehrt sich gegen die Erinnerung, aber sie überwältigt ihn immer wieder. Die beiden hübschen Mädchen mit ihrem durchschnittenen Hals. Wie kann ein Vater derart Entsetzliches tun? Isaak hatte am Tag nach der Zwangstaufe Gewissensbisse bekommen und seine Töchter regelrecht geschlachtet. Zusammen mit Urija hatte er ihre beiden Häuser und dann auch noch die Synagoge über ihren Köpfen angezündet.

Diese Narren. Freiwillig haben sie sich das Leben genommen und darüber hinaus noch ihr Taufversprechen gebrochen. Verdammt seien sie in alle Ewigkeit. Das Blut jener Juden, die vor über tausend Jahren von Pilatus den Tod des Heilands gefordert hatten, ist nun tatsächlich über ihre Kinder gekommen. Sterben müssen sie allesamt, wenn sie sich denn nicht bekehren wollen. Der Mönch weiß nicht, warum ihm trotzdem Tränen über die Bartstoppeln laufen.

Emicho wirft einen letzten Blick auf den hellblauen Rauch über dem Viertel, wo bis gestern die Juden wohnten, und spuckt aus. *Wir reiten nach Köln*, sagt er. Und Alkuin folgt ihm. *Gott will es.*

Die Sklavin

Das Frauenhaus in Belgrad
Juni 1096

Duna schaut aus dem Fenster. Die sengende Mittagssonne verwandelt den einst saftig grünen Rasen in dem kleinen Garten hinter dem Frauenhaus unaufhaltsam in braunes Heu. Der Brunnen tröpfelt nur noch schwach. Eine Biene tanzt von Blüte zu Blüte. Es ist still in den Straßen. Zu still eigentlich. Ruhe vor dem Sturm. Die meisten Bürger Belgrads haben die Stadt verlassen. Schutzlos ragen die Mauern empor; weit offen stehen die Tore. Das lauteste Geräusch im Palast des Statthalters Niketas verursacht eine grüne Fliege. Die Sklavinnen hängen schweigend ihren Gedanken nach. Auch sie sind beunruhigt.

Man muß sich ablenken. Die kleine Edith mit den roten Haaren versucht seit dem Mittagessen, mit einem Holzstückchen die Fischreste aus ihren Zähnen zu entfernen. Perosa mit den schwarzen Haaren wimmert schon seit über zwei Stunden. Sie liegt auf dem Rücken und hat die Beine gespreizt. Ein junges Mädchen kniet zwischen ihren Schenkeln und zupft ihr mit einer Pinzette die Haare aus. Sie hat sehr viele Haare dort, wo die meisten griechischen Männer sie nicht lieben.

Die Frau kehrt vom Fenster zurück zu dem Mädchen Rana, das sie in ihr Herz geschlossen hat. Ihr Haar ist rotblond, und sie stammt irgendwo aus dem Norden, wo alle Menschen angeblich dieses seltsame Haar haben. Auf einem Kriegszug ist sie im Herbst des vergangenen Jahres erbeutet worden. Sooft sie es erzählt, zieht sich der Unterleib der Frau zusammen, und sie denkt an den Häuptling, der einmal ihr Mann gewesen ist. Ob er noch nach ihr sucht? Bis Belgrad jedenfalls wird er nie kommen. Über zehn Jahre ist Duna nun schon Sklavin des Niketas, dieses kleinen, aufgeblasenen Herrschers über die Provinz Bulgarien. Zehn Jahre, und noch ist sie ihm nicht zu Willen gewesen. Was ist wohl stärker? Sein Haß oder ihre Verachtung?

Er hat sie auf dem Sklavenmarkt von Nisch von einem jüdischen Händler gekauft, der sie wiederum den Liutizen abgehandelt hatte. Für sehr viel Geld übrigens. Niketas hat sie nie besessen. Er hat es auch nur ein einziges Mal versucht. Dieser lächerliche Schlappschwanz.

Zunächst hatte er sie in seiner Villa in Nisch den anderen Sklavinnen übergeben, deren Sprache die Frau nicht verstand. Sie war apathisch gewesen damals, hatte sich in ihr Schicksal gefügt und sich auch nicht gewehrt, als man ihren ganzen Körper in eine Wanne merkwürdig riechenden Wassers getaucht hatte. Auch nicht, als man ihr die Nägel an Fingern und Zehen ganz kurz schnitt und mit roter Farbe bestrich. Sie hatte zugelassen, daß man sie ihrer dunklen Zöpfe beraubte und das verbleibende Haar zu kleinen Locken aufdrehte. Gewehrt hatte sie sich erst, als man ihr die Haare aus den Achselhöhlen entfernte; und als die Frauen ihr dann die Beine spreizten, um auch dort alles auszuzupfen, hatte sie gekämpft wie eine tollwütige Wölfin.

Aber das hatte alles nur schlimmer gemacht. Vier Männer wurden gerufen, und die Demütigung, die sie dann erfuhr, brennt noch heute in ihrem Herzen. Sie wußte damals noch nicht, was ein Eunuch war. Trotzdem: Diese halbe Stunde würde sie nie vergessen. Niemandem. Am wenigsten diesem Niketas, der sie am Abend darauf zu sich rufen ließ.

Gewaschen, parfümiert und nackt bis aufs letzte Haar wurde sie vor ihn gebracht. Nicht einmal ihr Mann hatte sie jemals so gesehen. Sie zitterte vor Scham und Wut, als dieser griechische

Bastard mit seinen fetten Fingern an ihr herumfummelte. Schließlich nestelte er schwer atmend und nervös an seinem Gewand, öffnete Dutzende von Schnallen und ließ das Tuch schließlich über die Schultern zu Boden gleiten.

Unglaublich. Einfach unfaßbar. Der griechische Statthalter von Bulgarien, Kommandant von Nisch, Herrscher über Hunderttausende von Untertanen, mächtiger Kriegsherr, Eigentümer von zweihundert Hörigen und achtundzwanzig Sklavinnen. Und dann dieses. Die Frau besah sich das gekrümmte Etwas unter dem rosafarbenen Bauch, dieses Nichts, dieses Würmchen, dachte an den Häuptling der Obotriten, dessen muskelbepackter Körper sie vor langer Zeit nahezu jeden Tag in einen Taumel der Lust versetzt hatte, und dann begann sie zu lachen. Duna lachte so laut, daß Diener hereinstürzten, die mit wütenden Handbewegungen wieder verscheucht wurden, lachte, bis ihr die Tränen links und rechts an der Nase vorbei über die Backen rollten, und sie wurde geradezu hysterisch, als dieses Würmchen sich verschreckt zurückzog und zum Schluß in irgendwelchen Fältchen gänzlich verschwand.

Sie lachte noch immer, als die Eunuchen sie in die Frauengemächer zurückschleppten, und dann wurde ihr plötzlich schlecht. Erst jetzt wurde ihr bewußt, daß sie den Statthalter tödlich beleidigt hatte, so tödlich, wie es nur eine Frau vermag, die einem selbstbewußten Freier im Augenblick seiner höchsten Erregung nicht nur ihre Verachtung zeigt, sondern ihn darüber hinaus vor seinem Personal der Lächerlichkeit preisgibt. Niketas würde das nicht vergessen. Wahrscheinlich würde sie schon morgen sterben.

Aber Niketas ließ sie nicht töten. Nicht einmal auspeitschen, brandmarken oder verkaufen. Warum auch immer. Sie hat es nie erfahren. Er schenkte ihr zwar nicht die Freiheit, aber er sah sie auch kein einziges Mal mehr an. Ihr war es recht. Fliehen wollte sie ohnehin nicht. Wohin auch hätte sie gehen sollen?

So wie sein lächerliches Glied sich damals eingeschüchtert

zurückgezogen hatte, so hat sich heute der Statthalter selber verkrochen. Er ist mit seiner Familie in seine Residenz nach Nisch geflohen. Die Sklavinnen sollen in den nächsten Tagen folgen. Nicht einmal eine Besatzung wurde in der Stadt zurückgelassen. Die Franken sind es, flüstert man in den Frauengemächern, die ihm einen derartigen Schrecken eingejagt haben. Tausende von ihnen ziehen seit Wochen durch Ungarn in Richtung Konstantinopel, Tausende sind auch an Belgrad vorbeigezogen und haben die Umgebung der Stadt geplündert.

Unter Franken kann sich Duna nur wenig vorstellen. Anscheinend handelt es sich um Christen. Der einzige Christ, den sie vor ihrer Versklavung jemals gesehen hat, war der Mönch, damals in ihrem Dorf. Die Liutizen haben ihm das Fell über die Ohren gezogen, weil die Haut eines Mönches einen ungemein attraktiven Kopfschmuck abgibt. Das ist alles, was sie über Christen weiß. Religion ist kein Thema in den Frauengemächern.

Inzwischen hat sie immerhin gelernt, was einen Eunuchen von einem richtigen Kerl unterscheidet, und sie hat Freundschaft mit einem jungen Mann vom Wachpersonal geschlossen, dessen hohe Stimme sie zunächst erstaunte, ihr aber längst angenehm in den Ohren klingt. Ein Waräger sei er, und von seinen Eltern bereits als Kind in Haithabu verkauft worden, hat er ihr erzählt.

Der Frau sind weder die Waräger bekannt noch die Handelsmetropole Haithabu oben in Schleswig. Sie hat lediglich begriffen, daß es lebenswichtig sein kann, nicht nur die eigene Sprache zu sprechen, und so hockt sie – wann immer es ihm sein Dienst erlaubt – mit dem jungen Mann zusammen und versucht, sich mit ihm zu verständigen. Es ist ihr nicht unangenehm, wenn er wie absichtslos ihre Schulter berührt, und sie wehrt sich auch nicht, wenn seine Hände zuweilen kühner werden. Es ist angenehm, gestreichelt zu werden; Zärtlichkeit ist rar in diesem Räumen, und warum sollte nicht auch dieser junge Mann ein wenig Vergnügen empfinden. Auf mehr darf er ohnehin nicht hoffen.

Inzwischen kann sie sich mit ihm nicht nur fließend verständigen. Sie hat weder Mühe, die rothaarige Althea aus dem Land der Angeln zu verstehen noch die schwarzhaarige Perosa aus Ephesos, der sie soeben die Schamhaare ausrupfen. Sie spricht mit der blonden Normannin und unterhält sich mit dem Mädchen mit den grünen Augen und der dunklen Haut, die ganz weit im Westen zu Hause ist, wo der heilige Jakobus begraben liegt. Wer immer das sein mag.

Die Frauen dürfen das Haus verlassen. In Begleitung versteht sich, aber immerhin. Schließlich leben sie nicht in einem Harem, wie es sie weiter im Osten geben soll. Männer in Belgrad haben keinen Harem. Sie haben nur Sklavinnen, die den Markt aufsuchen dürfen und dort naturgemäß die Ohren aufsperren. So wissen inzwischen alle, daß wieder Franken unterwegs sind nach Jerusalem, wo Männer herrschen, die an einen Gott glauben, den sie Allah nennen, dessen Prophet wiederum ein gewisser Mohammed war.

Ziemlich gewöhnliches Volk soll es sein, das da gezogen kommt, um die Heilige Stadt Jerusalem zu befreien, aber auch Ritter sind darunter und viele Edelleute. Angeführt wird das Heer, das eigentlich schon in Sichtweite sein muß, von einem gewissen Peter von Amiens, sagt der Eunuch. Jedermann habe bereits von den aufregenden Abenteuern und Wundertaten dieses Ritters gehört, und sein bloßer Anblick sei so furchterregend, daß er bei allen Feinden panischen Schrecken verbreite.

Alle Soldaten seien zusammen mit dem Statthalter geflohen und die Sklavinnen allein und schutzlos. Aber er wird sie verteidigen, sagt der Eunuch, mit seinem Leben, und die Frau glaubt ihm sogar. Nur weiß sie nicht, ob es eine Gnade ist, aus der Sklaverei der Griechen befreit zu werden, oder ob ein noch schwereres Los auf sie wartet, wenn die fränkischen Christen kommen.

Als die ersten Schatten auf die wilden Rosen an der Gartenmauer fallen, ist die Nervosität im Haus mit den Händen zu greifen.

Die Amsel, die unermüdlich auf dem Dach des flachen Ladengebäudes an der Straßenecke das Lob des jungen Sommers gepriesen hat, verstummt abrupt. Gejohle ist zu hören, Hufgeklapper und das Geräusch, das Schwerter verursachen, die hinter ihren nachlässigen Trägern her über das Pflaster schleifen. Fäuste hämmern gegen Türen; die Mauern der engen Gassen werfen das Echo gebellter Befehle zurück. Die Franken sind in die Stadt eingedrungen.

Die Eunuchen fliehen über das Dach im Hof, bis auf den einen, der versprochen hat, die Frau zu schützen. Er schwingt ein großes Krummschwert gegen die Männer, die das kleine Tor aufgebrochen haben. Ein Topfhelm fängt seinen wilden Schlag auf. Eisen klirrt auf Eisen. Aber der Eunuch hat singen gelernt, schreiben und dichten, jedoch nichts über die Abwehr eines Lanzenstichs. Hellrotes Blut spritzt aus seiner Lunge. Einen Augenblick noch versperrt sein taumelnder Körper den schmalen Zugang zum Treppenhaus, das in die Frauengemächer führt. Dann trampeln sie über den Toten hinweg.

Beute! Hier riecht es nach Beute.

Duna ist auf den Balkon hinausgetreten. Das also sind angeblich Christen, die da durch die Gasse strömen. Manche tragen abgeschlagene Köpfe auf ihren Lanzen, andere Skalps an ihren Gürteln, bluttriefende Haarbündel, die sie besiegten Feinden mitsamt einem Stück der Kopfhaut vom Schädel gerissen haben. Deren Blut fließt noch an ihren Beinen hinunter.

In ihrer Mitte reitet auf einem grauen Esel ein dürrer Mann, auf seinem Hinterkopf eine kreisrunde Stelle, wo die filzigen weißen Haare rasiert worden sind. Sein Gewand starrt vor Schmutz. Genau in dem Augenblick, als die Eroberer in das Serail stürmen, blickt der alte Mann zu der Frau hinauf. Sie weiß nicht genau, was sie sich davon verspricht, aber sie reißt die Arme hoch, die Handgelenke zusammen, als seien sie gefesselt, und sie schreit, daß sie allesamt Christen seien hier oben, und sie ruft auch Wörter, die sie von den anderen gelernt hat, obwohl sie ihren Sinn kaum versteht. *Heiland*, ruft sie, *Jerusalem, Gott will es* und *Kyrie Eleison*.

Auch die anderen Mädchen kreischen *Christus* und *Michael* und *Maria und Josef*, und die mit den grünen Augen hält zwei Kerzen so übereinander, daß sie ein Kreuz bilden, ähnlich jenem, das früher einmal auf dem Anger eines gewissen Obotriten-Dorfes gestanden hat.

Das Wunder jedoch, das der kleine Gott mit dem Eisenhelm damals nicht hat bewirken können, geschieht an diesem Nachmittag in Belgrad. Schon haben die Eindringlinge die Frauen entdeckt, umfassen sie an den Hüften und suchen auch obenherum, drücken sie gegen das Geländer und versuchen, unter ihre Röcke zu gelangen, da ruft der kleine Mann mit seiner zitternden Stimme etwas zu ihnen hoch. Und er winkt den Frauen zu, auf die Straße herunterzukommen, mit ihm zu gehen, nach Jerusalem zu ziehen.

Die Kerle lassen die Weibsbilder tatsächlich los, nehmen ihre Hände aus den Blusen und stopfen Herausgeholtes zurück in die Hosen, murrend zwar, aber gehorsam, als habe der vornehme Ritter Peter von Amiens selbst es ihnen befohlen.

Die Frauen raffen ihre Habseligkeiten zusammen, hasten die Treppen hinunter auf die Gasse, und während die Menge damit beginnt, das Haus des Niketas zu plündern, schließen sie sich voller Panik dem wüsten Haufen an, der ihnen zunächst einmal einen gewissen Schutz zu bieten scheint. Der Mönch wird sie ganz bestimmt zu Ritter Peter führen, dessen sind sie gewiß, und das Weitere wird sich finden.

Daß es der vermeintlich vornehme Ritter Peter höchstpersönlich ist, der da vor ihnen auf diesem elenden Esel hockt, werden sie erst später erfahren. Aber das ändert auch nichts mehr daran, daß sie nun unwiderruflich unterwegs sind.

Nach Jerusalem.

Die Pfähle

Emichos Horden in Ungarn
September 1096

Es ist schier unglaublich, und Alkuin weigert sich auch, weiter zuzuhören. Dieser unsägliche Wanderprediger – er bezeichnet sich selber sogar als Propheten – erzählt nun schon zum drittenmal an diesem Nachmittag, wie er im Traum den heiligen Michael vom Monte Pellecchio habe herabsteigen sehen. Angeblich hat der Erzengel mit finsterer Miene zu ihm gesagt, es sei eine Schande, daß man noch immer nicht alle Juden ausgerottet habe. Viele seien zwar verbrannt, nur einige wenige dagegen bekehrt worden. Was aber würden die Ritter zu ihrer Rechtfertigung sagen, wenn sie demnächst in Jerusalem am Grabe Christi stünden und noch immer zu viele von jenen Verdammten lebten, die für den Mord an Gottes Sohn nicht bestraft worden seien?

Ein paar Ritter spenden müde Beifall, andere wenden sich gelangweilt ab. Die meisten halten den zerlumpten Kerl da für einen der vielen Schwindler, die sich in diesen Tagen wichtig tun. Der heilige Michael hätte sich ganz gewiß einen Mann von altem Adel auserkoren, wenn er denn eine Botschaft zu überbringen hätte. Das findet auch der Mönch und zieht sich zurück zu seinem Bündel, das er neben den Maultieren abgelegt hat.

Das Heer des Grafen Hugo von Vermandois lagert in den Sabiner Bergen im Nordosten von Rom, aber der Herr von Melun, den sie wegen seiner breiten Holzhackerschultern den Zimmermann nennen, hat erfahren, daß sie in jedem Fall einen Bogen um die Stadt schlagen werden. Man weiß nie, wie man dort empfangen wird, und das Ziel der französischen Ritter heißt Bari. Dort wollen sie sich mit den Normannen vereinigen.

Der Mönch ist enttäuscht. Gerne hätte er seinem Abt Erstaunliches und Erbauliches über die Heilige Stadt und ihre unzähligen Kirchen und Türme erzählt, die große Arena geschildert, wo so viele Heilige den Märtyrertod gestorben sind, von den Resten der heidnischen Tempel geschrieben und über den Lateran, den Palast des Papstes, und die Gräber der heiligen Apostel Petrus und Paulus – statt dessen bleibt nur Entsetzliches zu berichten.

Der Mönch kramt Pergament aus seinem Sack, ein Fäßchen Tinte und eine Feder. Wo war er beim letzten Mal stehengeblieben? Er glaubt, sich zu erinnern. Beim Massaker an den Juden in Mainz.

Es war keineswegs das einzige gewesen. Zuvor waren die Juden in Worms umgebracht worden, später die in Trier und in Metz, um nur von einigen Vergeltungsmaßnahmen gegen die Mörder des HERRN zu sprechen. Der Mönch war zwar nicht überall dabeigewesen, aber die Leute redeten von nichts anderem. In Worms – so wird erzählt – hatten die Juden angeblich einen Christen ertränkt, ihn im Wasser verfaulen lassen, um schließlich mit der aufgedunsenen Leiche die Brunnen der Stadt zu vergiften. Entsprechend angeheizt war die Stimmung in der Stadt, als Emichos Haufen heranrückte. Die Juden flüchteten sich deshalb in den Palast des Erzbischofs; es half ihnen nichts. An die fünfhundert wurden umgebracht.

Alkuin war mit Wilhelm dem Zimmermann geritten und wurde in Köln Zeuge, wie die dortigen Juden von den Kölner Bürgern in ihren Häusern versteckt wurden. Wanderprediger deuteten daraufhin ein kurzes Erdbeben als Zeichen Gottes, der enttäuscht sei über das zögerliche Handeln von Hermanns Leuten. Da stürmten sie die leer stehenden Häuser im Judenviertel und auch die alte Synagoge, zerrissen die dort aufbewahrten

Thorarollen und machten sich dann an die Verfolgung der Hebräer, die nach Xanten geflüchtet waren, nach Eller, Neuss und Wewelinghoven. Wer sich nicht taufen ließ, wurde niedergemacht. An die zwölftausend scheinen es allein im Rheinland gewesen zu sein.

Der Mönch unterbricht seinen Bericht und starrt auf die Hügelkette am Horizont. Er erinnert sich an eine grausige Szene, als ein ehrwürdiger Greis seine gesamte Sippe einschließlich seines ältesten Sohnes in die Mitte eines Flusses geführt hat. Während die anderen Familienmitglieder um das Paar herumstanden und das Gebet *Höre Israel* murmelten, stieß der alte Mann dem Sohn das Messer in den Hals. Sterbend flüsterte der Sohn noch ein *Amen*, dann ließen sich alle ins Wasser gleiten und ertranken.

Die Verfolger hatten den gemeinsamen Selbstmord vom Ufer aus beobachtet, und während Emicho und seine Leute das Sterben der Juden mit lautem Johlen begleiteten, kam dem Mönch erstmals der Gedanke, daß einst auch christliche Frauen und Männer lieber in den Tod gegangen waren, als ihren Glauben zu verraten. Kann es denn sein, daß selbst Juden zu Märtyrern werden können? Und in welches Paradies gelangen sie dann?

Alkuin hatte den ketzerischen Gedanken rasch verdrängt, und als sich der Haufen Emichos schließlich aus dem Rheintal hinaus nach Osten wandte, gelang es ihm, die furchtbaren Szenen wenigstens vorübergehend zu verdrängen. Aber er muß seinem Abt noch viel Gräßlicheres mitteilen; vielleicht ist es gut, wenn er es sich von der Seele schreibt.

Emicho hatte ihm ein schnelles Pferd gegeben und ihn beauftragt, vorauszureiten, um die vor ihnen marschierenden Gruppen aufzufordern, auf sie zu warten, weil man vereint schlagfähiger sei. Schließlich wisse niemand, ob man ihnen unterwegs freundschaftlich begegnen würde. Er hatte Tage im Sattel verbracht, aber da er naturgemäß im Reiten ungeübt war, gelang es ihm erst hinter der ungarischen Grenze, die Horde des Priesters Gottschalk einzuholen, die durch Bayern gezogen war und auch in Regensburg die Juden ermordet hatte.

Sie hatte sich fürs erste bei dem kleinen befestigten Städtchen Wieselburg niedergelassen, und obwohl der ungarische König Koloman Anweisung gegeben hatte, sie mit dem notwendigen Proviant zu versorgen, begannen die Männer alsbald, die Bevölkerung zu erpressen und ihr das letzte Stück Fleisch und den letzten Krug Wein abzufordern. Natürlich wehrten sich die Ungarn; es kam zu kleineren Überfällen, und als der Mönch auf seinem erschöpften Pferd eintraf, wurde er Zeuge einer bestialischen Racheaktion.

Gottschalks Männer hatten einen Bauernburschen gefangen, der einen der Ihren erschlagen hatte, und ihn nackt und mit gespreizten Beinen auf den Boden gekreuzigt. Ein langer, etwa armdicker und besonders gerade gewachsener junger Baum war am oberen Ende mit großer Sorgfalt angespitzt worden. Er lag nun zwischen den Beinen des jungen Bauern, und ein wüst aussehender Franzose trieb den Stamm mit bedächtigen, kurzen Schlägen in den After des Unglückseligen. Der Bursche schrie unmenschlich, als sein Schließmuskel platzte und sich der Stamm langsam durch seine Därme auf den Magen zu bewegte.

Ein zweiter Mann kniete neben dem sich windenden Opfer und verfolgte mit tastenden Handbewegungen das Eindringen des Pfahls in das Leibesinnere. Er dirigierte den Mann mit dem Hammer, der das Holz nach seinen Anweisungen mal mehr nach links, dann wieder nach rechts trieb, damit nach Möglichkeit kein lebenswichtiges Organ verletzt wurde. Der Bauernbursche verlor immer wieder das Bewußtsein und hörte nicht die anfeuernden Zurufe der Umstehenden, die ungeduldig darauf warteten, daß die Spitze des Stamms am Schlüsselbein austrat.

Der Mönch führte sein Pferd vom Hinrichtungsplatz fort und erbrach sich hinter einem Busch. Ohne sich auf die Suche nach Gottschalk zu machen, ritt er zurück und log Emicho vor, er habe vergebens nach dem Priester und seinen Leuten gesucht. Wahrscheinlich hätten sie einen anderen Weg gewählt.

Nun fragt er den Abt, ob es Sünde gewesen sei, die Unwahrheit zu sagen. Auch wüßte er gerne, ob es Sünde ist, überhaupt noch weiter zu reiten mit dieser Art von Männern, die so wenig seiner Vorstellung von Pilgern entsprechen, die – wenn auch bewaffnet – unterwegs nach Jerusalem sind. Aber solche Fragen machen keinen Sinn, denn er wird nie eine Antwort erhalten. Es ist sogar wenig wahrscheinlich, daß der Abt diesen Brief zu lesen bekommt. Weit weg ist der Schwarzwald von den Sabiner Bergen, und weit weg ist der Mönch von daheim. Trotzdem schreibt er weiter.

Wenig später erreichte auch Emichos Haufen den Donauarm bei Wieselburg, aber der Übergang wurde ihnen von berittenen Truppen des ungarischen Königs verwehrt, der ihnen aufgrund der Erfahrungen mit den Horden des Gottschalk den Durchzug durch sein Reich verweigerte. Sechs lange Wochen dauerte es, bis Emichos Trupp eine Brücke über die Donau gebaut und endlich übergesetzt hatte, um die Stadt zu erobern.

Der große Belagerungsturm, den zwei französische Zimmerleute mit tatkräftiger Unterstützung von nahezu einhundert Männern gebaut hatten, wurde über die Notbrücke gerollt und wartete auf seinen Einsatz. Zwei überdachte Rammböcke waren bereits vor den Stadttoren in Stellung gebracht, und für die Stunde der Morgendämmerung war der Angriff befohlen worden. Am Abend aber kursierten Gerüchte im Lager. König Koloman ziehe angeblich persönlich mit einem riesigen Heer zum Entsatz der Stadt heran. Ungewöhnlich viele Sternschnuppen wurden in dieser Nacht am klaren Himmel beobachtet. Die kaum verhüllte Nervosität der Anführer übertrug sich auf die Männer. Sie fielen in einen unruhigen Schlaf, aus dem sie im frühen Morgengrauen durch schrille Schreie geweckt wurden.

Rund um das Lager der Christen hatten die Ungarn während der Nachtstunden Hunderte von Leichen auf Pfähle gespießt. Schaurig schlenkerten Arme und Beine der Nackten im Morgenwind hin und her.

Die Toten waren zwar nicht mehr zu identifizieren, aber jeder im Lager wußte, daß dies die sterblichen Überreste von Gottschalks Männern sein mußten, die anscheinend ausnahmslos niedergemacht worden waren. Der grausige Anblick der Aufgespießten löste im Lager Panik aus. Noch während die Männer durcheinanderliefen, gellten Kampfschreie aus den nahen Wäldern. Ungarn stürmten heran und überschütteten die Zelte mit einem Regen brennender Pfeile. Zugleich öffneten sich die Stadttore, und die Belagerten machten einen Ausfall.

Der Mönch war weder ein Krieger noch sonderlich tapfer. Er schwang sich auf ein herrenloses Maultier, trieb ihm die Fersen in die Flanken und floh flußabwärts in das hohe Schilf, wo er aus guter Tarnung heraus den Ausgang der Schlacht beobachtete. Es war eher ein Gemetzel. Emichos Männer, vom Anblick der Gepfählten noch immer wie betäubt, wandten sich bald gegen die angreifenden Pfeilschützen, bald wieder gegen die Verteidiger von Wieselburg, die von hinten auf sie eindrangen. Es gab keine geschlossene Kampflinie, keinen Flankenschutz, keine erkennbare Taktik. Nur sich widersprechende Befehle, schließlich Panik und kopflose Flucht.

Nach und nach fanden sich im schützenden Schilf auch Wilhelm der Zimmermann ein und noch dieser oder jener französische Ritter, während oben vor der Stadt der letzte Widerstand der Kreuzfahrer gebrochen wurde. Was aus Emicho geworden war, blieb unklar. Niemand verspürte ein größeres Bedürfnis, nach ihm zu suchen. Der kleine Trupp wartete die Nacht ab, um sich im Schutz der Dunkelheit davonzustehlen.

Es wurde ein langer Tag. Gott sei Dank gab es Wasser genug. Der Weg nach Ungarn war versperrt. Sie hatten keine andere Wahl, als sich nach Süden zu wenden und durch Italien zu ziehen. Mit einigem Glück würde man dort auf Ritter stoßen, die südwärts unterwegs waren.

Alkuin streckt die verkrampften Finger der rechten Hand. Seit einiger Zeit quält ihn die Gicht. Gregorius, der Infirmarius im

Kloster daheim, hat ihm sein Rezept mitgegeben: vier Teile zerstoßenen Wermut, zwei Teile Hirschtalg und ein Teil Hirschmark. Daraus wird eine Salbe gemacht, mit der man die verkalkten Knöchel bestreicht. Es hilft nicht besonders. Besser ist der ausgepreßte Saft der Herbstzeitlose, aber der verursacht starken Durchfall, was nicht nur lästig, sondern auch peinlich ist, wenn man den ganzen Tag zusammen mit anderen reitet.

Der Infirmarius hat ihm noch ein Rezept verraten, doch der Mönch ist sich nicht sicher, ob er dabei mit den Augen gezwinkert hat: Einen ganzen Ameisenhügel mit allen Tierchen muß man in einen Badezuber werfen und kochendes Wasser daraufgießen. Wenn es genügend abgekühlt ist, soll man seinen ganzen Körper darin baden, aber nicht den Kopf, weil der sonst Schaden nehmen könne. Der Mönch fragt sich, ob Bruder Infirmarius vielleicht doch einmal seinen Kopf in eine solche Ameisenbrühe gesteckt hat. Ganz unwahrscheinlich erscheint es ihm nicht.

Sorgfältig rollt er das Pergament zusammen. In Rom hätte man bestimmt leicht einen heimkehrenden Pilger finden können, der den Brief mit in die Heimat genommen hätte. In den Sabiner Bergen ist das eher unwahrscheinlich. Er wird den Brief wohl bis Bari bei sich tragen müssen. Schlimmstenfalls sogar bis nach Jerusalem.

Vielleicht wird man ja schon das Weihnachtsfest dort feiern.

Das Rendezvous

Im Harem von Antiochia
Juni 1096

Der alte Mann ist überfällig. Es ist mehr als eine Stunde her, daß Yaghi-Siyan, von Sultan Malik-Schah eingesetzter turkmenischer Statthalter von Antiochia, in die Räume seiner Ersten Frau gegangen ist. Ob Ehefrau oder Sklavin: Mehr als zehn Minuten braucht er selten, um sein Bedürfnis zu befriedigen, und es wäre ihm nie in den Sinn gekommen, darüber nachzudenken, daß auch die jeweilige Frau ein solches haben könnte. Sie ist ein Gefäß, dem die Gnade zuteil wird, daß sich der Herr darin ergießt. Dafür hält der Mann sie in Ehren, ernährt sie, schenkt ihr Schmuck und Sklaven und läßt sie in seinem Palast wohnen. In den weitaus meisten Fällen selbst dann noch, wenn er ihrer überdrüssig ist.

So einfach ist das.

Yussuf verspürt ein flüchtiges Mitleid mit diesen Frauen. Er erinnert sich an ihr Kichern damals, wenn sie sich gegenseitig fragten, warum die Männer nicht wüßten, wie es ist, wenn es einer Frau kommt. Und die Antwort hieß stets: Weil sie nie dabei sind! Ausschütten vor Lachen konnten sich die Frauen, und er, der Kleine, saß unter ihnen und verstand überhaupt nichts.

Das allerdings hat sich inzwischen geändert. Helfen kann er den Frauen trotzdem nicht. Auch nicht mit jenen Mittelchen, die angeblich die Leidenschaft des Mannes entfachen. Was sollten die nützen? Der Mann kommt ja häufig genug zu ihnen. Nur kommt er zu schnell. Der Eunuch lächelt über sein eigenes

Wortspiel. Seine ganze Kindheit hat er in einem Harem verbracht, und trotz seiner jungen Jahre weiß er mehr über die Sehnsüchte der Frauen, als der alte Mann je erfahren wird.

Wo er nur so lange bleibt? Vielleicht hat er heute ein anderes Bedürfnis; vielleicht will er ausnahmsweise nur reden.

Dem Eunuchen wird die Zeit lang. Er hockt sich über eine Messingschüssel und entleert seine Blase. Sorgfältig wäscht er anschließend die vernarbte Öffnung am Unterbauch mit einem kleinen roten Schwamm ab und tupft Mandelöl in die rosafarbene Vertiefung. Dann verschließt er das winzige Loch mit einem polierten Elfenbeinstift, den er an einem Goldkettchen um die Hüfte trägt. Er muß sich vorsehen. Seine Blase ist empfindlich und nahezu ungeschützt. Er trägt das Gefäß in eine abgelegene Ecke des Gartens zu einer muschelförmigen Marmorschale mit engem Ausguß. Dorthinein entleert er die Schüssel. Ihr Inhalt wird durch Bleirohre den Berg hinabfließen und sich neben der Brücke in den Orontes ergießen. Morgen wird er sich bereits im Mittelmeer befinden. Der Gedanke gefällt dem jungen Mann. Es ist angenehm, in einer kultivierten Welt zu leben.

Ein aufgeschrecktes Käuzchen läßt sich beleidigt aus einer vom Wind zerzausten Kiefer vernehmen. Sonst ist es still. Weiter unten am Berg zirpen Grillen. Im oberen Teil des Palastes dürfen sich nur die Frauen aufhalten, zuweilen der Statthalter – und er. Keiner der Frauen ist es gestattet, nach Einbruch der Dämmerung ihre Räume zu verlassen. Es ist still. Der Eunuch schließt die Augen und lauscht, aber das vertraute Geräusch läßt auf sich warten.

Das Kinderglück im Frauenhaus des Kalifen war nicht von Dauer gewesen. Keine zehn Monate nach seiner Verstümmelung fand man Raissa erhängt im Garten des Harems. Niemand hat je erfahren, was in jener Nacht geschehen ist, als der Herrscher sie wie so häufig zu sich rufen ließ. Am nächsten Morgen führten zwei Eunuchen sie in einen winzigen Raum, den sie von nun an bis zu ihrem Dahinscheiden mit zwei Dienerinnen teilen sollte. Raissa hatte die Wartezeit auf ihre Art verkürzt.

Ihr kleiner Freund weinte drei Tage lang. Dann befand die Erste Frau, daß er nun genug getrauert habe, und schickte ihn mit einem Empfehlungsschreiben zur neuen Medresse von Bagdad.

Yussuf schrie und strampelte, als man ihn aus dem Frauenhaus abholte, aber die Erste Frau zitierte den Propheten: *Suche Wissen, und sei es in China!* Sie vergaß indes nicht, beruhigend darauf hinzuweisen, daß man ihn ja nicht gleich bis China schleppen werde, sondern lediglich in die Schule; wenn auch in eine besondere. Dort wurden nicht nur der Koran gelehrt und die Juristerei – die Begabtesten wurden vor allem in Sprachen unterrichtet, denn die diplomatischen Beziehungen des Kalifen reichten weit.

Nach fünf Jahren Studium konnte sich der junge Eunuch recht ordentlich mit einem Militär aus Konstantinopel unterhalten, aber auch mit einem Sklavenhändler aus Verdun, mit einem fatimidischen Kapitän aus Alexandria ebenso wie mit einem Gesandten aus Córdoba oder einem Waräger aus dem kalten Norden. Schließlich nahm ihn Emir Ridwan von Aleppo in seinen Dienst, der nach dem Hinscheiden des Sultans Malik-Schah der eigentliche Herrscher über Antiochia war, was der dortige Statthalter indes nicht so recht anerkennen wollte. Der Eunuch hatte gerne in Aleppo gelebt. Das Leben im Palast war angenehm, und das Minarett der eben fertig gewordenen Omayadenmoschee galt, wenn nicht als Weltwunder, so doch als eines der schönsten Bauwerke, das muselmanische Architekten jemals ersonnen hatten.

Aber Emir Ridwan hatte andere Pläne. Yaghi-Siyan, sein Vertreter in Antiochia, mußte gute Miene zum bösen Spiel machen, als ihm der Emir den talentierten jungen Mann als Geschenk aufdrängte, und es dauerte tatsächlich einige Zeit, bis das Mißtrauen des Statthalters geschwunden war, aber als oberster

Wächter über das Frauenhaus konnte der Eunuch schließlich kaum Schaden anrichten. Außerdem war es nützlich, einen guten Dolmetscher im Haus zu wissen und einen gescheiten Rechtswissenschaftler dazu. Ausspionieren dagegen ließ sich so ein alter Fuchs wie Yaghi-Siyan nicht. Schon gar nicht von so einem verschnittenen Grünschnabel.

Kaum ein halbes Jahr später geschah der Skandal: Yaghi-Siyan, der grobe Haudegen, hatte noch nie viel von höfischem Zeremoniell gehalten. Vergeblich hatte der Eunuch ihm geraten, sich schon morgens zu entscheiden, welche seiner Ehefrauen oder Sklavinnen er am Abend besuchen wolle. Zum einen braucht eine Frau, selbst mit Unterstützung etlicher Gehilfinnen, einige Zeit, ehe sie den Vorstellungen eines verwöhnten Mannes entspricht. Außerdem würde sich der Statthalter beschmutzen, wenn er eine Frau zur Zeit ihrer Unreinheit besucht. Drittens ist es unziemlich, als Frau dem Gebieter unter die Augen zu treten, wenn man nicht gerufen worden ist. Allein schon deshalb muß der Besuch angekündigt werden, auf daß sich alle anderen Frauen diskret zurückziehen können. Und letztlich muß penibel die genaue Zeit der Vereinigung festgehalten werden, damit die Frage einer möglichen Vaterschaft ohne jeden Zweifel geklärt werden kann.

Yaghi-Siyan aber ließ keinen Einwand gelten und brüllte, daß er nicht schon am Morgen wisse, ob er abends die Erste Frau von vorne oder die fettärschige griechische Sklavin von hinten begehre. Vielleicht ja auch beide zusammen oder überhaupt keine.

So kam, was unvermeidlich und zugleich undenkbar war: Als ihn eines Abends in der Dämmerung die Lust überkam, seine Dritte Frau aufzusuchen, da schlüpfte vor seinen Augen ein junger Mann aus jener Tür, die zum – ja zu welchem Raum denn nun führte? War es die zu den Gemächern der Dritten Frau oder die daneben, wo es zu den Zimmern einer schwarzen Sklavin ging? Es war dunkel, und er war noch zu weit entfernt, um es genau erkennen zu können.

Jedenfalls lag seine Dritte Frau, eine rothaarige Venezianerin mit üppigen Brüsten und hohen Schenkeln, nackt auf ihrem Bett und riß anscheinend erstaunt ihre leicht vorstehenden grünen Augen auf, als er wie von Sinnen hereinstürzte. Er prügelte mit den Fäusten auf sie ein, und sie rannte nackt, wie der Allmächtige – gepriesen sei sein Name – sie geschaffen, nach draußen und mitten hinein in die Arme des Eunuchen. Steinigen lassen werde er die Hure, brüllte der Statthalter, der sie dem Eunuchen entrissen hatte und auf ihr herumtrampelte.

Während sie sich jammernd unter seinen Tritten über den Mosaikfußboden wälzte und heulend beteuerte, der Mann müsse aus einer anderen Tür gekommen sein, erkundigte sich Yussuf nach dem Verbleib des Frevlers, aber der war offensichtlich längst über alle Berge. Auch die schwarze Sklavin schrie unter der Peitsche immer nur, daß sie niemanden gesehen und schon überhaupt niemanden und deshalb auch nichts empfangen habe.

Inzwischen hatte das Geschrei auch die Bediensteten angelockt, für die dieser Teil des Gartens an den Frauenhäusern eigentlich tabu war. Auch Schams ad-Daula, der stets feindselig dreinschauende Sohn des Statthalters, beobachtete aufmerksam die Szene. Der junge Mann mit dem schütteren Bart trug nur ein dunkelgrünes Seidengewand und einen Gürtel mit goldenem Krummdolch. Seine schwarzen Augen ruhten erst auf den wimmernden Frauen, dann auf dem Eunuchen. *Ich würde die Huren totpeitschen,* sagte er ausdruckslos. *Und den Eunuchen dazu.*

Wenn er einen Rat suche, brüllte der Statthalter seinen Sohn an, werde er ihn rufen lassen, aber wenn er sich noch einmal im Harem sehen lasse, werde er ihn nur ohne seine Eier wieder verlassen. Der alte Mann verschluckte sich vor Erregung, und der Eunuch klopfte ihm begütigend den Rücken, während Schams ad-Daula hochmütig davonstolzierte.

Nachdem sich der erste Aufruhr gelegt hatte und die beiden

Frauen unter strenger Bewachung in ihre Räume zurückgebracht worden waren, rief der Statthalter den Eunuchen zu sich. Beide waren sich darüber einig, daß Ehebrecher sterben müssen. Aber hatte die Dritte Frau die Ehe denn überhaupt gebrochen? Der Statthalter glaubte, es beschwören zu können. Der Eunuch indes wandte ein, daß von Ehebruch nur gesprochen werden könne, wenn der Akt tatsächlich vollzogen worden sei. Der bloße Austausch von Zärtlichkeiten sei zwar fluchwürdig, vom Strafmaß her jedoch nicht mit Ehebruch gleichzusetzen. Der Statthalter habe doch nur jemanden fliehen sehen, ohne zu wissen, bei wem er gewesen sei, geschweige denn, was er im einzelnen getan habe.

Yussuf zitierte ferner den Koran, wonach ein Ehebruch glaubhaft von Dritten bezeugt werden müsse. Wenn aber nur der Ehemann die Schuld beschwören könne, sei es der Frau ihrerseits gestattet, ihre Unschuld zu beschwören, und was dann? Als überführt gelte eigentlich ohnehin nur, wer auf frischer Tat ertappt worden oder aber geständig ist. Beides liege hier nicht vor. Und stehe nicht außerdem geschrieben, daß eine Begnadigung im Zweifelsfall für den Richter besser sei als die Bestrafung einer Unschuldigen?

Zum Schluß noch etwas: Man werde sich schon schwer tun bei dem Versuch zu verhindern, daß über den Vorfall bei den Bediensteten, infolgedessen also auch in der ganzen Stadt, geklatscht würde. Aber sollte es zu einer formellen Anklage kommen und dadurch bekannt werden, daß die Ehefrau des berühmten Kriegers Yaghi-Siyan ebendiesem, ihrem Mann, einen halbwüchsigen Knaben vorgezogen hat, womöglich noch einen armenischen Christen, dann sei der Ruf des Statthalters nachhaltiger geschädigt als durch das mögliche – der Eunuch verlieh diesem Wort eine besondere Betonung – Fehlverhalten der Dritten Frau.

Da nickte der alte Mann bekümmert, denn der Eunuch hatte seine Achillesferse getroffen. Er hat es tatsächlich nicht leicht in dieser Stadt, in der mehr Christen wohnen als Rechtgläubige. Die Christen wiederum sind untereinander verzankt, weil die Syrer die Griechen verachten und die Armenier die Syrer nicht ausstehen können. Dabei ist er doch allen ein milder Herrscher. Nicht einmal die große Kathedrale der Jesus-Anbeter hat er in eine Moschee umgewandelt. Auch den Oberhirten der christlichen Gemeinde, den Patriarchen Johannes Oxites, hat er nicht verjagt. Dennoch hassen ihn diese Christen.

Wenn sie ihn nun auch noch verspotten dürften wegen einer Frau…

Es war zum Schluß ein intimes Gespräch, in dessen Verlauf der Statthalter den jungen Mann fragte, ob der Genuß von Wein eine schwere Sünde sei. Yussuf antwortete, daß in der zweiten Sure zwar geschrieben steht, daß im Wein schwere Sünde liege. Das aber müsse nicht unbedingt bedeuten, daß der Wein als solcher bereits sündhaft sei, eher wohl nur das Böse, was man unter dem Einfluß von Wein möglicherweise tue.

So leerten sie reinen Gewissens einen großen Krug und beschlossen dreierlei: Nach dem Eindringling wird gefahndet, wenn auch nur höchst diskret. Die Dritte Frau wird unter die persönliche Bewachung des Eunuchen gestellt, bis ihre Schuld oder Unschuld zweifelsfrei erwiesen ist. Der Statthalter trägt ab sofort im Palast Sandalen mit kleinen Schellen, auf daß alle Frauen im Haus, die zu beglücken er gerade nicht kommt, sich vor seinem Erscheinen diskret zurückziehen können.

Was man gegen das offenkundige Unbefriedigtsein einer vernachlässigten Frau unternehmen kann, wurde nicht erörtert. Derartige Ratschläge stehen einem jungen Mann gegenüber seinem Vorgesetzten nicht zu. Erst recht nicht einem Verstümmelten.

Was versteht schon ein solcher von dergleichen delikaten Dingen!

Das Geräusch von Schellen weckt den Eunuchen aus seinem leichten Schlaf. Mit grimmiger Miene stapft der Statthalter an seinem Fenster vorbei. Besonders glücklich sieht er nicht aus. Der junge Mann schlüpft aus seinen Räumen und horcht den Schritten nach, die in den Tiefen des Palastes verhallen. Dann dreht er sich um und geht hinaus in den Garten. Die Grillen zirpen noch immer, und auch der Kauz schreit zuweilen mißmutig.

Die Tür zu den Räumen der Dritten Frau steht schon offen.

Der Proviant

Aufbruch in Toulouse
Oktober 1096

Das Spektakel ist in der Tat überwältigend. Joscelin bringt sein Pferd zum Stehen. Der Grauschimmel schnaubt dankbar. Hals und Brust sind bedeckt mit Flocken von weißem Schaum. Sein Reiter hat ihn nicht mehr geschont, seitdem ihnen am Vormittag fahrendes Volk entgegengezogen war: Schausteller, Mönche, Spielleute, Bettler, Huren; ein sicheres Zeichen, daß sich das Lager der Ritter vor Toulouse aufzulösen beginnt.

Nun liegt es unter ihm. Eine riesige Zeltstadt und ein endloser Wald von bunten Bannern und ausgefransten Wimpeln, deren Spitzen im lauen Wind des klaren Herbstnachmittags flattern. Nach Osten zu, auf der Straße nach Carcassonne, rumpeln schwere Wagen mit Scheibenrädern, hoch beladen und von Ochsen gezogen. Dahinter Berittene und Fußvolk, kleine Schafherden, Maultiere und Packesel. Die ersten Gruppen sind unterwegs nach Jerusalem, wo immer das sein mag.

Der Ritter hebt den schweißnassen Sattel vom Rücken des Schimmels und reibt das Pferd mit ein paar Farnbüscheln trocken. Das ist zwar Sache des Knechtes, aber dessen Esel konnte das Tempo nicht mithalten und ist weit zurückgeblieben, als der Ritter sein Pferd in scharfen Trab hat fallen lassen. Der Ritter nimmt einen tiefen Schluck aus dem Schlauch, der an seinem Sattel hängt, streckt sich im Gras aus und beobachtet das hektische Treiben im Lager.

Melder galoppieren durch die Zeltgassen, verfolgt von kläffenden Hunden; ein Mönch hat fünf Bogenschützen um sich versammelt und redet ihnen ins Gewissen. Wahrscheinlich erfolglos. Marketenderinnen schlendern mit wiegenden Hüften an Gruppen Karten spielender Soldaten vorbei. Die Männer rufen ihnen obszöne Aufforderungen nach, und die Mädchen antworten ihnen, wenn sie nicht zahlen wollten, sollten sie es bei ihren Ziegen versuchen.

Vor den größeren Zelten stützen sich Wachen gelangweilt auf ihre Lanzen, Frauen schleppen auf ihren Köpfen Bündel von Brennholz zu den Kochstellen, von denen bläulicher Rauch aufsteigt. Zelte werden abgerissen und auf große Karren verladen. Ein Schmied beschlägt einen unruhigen Fuchs, den drei Männer festhalten müssen. Der widerliche Geruch von verbranntem Horn weht herüber.

Es ist fast zu warm für einen Herbsttag, und der Rotwein aus dem Schlauch tut das Seine. Als der Knecht auf seinem erschöpften Esel eintrifft, hört er den Ritter schnarchen, noch bevor er ihn im hohen Gras ausmachen kann. Kurz darauf schnarcht auch er.

Drei Stunden später reiten Ritter und Knecht ins Lager ein. Sie sind beeindruckt, aber nicht allzusehr. Schließlich sind sie voriges Jahr in Clermont dabeigewesen. Andererseits: So weit fort von zu Hause waren sie noch nie. Sie sind durch das Tal der Dordogne geritten, ein Umweg, zugegeben, aber mit einigermaßen sicheren Wegen. Zwei Tage haben sie in Cahors verbracht, wo eine neue Kathedrale gebaut wird; ein Wunder, und ganz aus Stein. Geschlafen haben sie meist im Freien, was man leider ihren Kleidern ansieht.

Ein paar Knappen, die ihnen entgegenkommen, rümpfen die Nase. Na und? Schließlich ist man aus der Auvergne und nicht aus dem Süden, wo sogar die Männer herumlaufen wie die Lackaffen und so gespreizt daherreden, daß man sie kaum versteht.

Schließlich wenden sie sich an drei Edelleute, die mit Bechern bei ihren Pferden sitzen, und fragen nach dem Zelt des Grafen. Weil sie nämlich den weiten Weg gekommen seien, um mit ihm nach Jerusalem zu ziehen. Da prusten sie los, die drei, und schlagen sich auf die Schenkel. Was für eine Gaudi! Einer verschluckt sich vor Begeisterung, und ein anderer beteuert, wobei ihm die Tränen über die Backen laufen, daß der Herzog seit Wochen nach ihnen Ausschau halten lasse. Für August bereits sei der Aufbruch geplant gewesen. Längst schon habe man aufbrechen wollen, aber der edle Raimund habe geschworen, er werde nicht losziehen, bevor sein Freund aus der Auvergne eingetroffen sei.

Joscelin hat nicht unbedingt Gastlichkeit erwartet, aber doch zumindest Höflichkeit von Ritter zu Ritter, und kann nichts Spaßiges daran finden, als Fremder mit Spott und Hohn empfangen zu werden. So gleitet er aus dem Sattel und geht drohend auf die Männer zu, die rechte Hand am Schwertgriff. Da springen auch die Edelleute auf, ziehen die Klingen, und fast wäre des Ritters Reise schon in Toulouse zu Ende gegangen, wenn nicht ein vierter Mann aus dem Zelt getreten und dazwischengegangen wäre. Es zieme sich nicht für Soldaten Christi, sich wegen Lächerlichkeiten zu erschlagen, sagt er, und stellt sich dem Ritter als Wilhelm-Hugo von Monteil vor.

Da nennt auch dieser seinen Namen und sein Geschlecht, was seinem Gegenüber allerdings nicht das Geringste sagt, und bekundet noch einmal seinen Vorsatz, mit Graf Raimund von Toulouse nach Jerusalem zu ziehen. Warum gerade mit ihm, will man wissen. Warum nicht mit Hugo von Vermandois oder Gottfried von Bouillon oder Robert von der Normandie? Der Ritter hätte antworten müssen, daß er von diesen Männern noch nie gehört hat, aber er lügt trotzig, Graf Raimund sei ihm als der Beste gerühmt worden.

Der Blick des Mannes, der sich als Wilhelm-Hugo von Monteil vorgestellt hatte, wandert abschätzend über Joscelin, seine

Waffen und sein Pferd. Er scheint nicht unzufrieden, fragt allerdings nach dem Gefolge des Ritters, und als der hilflos nach hinten weist, wo der Knecht gebeugten Hauptes auf seinem Eselchen kauert, wandert die linke Augenbraue des adligen Herrn kaum merklich nach oben.

Und der Proviant? Der Ritter zuckt die Achseln und holt zögernd seinen eher bescheidenen Geldbeutel vor, dessen Inhalt in den letzten Wochen bereits arg gelitten hat.

Sie lachen zwar nicht, aber Joscelin spürt ihre höhnischen Blicke zwischen den Schulterblättern, als er sein Pferd wendet und aus dem Lager reitet. Für drei Monate, hat ihm Wilhelm-Hugo von Monteil erklärt, habe jeder Teilnehmer an dieser bewaffneten Pilgerfahrt Proviant mit sich zu führen. Geplündert werden dürfe vorerst nicht, und mit seinem bißchen Geld solle er besser vorsichtig umgehen. Er werde es später sicherlich noch brauchen. Mit dem Herzog selber ziehen könne er nicht, weil der seine eigenen Leute um sich geschart habe. Aber er, der Herr von Monteil, werde ihn mitnehmen und ihm auch die Schiffsüberfahrt bezahlen, wenn er denn ernsthaft wolle. Und wenn er binnen der noch verbleibenden Zeit den erwähnten Proviant auftreiben könne. Aufbruch sei am nächsten Morgen bei Sonnenaufgang.

Bis dahin Gott befohlen!

Seit einer Stunde reiten sie nun schon nach Norden. Der Hals des Ritters ist noch immer wie zugeschnürt vor Wut und Enttäuschung. Proviant für drei Monate! Und an eine Schiffsreise hat er überhaupt nicht gedacht. Wieso braucht man ein Schiff, um ins Heilige Land zu kommen? Wütend hackt er seinem Pferd die Sporen in die Seiten. Der Grauschimmel wiehert böse und steigt fast senkrecht hoch.

Der Knecht auf dem Esel weiß, wann man schweigen muß. Der Ritter bringt es noch fertig und erwürgt ihn. Er kennt seine Anfälle von Jähzorn zur Genüge. Vor kurzem erst hat er eine

Lanze nach einem Kuttenträger geschleudert, der ihn pausenlos brabbelnd an sein Seelenheil erinnern wollte. Der Mönch hatte sich wieselflink hinter eine Truhe geworfen; sonst hätte Joscelin ihn an die Wand gespießt. Deshalb sucht der Knecht jetzt auch nicht nach Worten der Aufmunterung.

Wer schweigt, macht so leicht nichts falsch.

Die Dämmerung bricht herein. In der Ferne hört man Donnergrollen. Besser, man schläft heute nicht im Freien. Sie klopfen an der mehrfach geflickten Tür eines kleinen Bauernhauses. Es ist dunkel in der Hütte, in der Mitte glimmt ein schwaches Feuer. Vier weiße Kühe haben sich im schmutzigen Stroh zum Schlafen niedergelegt. Weiter hinten drängen sich ein paar Schafe. Es riecht entsprechend. Ein dicker, grob behauener Balken trägt das Schilfdach. Die Leute sind nicht begeistert über den Besuch. Immerhin gibt es noch etwas Hirsebrei, und im Schlauch ist noch ausreichend Wein; trinkbarer sogar.

Es ist angenehm warm zwischen den Kühen. Bald ist im Raum nichts mehr zu hören als ihr sattes Schnauben. Alle schlafen, auch die Schafe, nur der Ritter wälzt sich im Stroh. Der Wein hat nicht gereicht, um sich ausgiebig zu betrinken.

Aus der Traum. Zurück in die Auvergne. Zurück zu den vermilbten Hühnern im Hof und dem zugigen Abtritt, wo einem alles abfriert; zurück zu den geilen Nonnen und den gleichgültigen Mägden, die ihre Beine mit der gleichen Lustlosigkeit breit machen, mit der sie Saubohnen auspulen. Zurück zum bigotten Bruder und dessen gräßlichem Weib, zurück in den Vorhof der Hölle. Anklopfen, um Wiederaufnahme bitten, alles ein Irrtum, das Geld ist auch weg, vielleicht nächstes Jahr ein neuer Anlauf? Niemals!

Joscelin starrt finster auf den dicken Balken unter dem Schilfdach, den er kaum erkennen kann. Schwach glimmt das Feuer. Noch klingt ihm das höhnische Lachen im Ohr. Dann der edle Herr von Monteil mit seinem *Streiten ziemt sich nicht für Soldaten Christi.* Diese hochmütigen Bastarde! Warum nicht mit

Gottfried von irgendwoher? Der Herzog hat seine eigenen Leute. Das Geld wirst du noch brauchen. Proviant für drei Monate. Schinken und Hirse, getrockneten Fisch und Hartbrot, Mehl und Dörrobst. Für drei Monate.

Woher nehmen – wenn nicht stehlen.

Wenn nicht stehlen! Eine bloße Redensart, aber einmal gedacht, bohrt sie sich tief hinein ins Gehirn, frißt sich dort fest, wird bei jeder Wiederholung denkbarer. Hier ist Gelegenheit: Die Bauern haben doch immer etwas zu futtern. Andererseits wäre das Raub. Aber doch für einen guten Zweck! Schließlich geht es um Jerusalem. Außerdem wächst Hirse nach, und Kühe kalben. Das gibt dann wieder neuen Schinken. Es ist fast wie ausgeliehen.

Sie werden es mit Sicherheit nicht freiwillig herausrücken. Der Mann scheint stark zu sein, vielleicht sogar mutig. Andererseits ist man nicht besonders tapfer, wenn man ein Schwert an der Kehle spürt. Wie bringt man einen Mann zum Sprechen – oder seine Frau? Der Ritter tastet nach seinem Glied, und je erregter er wird, um so fester wird sein Vorsatz. Er wird morgen früh Proviant haben. Wenn es hier etwas zu holen gibt, wird er es finden. Und er weiß jetzt auch wie.

Leise weckt er den Knecht.

Der Mann stöhnt. Sein nackter Körper dreht sich langsam über der schwach glimmenden Glut. Füße und Hände sind gefesselt. Ein dünnes Lederseil ist über den Balken geworfen worden, der nun außer dem Dach auch den Körper des Mannes trägt. Das Seil ist straff um Glied und Hoden geschlungen und quetscht sie langsam zusammen.

Nein, der Ritter glaubt den Beteuerungen der Frau nicht, daß sie schon seit langem nichts mehr im Haus haben. Daß sie ausgeplündert worden seien von den unbarmherzigen Männern aus dem Lager da unten, die ihnen die gesamten Vorräte für den Winter weggenommen hätten. Gestohlen, geklaut, alles sei weg! Joscelin lächelt böse, ohne den Blick von der Frau zu wenden, und dreht den Körper des Mannes im Kreis, damit sich die Schnüre weiter zusammenziehen.

Der Mann schreit, aber das hilft ihm nicht, denn sein Weib will das Versteckte nicht herausrücken. Sie sollen doch selber nachsehen, heult sie, unter dem Dach oder in der Grube neben der Hütte. Nur das bißchen Vieh hätten sie, alles andere sei geraubt.

Aber der Ritter weiß – dem Herrn von Monteil sei freundlich gedankt –, daß im Augenblick noch gar nicht geplündert werden darf, und abgesehen davon: Wer würde einen Schinken mitgehen lassen, aber nicht die Kuh? Wer würde Hirse stehlen, aber Schafe verschmähen? Er erklärt das auch ganz geduldig, während er den Körper des Mannes dreht, der inzwischen nur noch unartikulierte Laute von sich gibt. Bald werden Glied und Hoden abreißen. Das sieht auch die Frau.

Warum sagt sie nicht, wo das Geld ist, das sie für die verkauften Schinken erhalten habe. Irgendwo hat sie doch ganz bestimmt einen Topf vergraben. Das tut doch jeder. Und alles Fleisch wird sie ja kaum verkauft haben, so kurz vor dem Winter. *Wo also ist es,* fragt der Ritter und legt ein paar Zweige ins Feuer, das nun leicht aufflackert und den Mann von unten ansengt.

Der ist inzwischen ohnmächtig geworden. Er spürt nicht mehr, daß die Haut auf den nackten Oberschenkeln Blasen wirft. Doch die Frau bricht zusammen, als der Geruch verbrannten Fleisches hochsteigt. Wie betäubt geht sie voran und aus der Tür hinaus. Die Männer folgen ihr, wobei der Knecht sie vorwärts stößt und ermahnt, sich zu beeilen, wenn sie ihren Kerl nicht völlig geröstet vorfinden will. Der Ritter verzieht das Gesicht. Er mag diese Sprache nicht. Außerdem ist seine Erregung längst nicht so groß, wie sie war, als er sich vorstellte, den Mann zu foltern.

Die kleine Hochhütte im Wald ist selbst im Licht des Mondes kaum auszumachen. Aus stabilem Holz gefertigt, ruht sie auf vier geschälten Rundhölzern, die wiederum mit überstehenden, flachen Steinscheiben gekrönt sind, um das Heraufklettern von Tieren zu verhindern. Hastig steigt die Frau eine kurze Leiter hoch, entriegelt die Tür und reicht die verborgenen Schätze an die beiden Männer hinunter. Schinken, getrockneten Fisch, Säckchen mit Getreide, Hülsenfrüchte. Es ist mehr als genug.

Die Frau läuft zurück zur Hütte. Noch ehe sie die Tür erreicht, hört man den Körper des Mannes mit einem häßlichen Geräusch ins Feuer fallen. Schreiend und wie von Sinnen zerrt sie ihn aus der Glut. In der Mitte seines Körpers klafft ein Loch, aus dem dunkles Blut sprudelt. Der Knecht murmelt, daß man die Leiden des Mannes verkürzen sollte, und weil der Ritter nickt, stößt der Knecht dem Sterbenden seinen Dolch in die Brust. Die Frau wirft sich mit einem Beil auf ihn, aber Joscelin spaltet ihr mit seinem Schwert von hinten den Kopf.

Die Kühe haben dem Gemetzel gleichgültig zugeschaut. Nur die Schafe werden unruhig durch den Geruch von verbranntem Fleisch und vergossenem Blut. Der Knecht meint, es sei schade um die Frau, weil sie nun nicht mehr das Versteck des Geldes verraten könne. Der Ritter indes sagt nichts, sondern starrt nachdenklich in die Glut. Er starrt eine ganze Weile. Dann entzündet er einen Kienspan und läßt den Knecht einen Eimer Wasser in die Feuerstelle gießen.

Der Knecht entwindet der toten Frau das Beil und beginnt in der nassen Asche zu hacken. Der Ritter wäscht sich währenddessen am Brunnen das Blut von den Händen und säubert das Schwert, so gut das in der Dunkelheit möglich ist. Ein paar Minuten später hört er den Jubelruf des Knechtes.

Bei Tagesanbruch reiten sie zum Lager hinunter. Sie kennen den Weg zum Zelt des Wilhelm-Hugo von Monteil. Sie haben Proviant für vier Monate dabei, als sie aufbrechen. Auch der Geldbeutel ist wieder voll. Keiner fragt, wo sie übernachtet haben, und niemand interessiert sich für die dünne Rauchwolke, die über den Wäldern im Norden steht.

Die Überfahrt

Über das Meer nach Avlona
Oktober 1096

Übellaunig starrt Drago der Morgendämmerung entgegen. Gott sei Dank pißt sie nicht mehr. So sagen die Seeleute, wenn die Sonne aus dünnen Wolkenbändern helle Strahlen aufs Wasser fallen läßt. Dann wird es regnen, vielleicht auch stürmen, wie in den letzten Tagen, und der Soldat meint, es hätte genug gestürmt, mehr als genug. Das Schiff tanzt auf der langen Dünung, dunkelgrüne Wellenberge türmen sich auf, aber die Schaumkronen sind verschwunden; weiße Wolkenfetzen treiben nach Osten. Noch sind keine Möwen zu sehen, die nahes Land ankündigen; man wird sich wohl noch etwas gedulden müssen.

Diesmal geht es nicht nach Dyrrhachion. Dort kennt sich der Soldat aus. Er war als junger Mann unter Robert Guiskard dabei, als die Stadt erstürmt wurde, aber jetzt will man südlicher an Land gehen. Bei einem Kaff namens Avlona. Warum auch immer. Ihm soll es recht sein, obwohl er lieber reitet als schaukelt. Immerhin kotzt er nicht mehr so wie die meisten anderen. Nachdem sich sein Magen dreimal umgestülpt hatte, verschlang er einen ganzen Topf voll saurem Linsenmus. Das blieb dann drinnen. Den Trick mit dem Horizont, den man immer fest im Auge behalten muß, hat er schon vor Jahren gelernt. Bohemund selber hat ihm diesen Rat gegeben.

Bohemund ist der Anführer der kleinen normannischen Flotte. Ein Bild von einem Mann, das muß ihm der Neid lassen.

Einen Kopf größer als die meisten, das hellblonde Haar kürzer geschnitten als üblich, Schultern wie ein Bär und trotzdem schlanke Hüften, nur sein Rücken ist leicht krumm, schon von Kindesbeinen an. Die Männer lieben ihn, obwohl der Soldat bei einigen Unternehmungen im damaligen Krieg gegen Konstantinopel am liebsten davongelaufen wäre.

Tapferkeit mag ja eine Tugend sein, aber Tollkühnheit? Was ist vernünftig daran, mit nur einem Dutzend Männern nachts mitten hinein in ein griechisches Lager zu galoppieren, Fackeln in die Zelte zu werfen und wieder zu verschwinden? Was geschieht, wenn die Schläfrigkeit der Wachen nur vorgetäuscht und das Ganze eine Falle ist? Wie leicht reitet man da in einen Pfeil hinein! Oder schlimmer noch: Ein Seil, in Kopfhöhe zwischen zwei Bäumen gespannt, wirft einen garantiert aus dem Sattel, und ehe man *Mahlzeit* sagen kann, hat man seine Eier verloren und landet als Eunuch auf einem Sklavenmarkt in Konstantinopel.

Andererseits muß man den Sohn des großen Guiskard verstehen. Obwohl erstgeborener Sohn des alten Fuchses, verlor er sein Erbe, als der Herzog seine erste Frau Alberada, Bohemunds Mutter, verstieß und sich jene Sigelgaita aus Salerno ins Bett holte. Deren Sohn Roger »Borsa« – man nennt ihn wegen seiner Raffgier »die Geldbörse« – hat das herzogliche Erbe angetreten, und Bohemund ist ausgebootet. Kein Wunder, daß es lange Zeit so aussah, als suche er den Tod.

Vielleicht wollte er seinem Vater ja auch nur beweisen, daß in Wirklichkeit er der einzig würdige Erbe gewesen wäre. Der Herzog ist nun schon über zehn Jahre tot, und Bohemund wurde mit dem Herzogtum Tarent abgespeist. Da können sein Halbbruder Roger »Borsa« und sein Onkel Roger, der Graf von Sizilien, im Grunde froh sein, daß er bis zuletzt zu ihnen gestanden und auch mit ihnen zusammen vor Amalfi gekämpft hat.

Dort erreichte ihn die Botschaft, daß große Ritterheere im Frankenreich aufgebrochen seien, um nach Jerusalem zu ziehen, und daß der Heilige Vater versprochen habe, sie dürften alles Land behalten, das sie den verfluchten Heiden abjagen könnten. Und als schließlich Kunde eintraf, daß unzählige Ritter aus der Normandie – Normannen wie er – nach Süden zogen, da hielt Bohemund nichts mehr. Er sammelte derart viele Kampfgefährten um sich, die ihm auf diesem Kriegszug folgen wollten, daß der Onkel nahezu ohne Heer vor Amalfi zurückblieb. Welche Gründe auch die anderen Ritter bewogen haben mochten, das Kreuz zu nehmen – Bohemund wollte nur eines: Entschädigung für das entgangene Erbe.

Und nach Möglichkeit noch etwas mehr.

So ist Bohemund nun einmal, und aus dem gleichen Holz geschnitzt ist sein kaum jüngerer Neffe Tankred. Der Soldat seufzt, wenn er an den Mann denkt, in dessen Hand in den nächsten Wochen sein Schicksal liegen wird. Tankred ist unumschränkter Herr dieses Schiffes, und damit niemand vergißt, daß Disziplin an Bord überlebenswichtig ist, baumeln zwei Männer an einer Art Galgen, der bereits am Tag der Abreise hinten (eigentlich muß man *achtern* sagen) auf dem Schiff errichtet wurde.

Es sind mitreisende Sklavenhändler aus Bari, die man dabei erwischte, wie sie mit Soldaten Karten spielten. Bohemund und Tankred haben jede Art von Glücksspiel während der Überfahrt verboten. Wer sich langweilt, so lautet die Bestimmung, soll sich im Bogenschießen üben. Auf der linken Seite des Schiffs (eigentlich heißt es *backbord*) wurden entsprechende Scheiben aufgestellt, und da darf sich – außer in der Zeit, die für Segelmanöver benötigt wird – niemand aufhalten, weil dort ununterbrochen die Bogenschützen trainieren.

Tankred hat die Sklavenhändler übrigens nicht am Hals aufgeknüpft. Vielleicht braucht man sie noch, wenn man die ersten Gefangenen macht. Sie hängen an ihren Daumen dort oben, schon seit gestern abend, und sie haben längst aufgehört zu schreien. Sie werden auch heute noch bis zum Sonnenuntergang dort hängen und in den nächsten Wochen Schwierigkeiten haben, Geld zu zählen. Die Soldaten sind nicht bestraft worden. Bohemund braucht Soldaten mit gesunden Daumen.

Drago schmiegt sich gegen die Reling und versucht, unsichtbar zu werden. Nur Unsichtbare werden nicht zu unangenehmen Arbeiten herangezogen. Die Beine hat er unter ein Bündel Taue geschoben, Lederdecken ruhen schwer auf seinem Brustkorb.

Die meisten Kameraden hatten die Kettenhemden während des stürmischen Regenwetters anbehalten und versucht, sich mit ihrer Decke gegen den prasselnden Regen zu schützen. Vergebens natürlich. Der Soldat hatte seine Kleider anbehalten. Im anhaltenden Nieselregen waren die Wanzen in seinem Hemd ertrunken, und die Flöhe hatten sich ein trockeneres Plätzchen gesucht. Das Kettenhemd hatte er ausgezogen. Nicht wegen der Gefahr, daß es ihn bei einem möglichen Sturz ins Meer in die Tiefe reißen könnte. Wer über Bord geht, ertrinkt sowieso. Kein Segler dreht bei Sturm bei, um einen Soldaten aus dem Teich zu fischen.

Nur so übrigens ist Drago zu seinem bequemen Platz gekommen. Den hatte er sich bereits im Hafen von Bari ausgesucht, und schon wollte er sein Bündel dort abstellen, als ihn Tankred rief und mit allen möglichen Aufträgen beschäftigte. Als er sich dann endlich einrichten wollte, saß in der Ecke ein hünenhafter Bursche, der nicht daran dachte, seinen Platz zu räumen, obwohl er ein junges und starkes Kreuz besaß, während das des Soldaten schon auf die Vierzig zuging. Doch was weiß die Jugend von Rückenschmerzen.

Drago jedenfalls mußte sich halb auf den Gang kauern, ohne Rückenstütze, wenn man von seinem eigenen Gepäck einmal absieht, und so steht man keine mehrwöchige Fahrt durch. Der heilige Christophorus, sanfter Beschützer aller Reisenden, mußte höchstpersönlich ein Einsehen gehabt haben, denn in der Nacht des großen Sturms hatte Tankred den jungen Hünen nach oben in den Ausguck geschickt, und am nächsten Morgen war der große Korb leer und der Knabe verschwunden.

Vielleicht hatte er sich zu weit hinausgelehnt, vielleicht war er auch seekrank geworden oder eingeschlafen. Jedenfalls blieb er verschwunden, und der Soldat kam auf wunderbare Weise nicht nur zu einem gemütlichen Schlafplatz, sondern auch zu einer weiteren Decke und zusätzlichen Lebensmitteln, die er im Gepäck des Verschollenen fand.

Aber selbst zwei Decken reichen nicht aus, um einen Mann, seine Waffen und sein Marschgepäck wirklich zu schützen. Darum hat sich Drago entschlossen, das Kettenhemd und den Notproviant in die beiden Decken zu wickeln. Nichts ist schlimmer als aufgeweichtes Brot und ein rostiges Kettenhemd. Kleider trocknen schnell, und Haare noch schneller. Außerdem ist es noch nicht sehr kalt auf dem Meer. Nicht einmal nachts.

Jemand stolpert an ihm vorbei; die Tarnung hat gewirkt. Es ist Tankred, der ein paar Unvorsichtige, die ihre Beine nicht rechtzeitig eingezogen haben, in die Hüften tritt. *Hoch mit euch!* Die Kotze muß von den Planken gewischt werden, ehe sie unter die Ladung gespült wird, die in der Mitte des Oberdecks aufgetürmt ist. Ein Wunder, daß man trotz des hohen Seegangs während der letzten Tage anscheinend keinen Ballen und kein Faß, keinen Sack und nicht einmal einen Käfig mit diesen ewig herumkrakeelenden Hühnern verloren hat. Auch die Bündel mit Trockenfisch, die hölzernen Waschzuber, die Berge von Gemüse mit den Zöpfen von Knoblauch und den Bündeln voller Zwiebeln, Kleider und Waffen, die Weinschläuche und das Handwerkszeug – alles ist noch da, und unten aus dem Rumpf hört man das stupide Blöken der zwanzig Hammel, von denen keiner Avlona sehen wird.

Sie werden es auch nicht vermissen.

Drago döst und beobachtet träge die leicht flatternden Wimpel auf dem etwas erhöhten Hinterdeck, die sich leise drehenden Körper der beiden Sklavenhändler, von denen sich einer vollgeschissen hat, und das Banner mit dem roten Kreuz, das oben am Mast flattert. Er lauscht dem Knarren des Ruders und dem Ächzen des großen Segels, stochert mit dem Messer zwischen seinen Zähnen und denkt an die kleine Schwarze, die seinen Strohsack vor Amalfi mit ihm geteilt hat. Beim Würfeln hatte er das kleine Heidenkind einem Matrosen aus Genua abgewonnen, der die gerade Dreizehnjährige als seine Tochter ausgab.

Sie war lustig, und wenn er am späten Nachmittag zurückkam von der Schanzarbeit an der Mauer, wo sie unter heftigem Beschuß seitens der Verteidiger versuchten, den Graben mit Erde zuzuschütten, die in Säcken von irgendwoher nach vorne geschafft wurde – wenn er dann heimkam (was für ein Wort, aber abends, das war tatsächlich so etwas Ähnliches wie »heimkehren«), empfing sie ihn mit einem Becher kühlen Wassers, und hin und wieder war es sogar Wein.

Sie kochte für ihn die Suppe, in der zuweilen auch Fleisch schwamm; manchmal brachte sie ihm ein ganzes Huhn, seltener ein Lämmchen, und nach dem Essen knabberte sie mit ihren kleinen, weißen Zähnen an ihm herum. Dann war es ihm ganz gleichgültig, was sie tagsüber mit wem angestellt hatte, um beispielsweise ein Hühnchen zu beschaffen. Fast hätte er sie geliebt. Er mußte sie zurücklassen. Leider.

Jetzt knabbert sie an einem anderen.

Drago denkt immer heftiger an die kleine Sarazenin, und beinahe wäre er aufgestanden, aber nur beinahe. Ebenso schnell, wie seine Geilheit entstanden war, ist sie auch schon wieder abgeklungen. Er würde nicht mehr nach vorne gehen, wo Tankred einen niedrigen Verschlag hat errichten lassen. Der Neffe hatte sich gegen den Onkel durchgesetzt, der strikt dagegen war, Huren an Bord zu nehmen. Nicht aus moralischen Gründen natürlich, Moral ist Bohemund schnuppe. Aber Frauen – das bedeutet immer Streit, und Streit unter den eigenen Männern war das letzte, was man jetzt brauchen konnte. Die Überfahrt würde lange genug dauern.

Genau das sagte Tankred auch, aber er zog daraus andere Konsequenzen. Seine Männer – schrie er den Onkel an – brauchten das nun einmal, denn sonst gingen sie sich erst recht an die Gurgel. Sie zankten sich wie die Marktweiber. Schließlich zuckte Bohemund mit den Achseln und wandte sich ab. Sollte sein Neffe selber zusehen, wie er die Probleme geregelt bekam, die Huren gemeinhin an Bord eines Schiffes verursachen.

Tankred holte keine Huren. Er kaufte zwei Sklavinnen, nicht mehr jung, aber kräftig gebaut mit ausladendem Hintern und festen Schenkeln. Ihnen wies er diesen Verschlag zu, in dem sie nur liegen konnten.

Und knien.

Wenn von den achtzig Männern an Bord jeder sich auch nur jeden zweiten Tag entleeren will, so lautete seine Rechnung, muß jede Sklavin täglich zwanzig Männern zu Willen sein. Wenn die Männer dann Ansprüche stellen und noch dies und jenes wollen, ist das für die Frauen rein körperlich nicht zu schaffen.

Von Zumutbarkeit sprach Tankred nicht.

Deshalb mußte sich die betreffende Frau in ihrem niedrigen Verschlag hinknien, sobald sich ein Soldat ihr näherte; der nahm sie dann von hinten, und das Ganze dauerte naturgemäß nur ein paar Minuten. Manchmal noch weniger. Es gab allerdings auch Tage, an denen die beiden Sklavinnen kaum dazu kamen, sich ein paar Minuten auszuruhen.

Auch der Soldat war in der ersten Woche am Verschlag gewesen. Nachher fühlte er sich ziemlich beschissen.

Heute morgen haben sie die ältere der beiden Frauen aus dem Verschlag entfernt. Sie war schon ganz steif, so daß es gar nicht einfach war, sie hervorzuziehen und über die Reling zu werfen. Drago bemüht sich, nicht an die verbleibende Frau zu denken. Eine Frau für achtzig Soldaten.

Der Soldat beschließt bei sich, daß dieser Tankred ein Drecksack ist.

Das Schlachtfeld

Massaker bei Civetot
Oktober 1096

Der große gelbe Hund stemmt seine Vorderläufe in den losen Sand und zerrt an seiner Beute. Unglaublich, wie lang der Darm eines Menschen ist. An die vier Meter des rot-blauen Schlauchs hat der Hund aus der klaffenden Bauchhöhle gezerrt, die ein türkischer Krummsäbel aufgeschlitzt hatte, nachdem das scheuende Pferd des Ritters in einer Blutlache ausgerutscht und gestürzt war. Noch ehe sich Fulk von Orléans unter dem schnaubenden Tier hatte hervorarbeiten können, warfen sich die Türken auf ihn. Er war einer der wenigen, die nicht allzu lange leiden mußten.

Duna kauert zwischen den Leichen und bringt es nicht über sich, den Kopf Konrads in ihren Schoß zu betten. Der Ritter hat seine Finger in ihre Hand gekrallt und will noch irgend etwas sagen. Etwas Wichtiges, so scheint es, aber weil ihm sein Hinterkopf fehlt und weiß-graue Hirnmasse herausdrängt, kann sie nur in seinen Augen lesen, daß er sie selbst im Angesicht des Todes wissen lassen will, wieviel sie ihm bedeutet.

Vergebens bemüht sich die Frau, ihre Lippen so zu formen, daß der Sterbende die Grimasse für ein Lächeln halten könnte. Konrad hat für sie gesorgt in den letzten Monaten, hat sie umworben, begehrt, vielleicht auch geliebt. Sie hat ihn abgewiesen. Sie hat sich einem Befehlshaber wie Niketas verweigert, und sie wird sich nicht irgendeinem Ritter hingeben. Sie ist eine verheiratete Frau, und nur selten gestattet sie sich die Vorstellung, wieder in den Armen eines Liebhabers zu liegen. Ihr Mann wird sie niemals wiederfinden. Aber noch ist sein Gesicht nicht verblaßt, und hin und wieder, wenn sie abends nicht in den Schlaf findet, glaubt sie zuweilen, den Schweiß seiner Achseln zu riechen, und es kommt vor, daß sich ihre Hand dann zwischen ihre Schenkel verirrt.

Konrad war einmal hübsch. Sehr hübsch sogar; auch wenn das niemand glauben möchte, der nun zuschaut, wie sein Leben aus der klaffenden Kopfwunde sickert. Die Frau rückt etwas zur Seite. Dieser Mann ist ihr fremd. Er soll sie nicht beschmutzen, obwohl er sich anständig verhalten hat, als sie ihn abwies. Er könne warten, hatte er gesagt und sich damit zufriedengegeben, daß sie ihn nicht verabscheute.

Es gibt nur wenige Männer, die auf Ablehnung so reagieren. Es gibt ohnehin nur noch wenige Männer. Fast alle sind tot: Walter, den sie den Habenichts nennen, der sanfte Reinhold von Breis und Hugo von Tübingen, Albert von Zimmern und halt auch Fulk von Orléans, der sich nicht einmal als Toter von seinen Innereien trennen will.

Ein paar wenige Ritter scheinen sich gerettet zu haben. Die Frau hat gesehen, wie sie zum Meer hinunterjagten. Wer noch ein Pferd besaß, ist ihnen gefolgt. Ob sie durchkommen, weiß niemand. Die Kinder und die Frauen jedenfalls, die im Lager zurückgeblieben waren, als jener Idiot von einem französischen Ritter die waffentragenden Männer in diesen Hinterhalt führte, sind nun auf die Gnade der Sieger angewiesen.

Und diese Sieger sind gerade dabei, das Schlachtfeld abzusuchen. Die Zeit drängt. Auch im Oktober sind die Tage noch warm, und schon morgen wird die Verwesung der Leichen einsetzen. Deshalb muß man die Verletzten aus den eigenen Reihen schleunigst bergen, während man die verwundeten Feinde schnell und geschickt von ihren Leiden erlöst. Das geschieht weniger aus Barmherzigkeit; einerseits ist ihr gräßliches Wimmern unerträglich, andererseits läßt sich einem Toten die Rüstung sehr viel leichter ausziehen als einem Verletzten, der sich möglicherweise noch immer zu wehren versucht.

Oben am Paß von Drakon, wo die Ritter in den Hinterhalt gerieten, sind schon die Raben zugange. Man hört ihre rauhen Schreie und dazwischen das dumpfe Geräusch der Äxte, die Schädel spalten, das leiser werdende Stöhnen und Wimmern der Sterbenden, die schrecklichen Schreie der todwunden Pferde, die niemand von ihren Qualen erlöst, das bösartige Knurren der Hunde, die sich um abgerissene Gliedmaßen balgen, und hin und wieder Triumphgebrüll, wenn einer der Schlächter ein besonderes Stück Beute gefunden hat.

Der Wind trägt den süßlichen Geruch von Blut herüber. Morgen wird der Gestank unerträglich sein.

Das Feldlager, in das sich die Reste des Heeres schließlich zurückgezogen hatten, war durch eine Umwallung aus Stämmen und Dornengestrüpp leidlich geschützt und konnte sich noch eine Weile halten. Bald aber klafften Lücken im Verhau, Fackeln flogen in die Zelte, Türken drangen von allen Seiten auf die sich verzweifelt wehrenden Ritter ein. Dann war es vorbei.

Duna sitzt unter den Sterbenden und fühlt, daß Konrads Hand schlaff wird. Sie schließt ihm nicht die gebrochenen Augen. Sie ekelt sich vor dem Tod. Warm läuft es über die Innenseiten ihrer Oberschenkel. Wo ist ihr Kästchen, in dem sie die mit Rosenwasser getränkten Lappen aufbewahrt, um sich während der Zeit ihrer Monatsblutung zu reinigen? Der Wagen mit den großen Scheibenrädern, auf dem sich ihre bescheidene Habe befindet, ist umgestürzt worden und brennt. Blut tröpfelt an ihren Beinen hinab.

Vier Monate erst sind vergangen, seit dieses merkwürdige Heer sie in Belgrad aus der Sklaverei befreit hat. Der wilde Triumph, den sie damals verspürt hatte, als sie aus dem Palast des ebenso kleinen wie fetten Niketas entkommen war, hatte sich schon nach Tagen verflüchtigt. Spätestens zu dem Zeitpunkt, da sie fassungslos begriff, daß jener schmutzige Mönch, dem sie vielleicht ihr Leben, zumindest aber ihre Ehre verdankte, weil er damals im Serail die Soldateska zurückgehalten hat, nicht irgendein Bettelmönch war, sondern eben jener Peter von Amiens höchstselbst. Jener Mann, dessen Vater angeblich ein normannischer Ritter gewesen ist; der sich mit besonderer Sorge um reuige Huren kümmerte; dessen Ruhmestaten sich die Ritter auf den Burgen und die Fischweiber auf dem Markt erzählten; dessen Wunder zahllose Büßer anlockten und sogar die strengen Mönche begeisterten – dieser Mann war kein Held, von dem Frauen träumen konnten.

Er war klein, verschmutzt und garstig.

Aber er war auch eine außergewöhnliche Erscheinung, zweifellos. Er faszinierte die Menschen, die ihm zuhörten, und verhexte sie, so daß sie ihm in sein waghalsiges Abenteuer folgten. Andererseits erschien er Duna als ein abgerissener Strolch, und vielleicht war er sogar nur ein Scharlatan. Und sie, die zwar im Grunde – wie sie inzwischen begriffen hatte – von Geburt lediglich eine Barbarin war, die aber immerhin seit über zehn Jahren den Luxus eines Frauenhauses genossen hatte, sie war nunmehr gezwungen, mit diesem verkommenen Haufen stinkender Männer, läufiger Weiber und verlauster Kinder mitzuziehen, weil sie schon nach sehr kurzer Zeit erkannt hatte, daß ihre einzige Hoffnung Konstantinopel war, die sagenumwobene Hauptstadt des Reiches. Wo sich zumindest die etwas höher gestellten Menschen – da war sie ganz sicher – ebenso wie in Belgrad täglich wuschen, wo man sich nach dem Stuhlgang mit großen Polstern langstieligen Mooses säuberte. Wo sich die Frauen enthaarten und die Männer rasierten. Wo man edle Gerichte von Tellern aß, statt pampigen Brei auf flache Fladenbrote zu klatschen. Konstantinopel – davon hatte sie geträumt, und dort hatte sie bleiben wollen, wenn Peter und seine Anhänger weiterzogen nach Jerusalem.

Anfangs ließ es sich gut an. Peter marschierte mit seinem Haufen nach Nisch. Es wurde ein bißchen geplündert, aber kaum mehr als normal. Niemand weiß, warum es zu dieser Katastrophe kommen mußte. Vielleicht waren es wirklich die Mühlen am Fluß, die ein paar Unbesonnene ohne eigentlichen Grund in Brand gesteckt hatten. Jedenfalls überfielen plötzlich die Soldaten des fetten Niketas das Heer, und als das Gemetzel vorüber war und man sich wieder gesammelt hatte, fehlte ein Viertel der Männer. Und die Kriegskasse.

Sie waren trotzdem bis nach Konstantinopel gekommen, und der Kaiser – Duna hatte ihn nie zu Gesicht bekommen – war sogar sehr freundlich gewesen. Wenigstens am Anfang. Dann hatten Peters Männer wieder angefangen zu plündern, und obwohl es nicht ratsam erschien, mit einem so schwachen Heer ins Gebiet der Türken einzudringen, befahl der Kaiser dem schmutzigen Peter (des Kaisers Tochter nannte ihn übrigens nur *Kukupetros*, was so viel bedeutet wie *Peterle*), er solle sich so schnell wie möglich über den Meeresarm des heiligen Georg, den Bosporus also, in Richtung Süden davonmachen. Wer den Gastgeber bestehle, dürfe nicht länger mit Gastfreundschaft rechnen.

Was tatsächlich vorgefallen war, wußte Duna nicht. Der eifersüchtige Konrad hatte sie in seinem Zelt festgehalten unter dem Vorwand, er müsse sie vor der Geilheit der Orientalen schützen. In Wirklichkeit war es wohl die seine, die ihn vor Eifersucht geradezu krank machte. Jedenfalls gelang es ihr nicht, in die Stadt zu kommen, und im nachhinein gestand sie sich ein, daß sie auch nicht wußte, an wen sie sich denn hätte wenden können. Vermutlich wäre sie als Hure irgendwo unten am Hafen gelandet.

So blieb sie denn bei Konrad, der sie tatsächlich nie bedrängte, und folgte mit ihm diesem merkwürdigen Eselreiter am Marmarameer entlang nach Nikomedia, wo sich die Ritter zerstritten. Die deutschen und die italienischen wandten sich von Peter ab und wählten einen gewissen Reinhold zu ihrem Anführer, während sich die Franzosen hinter Gottfried Burel scharten. Der Mönch Peter dagegen ging zurück nach Konstantinopel, um den Kaiser um mehr Geld zu bitten.

Duna läßt die erkaltende Hand Konrads los und versucht in einem unsinnigen Anfall weiblicher Eitelkeit, ihr Haar zu ordnen. Die Luft ist jetzt schwarz von Raben und erfüllt von ihrem gierigen Krächzen. Der gelbe Hund hat den Kampf mit den Därmen gewonnen und leckt sich die blutigen Lefzen. Das Plopp-Plopp der Schädeleinschläger ist nur noch vereinzelt zu hören, und die Türken, die sich bislang mehr um die Beute als um die Gefangenen gekümmert haben, treiben nun die Kinder zusammen.

Die Frau bindet zwei widerspenstige Haarsträhnen im Nacken zusammen. Das Unternehmen Jerusalem scheint für sie zu Ende. Zu disziplinlos war Peters Heer gewesen. Jede Stadt war geplündert, kein Haus verschont worden. Selbst die Freigebigkeit der Einheimischen wurde mit Undank belohnt. Zuweilen erschien es tatsächlich, als sei nicht Frömmigkeit die Triebfeder der Pilger, sondern schiere Gier nach Beute.

Schließlich waren sie von den Türken in diese Falle bei Civetot gelockt worden. Unerfahren, leichtsinnig und überheblich hatten sie das Lager verlassen, und kaum waren sie drei Meilen geritten, als der tödliche Pfeilregen auf sie niederging. Nun sind die Männer tot, und die Türken schneiden den Frauen die Hälse durch, wenigstens den älteren und den kranken, den ungepflegten und den widerspenstigen. Sie sind wertlos und würden schlechte Sklavinnen abgeben. Manche der Frauen empfangen den Todesstreich stumm mit gebeugtem Nacken. Andere beten. Einige zeigen den Männern ihre nackten Brüste oder werfen sich auf die Erde und spreizen die Beine. Nur wenige Männer stecken etwas anderes in sie hinein als ihren Säbel.

Zwei Türken versuchen, den nackten Leichnam eines Ritters seitlich an ein Kamel zu binden. Das linke Bein des Toten ist von einem Axthieb nahezu durchtrennt und wird nur noch von wenigen Fleischfetzen gehalten. Sie säbeln es ab und werfen es fort. Ein Ritter mit nur einem Bein taugt als Trophäe ebenso wie ein kompletter. Auf die andere Seite des Reittiers binden sie einen toten Mönch, dessen schäbige Kutte anscheinend niemand haben wollte. Quer über die nackte Stelle auf seinem Kopf verläuft eine klaffende Wunde. Er scheint noch nicht ganz tot zu sein, aber das ist lediglich eine Frage der Zeit.

Türkische Soldaten hasten vorbei. Sie schleppen schartige Waffen und verbeulte Helme, Kettenhemden, Bogen und halbvolle Köcher, wertvolle Pelze und Weinfäßchen; einer hat ein großes Kruzifix erbeutet und zieht es keuchend hinter sich her durch den weißen Sand. Kleine Mädchen, mit Stricken aneinandergefesselt, stolpern den Hang hoch. Erbeutete Pferde werden vorbeigetrieben, auch eine blökende Herde verstörter Schafe. Umgestürzte Wagen werden aufgerichtet und mit Beute beladen. In dumpfe Trommelwirbel mischen sich Hörnersignale und hastige Befehle. Vor Einbruch der Dunkelheit wollen die Türken das Schlachtfeld geräumt haben.

Einer der Anführer hat die Frau zwischen den Leichen der Ritter entdeckt. Breitbeinig bleibt er vor ihr stehen und starrt auf sie herab. Hochmütig starrt sie zurück. Er sagt etwas, was sie nicht versteht, aber auch nicht zu verstehen braucht. Die wachsende Ausbuchtung in seiner Hose macht eine Übersetzung überflüssig. Fahrig zerrt er an seinem Gürtel. Duna erhebt sich langsam und denkt flüchtig, wie vorteilhaft es sein kann, den Koran zu kennen. Besonders die zweite Sure erweist sich als nützlich.

Träge zieht sie ihr Kleid nach oben. In dünnen Rinnsalen ist Blut ihre Beine hinabgeflossen. Der Mann prallt zurück. Kein Gläubiger wird sie während ihrer Unreinheit nehmen. So hat es der Prophet befohlen.

Nie wieder wird sie ein Mann anfassen. Das schwört sie, während sie gelassen ihre Kleider ordnet. Konrad allerdings, ihr Beschützer, wird ihr in Zukunft nicht mehr helfen können. Seine Augen sind für immer erloschen. Eine Elster zupft emsig an den bleichen Lidern.

Ein Reiter wirft der Frau einen Strick um den Hals und zieht sie hinter sich her. Es ist ihr gleich, wohin man sie verschleppt. Sie hat keine Heimat mehr; es ist ihr gleich, ob man sie in einen Harem bringt oder als Sklavin in ein Frauenhaus, ob nach Belgrad oder nach Damaskus. Sie sehnt sich nach Zimtgebäck und einer Schüssel mit Feigen, nach einem heißen Bad und einem weichen Bett.

Und nach einem Kästchen mit Lappen in Rosenwasser.

Der Ausflug

Normannen in Konstantinopel
April 1097

Eselskacke! Wütend schüttelt der Soldat die Hand des kleinen Griechen ab, der unaufhörlich an seinem Arm zerrt und *Schnell, schnell* schreit. Schweiß läuft dem Soldaten in die Augen. Obwohl die Sonne seit dem Morgen erbarmungslos vom Himmel brennt, hat niemand darauf verzichtet, sich gegen mögliche Zwischenfälle zu wappnen. Schilde und Helme haben die Männer zwar an die Sättel ihrer Pferde gehängt, aber das Schwert hält man besser bereit, und auch ein Kettenhemd läßt sich nicht so ohne weiteres ab- und im Notfall rasch wieder überstreifen. Die Beinschienen klappern noch lauter als die Sporen, und die kleine Gruppe macht einen Lärm, als würde ein Haufen Blechtöpfe über Land wandern.

Kommen, ihr schnell kommen, schreit der kleine Grieche und läuft voran. Die Männer folgen keuchend und ohne jede Begeisterung. Sie gehören zu der Schwadron, die Bohemund vorausgesandt hat, um dem Kaiser seine baldige Ankunft zu melden. Drago ist zwar nicht Bohemunds Mann, aber Tankred hat ihn mitgeschickt. Er ist gerne auf dem laufenden und verläßt sich nicht blind auf das, was der Onkel ihm gelegentlich mitzuteilen geruht. Mag Bohemund auch ein Löwe sein – Schlangen sind manchmal klüger.

Die Normannen hatten sich während des langen Feldzugs vorbildlich benommen. Schließlich befand man sich auf christlichem Boden, und Bohemund wollte in Konstantinopel Eindruck machen. Außerdem kennt er sich aus in der Gegend. Die neuen Verbündeten waren einst seine Feinde, als er noch unter Robert Guiskard ritt. Schwamm drüber. Bohemund hat jetzt andere Ziele. Der Kaiser auch. Und im übrigen – denkt Drago – hat keiner der beiden während der früheren Feldzüge sein Häuschen verloren; keinem wurden die Olivenbäume abgeholzt oder die Tochter geschändet.

Fürsten vergessen deshalb schneller als Bauern.

Als die Normannen durch Westmazedonien marschiert und zu Weihnachten schließlich in Kastoria angekommen waren, ging ihnen endgültig der Proviant aus. Bohemund wollte Getreide und Fleisch kaufen, aber die Bevölkerung weigerte sich, weil sie zum einen selber nicht genug besaß und sich zum anderen nur zu gut an die Eindringlinge von damals erinnerte.

Da blieb einmal mehr nichts anderes übrig, als das Notwendige mit Gewalt zu nehmen und den schwachen Widerstand der Einheimischen zu brechen, indem man die Bewohner der umliegenden Ortschaften zusammentrieb und ihre Kinder auf einem Acker, der besonders stark von Krähen besucht wurde, bis zum Kopf eingrub. Als sich die ersten Vögel auf den Köpfen der Kleinen niederließen und damit begannen, nach den Augen zu picken, schleppten die verzweifelten Eltern ihre letzten Vorräte herbei, holten die Kühe aus den Wäldern und verkauften auch die Mulis und Esel, die sie in einer nahegelegenen Schlucht versteckt hatten.

So etwas ist sicherlich nicht schön, aber besser als hungern, und der Soldat hat auch schon wesentlich Schlimmeres erlebt. Immerhin wurden die Kinder ja wieder ausgebuddelt, und kaum eines hat ernsthaften Schaden erlitten. Den Kaiser jedenfalls haben solche Geringfügigkeiten sicher nicht erbost, denn sonst hätte er die Männer kaum unbehelligt bis hierher ziehen lassen und ihnen Quartiere in der Vorstadt zugewiesen, nachdem sie ihre Botschaft übermittelt hatten.

Sie sind in einem merkwürdigen Gebäude untergebracht, das eigentlich nur aus einem großen Hof besteht, der mit einem Säulengang umgeben ist. Spät in der Nacht waren sie angekommen und hatten sich gerade noch Zeit genommen, die Pferde abzusatteln und trockenzureiben. Dann hatten sie den Kopf auf den Sattel gelegt und waren sofort eingeschlafen.

Am nächsten Morgen waren sie von gräßlichen Schreien geweckt worden, die sie aufspringen und nach den Waffen greifen ließen. Riesige, zottelige Ungetüme bevölkerten den großen Hof, pferdeähnliche Biester mit buckeligem Rücken. Die Soldaten wichen zurück und brachten die Säulen des Umgangs zwischen sich und die Ungetüme. Obwohl sie sahen, daß die Tiere mit Gepäck beladen waren und einige von ihnen gar als Reittiere benutzt wurden, erschienen sie ihnen dennoch als Ausgeburt der Hölle, und auch die Pferde der Männer schnaubten und stiegen nervös hoch.

Das ging ja verdammt gut los in dieser verrückten Stadt, und es dauerte noch einige Zeit, bevor sie sich an Anblick und Gestank der merkwürdigen Ungetüme gewöhnt hatten. Wenig später erschien ein kleiner Mann, der sie in gebrochenem Normannisch ansprach und im Auftrag des kaiserlichen Hofes zu einem Besuch der Stadt einlud. Nein, nicht alle dreißig zusammen, bedauerte er höflich: nur zehn, die anderen morgen und übermorgen. *So Befehl. So besser. Männer von Mann auf Esel alles kaputtmachen. Viele Männer gefährlich. Nur kleine Gruppe gestattet. Befehl von Kaiser.*

Blödes Gebrabbel. Die Männer begriffen auch nichts, als sie später durch die Ruinen der Vorstadt ritten. Niemand hatte ihnen von einem gewissen Peter von Amiens erzählt, dessen Horden hier gewütet hatten. Niemand hatte sie darauf vorbereitet, daß ihnen Feindseligkeit entgegenschlagen würde. Von Fremden hatte die Stadt fürs erste die Nase voll. Und niemand in Konstantinopel – von ein paar gelehrten Höflingen abgesehen – konnte einen Normannen von einem Lothringer unterscheiden, einen Provençalen von einem Franken. Kelten nannte man sie und hielt sie allesamt für Verbrecherpack.

Leider durfte man die Fremdlinge nicht auf der Stelle umbringen. Allenfalls betrügen.

Gleich sehen, schreit der kleine Grieche, der den Gipfel des kleinen Hügels als erster erreicht. *Ihr gleich sehen!* Aufgeregt fuchtelt er mit dünnen Ärmchen in der Luft herum, als wolle er den leichten Dunst vertreiben, den die Sonnenstrahlen durchschneiden wie Schwerter aus Licht. Drago keucht. Wer ein Kettenhemd anlegt, muß darunter ein Lederkoller tragen und unter dem Koller wiederum ein Hemd, weil es sonst üble Scheuerstellen gibt. Das alles auf der Haut und einen störrischen Gaul hinter sich herziehend – da hat man andere Sorgen, als sich irgendeinen Scheiß anzusehen, den der Dolmetscher anpreist wie ein Händler ein Weib mit drei Titten auf dem Sklavenmarkt in Bari. Was wird es schon anderes zu sehen geben als verbrannte Vorstädte und noch mehr zottelige Monster mit Buckeln.

Und dann sieht er es. Er will sich den Schweiß aus den Augen wischen, aber das geht nur schlecht mit einem Eisenhandschuh, dessen Rücken zudem mit Schuppen bedeckt ist. Deshalb zieht er ihn aus und wirft ihn ins Gras.

Phantastisch, unglaublich, atemberaubend. Dagegen ist Palermo ein Dorf, denkt der Soldat, und Rom ein Trümmerhaufen. Aber an Rom erinnert sich Drago nicht sehr gerne, und deshalb bricht er den Vergleich ab und läßt sich ins Gras fallen. Traumhaft, diese Stadt. Ein gigantischer Mauerring, schnurgerade Straßen, so breit wie Flüsse, ein Wald von Kuppeln und Kirchtürmen. An zwei Seiten umrahmt von einem Meer, das so blau ist wie der Frühlingshimmel. Nur Jerusalem kann noch schöner sein.

Eine Stunde später nähern sie sich einem Stadttor, das so hoch aufragt, daß man eine Dorfkirche auf Rädern hindurchrollen könnte. Zunächst aber traben sie über eine Brücke. Sie überspannt einen Wassergraben, klar wie ein Gebirgsbach. *Vier Männer tief*, ruft der kleine Grieche, was der Soldat für übertrieben hält, denn so tiefe Stadtgräben gibt es nirgendwo auf der Welt. Immerhin hat er noch nie einen so sauberen gesehen. Niemand hat Abfall hineingeworfen, keine tote Katze treibt aufgedunsen an der Oberfläche. Nicht einmal ein abgerissener Zweig.

Langsam reiten sie bergan. Auf den Graben folgt eine mannshohe Brustwehr aus Bruchsteinen, dann zwanzig Schritte Wiese bis zu einer hohen Mauer mit kleinen Bastionen und danach noch fünfzehn Schritt bis zur eigentlichen Mauer, die endlos hoch in den Himmel ragt. Von Türmen, die wohl an die zwanzig Meter hoch sein mögen, verfolgen wachsame Augen den kleinen Trupp, der aber unbehelligt einreiten darf.

Gütiger Jesus, denken die Normannen, ob uns Jerusalem auch mit derartigen Mauern empfangen wird?

Schweigend passieren sie das gigantische Tor. Der kleine Grieche läuft voraus, zeigt nach links und rechts, schreit wirres und vermutlich dummes Zeug, aber niemand hört ihm zu. Auch nicht die Einheimischen, die sich um die verwegen aussehenden fremden Krieger scharen, ihre Fäuste ballen und Schimpfwörter rufen. Gelassen lenken die Männer ihre Pferde durch die Menge. Sie kommen über riesige Plätze und breite Alleen, die gesäumt sind mit überlebensgroßen Figuren. Götter vermutlich und splitternackt, auch die Frauen.

Verstohlen schielen die Männer nach den Geschlechtsteilen der Götter und vergleichen sie stolz mit den eigenen. Keine Konkurrenz. Dafür sind die Frauengestalten besonders üppig, und bei dem einen oder anderen wird es eng unter dem Lederkoller. Frauen haben sie schon lange nicht mehr gehabt, und erst recht keine so drallen wie die hier, mit Titten wie Kuheutern und Ärschen wie junge Stuten.

Endlich erreichen sie die Pferderennbahn, wo ihnen eine Säule entgegenschimmert, die aus purem Gold zu sein scheint.

Die Männer lassen sich aus dem Sattel gleiten und betasten ungläubig die glänzenden Platten. Immer mehr Menschen rotten sich zusammen. Vielleicht glauben sie, die Normannen wollten die Platten abreißen und davontragen.

Hier Pferde laufen, schreit der Grieche, *viele Menschen kommen, schöne Frauen geben Preise.* Aber die Männer interessieren sich nicht für das Hippodrom, auch nicht für die prachtvollen grünen Pferde und den antiken Streitwagen auf dem Dach über den Stallungen. Sie haben nur Augen für den mit vergoldeten Bronzeplatten verkleideten Obelisken.

Andererseits haben sie Durst.

Sie fragen ihren Dolmetscher nach einer Kneipe, Taverne, Pinte, *Schluck-Schluck. Später,* sagt der Grieche, *erst sehen, noch warten.* Aber Drago kann nicht mehr warten. Schon seit dem frühen Morgen beunruhigt ihn ein verdächtiges Grummeln im Darm, und nun ist es unabwendbar höchste Zeit. An einer Säule, die aussieht, als wollten sich drei Schlangen miteinander paaren, schiebt er Kettenhemd und Koller hoch und hockt sich hin, um sich zu erleichtern. Da brüllen die Einheimischen los, und der Soldat braucht sie nicht zu verstehen, um zu wissen, was ihnen mißfällt. Wieso darf man hier nicht?

Der kleine Grieche zieht ihm hastig das Kettenhemd herunter und drängt ihn quer über die freie Fläche zu einem niedrigen Gebäude. Seine Kameraden sichern den Rückzug mit blankem Schwert. Zum Glück gibt es hier nur feinen Sand und keine Steine, nicht einmal Abfälle, so daß die Menge keine Wurfgeschosse findet. Die Normannen treiben die Leute mit einer Scheinattacke zurück.

Wozu die Aufregung, wenn einer scheißen muß?

Der Grieche hat den Soldaten in das flache Haus gezerrt. Das Innere besteht nur aus einem großen Raum, an dessen Wänden Steinbänke stehen. Wie in Tankreds großem Saal, denkt der Soldat, nur sind dort die Bänke aus Holz. Und sie haben auch nicht so merkwürdige Öffnungen. *Hier machen,* sagt der Grieche.

Hier, und er macht Anstalten, dem Soldaten das Kettenhemd wieder hochzustreifen.

Hier? Wieso hier? Das ist schließlich kein Aborterker, sondern beinahe ein Thronsaal, und es stinkt kein bißchen. Aber der Grieche besteht darauf, daß die Öffnungen in den polierten Marmorplatten nur diesem einen Zweck dienen, so daß der Ritter ihm schließlich glaubt und ihn rauswirft, denn so etwas verrichtet man schließlich alleine. Andererseits – sinniert er –, wozu sind dann die vielen anderen Öffnungen da?

Und während er so denkt und macht, schiebt sich ein rabenschwarzer Mensch in den Raum mit einem Krug in der einen und einem Handtuch in der anderen Hand. *Raus*, brüllt der Soldat, aber wenn der Mann auch erschrickt und das Weiße in seinen Augen sehen läßt, schlurft er dennoch pflichtbewußt näher.

Raus, raus! Drago kann den Kerl aufgrund der besonderen Umstände im Augenblick nicht vor die Tür setzen und ihn nicht einmal in seinen schwarzen Hintern treten, und so muß er ohnmächtig zulassen, daß der Sklave den Krug geradewegs neben ihn auf die Bank setzt und auch das Handtuch dazulegt, bevor er sich hastig entfernt.

Ächzend kommt der Soldat zum Ende. Routiniert säubert er sich rückwärts mit der linken Hand und wischt sich nach alter Gewohnheit die Finger flüchtig an den Beinschienen ab. Dann kommt ihm ein Gedanke. Er steckt die Hand tief in den Krug und reibt die Finger im Wasser sauber. Selber schuld, wer jetzt noch daraus trinkt, denkt er, und das Tuch nimmt er auch mit. Wegen des Schweißes, der ihm immer in die Augen läuft.

Die Menge draußen hat sich verlaufen. Der Dolmetscher schielt vorwurfsvoll auf das Tuch, das sich der Soldat oben am Hals unter das Kettenhemd schiebt, und läuft voraus und weiter in Richtung Goldmarkt, wo sich die Tische biegen unter den Schüsseln voller Geldstücke aus aller Welt. Fremdartig aussehende Männer drängen sich zwischen den schattigen Ständen, fette Händler schreien Wechselkurse, Bewaffnete kontrollieren finster die Lizenzen der Kaufleute, und der Grieche beschwört die Normannen, der Versuchung zu widerstehen. *Nix anfassen,* murmelt er beschwörend, *ihr nix anfassen.*

Schüsseln voller Geld, denkt der Soldat, aber nichts anfassen. Doch er beherrscht sich, und das wird ihm leicht gemacht durch einen Trupp Soldaten, der sich unauffällig durch das Gewühl in ihre Richtung bewegt. *Keinen Streit,* hat Bohemund ihnen eingeschärft. *Keinen Händel, oder ihr verliert die Nase!*

Jawohl, Chef, alles klar.

Stundenlang führt sie der Grieche kreuz und quer durch die Stadt. Vom Hügel, auf dem der Kaiserpalast steht, blicken sie hinab auf den Hafen, den größten der Welt, wie ihr Dolmetscher behauptet. Die Männer sehen keinen Grund, daran zu zweifeln, und bestaunen die große Brücke, über die sie irgendwann hinübermüssen, nach Jerusalem, ins Heilige Land. Aber zunächst haben sie Durst, und den löscht man am besten da unten in den Matrosenkneipen, wo es nicht nur Wein zu kaufen gibt, sondern auch Schmuggelware, aber davon rät der Grieche ab. *Zu gefährlich,* meint er, *aber was ist denn mit Frauen?*

Aber ja doch! Deshalb sind sie im Grunde doch hier, auch wenn das keiner so direkt zugeben mag. Einen dicken Hintern, in den man treten kann, ohne daß die Braut auch nur zusammenzuckt, wünscht sich der eine; so ein schwarzhäutiges Luder ein anderer, weil er davon schon lange träumt; ein dritter, der Heimweh hat, will eine Normannin mit rotem Haar und Sommersprossen. Und weil sie es jetzt auf einmal ziemlich eilig haben, zieht einer den kleinen Griechen zu sich hoch in den Sattel, und dann preschen sie die Straßen hinunter zum Kai, wo ihnen der Dolmetscher ein mehrstöckiges Gebäude zeigt, in dessen Hof sie die Gäule anbinden.

In der ebenerdig gelegenen Schankstube herrscht Andrang. Sie bestellen Wein und fragen nicht nach dem Preis. In ihrer trunkenen Geilheit werden sie großzügig, und als der Grieche einer schmierigen Kupplerin die Wünsche der Männer übersetzt und diese wissend nickt, da gießen sie erregt noch einen Becher in sich hinein, und dann noch einen.

Wenig später ist die Frau zurück, aber rechte Freude will nicht aufkommen. Es gibt zwar eine Negerin, aber die zählt an die Fünfzig und starrt vor Schmutz. Immer noch besser als gar nicht schwarz, meint die Kupplerin. Eine Normannin hat sie auch nicht aufgetrieben. Statt dessen eine blonde Russin, die leider keine Sommersprossen hat, dafür aber Pickel. Einen dicken Arsch gibt es auch, doch der zugehörige Kopf würde besser einem Pferd stehen, und Drago, der etwas Zierliches geordert hatte, stellt die Frau ein gelocktes Wesen vor, das allenfalls zwölf ist und außerdem ein Junge.

Was er mit einem Knaben soll, fährt er die Kupplerin an, wo er sich – um es ganz deutlich auszudrücken – nicht auf einen Knabenschwanz, sondern auf ein heißes Loch gefreut habe. *Aber er hat ja eines,* sagt die Frau, dreht den Knaben herum, hebt sein Hemd und spreizt die kleinen Backen.

Vielleicht sind drei hastig getrunkene Becher Wein zu viel für einen nüchternen Normannenmagen. Aber es sind wohl eher der polierte Zapfen, mit dem man den Darmausgang des Kindes geweitet hat und offen hält, und die häßlich schwärende Entzündung, die den Soldaten aufspringen lassen. Sein Schwert macht ein häßliches Geräusch, als er es aus der Scheide reißt. Mit der linken Hand packt er das Kind, mit der Waffe in der Rechten zielt er auf die Kehle der Frau.

In seinen Augen ist Tod, und Bohemund ist weit.

Männer ziehen Dolche, Frauen kreischen, Bänke stürzen um. Auch die anderen Normannen haben ihre Schwerter gezogen und bilden drohend einen Ring um den Soldaten und das Kind. Ein Weinkrug segelt durch die Luft und zerschellt am Kettenhemd des Soldaten. Roter Wein fließt wie Blut über seine Brust.

Hof, Hof, schreit der kleine Grieche.

Richtig, da sind die Pferde. Niemand wagt es, sie aufzuhalten. Eine Minute später galoppieren sie die Straße hoch, an der Pferderennbahn vorbei und aufs Stadttor zu. Doch was sollen sie der Wache sagen? Wie kommt ein Haufen bewaffneter Normannen plötzlich zu einem Kind? An einem Kloster, das sich linker Hand unter hohe Pinien duckt, halten sie an. Drago setzt den Knaben vorsichtig ab und zeigt auf die Pforte.

Lange sieht das Kind den davonreitenden Männern nach. Dann dreht es sich um und geht langsam die Straße zurück. Hinunter zum Hafen.

Der Palast

Besuch beim Kaiser
April 1097

Dem Ritter geht es nicht sonderlich gut an diesem Morgen. Gestern abend ist im Zelt des Herrn von Monteil der Sturzbecher gekreist. Wein aus Istrien, süßlich und warm, nach Nelken schmeckend. Irgendwann in der Nacht hat Joscelin ihn ausgekotzt. Zusammen mit den Resten von Garnelen und Hammelfleisch.

Schwere Weihrauchschwaden ziehen vorbei. Dem Ritter ist schwindelig. Er versucht, sich auf den Boden zu setzen, ohne daß es allzusehr klappert. Dabei entgleitet ihm sein Schwert, auf das er sich bislang gestützt hat, und fällt scheppernd auf die Marmorplatten. Das Geräusch geht unter im feierlichen Te Deum der bärtigen Männer mit den Kinderstimmen. Verschnittene.

In der Auvergne schneidet man lediglich jungen Bullen und Schafböcken die Eier ab, seltener einem Fohlen. Hier macht man es mit Kindern. Oder auch mit Gefangenen. Die Augen des Ritters verengen sich zu kleinen Schlitzen.

So lange ist es noch gar nicht her. Im Winter war es, irgendwo in den Bergen Dalmatiens. Das Heer Raimunds von St. Gilles, des Grafen von Toulouse, quälte sich über verschneite Bergpfade nach Süden, ständig belästigt durch Überfälle slawischer Banditen. Nicht direkt gefährlich, aber halt lästig. Da halfen auch die Gefangenen nicht, die man in den letzten Wochen gemacht hatte, und ebensowenig die mitgeführten vornehmen Geiseln.

Räuber stört es wenig, wenn man als Vergeltung einen der mitgeführten einheimischen Prinzen oder eine adlige Jungfrau tötet.

So wälzte sich der Lindwurm des Heeres schwerfällig weiter über die verschneiten Berge, und die Verluste blieben gering. Bis zu jenem Tag, als plötzlich die Nachhut derart massiv angegriffen wurde, daß Melder nach vorne gejagt wurden, um Raimund zu unterrichten. Kundschafter wurden ausgeschickt, und gegen Mittag stand zweierlei fest: Im Rücken des Heeres hatte sich eine ansehnliche feindliche Streitmacht versammelt, und hinter dem Paß, den man soeben erreicht hatte, öffnete sich der Weg zu einem breiten Tal. Im Kriegsrat kam man zum Schluß, daß am nächsten Tag während des Abstiegs mit einem massiven Angriff gerechnet werden müsse, dem man nahezu schutzlos ausgeliefert sei, da sich ein Heer selbst in einem relativ geräumigen Tal nicht mit der erforderlichen Schnelligkeit in Schlachtordnung aufstellen könne.

Die Kundschafter hatten die Lage nüchtern dargelegt. Danach herrschte langes Schweigen in der Runde. Es war Wilhelm-Hugo von Monteil, dem Graf Raimund schließlich den Befehl erteilte, während der Nacht den Abstieg des Heeres zu sichern und entsprechend lange den Paß zu halten.

Egal wie.

Schon brach die Dämmerung herein, und das Heer begann, ohne eine Ruhepause einzulegen, unmittelbar mit dem Abstieg ins rettende Tal. Die Anführer drängten zur Eile, außer dem Herrn von Monteil, der seine Männer an der Stelle zusammenrief, wo der Paß sich zwischen zwei hohen Felsen hindurchzwängte, so daß kaum zwei Maultiere nebeneinander passieren konnten. Im schwindenden Licht des Tages sagte er, was zu tun sei. Als erster Freiwilliger trat der Ritter vor.

Als der Feind sich im Morgengrauen vorsichtig der Paßhöhe näherte, fand er sie verlassen vor. Nicht einmal eine kleine Nachhut sicherte den Abzug der fränkischen Ritter. Gleichwohl trabten die ersten Reiter vorsichtig auf die beiden Felsen zu, die den eigentlichen Paß säumten. Dann scheuten die Pferde und stiegen wiehernd hoch. Sie hatten gewittert, was die Krieger im trüben Morgenlicht noch nicht erkennen konnten. Der Weg war versperrt. Durch eine Mauer von Menschenleibern.

Acht Stunden hatte das Heer Raimunds gebraucht, um den Paß zu überqueren. Erst als die letzten Nachzügler die beiden Felsen hinter sich gelassen hatten, begann das Gemetzel. Die Geiseln waren gefesselt. Das machte die Henkersarbeit leichter. Eine Frau nach der anderen wurde in das eigens dafür errichtete Zelt geführt. Dort warf ihr ein Kriegsknecht eine dünne Lederschlinge um den Hals und erdrosselte sie.

Es waren viele Frauen.

Hin und wieder wurden die Henker abgelöst. Auch der Ritter beteiligte sich. Aber er verzichtete auf die Lederschlinge. Er grub seine Hände in die schlanken Hälse und starrte den Verröchelnden ins Gesicht. Dann zerrte er ihnen die Kleider vom Leib und beendete sein Werk mit dem Dolch.

Nach den Frauen wurden die Männer ermordet. Während man den Frauen die Nase und die Brüste abschnitt, wurden den Männern die Genitalien abgesäbelt und die Augen ausgestochen. Joscelin war der einzige seines Standes, der sich an der Verstümmelung beteiligte. Er fand es bedauerlich, daß die Geiseln vorher getötet worden waren. Um sie am Schreien zu hindern, hätte man sie ja knebeln können. Aber auch so machte es Spaß.

Gegen vier Uhr in der Frühe trugen die Kriegsknechte die gräßlich verstümmelten Leichen von 65 Frauen und 83 Männern zum Durchgang zwischen den Felsen, der bereits mit gefällten Bäumen blockiert war. Die Leichen der Geiseln wurden an die Holzstämme gebunden, die erschlafften Glieder dabei ineinander verschränkt. Nach drei Stunden waren sie steinhart gefroren.

Der Paß wird gehalten, egal wie, hatte Graf Raimund befohlen. Und dem Herrn von Monteil war nichts Wirksameres eingefallen. Hinter der Barrikade aus geschändeten Menschen lauerten seine Männer auf den Feind. Wenn er tatsächlich darangehen sollte, das widerliche Hindernis wegzuräumen, dann – so hatte er zu seinen Rittern gesagt – würden sie sterben wie einst Leonidas. Und da niemand seiner Männer bislang von den tapferen Spartanern gehört hatte, erzählte er ihnen von der Schlacht bei den Thermopylen, wo tausend Mann an einem ähnlich engen Paß das Heer des Perserkönigs Xerxes aufgehalten hatten. Daß sie schließlich verraten worden waren, verschwieg er, aber diesmal fand sich auch kein Verräter, der den Feind in den Rücken der Franken geführt hätte.

Die grausige Mauer erfüllte ihren Zweck. Niemand auf der anderen Seite verspürte Lust, sich mit einem Gegner anzulegen, der auf diese Weise mit seinen Gefangenen verfuhr. Einen Tag und eine Nacht wartete Wilhelm-Hugo von Monteil ab. Dann folgte er dem nach Süden ziehenden Heer. Zuweilen dachte er an diesen hübschen jungen Kerl aus der Auvergne, der damals vor Toulouse zu ihm gestoßen war. Ein Ritter, der freiwillig den Henker spielt. Was auch immer mit ihm nicht stimmen mochte – zuweilen braucht man solche Männer.

Joscelin schreckt hoch. Er war eingeschlafen und hatte davon geträumt, was man mit wehrlosen Frauen machen kann, die zuvor nicht erdrosselt worden sind. Sein Glied ist mächtig angeschwollen und pocht gegen das Lederkoller. Der Ritter weist sich zurecht. An so etwas sollte man in der Kirche nicht denken. Schon gar nicht in einer solchen Kirche – der größten in der ganzen Christenheit und der heiligen Sophia geweiht.

Besorgt schaut der Ritter zu der riesigen Kuppel hoch. Er hofft, daß sie halten wird, solange er hier unten sitzt. Sie ist schon einmal zusammengefallen. Das hat ihm der Herr von Monteil gesagt, der sich seit damals häufiger mit ihm unterhält. Ihm soll es nur recht sein. Es kann nicht schaden, einen mächtigen Beschützer zu haben.

Von ihm weiß er auch, weshalb dieser feierliche Gottesdienst überhaupt abgehalten wird, zu dem alle Ritter abkommandiert sind: Graf Raimund hat endlich geschworen. Kaiser Alexios bestand auf einem Lehnseid, was nicht mehr und nicht weniger heißt, als daß alle Ländereien und Besitztümer, die die Fürsten im Heiligen Land erobern sollten, nach wie vor dem Kaiser gehören und den Eroberern lediglich als Lehen gegeben werden. Gottfried von Bouillon, der Normannenfürst Bohemund und auch Raimund wären somit – wenigstens was ihre hiesigen Eroberungen angeht – dem Kaiser in Konstantinopel unterstellt.

Was immer das bedeuten mag: Darauf legt Alexios großen Wert, und er hat Gottfried und Bohemund mit fürstlichen Geschenken schließlich dazu gebracht, den geforderten Lehnseid zu leisten. Nur Graf Raimund von Toulouse hat sich lange geziert. Er, der es noch immer nicht verwinden kann, nicht als Hauptanführer der vereinigten Heere angesehen zu werden, fürchtet ein Geheimabkommen zwischen Kaiser und Bohemund. Außerdem fühlt er sich als Gefolgsmann des Papstes, was wiederum eine Abhängigkeit von Konstantinopel ausschließt. Spitzfindigkeiten, finden die meisten seiner Gefolgsleute, und sie haben ihn schließlich überredet beizugeben. Aber einen Lehnseid leistet der Dickkopf nicht. Statt dessen schwört er, Leben und Ehre des Kaisers zu achten und nicht zuzulassen, daß seine Leute dem Kaiser oder der Stadt schaden.

Und das wird nun gefeiert. Seit drei Stunden schon mit dieser Weihrauchorgie, und anschließend geht es im Palast weiter. Der soll noch prächtiger sein als diese Kirche. Die Blicke Joscelins wandern von dem wunderschönen Altar nach oben, vorbei an den zahllosen Öllampen, hinauf in die riesige Kuppel, wo geheimnisvoll die goldenen Mosaiken schimmern, und er beschließt, daß nichts auf der Welt schöner sein kann als diese Kirche.

Höchstens Jerusalem.

Drei Stunden später ist Joscelin noch immer wie betäubt. Er war im Palast. Er hat den Kaiser gesehen. Er hat dagestanden mit den anderen Rittern und immer nur an jene Stelle in der Bibel gedacht, wo Christus über die Engel sagt, daß sie immerfort in das Antlitz des himmlischen Vaters schauen. So muß es im Paradies sein, hatte der Ritter gedacht. So, und nicht anders.

Graf Raimund und sein Gefolge waren nach dem feierlichen Gottesdienst in der Sophienkirche zum nahen Magnaura-Palast hinübergeritten. Es ist nur einer von zahllosen anderen, die sich zu einem riesigen Komplex zusammenfügen. Am äußeren Tor hatte sie ein Mann empfangen, dem die Nase fehlte. Eine goldene Platte verdeckte die Öffnung im Gesicht. Schwarze Sklaven führten die Pferde in einen Stall, während die Gäste dem Nasenlosen ins Innere des Palastes folgten.

An Einzelheiten erinnert sich der Ritter nicht mehr. Er weiß nur, daß sie durch endlose Gänge geführt wurden, über blaue Marmorböden, an teppichgeschmückten Wänden entlang und durch Bronzetore, die sich auf geheimnisvolle Weise vor ihnen öffneten und hinter ihnen wieder schlossen. Da war ein Thronsaal, in dem rein alles aus Gold schien – der mit gelben Rosenblättern bestreute Boden und die blau schimmernde Decke, die zierlichen Säulen und die großen Tiere rechts und links des Sessels, auf dem sich der Kaiser niedergelassen hatte. Die Tiere bewegten sich und gaben wundersame Geräusche von sich, obwohl sie ganz sicher nicht lebendig, sondern von Künstlerhand geschaffen waren.

Was der Kaiser sagte, verstand der Ritter nicht. Anscheinend war Alexios glücklich, daß der Graf seinen Eid geleistet hatte. Nachdem der Kaiser geendet hatte, bewegten sich bartlose Männer auf die Ritter zu. Sie huschten lautlos hin und her und verteilten Geschenke. Einer reichte Joscelin einen Kelch. Ob es endlich etwas zu trinken gab?

Doch es gab nichts außer dem Kelch, aber der war wenigstens zwei Schlachtrösser wert, und der Kaiser hatte ihn ihm geschenkt. Und allen anderen Rittern einen ähnlichen. Zu Hause hätte man jetzt mit dem Schwert gegen den Schild geschlagen und seine Begeisterung hinausgebrüllt, aber das schien hier unangebracht. So beließ es der Ritter bei dem, was alle anderen auch taten, verneigte sich leicht und stolperte als letzter aus dem Saal, der das Prachtvollste war, was er in seinem ganzen Leben gesehen hatte – und auch sehen würde.

Das indes liegt bereits eine halbe Stunde zurück, und jetzt fragt sich der Ritter besorgt, wie er aus dieser Palaststadt hinausfinden soll. In irgendeinem dieser Gänge hatte sich ein Riemen seiner Sandalen gelöst, und er mußte sich hinknien, um ihn wieder festzubinden. Der Riemen indes verknotete sich beim hastigen Neubinden, und es dauerte, bis alles gerichtet war. Der Lärm der abmarschierenden Ritter wurde von den mit Seide bespannten Wänden gedämpft und schließlich ganz verschluckt. Als der Ritter endlich wieder auf die Beine kam, waren die anderen verschwunden. Nach rechts, nach links, geradeaus oder wohin auch immer.

Jedenfalls waren sie weg.

Joscelin flucht leise. Er geht nach rechts. Der Gang führt leicht bergan und endet vor einer kunstvoll verzierten Tür aus dunklem Ebenholz. Vorsichtig drückt er dagegen. Sanft schwingt sie auf. Es ist ein kleiner Raum mit hellen Fenstern. Der Boden ist mit Teppichen ausgelegt. In einer Ecke plätschert ein Brunnen. Auf niedrigen Bänken liegen kostbar bestickte Kissen, und neben einem flachen Tisch steht eine Vase mit jenen merkwürdigen Blumen, die ihm schon in den Parks der Stadt aufgefallen sind. Sie blühen nur im Frühjahr, und die Griechen nennen sie Tulpen.

Dem Ritter ist unbehaglich zumute. Er denkt an die hünenhaften Wächter, die am Eingangstor gestanden haben. Finstere Burschen mit langstieligen Doppeläxten. Andererseits ist es heiß, und er hat noch immer nichts getrunken. Er nimmt den Goldbecher und hält ihn unter den dünnen Strahl, der dem kleinen Brunnen entspringt. Besser Wasser als gar kein Wein, sagt man bei ihm zu Hause.

Pfui Teufel. Der Ritter spuckt den kühlen Trunk auf den

Boden. Duftwasser ist das, wie es Weiber benutzen. Wer kann denn ahnen, daß derart teures Zeug hier aus den Brunnen fließt. Ein leises Geräusch hinter ihm läßt ihn herumfahren. Ein junges Mädchen hat tadelnd mit der Zunge geschnalzt. Joscelin errötet, aber immerhin ist es keiner der Leibwächter mit einem Hackebeil.

Niedlich, die Kleine. Ein enganliegendes weißes Kleid mit schmalem Goldgürtel, die Brüste hochgeschnürt, das schwarze Haar fällt offen auf die Schultern. Der Ritter ist beeindruckt. Sogar die Sklavenmädchen malen sich hier die Finger- und Zehennägel an. Er geht auf sie zu und widersteht der Versuchung, ihr zwischen die Beine zu greifen. Man ist ja nicht in der Auvergne.

Sie nimmt ihm den Becher aus der Hand. Hoffentlich denkt sie nicht, daß er geklaut ist.

Sie denkt es nicht. Sie kennt die Geschenke des Kaisers an niedrig gestellte Gäste. Sie weiß auch, daß der Ritter zu Raimunds Männern gehört, und deshalb fragt sie – mit leichtem Akzent zwar, aber in fließendem Languedoc –, ob er durstig sei.

Na so was. Eine Magd mit Fremdsprachenkenntnissen. Da nickt der Ritter freudig und denkt, vielleicht könne er doch einmal in ihren Ausschnitt greifen, wo sie so nett ist, aber sie weicht ihm aus und bedeutet ihm, ihr zu folgen. Sie verläßt das Zimmer durch eine andere Tür, führt ihn an großen Wildgehegen vorbei, wo der Ritter wundersame Tiere sieht, mit Nasen, die bis zur Erde baumeln; mit Hälsen, die länger sind als Bauernhütten hoch; mit menschenähnlichen Gesichtern, aber ganz behaart und auf Händen und Füßen gehend.

Elefanten, sagt die Kleine, *Giraffen, Schimpansen.*

An einem Brunnen bleibt sie stehen und hält den Becher unter den herabfallenden Strahl. Der Ritter will nicht noch einmal Duftwasser und riecht vorsichtshalber an der goldgelben Flüssigkeit. *Trink,* sagt das Mädchen. *Es ist Wein.* Kühler, köstlicher Wein aus einem Brunnen im Tiergehege. Und der Ritter beschließt ein zweites Mal, daß es so und nicht anders im Paradies zugehen muß.

Ob er Hunger hat, fragt die Kleine. Und ob er den hat. Schließlich ist er seit dem frühen Morgen nüchtern, und inzwischen ist es schon Nachmittag. Einer kleinen Flöte entlockt das Mädchen einen hohen Ton. Zwei hübsche Knaben huschen von irgendwoher und werfen sich auf den Boden. Zuviel der Ehre für einen wie mich, findet der junge Mann, aber es ist die Kleine, der die Demutsgeste gilt. Ein paar kurze Befehle, dann wendet sich das Mädchen wieder dem Ritter zu. Wie es denn bei ihrem Vater gewesen sei, will sie wissen.

Gütiger Gott im Himmel! Hoffentlich sieht sie den Schweiß nicht auf seiner Stirn. Wie benimmt man sich gegenüber einer Prinzessin? Jedenfalls faßt man ihr nicht irgendwohin. Joscelin tut, als sei ihm von Anfang an bewußt gewesen, mit wem er die Ehre hat. Er denkt nicht daran, das Knie zu beugen oder sich auch nur zu verneigen.

Rotzgöre.

Als Knaben ein großes Silbertablett bringen, gestattet er dem Mädchen nur unwillig, ihn mit Fischstücken zu füttern, die sie auf ein kleines Instrument mit zwei silbernen Zinken spießt, bevor sie ihm die Happen in den Mund schiebt. Affengetue. Wozu hat man schließlich Finger. Widerwillig gesteht er sich ein, daß die Finger auf diese Weise nicht fettig werden.

Na und?

Ob er Bohemund kenne, fragt das Mädchen. Sie scheint geradezu verliebt in den normannischen Herzog, schwärmt von seiner alle überragenden Größe, seinen breiten Schultern, seinem Brustkorb, seinen muskulösen Armen, seiner hellen Haut und seinem glattrasierten Kinn. Ist ja schon gut. Der Ritter läßt sich weiter füttern. Mit Schnecken und Nüssen, mit Froschschenkeln und einem Stück Brust vom Pfau, mit sauren Nierchen und Mandelsplittern. Nur ein kleines Kügelchen spuckt er zurück auf den Teller; dabei weiß er nicht einmal, daß es der winzige Hoden eines Lammes ist.

Der Wein sprudelt unentwegt aus dem kleinen Brunnen, und die Prinzessin sorgt dafür, daß sein neuer Goldpokal nicht leer ist. So erzählt er vielleicht mehr, als er sollte, und vergißt, daß es nicht die unschuldige Neugierde eines kleinen Mädchens ist, die er da befriedigt.

Als es Abend wird, läßt die Prinzessin ihn von Dienern durch die labyrinthartigen Gänge des Palastes zurückbringen, und sie hat auch dafür gesorgt, daß er sein Pferd wiederfindet, das ebenfalls noch nie einen derart angenehmen Tag verbracht hat.

Vieles hat die Prinzessin den Ritter gefragt. Und vieles hat sie erfahren. Nur eine einzige Frage zu stellen hat die standesgemäße Erziehung ihr verboten, und doch hätte sie es so gerne gewußt:

Warum, um der heiligen Sophia willen, können diese Kelten sich nicht waschen?

Die Stadt

Antiochia: Ruhe vor dem Sturm
Juni 1097

Voller Ungeduld nestelt der Eunuch am Bein der Brieftaube. Das Tier ist zu erschöpft, um sich gegen seine forschenden Hände zu wehren. Vor fünf Minuten hat das Klingeln der kleinen Schellen, die an den Klappen des Taubenschlags auf dem Dach angebracht sind, seine Ankunft signalisiert. Das Nachrichtensystem des Statthalters funktioniert reibungslos.

Yaghi-Siyan hat nicht viele Freunde; um so wichtiger sind deshalb gute Agenten. Sie sitzen in Tripolis und in Edessa, in Jerusalem und in Akkon, in Aleppo und in Nikomedia. Die Brieftaube, die soeben eingetroffen ist, kommt aus der Hauptstadt der Seldschuken, die vier Tagesreisen im Südosten der griechischen Metropole Konstantinopel am Ostufer des Askanischen Sees liegt. Die Botschaft ist kurz: Nikäa ist gefallen.

Also doch. Yussuf streicht nachdenklich den winzigen Zettel glatt. Es stimmt tatsächlich, was die Kaufleute erzählen, die mit ihren Karawanen von Norden kommen und in Antiochia haltmachen. Das sind offensichtlich andere Franken als die undisziplinierten Haufen, die im letzten Sommer dort oben abgeschlachtet worden sind.

Jeden Tag schaut der Eunuch in der neuen Karawanserei vorbei und setzt sich an die Feuer. Es ist nicht einfach, aus den weitausholenden und mit reichlich Phantasie ausgeschmückten Erzählungen der Männer den harten Kern an Wahrheit herauszuhören, um dessentwillen er bereit ist, sich unter die stinkenden Händler zu mischen, die seit Monaten kein Bad mehr genommen haben.

Ihre Fingernägel sind schmierig-schwarz, ihr Atem riecht faulig, und in ihren Bärten krabbeln Läuse. Nach jedem Besuch in der Karawanserei bringt der Eunuch seine Kleider ins Dampfbad, um das Ungeziefer zu ersticken. Er selbst legt sich für eine Stunde in das Marmorbecken mit parfümiertem Wasser und läßt sich anschließend mit wohlriechenden Ölen massieren. Gleichwohl geht er am nächsten Abend wieder hinunter zum Hof der Karawanen.

Im Augenblick sind Nachrichten wichtiger denn je.

So viel scheint festzustehen: Diesmal ist es ist kein Bettelpack, das auf dem Weg nach Jerusalem ist. Es handelt sich um Krieger aus dem Land der Kelten, die jenes eigenartige fränkische Latein sprechen, das er neben anderen Sprachen in der Medresse von Bagdad gelernt hat. Damals war ihm das Erlernen dieses merkwürdigen Dialekts unsinnig erschienen. Jetzt plötzlich könnte es von Vorteil sein, die Sprache der Ungläubigen zu beherrschen.

Die Schätzungen über die Stärke des fränkischen Heeres unterliegen starken Schwankungen. Der Eunuch weiß die Zahlen richtig zu deuten, die in der Karawanserei gehandelt werden. Seit ein paar Tagen wachsen sie lawinenförmig an. Hunderttausende sollen es sein. Mehr sogar. Der Eunuch denkt, daß es schon sehr viele sein müssen.

Merkwürdig nur, daß sie keinen König oder doch wenigstens einen Oberkommandierenden haben; anscheinend werden sie nur von Unterführern befehligt. Von denen ist wenig genug bekannt. Herzog Bohemund von Tarent zum Beispiel, ein Nordmann, der seltsamerweise im Süden der lateinischen Halbinsel wohnt, und sein Neffe Tankred gelten als besonders listig und kühn. Raimund, aus dem Süden des Keltenlandes, ist als eifriger Christ bekannt, der dem Papst in Rom nahestehen soll. Gottfried von Bouillon – Allah allein weiß, wo diese Stadt liegt – wird wegen seiner Tapferkeit gerühmt; ebenso sein Vetter Balduin, während ein gewisser Hugo von Vermandois ein Bruder des Frankenkönigs sein soll. Man wird sich die Namen merken müssen.

Angeblich liegen die Anführer untereinander in ständigem Streit. Das wenigstens melden die Agenten aus Konstantinopel. Der Eunuch weiß nicht, was er davon halten soll. Immerhin haben die Franken anscheinend tatsächlich Nikäa erobert. Das schafft kein zerstrittener Heerhaufen. Vielleicht raufen sie sich in entscheidenden Augenblicken zusammen.

Diese Christen sind ohnehin unberechenbar. Ob Sachsen oder Franken, Kelten oder Römer – obschon gebildet, weiß Yussuf nicht alle Christen einzuordnen und zu unterscheiden –, sie alle haben gleichgültig zugeschaut, wie die türkischen Seldschuken aus Anatolien vorgedrungen sind und fast die Stadt Konstantinopel überrannt hätten. Bis dahin hat es anscheinend auch niemanden gestört, daß die den Christen heilige Stadt Nikäa, wo ihr Glaubensbekenntnis niedergeschrieben wurde, lange Jahre von Muselmanen besetzt war. Nun brechen sie plötzlich auf, um Jerusalem zu befreien. Von wem? Von was?

Niemand, weder die Seldschuken aus dem Osten noch die aus Kairo vordringenden arabischen Fatimiden, hat – von jenem wahnsinnigen Kalifen Hakim einmal abgesehen – die christlichen Gedenkstätten dort angetastet. Hat man etwa Nazareth geschändet? Hat man Bethlehem zerstört? War nicht auch Jesus ein Prophet des Allerhöchsten? Welcher Rechtgläubige würde sein Grab besudeln? Wer oder was also treibt diese Kelten an?

Es macht Yussuf ärgerlich, daß er so wenig über sie weiß.

In den Räumen der Dritten Frau ist es auch am Nachmittag angenehm kühl. Sklavinnen halten den Marmorfußboden feucht, das Plätschern des Springbrunnens im Garten dringt durch das vergitterte Fenster, und in einem großen Käfig zwitschern buntfarbige Vögel. In einer grünen Glasvase duftet ein Strauß langstieliger Rosen. Ein Gärtner hat sie eben erst in den Treibhäusern des Parks geschnitten. Aus Räucherpfannen steigt betörender Duft auf. Yaghi-Siyan ist abwesend. Der Statthalter von Antiochia ist vor zwei Tagen mit hundert Lanzenträgern nach Aleppo geritten, um mit Emir Ridwan die Lage zu beraten.

Die Dritte Frau stöhnt leise unter den kundigen Händen des Eunuchen, dessen knabenhafter unbehaarter Körper sie stets aufs neue erregt. Zuweilen, wenn er zu ihr spricht, hockt er sich spreizbeinig vor sie und läßt sie jene Stelle sehen, wo der Elfenbeinstift seine geheime Öffnung verschließt. Seine Schamlosigkeit macht sie zittern. Yussuf liebt es zuzuschauen, wenn es ihr kommt. Danach vergräbt er seinen Kopf zwischen ihren Schenkeln und atmet den Duft ein, der ihn an unbeschwerte Kindertage im Harem des Kalifen erinnert.

Später trinken sie gekühlten Saft von Zitronen zu marinierten Feigen, persischen Wein zu gefüllten Täubchen, essen Gazellenfleisch mit Nelken und Ingwer und zum Abschluß Rosinen in braunem Zucker. Noch ist alles in Überfülle vorhanden.

Yussufs Gedanken verirren sich nach Norden. Von dort rückt ein mächtiges Heer heran, das in der Lage gewesen ist, eine der am stärksten befestigten Städte im seldschukischen Reich einzunehmen. Niemand weiß, ob es auf seinem Weg Aleppo und Antiochia verschonen wird. Eher unwahrscheinlich, daß die Christen nach Jerusalem ziehen, ohne den Versuch zu unternehmen, zuvor diese gefährlichen Festungen zu erobern.

Das aber heißt monatelange Belagerung, und lange Belagerung wiederum bedeutet zwangsläufig Einschränkung, wenn nicht sogar Hunger.

Die Frau indes, die sich träge in den Kissen räkelt, will daran nicht denken. Sie liebt dieses gefährliche Abenteuer und ihren merkwürdigen Liebhaber. Arabische Piraten hatten das Schiff ihres Mannes, eines Gewürzhändlers aus Venedig, in der Höhe von Zypern gekapert. Ihr Mann war den Korsaren mit blanker

Klinge tapfer entgegengetreten; die aber waren einem Nahkampf ausgewichen. Fünf Pfeile nagelten den Kaufmann an die Reling. Seine Mannschaft ergab sich auf Gnade und Ungnade.

Auf dem Sklavenmarkt von Alexandretta brachte die Frau einen stattlichen Preis, und auch der Händler, der sie an Yaghi-Siyan weiterverkaufte, war zufrieden. Das war nun fünf Jahre her, und nur noch zuweilen erscheint ihr im Traum der mutige, aber wenig geliebte Ehemann, durchbohrt von Pfeilen wie der heilige Sebastian.

Sie ist nicht sonderlich gescheit, die Dritte Frau, aber doch klug genug, um zu spüren, daß ihr Freund mit den Gedanken weit weg ist. Sie wartet, bis er sie fragt.

Weißt du, will er beginnen, aber er weiß ja, daß sie so gut wie nichts weiß. Eine ungebildete Frau aus Venedig. Und deshalb versucht er, sie mit Geschichten zu unterhalten, die sich die Menschen in Bagdad erzählen. Etwa mit dieser: Der Frankenkönig schickte zu Roger, dem Grafen von Sizilien, und ließ ihm mitteilen, er werde mit einem großen Heer anrücken und von Sizilien aus Afrika erobern. Rogers Berater fanden den Plan gut, weil Afrika so für das Christentum gewonnen werde. Roger jedoch hob ein Bein und furzte laut. So viel wert wie dieser Wind, sagte er, sei diese Idee. Denn mit dem arabischen Fürsten Tamin mache man gute Geschäfte, und so ein Krieg würde alles kaputtmachen. Deshalb ließ Roger dem Frankenkönig ausrichten, wenn er schon feindliches Land erobern wolle, dann solle er nach Jerusalem ziehen, und so sei schließlich alles gekommen.

Die Dritte Frau sieht ihn zweifelnd an. Ob das wirklich so einfach gewesen ist? Das weiß auch der Eunuch nicht, aber das gibt er nicht zu, sondern spricht zu der Frau über die große Vergangenheit Antiochias, die zu den Zeiten der Römer die drittgrößte Ansiedlung der Welt und den Jesus-Anbetern deshalb besonders wichtig war, weil man sie hier zum erstenmal als *Christen* bezeichnet hat. Er beschreibt der Frau diese gigantische Stadt am

Orontes, in der sie seit Jahren lebt und die sie trotzdem noch nie gesehen hat, weil sie in einem goldenen Käfig gefangengehalten wird.

Antiochia liegt nur einen Tagesmarsch vom Meer entfernt. Der riesige Mauerring umschließt eine Fläche, die etwa drei Meilen lang und eine Meile breit ist. Hoch oben auf dem Silpiosberg liegen die Befestigungswerke der Zitadelle, darunter am Berghang der Palast Yaghi-Siyans und die Villen der Reichen. Vierhundert Türme sichern die Stadtmauer, die vom Fluß her den Berghang erklimmt und Antiochia uneinnehmbar erscheinen läßt, obwohl der Statthalter nicht genug Soldaten hat, um sie ausreichend zu bemannen. Es gibt Brunnen und Zisternen, die die Wasserversorgung garantieren, und rings um die Stadt sieht man nichts als Kornfelder und Gemüsegärten, Weinberge und Viehweiden.

Nur: Wie lange noch?

Die Frau streicht ihrem Geliebten leicht über die Haare. Warum zerbricht er sich seinen hübschen Kopf? Hat er nicht selbst gesagt, wie gut die Stadt zu verteidigen ist? Man braucht keine Furcht zu haben.

Doch. Auch Nikäa war uneinnehmbar.

Eine Woche später ist der Statthalter zurück. Yussuf ist zur Lagebesprechung befohlen worden. Seit dem Skandal damals und dem anschließenden kleinen Gelage hat sich das Verhältnis zwischen ihm und Yaghi-Siyan spürbar gebessert. *Küsse die Hand, die du nicht abhacken kannst,* lautet eine alte Regel, und so hält er es seitdem. Im übrigen macht er sich nützlich und besorgt dem Statthalter Rezepte gegen seine kleinen und mittleren Probleme.

Das Alter beispielsweise macht Yaghi-Siyan zu schaffen. Die Haare beginnen ihm auszufallen. Der Eunuch läßt ihm den Kopf mit einer Mischung aus Bärenfett, Asche und Stroh bestreichen. Der Erfolg hält sich in Grenzen. Auch stellen sich immer häufiger gewisse Schwächen ein, wenn der Gebieter in die Gemächer seiner Frauen hastet. Die herkömmliche Behandlung mit einem scheußlichen Brei aus zerstampften Priapiscus-Knollen, Pfeffer und Honig schlägt nicht an. Im Gegenteil. Die peinlichen Niederlagen häufen sich in letzter Zeit. Vielleicht sollte man sich als Liebhaber mehr Zeit nehmen, denkt der Eunuch, aber dies zu äußern steht ihm nicht zu.

Das Hauptproblem indes ist neuerdings die Furcht des Statthalters, jemand könne ihn vergiften. Das Salzfaß, aus dem er sich bei Tisch zu bedienen pflegt, nimmt er stets mit ins Schlafgemach, damit niemand Schädliches hineinmischen kann. Ein Sklave hat alle Eßgeräte, die der alte Mann benutzt, vorher mit den Lippen zu berühren. Er faßt keinen Teller und kein Messer, keinen Becher und keine Gabel an, ohne daß sie zuvor auf diese Weise geprüft worden sind.

Vor zwei Wochen ist besagter Diener beim Nachtmahl zusammengebrochen, und Yaghi-Siyan hat in Panik seinen goldenen Pokal und das gesamte Geschirr in den Orontes werfen lassen. Der Sklave litt wahrscheinlich nur an einer Darmerkrankung, aber seitdem ist der Statthalter noch mißtrauischer geworden. Vor allem gegenüber den Christen.

Zurück aus Aleppo, hat er zunächst alle christlichen Männer zur Arbeit an den Befestigungsarbeiten befohlen. Unten am Fluß sollten sie zusätzliche Schanzen aufwerfen. Auf ihr Murren antwortete der Statthalter mit einem Sprichwort: *Der Sheitan kriecht in die müßigen Stunden und füllt sie mit Bösem.*

Am nächsten Tag mußten die Christen erneut zur Schaufel greifen. Als sie am Nachmittag zurück in die Stadt wollten, wurden sie nicht mehr eingelassen. Sie sollten sich draußen niederlassen, wurde ihnen bedeutet. Wenn die Franken kommen, sei es besser, keine christlichen Männer mehr in der Stadt zu haben. Wie leicht könnten sie an Verrat denken. Ihre Frauen und Kinder dagegen hielt man zurück. Sie würden treffliche Geiseln abgeben.

Der Eunuch hält die Entscheidung seines Herrn nicht für gut. So wird nur Haß gesät. Hat man nicht jahrelang freundschaftlich zusammengelebt? Warum wird jetzt Johannes Oxites, der christliche Patriarch der Stadt, ins Gefängnis geworfen? Warum ist die Kathedrale, die von den Christen dem Fischer Petrus, einem Weggefährten des Jesus, geweiht worden war, nun auf einmal in einen Pferdestall verwandelt worden? Bislang hatte man doch alle großen Kirchen der Christen in der Stadt verschont und nur die kleinen in Moscheen umgewandelt.

Yussuf weiß, wann er zu schweigen hat. Es nutzt nichts, den Jähzorn Yaghi-Siyans zu wecken. Trotzdem muß er eine Warnung loswerden, die den Hauptmann Firuz betrifft, einen Armenier, der kürzlich vom Christentum zum Islam übergetreten ist; aus Frömmigkeit, glaubt der Statthalter – um Karriere zu machen, lautet der Vorwurf des Eunuchen. Erinnert sich denn der Statthalter nicht daran, daß er selber es war, der jenen Firuz gerade erst mit einer saftigen Geldstrafe belegt hat, weil er angesichts einer möglichen Belagerung begonnen hatte, Getreide zu horten?

Hat der Statthalter etwa nie davon gehört, daß die Frau des Firuz, einem Gerücht zufolge, angeblich einen heimlichen Geliebten in der Palastwache hat? Sie sollen sich nicht einmal die Mühe machen, ihr Verhältnis geheimzuhalten; und wie üblich weiß es die ganze Stadt – nur nicht der Ehemann.

Das alles jedoch wäre kaum erwähnenswert, wenn dieser Armenier nicht im Kriegsfall den Befehl über den Turm der Zwei Schwestern, zwei weitere kleine Türme und damit einen ganzen Abschnitt der Stadtmauer hätte. Sollte man einen derart unzuverlässigen Mann, der möglicherweise noch immer Verbindung zu seinen ehemaligen Glaubensgenossen pflegt, in jedem Fall jedoch häusliche Probleme hat, nicht unter ständiger Beobachtung halten? Und schließlich: War die damals noch griechische Stadt vor vierzehn Jahren nicht ebenfalls durch Verrat in die Hände des großen Suleiman ibn Kultumisch gefallen?

Der Eunuch schaut den Statthalter fragend an.

Yaghi-Siyan ist auf seinem Sitzkissen eingeschlafen. Speichel läuft aus seinem Mundwinkel in den grauen Bart. Leicht schwankt sein massiger Oberkörper nach rechts und links. Yussuf zieht sich lautlos zurück.

Es hat den Anschein, als müsse man sich Sorgen machen.

Die Keule

In den Bergen Anatoliens:
Die Schlacht von Dorylaion
Juni 1097

Ehrwürdiger Vater, mit der Hilfe Gottes sind wir den Gefahren entronnen, die uns in Konstantinopel, der Hauptstadt der Griechen, erwartet hatten. Ich habe davon reden hören, daß Mitbrüder in der Vergangenheit die Stadt Rom als die große – entschuldigt bitte – Hure bezeichnet haben. Ähnliches finden wir in der Heiligen Schrift ja auch über Babylon; ich fürchte jedoch, daß Konstantinopel schlimmer ist als das Babylon Nebukadnezars und verdorbener als das Rom Neros. Ich fürchte mich, all die schrecklichen Dinge zu Papier zu bringen, die anzusehen ich hier gezwungen war; ich gestehe, daß ich nach langer Zeit wieder die Versuchung des Fleisches erfahren habe, doch es ist nicht das, was ich Euch berichten oder gar beichten muß.

Alkuin streicht die Feder an dem kleinen Tintenhorn ab, das er vor sich in den Sand gesetzt hat. Sein Blick fällt auf die schwere Keule, die neben seinen Knien liegt. Ein handfestes Stück aus harter Buche, das ihm ein flämischer Ritter während der Belagerung von Nikäa geschenkt hat. Zuvor hatte sie einem seiner Knechte gehört, aber dem war ein türkischer Pfeil in das linke Ohr eingedrungen und zur Hälfte aus dem anderen wieder herausgekommen, so daß er keine Keule mehr brauchte.

Auch der Mönch wollte sie nicht, aber der Ritter – anscheinend bewandert in solchen Dingen – erklärte ihm geduldig, daß ein Mann Gottes zwar nicht das Recht hat, Schwert oder Lanze zu benutzen, da es ihm nicht gestattet ist, Blut zu vergießen, daß er sich im Falle eines Angriffs jedoch sehr wohl mit einer solchen handlichen Keule zur Wehr setzen dürfe.

Der Mönch blickt mit einigem Widerwillen auf die ebenso schlichte wie wirkungsvolle Waffe. Am oberen Ende trägt sie einen breiten Eisenring, und der Kopf ist mit grob geschmiedeten Nägeln verstärkt. Zwischen Eisen und Holz kleben blutverschmierte schwarze Haare. Auch auf seiner Kutte erkennt man bei näherem Hinsehen dunkle Flecken, die noch immer etwas feucht sind. Er reibt die Keule mit Sand ab. Danach sind die meisten schwarzen Haare verschwunden. Andere halten sich hartnäckig. Seufzend tunkt der Mönch die Feder ein.

So unser Herr es will, ehrwürdiger Vater, werde ich Euch eines fernen Tages mehr über die Stadt Konstantinopel, den Kaiser und alles berichten, was das Heer der Pilger dort erlebt hat. Seid nicht erzürnt, wenn ich heute darüber schweige. Es wären ohnehin keine erbaulichen Geschichten.

Die Ritter haben Nikäa belagert, die Hauptstadt des Seldschuken-Sultans Kilidsch Arslan, der aber zu diesem Zeitpunkt nicht in ihren Mauern weilte. Als die Stadt endlich sturmreif war, ergab sie sich – jedoch nicht unseren Fürsten, sondern dem Kaiser der Griechen, dessen Schiffe sich von der See her der Stadt genähert hatten.

Viele der unsrigen waren zornig wegen der entgangenen Beute. Andere gaben der Wahrheit die Ehre und erinnerten ihre Gefährten daran, daß die Anführer in Konstantinopel geschworen hatten, Kaiser Alexios als ihren obersten Lehnsherren anzuerkennen und ihm alles zurückzugeben, was ihm die Ungläubigen einst gestohlen haben, sofern man es ihnen wieder abjagen würde. Die Besonnenen indes konnten sich gegen die Krakeeler nicht durchsetzen, die dreist behaupteten, diese Eide seien allesamt erzwungen und deshalb von Anfang an ungültig gewesen.

Es scheint mir inzwischen überhaupt, als hätten viele von uns keineswegs die Befreiung der Heiligen Stadt im Sinn, sondern lediglich das Kreuz genommen, um möglichst viel Beute zusammenzuraffen. Man muß ihnen allerdings zugute halten, daß der Heilige Vater bei seinem

Aufruf in Clermont gerade Zweitgeborene und Bastarde mit entsprechenden Versprechungen zur Teilnahme an dieser bewaffneten Pilgerfahrt gelockt hat.

Aber wie darf ich andere tadeln, wo ich mich doch selber nicht in der Lage sehe, den Tag so zu begehen, wie der heilige Benedikt es uns vorgeschrieben hat. Wer achtzehn Stunden lang zu Fuß durch eine steinige Wüste gewandert und spätabends halbtot am Feuer eingeschlafen ist, wird in der Nacht nicht von alleine erwachen, um den neuen Tag mit den Vigilien und Psalmen, den Laudes und einer Lesung aus der Apostelgeschichte zu beginnen. Am Morgen werden die Esel gestriegelt und die Mulis bepackt. Da bleibt keine Zeit für Litaneien und Gesang.

Wer durch die Wüste keucht, vergißt – Gott möge es mir verzeihen – die Prim und die Terz, und während der Stunde, da die Mitbrüder daheim im Kloster die Vesper singen, schleppen wir uns mit letzter Kraft einen steinigen Bergpfad entlang, lassen uns, sobald die Hörner erschallen, hinfallen, wo wir gerade stehen, und sammeln keuchend etwas Kraft, um trockenes Holz zu suchen für das abendliche Feuer. Zu Hause im Kloster singen derweil die Mitbrüder die Komplet.

Dem Mönch fallen die Augen zu. Sekunden später schreckt er hoch. Gelächter hat ihn geweckt. Er springt auf. Es ist Sünde, außerhalb der Nachtstunden zu schlafen. Zwei Frauen schlendern vorbei. Der einen fällt rotblondes, lockiges Haar bis auf die Schultern; die andere trägt die schwarzen Haare kurz geschoren wie ein Sklave. Ihre Gewänder reichen kaum bis an die Knie. Ihre Lippen leuchten unnatürlich rot, und die Augen sind blau umrandet. Im Vorübergehen machen sie ein paar spöttische Bemerkungen über seine Tonsur.

Er starrt ihnen böse nach und vergißt sich so weit, ihnen eine Verwünschung nachzurufen, was er sofort bereut. Die Begegnung mit dem frivolen Lebenswandel der Griechen hat ihn unvorbereitet getroffen und verwirrt. Sein Körper hat ihn jahrelang betrogen, hat sich gleichsam bewußtlos gestellt. Warum reagiert er plötzlich so heftig auf zwei schamlose Dirnen, die anscheinend ihren Spaß daran haben, ihn zu ärgern. Jedenfalls bückt sich die Rothaarige, zieht ihr Kleid hoch und zeigt ihm – Leibhaftiger! – ihren nackten Hintern.

Alkuin wendet die Augen ab. Er schämt sich. Er schämt sich für die Frau und deshalb, weil er seinen Blick ein ganz klein wenig zu spät abgewendet hat. Er weiß, daß er am Abend daran denken wird. An das feste rosa Fleisch und die geheimnisvolle, rötlich behaarte Spalte zwischen den Backen… Es ist Sünde, darüber nachzudenken, was sie verbirgt. Irgendwo dort müssen die Kinder den Leib der Weiber verlassen. Der Mönch beugt sich verstört über das Stück Pergament.

Leider muß ich darüber berichten, ehrwürdiger Vater, daß sich viele Weiber dem Zug der Ritter angeschlossen haben. Weiber, die mit allem möglichen handeln, mit Tuchen und Leder, Messern und Geschirr, Leckerbissen und Selbstgestricktem. Manche bieten Dienstleistungen aller Art an. Sie waschen die Männer und parfümieren sie, flicken ihnen die Kleider und bereiten ihnen das Mahl. Andere betteln ganz einfach, und wieder andere preisen schamlos ihren Körper an.

Nonnen ziehen mit uns, die unserem Herrn in ihrem Kloster vermutlich besser gedient hätten, und Frauen, die Kettenhemden und Waffen tragen. Sie sind nicht gern gesehen im Heer, aber man vertreibt sie auch nicht. Einige davon waren ihrem Mann gefolgt, den dann irgendwo ein türkischer Krummsäbel aufgeschlitzt hat. Nun tragen sie seine Waffen und gebärden sich in der Schlacht wie reißende Bestien. Sie haben schon viele Türken getötet, und Gefangene machen sie nie. Nur Gott allein weiß, ob das eine Sünde ist.

Ich merke schon, ehrwürdiger Vater, daß ich nicht erzähle, wie es unsere Chronisten zu tun pflegen. Zum einen fehlt mir, wie Ihr wißt, die entsprechende Übung; zum anderen denke ich, daß Euch nicht daran gelegen ist, geschönte Tatsachen zu erfahren. Wem sollte das nutzen, wenn ich ausschließlich das Lob der Ritter singen würde, wo es doch zuweilen herb zu tadeln gilt.

So ich denn ein Vorbild habe, dann das der Bibel. Wird im Buch der Könige nicht auch gesagt, daß dieser oder jener König tat, was dem Herrn mißfiel? Erfahren wir im Alten Testament nicht auch von der mörderischen Eifersucht des Saul und von den Kebsweibern des David? So will auch ich – in aller Bescheidenheit – versuchen, Euch ein unverfälschtes Bild von dem Geschehen zu vermitteln, dessen Zeuge ich durch den Willen des Allerhöchsten werde.

Es hat eine Weile gedauert, bis ich zumindest einen gewissen Durchblick gewonnen habe, denn wiewohl ich nicht ungebildet bin, brauchte ich doch einige Zeit, bis ich die nördlichen Normannen von ihren südlichen Verwandten zu trennen gelernt habe, die auf Sizilien und in Apulien daheim sind, obwohl sie doch eigentlich »Nordmänner« sind, wie ihr Name beweist.

Inzwischen kenne ich alle unsere Anführer und weiß zu unterscheiden zwischen dem gottesfürchtigen Raimund von St. Gilles, dem Grafen von Toulouse, und dem draufgängerischen Normannenfürsten Bohemund, zwischen dem stattlichen Fürsten Gottfried von Bouillon, der angeblich von Karl dem Großen abstammt, und dem schwächlichen Hugo von Vermandois, der ein leibhaftiger Bruder des französischen Königs ist. Auch Euch, ehrwürdiger Vater, wird es schwerfallen, die Namen richtig einzuordnen, aber noch schwieriger ist es – wenigstens für mich –, die Ungläubigen nach Wesen und Herkunft einzuordnen.

Fürs erste nur soviel: Sie nennen sich Muslime oder auch Muselmanen, ein Wort, das aus dem Osten stammt und soviel heißt wie »die sich an Gott Hingebenden«. Damit meinen sie natürlich nicht unseren Gott, sondern denjenigen, den sie fälschlicherweise für den Allmächtigen halten. Den nennen sie Allah und verehren außer ihm noch einen gewissen Mohammed, seinen angeblichen Propheten. Wie Juden und Christen sehen auch sie in Abraham ihren Stammvater. Christus dagegen – Höhepunkt der Ketzerei – betrachten sie lediglich als Vorläufer besagten Mohammeds und als einen weiteren Propheten Allahs.

Juden und Christen werden der gemeinsamen Urväter wegen von ihnen toleriert, solange sie sich bescheiden zurückhalten und Allah nicht beleidigen. Ich gestehe, daß mir diese – wenn Ihr den gewagten Ausdruck gestattet – religiöse Nähe bislang unbekannt gewesen ist. Ich werde deshalb nicht mehr von Heiden sprechen und auch nicht von Ungläubigen, sondern von Seldschuken und Sarazenen.

Ebenso wie der Kaiser in Konstantinopel haben auch wir uns im Augenblick mit den Seldschuken auseinanderzusetzen. Es handelt sich dabei um ein Volk, das vor nicht allzu langer Zeit aus dem Inneren Asiens nach Westen vorgedrungen ist und bei einer Stadt namens Manzikert ein riesiges griechisches Söldnerheer vernichtet hat. Um ein Haar sollen sie die kaiserliche Hauptstadt Konstantinopel erobert haben. Diese Seldschuken jedenfalls gehören zu den Turkmenen oder Türken, die im Verlauf ihrer Wanderung nach Westen den islamischen Glauben angenommen haben. Sie sind also keine Araber wie jene aus dem Geschlecht der Fatimiden, die ganz Nordafrika beherrschen und große Teile Spaniens.

Diese Anhänger des Propheten Mohammed werden auch als Sarazenen bezeichnet. Angeblich sind sie Nachkommen des Abraham und seiner Magd Hagar. Warum sie dann aber angeblich nach Abrahams Frau Sarah benannt wurden, weiß ich nicht. Ich halte auch nicht viel von solchen Behauptungen. Wichtig ist eigentlich nur, daß sich die Seldschuken von Osten und die Sarazenen von Westen her um das Heilige Land streiten, und wir werden es mit beiden zu tun bekommen. Vorerst allerdings nur mit den Seldschuken.

Der Mönch streckt seine verkrampften Finger. Er weiß, was er jetzt schreiben muß, aber vielleicht ist es taktisch klüger, zunächst einmal von der blutigen Schlacht zu sprechen, die er nur durch ein Wunder überlebt hat. Das wird den Abt ablenken.

Er bekreuzigt sich erschrocken. Was hat diese Pilgerfahrt aus ihm gemacht? Er beginnt zu denken wie ein Grieche oder – schlimmer noch – wie ein Bohemund. Zu Hause, im Kloster, hätte er sich an diesem Abend wegen seiner ränkevollen Gedanken gegeißelt. Er beschließt, die nächsten Stunden nichts zu trinken. Irgendeine Buße muß er sich einfach auferlegen. Trotzdem holt er weit aus, bevor er über seine schwere Schuld spricht.

Eine Woche, nachdem Nikäa sich den Griechen ergeben hatte, zogen wir weiter. Ein griechisches Kontingent begleitete uns, angeführt von dem erfahrenen General Tatikios. Ein seldschukischer Säbel hat ihm vor Jahren die Nase zertrümmert, erzählt man sich. Jedenfalls ist es einem geschickten Handwerker gelungen, ihm eine Ersatznase aus Gold zu schmieden, die ihm nicht schlecht zu Gesicht steht.

Bevor wir hochstiegen in die anatolische Hochebene, trennte sich das Heer. Die einen sagen, die Südfranzosen und die Lothringer hätten versehentlich einen falschen Weg genommen. Doch das ist wohl Unfug; schließlich befinden sich genügend ortskundige Führer bei der Vorhut. Wahrscheinlicher ist deshalb, daß sich die Heerführer entschlossen haben, bewußt in einigem Abstand hintereinander her zu ziehen, um auf diese Weise die Versorgung der zahllosen Pilger und Krieger zu erleichtern. So ist es immer: Geredet wird viel, aber es ist halt nur Geschwätz. Aus wirklich sicherer Quelle erfährt unsereiner so gut wie nichts.

Bezeugen kann ich indes, daß wir gestern, zur Zeit der Morgendämmerung, als wir erschöpft in einem hohen Talkessel lagerten, plötzlich von den Seldschuken des Sultans Kilidsch Arslan angegriffen wurden. Der Tatsache, daß mich Balduin von Boulogne, dessen Männern ich mich kürzlich angeschlossen habe, mit einer Botschaft zu Tatikios geschickt hat, verdanke ich, daß ich die Schlacht vom ersten Augenblick an erlebt habe; eine zweifelhafte Ehre übrigens, aber Balduin ist der Bruder Gottfrieds von Bouillon und ein hochfahrender Herr. Wenn er einen Befehl erteilt, tut man gut daran, keine Fragen zu stellen, sondern schleunigst zu gehorchen.

Bohemund und der griechische General Tatikios, die zusammen die erste Heeressäule anführten, hatten anscheinend schon am Abend zuvor durch ihre Späher von umherstreifenden seldschukischen Reitern gehört. Jedenfalls hatten sie befohlen, daß sich alle Unbewaffneten, also Frauen und Kinder, Marketender und Mönche, Bettler und Krüppel, inmitten des Talkessels um die dortigen Quellen lagern sollten.

Es gibt so gut wie keine Bäume im Gebirge und deshalb auch kaum herumliegende Stämme. Aus den wenigen Hölzern und einem bißchen dornigen Gestrüpp versuchten wir, eine Art Palisade zu errichten, aber es blieb bei einem kümmerlichen Versuch. Die löchrige Hecke, die so entstand, hätte nicht einmal ein Rudel Wildschweine aufgehalten.

Als sich die Strahlen der aufgehenden Sonne auf den schimmernden Helmen der Seldschuken spiegelten, die plötzlich von allen Seiten in den

Kessel strömten, stockte uns der Atem. Kilidsch Arslan, voller Zorn um sein verlorenes Nikäa, hatte alle tributpflichtigen Emire mit ihren Streitern zusammengerufen. Niemals zuvor hatten wir uns derart vielen Feinden gegenübergesehen. Trotzdem taten einige Ritter das, was sie stets in solchen Situationen zu tun pflegen: Sie gruben ihren Pferden die eisernen Schuhe in die Flanken und galoppierten direkt auf den Feind zu. Der jedoch öffnete seine Reihen, ließ die Ritter hindurchstoßen, und erst am Nachmittag haben wir sie wiedergesehen: ausgeplündert und mit Pfeilen gespickt.

Bohemund und Tatikios hatten vergeblich versucht, die tollkühne Attacke zu verhindern. Sie hießen die anderen Ritter absitzen, ließen die Pferde in die Mitte des Verteidigungsrings führen und befahlen allen Bewaffneten, die Schilde hochzustellen, die Lanzen nach vorne zu recken und die Fersen in den Boden zu rammen, um so zu versuchen, die erste Angriffswelle des Feindes aufzuhalten. Zugleich rasten Boten auf schnellen Pferden nach hinten, um die zweite Heeressäule von dem Überfall zu unterrichten. Mehr war im Augenblick nicht zu tun.

Dann kamen sie. Aber sie kamen nicht wie christliche Ritter mit geschwungenen Schwertern. Sie preschten heran wie die höllische Brut, parierten die Pferde durch, standen einen Augenblick hoch in ihren Steigbügeln und schossen ihre Pfeile auf uns ab. Dann wendeten sie ihre Rösser, und schon brandete die zweite Welle heran. Immer das gleiche: anreiten, das Pferd zum Stehen bringen, Pfeil abschießen und den nächsten Platz machen.

Zunächst waren unsere Verluste verheerend. Immer wieder glaubte einer der Unseren, er habe die Chance, einem Seldschuken nahe genug zu kommen, um ihn aus dem Sattel zu reißen und dann mit dem Dolch zu erstechen. Aber wer auch immer tollkühn nach vorne stürzte, wurde binnen weniger Sekunden von mehreren Pfeilen getroffen. Es war ein kläglicher Anblick.

Irgendwann begriffen die Männer, daß es nur einen Schutz gab: den der großen Schilde, hinter die man sich kauern konnte und die auf einige Entfernung kein türkischer Pfeil zu durchschlagen imstande war. Doch je mutloser sich die Ritter hinter die Schilde kauerten, um so kühner wur-

den verständlicherweise die Seldschuken. Auf ihren flinken Pferden trauten sie sich näher und näher heran, und entsprechend wuchs die Durchschlagskraft ihrer Pfeile.

Zuweilen erhob sich einer der Ritter todesmutig aus der Deckung und warf seine Lanze gegen einen angaloppierenden Türken, doch nur selten mit Erfolg. Einen dieser tollkühnen Versuche bezahlte auch Wilhelm, der Bruder des Normannen Tankred, mit dem Tod.

Die Sonne stieg höher und höher. Die Frauen robbten von den Quellen nach vorn, um die Männer mit Wasser zu versorgen. Verletzte krochen aus der ersten Reihe nach hinten, um sich die Wunden verbinden zu lassen. Und die Zahl der Angriffe nahm nicht ab. Aber dann – endlich erhörte Gott unsere flehentlichen Gebete – Hornsignale auf den Höhen. Jubel bei den Christen: Die zweite Heeressäule mit Gottfried von Bouillon, Hugo von Vermandois und Raimund von St. Gilles stürzte sich von oben in den Talkessel.

Die Türken zogen sich zurück. Woher kam dieses zweite Heer der Christen? Ratlosigkeit herrschte in ihren Reihen und deutliche Verwirrung. Doch dann ritten sie wieder ihre wilden Attacken, und unsere Freunde versuchten zunächst das gleiche wie auch die unsrigen zu Beginn der Schlacht. Das Schwert gezogen und los! Und sie machten die gleichen Erfahrungen. Der Feind stellte sich nicht zum Zweikampf. Er vertraute der vernichtenden Kraft seiner Pfeilsalven.

Nun aber stand unsere Abwehrkette dichter gestaffelt, und weder wir beim Troß noch die Türken ahnten, warum Gottfried von Bouillon und Graf Raimund die Pferde ihrer Männer nicht ganz nach hinten geschickt hatten, sondern von Reitknechten direkt hinter der dritten Reihe festhalten ließen. Eine Stunde später wußten wir es. Neue Hornsignale erschollen, diesmal im Rücken des Feindes. Bischof Adhemar von Le Puy hatte es – wie auch immer – geschafft, die Seldschuken zu umgehen und über steile Pfade das jenseitige Ende des Talkessels zu erklimmen. Von dort stieß er nun herab, und zur gleichen Zeit warfen sich die Südfranzosen und die Lothringer auf ihre bereitgehaltenen Pferde.

Da war es vorbei mit den schnellen Attacken und dem Pfeilregen. Jetzt galt es Mann gegen Mann, und das hatte der Gegner nicht gelernt. Wie eine Walze aus Eisen überrollten die gepanzerten Ritter die türkische Reiterei, die in Panik geriet und überstürzt das Feld räumte, ohne auch nur daran zu denken, ihren Troß und das Gepäck zu verteidigen.

Unsere Ritter machten reichlich Beute; ich dagegen ging das Schlachtfeld ab, um zu schauen, ob ich bei einem der erschlagenen Türken vielleicht ein Buch oder etwas Ähnliches finden könnte.

Der Mönch setzt die Feder ab und wischt sich mit der linken Hand den Schweiß von der Stirn. Nun muß er es niederschreiben. Er hat es schon in aller Herrgottsfrühe einem Mitbruder gebeichtet, und der hat ihm auch die Lossprechung erteilt, aber er muß es auch dem Abt sagen. Sonst würde er sich wie ein Lügner fühlen.

Ehrwürdiger Vater, ich habe einen Menschen getötet!

Alkuin setzt die Feder wieder ab. Kann ein Mönch, selbst wenn er Abt ist, in seinem friedlichen Kloster im heimischen Schwarzwald nachempfinden, was sich im fernen Anatolien nach einer mörderischen Schlacht auf der Walstatt abspielt? Muß er es überhaupt versuchen? Den Mönch reut seine Tat, und sein Abt muß ihm verzeihen, ob er nun versteht oder nicht. Ihm wäre jedoch lieber, wenn der Abt es verstehen könnte.

Der junge Mann lag wie leblos neben seinem toten Pferd. Sein Gesicht war leichenblaß, und aus dem Hinterkopf war schwarzes Blut auf den Kragen seines weißen Gewandes getropft. Ich durchsuchte sein Gepäck und fand in seiner Satteltasche ein kleines Buch. Als ich sah, daß es ganz wundersame Schriftzeichen enthielt, vergaß ich für Augenblicke, daß ich mich noch immer auf einem Schlachtfeld befand. Im schwindenden Licht des Tages blätterte ich in dem kleinen Band, als mich ein schwerer Schlag an der Schläfe streifte. Hätte er mich voll getroffen, könnte ich Euch diese Zeilen nicht mehr schicken.

Ich rollte mich instinktiv zur Seite. Der junge Krieger wankte, schwang jedoch erneut einen silbern glänzenden Säbel gegen mich. Gott sei Dank hatte ich die schwere Holzkeule nur in meinen Gürtel gesteckt und nicht – wie üblich – dort angebunden. Ich riß sie heraus und brachte sie gerade noch zwischen mein Gesicht und den Säbel, der tief in das Holz fuhr. Ich kam auf die Füße mit der wundersamen Behendigkeit, die Todesangst selbst einem alternden Knecht Gottes verleiht.

Drei- oder viermal parierte ich mit meiner unhandlichen Waffe seine Schläge. Gegenüber einem unverletzten Krieger wäre mir das wohl kaum gelungen. Ich hieb wie blind in seine Richtung, und dann gab es plötzlich ein dumpfes Geräusch, wie ich es noch nie gehört hatte, aber ich habe auch noch nie einen Menschen mit einer Keule am Kopf getroffen.

Jedenfalls platzte sein Schädel wie… nun, ich denke, daß ein Vergleich hier unangebracht wäre. Ich weiß nicht, ob man Blut vergießt, wenn man einen Kopf zertrümmert, und ich glaube auch nicht, daß es darauf ankommt. Ich habe einen Menschen getötet und weiß, daß unser Herr Jesus so etwas – unter welchen Umständen auch immer – niemals getan hätte.

Alkuin wirft die Feder fort. Tränen rinnen über die Stoppeln in seinem Gesicht. *Ehrwürdiger Vater,* flüstert er, *betet für meine arme Seele!*

Der Kundschafter

Unterwegs nach Antiochia
Juli 1097

Der Ritter bemüht sich verzweifelt, flach zu atmen und nach Möglichkeit ausschließlich durch den Mund. Der Geruch, der vom Schlachtfeld herüberweht, ist bestialisch. In flachen, rasch ausgehobenen Gruben werden die gefallenen Christen beerdigt. Es ist nicht gerade leicht, ausgetrocknete, kiesige Erde aufzuhacken, wenn das entsprechende Werkzeug fehlt.

Am Rande der Massengräber stehen Mönche und erteilen flüchtig die Generalabsolution, bevor die Toten mit einer dünnen Schicht Erde bedeckt werden und mit der nächsten Reihe begonnen wird. Die Leichen der gefallenen Seldschuken werden von Kriegsknechten, die sich Tücher vors Gesicht gebunden haben, nach wertvollen Beutestücken durchsucht, bevor man sie dem mitziehenden Gesindel zum endgültigen Fleddern überläßt.

Währenddessen haben die hohen Herren damit begonnen, die Beute unter sich aufzuteilen. Joscelin sieht zu, wie der Anteil des Grafen Raimund unaufhaltsam anwächst. Tafelgeschirr und Rüstungen werden hergeschleppt, Sklavinnen und Kleinkinder vorbeigezerrt, Pferde und Maultiere, Schafe und Ziegen in Pferche getrieben, Ochsen ziehen Wagen, auf denen sich Wasserfässer und Weinschläuche türmen, Brotlaibe und Getreidesäcke. Das alles scheint dem Ritter interessanter als das, was Wilhelm-Hugo von Monteil von ihm und den anderen Männern des Grafen will.

Ein Kundschafter wird gesucht, ein Freiwilliger, der über alle feindlichen Bewegungen an der Flanke des Heeres berichten soll, das sich in der Morgendämmerung des folgenden Tages in Bewegung setzen wird. Der Marsch wird am Rande einer riesigen Salzsteppe vorbeiführen. Strapaziös wird es werden, und man wird sich deshalb keine unliebsamen Überraschungsangriffe auf die besonders gefährdeten Flanken leisten können; schon gar nicht, wenn die Männer durstig und die Pferde erschöpft sind.

Wer also meldet sich?

Die Männer verlagern ihr Gewicht verlegen von einem Bein auf das andere, betrachten interessiert ihre Füße oder nesteln an ihren Kettenhemden. Manche schauen den Geiern zu, die zwischen den Toten herumhüpfen, oder den Knechten, die noch immer Schwerter und Bögen, Kelche und Kleider, Schmuck und Sandalen heranschleppen. Von den Männern als Kriegern Gottes spricht der Herr von Monteil jetzt, von heiligen Pflichten und der Verantwortung eines Ritters gegenüber seinen Mitmenschen und schließlich sogar von dem Gehorsam, den ein Soldat Christi seinem höchsten Kriegsherrn da oben schulde.

Da oben, wohin der Herr von Monteil zeigt, sieht der Ritter allenfalls Geier, hier unten dagegen fünf bemerkenswerte Ungeheuer, die von Knechten des Grafen unter Mithilfe zweier schreiender, dunkelhaariger Burschen in einen Pferch geführt werden. Kamele. Das müssen Kamele sein, von denen der Ritter schon viel gehört hat, zum Beispiel daß sie unglaublich ausdauernd seien, dazu schnell wie der Wind und wochenlang ohne Wasser auskämen.

Faszinierend.

Der Herr Monteil spricht jetzt von guter Ausrüstung, von allerbester sogar, die dem Kundschafter zustünde, und daß er sich aus dem Fundus der erbeuteten Waffen aussuchen könne, was immer er brauche, und auch an Nahrung solle es ebensowenig fehlen wie an guten Pferden. Nun solle er sich doch endlich melden, der Freiwillige.

Zögernd tritt Joscelin vor. Wie lange er denn wohl dauern werde, dieser Kundschafterauftrag, will er wissen und erfährt, daß man für die Strecke entlang der Salzsteppe wohl drei Wochen rechnen müsse, vielleicht auch vier. Also fünf bis sechs, denkt der Ritter und fragt nach, ob er sich tatsächlich aus der Beute holen dürfe, was immer er für notwendig halte. Das wird ihm zugesagt, sofern er weder Gold noch Schmuck verlange.

Joscelin zögert noch immer, und mit jeder Minute wird der Herr von Monteil freigebiger. Wasser und Wein in beliebiger Menge wird ihm versprochen, Kriegsknechte in beliebiger Zahl, dazu Pferde und Packesel.

Auch Kamele?

Da verschlägt es dem Herrn von Monteil nun doch den Atem. Wozu denn die gut sein sollen? Als Fleischration etwa? Vielleicht, nickt der Ritter, und der Herr von Monteil zuckt die Achseln, weil er lediglich eine große Erleichterung verspürt, aber keinerlei Lust hat, in einem solchen Augenblick Fragen des Geschmacks zu diskutieren.

Endlich hat er einen Kundschafter gefunden. Wenn auch einen verrückten.

Drei Wochen sind sie inzwischen unterwegs. Vom Feind ist nichts zu sehen. Nicht einmal von ferne haben sie einen Seldschuken zu Gesicht bekommen. Der Sultan Kilidsch Arslan zieht mit seinem Heer vor ihnen her, mit großem Abstand. Die wenigen Dörfer in den Bergen sind niedergebrannt, die Menschen vertrieben, die Brunnen mit Tierkadavern vergiftet. Das Heer zieht durch die Hölle.

Genau das hatte der Ritter geahnt, aber wohl als einziger der Männer, denn sonst hätten sich wohl auch andere freiwillig als Kundschafter gemeldet. Er hatte es in dem Augenblick begriffen, als er die Kamele sah. Was kann es Besseres geben in Wüste oder Steppe, wo des Nachts Kälte, tagsüber dagegen nicht nur Hitze und Durst, sondern zusätzlich die Seldschuken auf ihren schnellen Pferden drohen, als ein noch schnelleres und dazu anscheinend anspruchsloses Reittier.

Nur: Ließ es sich auch von einem Christen reiten?

Joscelin – sein Knecht war ihm irgendwo zwischen Konstantinopel und Nikäa abhanden gekommen – hatte zwei Bogenschützen aus der Normandie gefragt, ob sie mit ihm kommen würden, und sie erwiesen sich als tollkühn, vielleicht auch nur als schlau genug, das Abenteuer einzugehen. Neben drei temperamentvollen arabischen Pferden, auf die sie trotz der Kamele nicht verzichten wollten, und acht gutmütigen Maultieren besorgten sie sich große Mengen Wasser und Wein, den notwendigen Vorrat für sechs Wochen und auf Anraten eines griechischen Knechtes, der ihnen die Pferde sattelte und die Mulis bepackte, lange, weiße Gewänder, die sie über den Kettenhemden tragen sollten. Laßt die anderen ruhig lachen, wischte er ihre Zweifel beiseite. Wenn sie in ihren eisernen Öfen schmoren, lachen sie nicht mehr.

Der Grieche war es auch, der die beiden dunkelhäutigen Burschen herbeigeschafft hatte, die dem Ritter schon bei den Kamelen aufgefallen waren. Einer stammte aus Konstantinopel und konnte sich leidlich mit Joscelin verständigen, der andere war türkischer Abstammung und wußte alles über Kamele. Die ganze Nacht über verbrachten die Männer damit, sich mit ihren bizarren Reittieren anzufreunden. Als erstes sah der Ritter nach, ob sein Kamel ein Hengst oder eine Stute war. Beruhigt ertastete er den großen Hodensack. Stuten zu reiten ist für Ritter unehrenhaft, hatte ihn sein Onkel gelehrt.

Von Kamelen hatte er nichts gewußt.

Als der Morgen dämmerte, waren sie immerhin so weit, daß sie es schafften, ihre Kamele zum Niederlegen und zum Aufstehen zu bewegen, ohne dabei aus dem ungewohnten Sattel zu stürzen. Es würde schon irgendwie gehen.

Und es ging tatsächlich. Die Pferde hätten sie nicht gebraucht. Die trabten nur gleichmütig hinterher und soffen kostbares Wasser weg. Tagsüber schaukelten sie auf ihren Kamelen an den Bergflanken entlang, während sich tief unter ihnen der gewaltige Heerwurm dahinschleppte. Um nicht erneut in eine Falle wie die von Dorylaion zu tappen, hatten die Anführer diesmal darauf verzichtet, die Marschkolonne aufzuteilen. Statt dessen zogen drei Säulen nebeneinander her, was auch die Verpflegung der zigtausend Menschen erleichtern sollte.

Mit der Möglichkeit, daß es nichts zum Verpflegen gab, hatte anscheinend niemand gerechnet.

Während sich der Ritter und die beiden Bogenschützen zusammen mit den Kameltreibern abends zwischen die Tiere legten und sich gegen die grimmige Kälte – auch davor hatte sie der kluge Grieche gewarnt – mit schweren Decken aus Kamelhaar schützten, erfroren unten im Tal in den Nächten zuerst die Verletzten und später die Kranken, deren Körper nicht mehr genügend Abwehrkräfte mobilisieren konnten. Wer die beißende Kälte der frühen Morgenstunden überlebte, litt angesichts des verheerenden Wassermangels tagsüber unsäglich unter der gnadenlosen Sonne, gegen deren Strahlen es weder für Mensch noch Tier irgendeinen Schutz gab.

An jedem Abend ritt einer der Kundschafter hinunter, um dem Herrn von Monteil zu melden, daß nichts zu melden sei. Aus den Bergen gab es wirklich nichts zu berichten. Um so erschütternder waren die Einzelheiten über den fortschreitenden Verfall des Heeres, das inzwischen auch sämtliche Vorräte aufgezehrt hatte. Viele Ritter hatten es aus Erschöpfung unterlassen, stundenweise neben ihren Pferden herzugehen, und waren im Sattel geblieben, bis ihr ebenfalls halbverdurstetes Tier schließlich zusammengebrochen war.

Sein Tod half dem Reiter und seinen Knechten wiederum für einige Tage weiter. Das Blut des Tieres mußte das Wasser ersetzen und sein Fleisch schnell verzehrt werden, denn es hielt in der Hitze kaum länger als einen Tag.

Das Sattelzeug blieb achtlos zurück, und es fand sich auch niemand, der von den Hufen der Kadaver die wertvollen Eisen entfernt hätte. Niemand mochte auch nur ein Gramm Gewicht mehr mitschleppen, als unumgänglich war, und so blieb hinter den müde dahinziehenden Kolonnen eine breite Bahn weggeworfener Gegenstände zurück, für die in der Heimat ein kleines Vermögen ausgegeben worden war.

Hätte Sultan Kilidsch Arslan, der Verlierer von Dorylaion, in diesen Tagen kehrtgemacht – er wäre auf keinen nennenswerten Widerstand mehr gestoßen.

Als Joscelin eines Abends zum Meldegang ins Tal vor Ikonion hinunterreitet, trifft er das Heer in erbarmungswürdigem Zustand an. Er sieht andere Ritter, die längst ihr Pferd verloren und ihr Kettenhemd weggeworfen haben. Sie reiten nun auf Ochsen, die allerdings auch nur noch aus Haut und Knochen zu bestehen scheinen.

Er sieht Männer auf kleinen Karren hocken, die von Hunden und Schafen gezogen werden, er sieht Frauen, die unter freiem Himmel niederkommen, aufstehen und ihre Leibesfrucht einfach liegen lassen, und er sieht Kinder, die vor Hunger Schilf oder zumindest schilfähnliches Rohr kauen. Angeblich schmeckt es nach Honig.

Auch von den hohen Herren hört man nichts Gutes. Graf Raimund von Toulouse liegt auf den Tod danieder und hat vom Bischof von Orange schon die Sterbesakramente empfangen. Gottfried von Bouillons Pferd ist während einer Jagd von einem wütenden Bären angefallen worden. Der Herzog war aus dem Sattel geflogen, und dabei hatte sich ihm sein eigenes Schwert in den Schenkel gebohrt. Auch an seinem Aufkommen wird gezweifelt.

Kann es sein, daß Gott sich von seinen Pilgern abgewendet hat?

Schwer atmend stößt der Ritter sein Schwert in den Sand. Das war ein hartes Stück Arbeit. Sein weißer Umhang ist blutbespritzt. Sein linker Oberarm ist wie taub. Das Kettenhemd hat zwar der Schneide des Säbels widerstanden, die Wucht des Schlags aber kaum dämpfen können. Er hätte den Mann niemals so nahe an sich heranlassen dürfen.

Joscelin war zu sorglos gewesen. Vom Pferd herab mag so ein Zweihänder das Richtige sein, aber im Zweikampf zu ebener Erde? Fünfmal hatte er ausgeholt, und fünfmal war der Seldschuke ausgewichen. Dann, als dem Ritter die Kraft zu schwinden begann, war der andere plötzlich unter dem Schwert durchgetaucht und hatte versucht, ihm den Kopf abzuhacken. Das war der Schlag, den der Ritter gerade noch mit seinem linken Arm hatte abfangen können. Dann war der Türke schon wieder aus seiner Reichweite.

Noch einmal hatte Joscelin nach ihm geschlagen, vorsichtiger diesmal, denn er wußte, daß der andere wieder versuchen würde, sein Schwert zu unterlaufen. Erst hatte er nach dem Kopf gezielt, dann nach den Beinen, noch einmal nach oben, aber nur angedeutet. Dann war der erwartete Angriff des Türken erfolgt. Er war ihm direkt in das Schwert hineingelaufen, das der Ritter plötzlich wie ein langes Messer vor sich gehalten hatte.

Die kleine Karawane hatte so harmlos gewirkt. Vier Männer und eine verschleierte Frau in einer offenen Sänfte, die sanft auf dem Rücken eines weißen Zelters tanzte. Zwei dicke Kerle vor, zwei hinter ihr auf zierlichen Eseln, deren Rücken sich unter ihrem Gewicht durchzubiegen schienen. Das versprach mühelose Beute.

Wenn man etwas leichtfertig war.

Sie mußten wohl etwas sehr leichtsinnig gewesen sein, nachdem sie unten im Tal Ikonion erblickt hatten. In Ikonion, das hatte man ihnen gesagt, gab es Christen, nicht nur Heidenmenschen. Dort gab es – vor allem für das Heer – endlich zu trinken und zu essen. Dort konnten Krankheiten auskuriert und Verletzungen behandelt werden. Ikonion war mehr als lediglich eine weitere Etappe auf ihrem beschwerlichen Weg.

Dabei hatten gerade sie ja weiß Gott keinen Grund zur Klage. Hatten sie während der letzten Wochen nicht gelebt wie die Maden im Speck? Mit Wein und Hartwurst, mit Fladenbroten und Trockenfisch, und das alles fast ohne Gegenleistung, ohne Feindberührung, wie der feine Herr von Monteil zu sagen belieben. Zum Schluß hatten sie offensichtlich ganz einfach die Witterung für drohende Gefahren verloren.

Das jedenfalls war der Grund dafür, daß sie die kleine Karawane erst bemerkten, als sie unmittelbar vor ihnen aus einem kleinen Tal getrabt kam. Schließlich hätte das auch ein bewaffneter Trupp sein können. Und die Erleichterung über ihr Glück machte sie dann noch leichtsinniger, denn anstatt sich zu vergewissern, daß die Frau mit ihren vier Wächtern tatsächlich allein unterwegs war, hatten sie ihre Kamele quer über den Weg der Karawane niederknien lassen. Genau in diesem Augenblick preschten sie heran.

Mit gellendem Geschrei stoben sie hinter den Felsen hervor und griffen die verdutzten Männer frontal an. Zum Glück hatten die Bogenschützen ihre Waffen griffbereit. Während der Ritter aus seinem Sattel sprang und sich dem ersten Reiter entgegenwarf, verließen schon die ersten beiden Pfeile die Sehnen. Joscelin legte seine volle Kraft in den ersten Schlag, mit dem er nach dem Bauch des heranrasenden Türken zielte. Etwas klirrte gegen seinen Helm, sein Schwert traf voll, und es hätte ihn nicht gewundert, wenn der Mann in zwei Teilen vom Pferd gestürzt wäre.

Schon galoppierte ein zweiter Reiter auf ihn zu. Der Ritter warf sich herum. Noch hatte er keine Zeit gefunden, das Schwert wieder zu heben, als er einen Pfeil in den Hals des Pferdes fahren sah. Das Tier überschlug sich, und sein Reiter flog aus dem Sattel. Einen Augenblick wunderte sich der Ritter über die tiefe Stille, die ihn umgab. Dann sah er die beiden Bogenschützen, die anscheinend bereits die anderen vier Angreifer und auch das Pferd seines jetzigen Gegners getötet hatten.

Sie waren herübergekommen, um seinem Zweikampf zuzuschauen.

Jetzt rümpfen sie die Nase. Nicht gerade so, daß Joscelin es bemerkt, aber es ist ihnen deutlich anzusehen, was sie denken. Um ein Haar hätte es ihn erwischt, den Herrn Ritter. Was muß er auch den Kerl so nahe an sich heranlassen. Ein guter Bogen aus normannischer Esche ist vielleicht nicht ganz so elegant, aber er tut seine Arbeit gründlich und ganz ohne Risiko.

Joscelin säubert das Schwert, indem er es mit einer Handvoll Sand abreibt. Er jedenfalls wird keinen Bogen in die Hand nehmen, um seinen Gegner aus sicherer Entfernung zu töten. Das tun Türken, und allenfalls Normannen. Aber kein Ritter aus der Auvergne. Und schon gar nicht im Heiligen Land.

Immerhin dankt er den beiden für den guten Schuß, der ihm wahrscheinlich das Leben gerettet hat. Die zwei nicken. Auch sie wollen ja keinen Streit. Man ist schließlich unter Christenmenschen.

Drüben steht einsam der weiße Zelter mit der verschleierten Frau in der Sänfte. Daneben scharren vier Maultiere geduldig mit den Hufen. Die dicken Männer auf ihren Eselchen sind in den Bergen verschwunden. Der Ritter nimmt seinen Helm ab und stülpt ihn über den Griff des Schwertes. Er streicht sich die blonden Haare aus dem verschwitzten Gesicht. Am schuppigen Handschuh bleibt etwas Blut zurück. Hat ihn der erste Hieb doch gestreift?

Vor der Sänfte bleibt er stehen. Fast sanft greift er nach dem Schleier und reißt ihn dann mit einem Ruck weg. Schwarze Haare, schwarze Augen, gerade Nase, breite Nüstern. Er starrt sie an. Sie starrt zurück. Hochfahrend wäre nicht das richtige Wort. Stolz würde eher passen. Oder selbstbewußt vielleicht?

Und dann fragt sie ihn fast ohne jeden Akzent, ob er ein Kelte sei.

Joscelin hebt sie aus der Sänfte. Ihre Hüfte ist schmal. Darunter wölbt sich wohlgerundet ihr Becken. Er kann es fühlen. Leider erlaubt ihre fließende Kleidung keine Beurteilung ihrer Brüste. Sie duftet. Es wird eng unterm Kettenhemd.

Heute abend, da unten in Ikonion, wird er sie nehmen.

Der Deserteur

Kreuzfahrer-Lager vor Antiochia
Januar 1098

Im Prunkzelt Bohemunds kreisen die großen Trinkhörner. Der prächtige Pavillon, über dem jetzt im aufkommenden Nachtwind das Banner des Normannen flattert, hat einst Kilidsch Arslan gehört und ist nach der Schlacht von Dorylaion dem Anführer der Normannen als Beuteanteil zugesprochen worden. Bohemund hat es sich einiges kosten lassen, ihn durch Gebirge und Wüste mitzuschleppen. Das Zelt symbolisiert seinen Anspruch.

Tankred, volltrunken, erzählt zum wiederholten Male unter gewaltigen Tränenausbrüchen, wie sein Bruder Wilhelm in ebendieser Schlacht sein Leben verloren hat. Die Gäste trommeln mit den lederumwickelten Fäusten auf die Tischplatten und leeren die feingedrechselten Hörner wieder und wieder auf des Toten Tatenruhm.

Im großen Bagagezelt nebenan geht es stiller zu. Sanft glänzt das weiße Leinen in der kalten Winternacht. Acht große Fackeln flackern auf dem runden Hauptplatz des Lagers. Sie verstärken das Licht des fast vollen Mondes, das schwach ins Innere fällt. Im Zelt selbst ist offenes Feuer bei Androhung der Todesstrafe verboten.

An der linken Wand sind große Säcke mit Hirse und kleine Beutel mit Salz aufgereiht, dazu Fässer mit Klippfisch, Ölkrüge, Weinschläuche und geräucherte Schinken. An der gegenüberliegenden Zeltwand stapeln sich völlig ungeordnet seldschukische Waffen: schartige Krummschwerter, doppelt verleimte Bögen aus Horn, Köcher mit gefiederten Pfeilen, Dolche in vergoldeten Scheiden, silberne Sporen und wimpelgeschmückte Reiterlanzen. Dazu Kamelsättel, Gebetsteppiche aus Indien, seidene Turbane, Brokatstoffe aus Bagdad, Hosen aus weichem Gazellenleder und perlenbestickte Gürtel. Einiges ist blutverschmiert, anderes weist Spuren von Rost auf.

Beute aus erbitterten Gefechten.

Der Soldat hat es sich auf einem Stapel Brennholz gemütlich gemacht. Der Haufen aus trockenen Kiefernästen ist in den letzten Wochen stark geschrumpft, obwohl man sehr sparsam damit umgegangen ist. Selbst in den Zelten Bohemunds herrscht Mangel, und Feuerholz ist inzwischen fast so wertvoll wie Wasser.

Aber es ist nicht das Holz, das zu bewachen Drago befohlen wurde. In der Mitte des Zeltes steht ein Brocken von einem Mann, ein französischer Graf, dem der Schweiß von der Stirn rinnt, obwohl es bitterkalt ist im Zelt und Seine Hochwohlgeboren nur einen Lendenschurz trägt. Er steht wie Christus am Kreuz, denkt der Soldat, nur daß man unserem Herrn damals die Hände an Balken genagelt hat, und dieser hier muß sie aus eigener Kraft in dieser Position halten. Jeweils eine halbe Stunde lang. Danach darf er sich dreißig Minuten ausruhen, und dann müssen die Arme wieder eine halbe Stunde waagerecht ausgestreckt werden. Die ganze Nacht hindurch. So hat es Tankred befohlen.

Drago braucht nicht zu befürchten, daß der Mann ihn angreift. Schließlich ist er unbewaffnet, und in eine kurze Stoßlanze wird selbst ein solcher Riesenkerl nicht sinnlos hineinlaufen. Selbst wenn er den Wächter überrumpeln könnte, wäre es in jedem Fall sein sicherer Tod, denn draußen stehen weitere Wachen, und letztendlich kann er seine Arme längst nicht mehr benutzen. Die Muskeln sind verhärtet, die Sehnen überdehnt, die Nerven wie tot.

Drago wirft einen Blick auf die Uhr. Der Sand ist nicht einmal zur Hälfte durchgelaufen, und schon droht der Mistkerl wieder schlappzumachen. Wenn der Soldat gute Laune hätte, könnte er die Augen ein bißchen schließen und so tun, als sehe er nicht, daß die Arme langsam heruntersinken. Aber warum sollte er? Er befindet sich nicht gerade in gnädiger Stimmung.

Gestern abend ist die alte Sophia abgekratzt.

Sie gehörte zu dem Bettelpack, das von der sogenannten Armee dieses angeblichen Eremiten Peter übriggeblieben ist, und hat sich im Lager vor Nikäa an ihn herangemacht. Anfangs hatte er versucht, sie mit Tritten in ihren mageren Hintern davonzujagen, aber sie nannte ein kleines Wägelchen ihr eigen, das sie hinter sich herzog, und hatte tagelang nach seinem Gepäck gegrapscht, bis er ihr gestattete, wenigstens seinen schweren Wasserschlauch, die unhandliche Zeltplane, die kleine, eiserne Pfanne und die Getreidemühle auf das wackelige Gefährt zu laden. Seitdem war sie ihm gefolgt, gehorsam und demütig.

Wenn das Heer abends rastete, suchte sie Wasser und buk Fladenbrot, schüttelte seine Kleider über einem Bach aus, damit die Flöhe ins Wasser sprangen, kämmte die Läuse aus seinem Haar und knackte die verbliebenen mit ihren langen Nägeln; gottlob ohne Gegenleistung zu erwarten. Sie kochte für ihn und wusch alle paar Wochen sein Hemd, flickte mit Nadeln, die sie geschickt aus Knochen zu fertigen verstand, die Risse in seinen Hosen und erwartete als Dank lediglich, daß er sie beschützte, sie nachts neben seiner Matte schlafen ließ und sie mit dem Notwendigsten versorgte.

Außer ihrem Namen wußte er nichts von ihr, und es interessierte ihn nicht, woher sie stammte, wer oder was sie von daheim vertrieben hatte und ob sie verheiratet gewesen war. Es störte ihn auch nicht, daß sie keine Schneidezähne mehr besaß. Im Gegenteil. Das war von Vorteil, wenn sie es ihm hin und wieder nachts mit dem Mund machte. Auf andere Weise benutzte er sie nie.

Sie stank unerträglich.

Nun war sie tot. Am Morgen hatte sie steif auf ihrer Strohschütte gelegen, und der Soldat fragt sich, wer ihm jetzt die Läuse wegfangen wird. Er steht auf, nähert sich dem Gefangenen von hinten und bohrt ihm die Spitze seines Dolches von unten in den rechten Arm, der traurig wie eine müde Fahne nach unten zu sinken droht. Stöhnend reißt der Mann den Arm hoch. *Auch den anderen bitte,* sagt Drago und läßt sich wieder auf dem Holzstapel nieder.

Ein Kerl wie ein Baum und macht sich vor Angst in die Hose. Drago schüttelt den Kopf. Vicomte Wilhelm von Melun, der Zimmermann genannt, einst aufgebrochen mit einem gewissen Emicho von Leiningen, bekannt als Judenschlächter, auf der Herreise mit ein paar adligen Spießgesellen einem Massaker entronnen und schließlich im Heer des eitlen Großmauls Hugo von Vermandois zum Hauptheer gestoßen. Zu diesem verwöhnten Brüderchen des französischen Königs paßt er vorzüglich.

Der Soldat spuckt den Strohhalm aus, an dem er gekaut hat. Was hatten sich die Herren denn von Antiochia erhofft? Zunächst eine kleine Promenade am Flußufer vielleicht? Dann ein kleiner Hopser über die Mauern, das Banner auf die Zitadelle gepflanzt und weiter nach Jerusalem?

Er erinnert sich sehr genau an den Tag, an dem sie sich der Stadt genähert und nach hartem Kampf die schwerbefestigte Brücke über den Orontes erobert hatten. Dann waren sie mit der gebotenen Vorsicht weitermarschiert. Drei Stunden später war die Stadt aufgetaucht, und dem Soldaten hatte es den Atem verschlagen. Immerhin kannte er die Mauern von Konstantinopel, aber diese hier waren kaum weniger beeindruckend. Hoffentlich befahl ihm keiner der oberkommandierenden Dummköpfe, hier eine Leiter anzulegen und hochzuklettern.

Die Stadt breitet sich ein paar hundert Meter hinter dem Orontes am Fuße eines hohen Berges aus. Die riesigen Mauern winden sich die Flanken des Berges hoch und vereinigen sich oben auf dem Kamm bei der Zitadelle. Drago hatte versucht, die Türme zu zählen, aber nachdem er dreimal bis hundert gekommen war, hatte er aufgegeben. Ein wilder Fluß ergießt sich von hoch oben durch Antiochia, tritt unter der Mauer wieder hervor und durchschneidet die Wiesen vor der Stadt, bevor er in den Orontes mündet. Am Mauerdurchlaß ist wegen der starken Sicherheitsvorkehrungen ein Eindringen in die Stadt kaum vorstellbar. Auch die vollständige Einschließung Antiochias scheint nicht möglich, da hinter der oberen Mauer auf dem Kamm des Berges das Gelände steil abfällt. Zumindest von dort her kann die Stadt mit Nachschub versorgt werden.

Das hatte von Anfang an nach einer langen und mühseligen Belagerung ausgesehen.

Das obere Glas in der Uhr läuft aus. *Kannst dich ausruhen,* sagt der Soldat, und die Hände des Mannes fallen schlaff herunter. Einen Augenblick sieht es so aus, als würde der Graf ohnmächtig, aber es sieht nur so aus. Der Soldat dreht die Sanduhr um und verschränkt die Arme hinter seinem Kopf. Der Mann stöhnt leise.

Da Drago zur persönlichen Leibwache Tankreds gehört, kommt ihm so einiges zu Ohren, und deshalb weiß er auch, daß lediglich der Graf von Toulouse der Ansicht war, man könne die Stadt sogleich im Sturm erobern. Die anderen setzen auf Aushungern und mögliche Verstärkungen, die sie vom Kaiser in Konstantinopel erhoffen. Bohemund wiederum hält das alles für gequirlte Kormorankacke, wie er sich auszudrücken pflegt, und setzt auf Verrat.

Schließlich leben in der Stadt zahllose syrische, armenische und griechische Christen. Alle Männer hatte der Statthalter aus den Mauern verbannt, als das Christenheer anrückte. Die Frauen waren mit ihren Kindern zurückgehalten worden; als Geiseln selbstverständlich. Aber da die Stadt nicht völlig eingekreist ist, gehen die Menschen ein und aus, und gegen ein bißchen Bestechung hier und ein Handgeld dort drücken die

Wachen an den Toren bestimmt ein Auge zu, wenn die Männer in die Stadt wollen, um ihre Familien zu besuchen. Auch alte Freundschaften zwischen Christen und Muselmanen haben mit Sicherheit noch Bestand. Da muß doch etwas zu machen sein.

Bohemund hat sofort damit begonnen, vorsichtig Erkundigungen einzuziehen. Inzwischen sind seine Methoden etwas direkter. Er verhört übergelaufene Seldschuken und umschmeichelt die zahllosen zwischen Stadt und Lager verkehrenden Huren, vernimmt aus der Stadt verjagte Christen und läßt ihm wichtig erscheinende Gefangene mit ausgesuchter Sorgfalt foltern. *Schwachstellen gibt es überall*, sagte er zu Tankred. *Man muß sie nur aufspüren. In den Befestigungsanlagen finden wir sie mit Sicherheit nicht. Also werden wir an anderer Stelle suchen.*

Was auch immer man Bohemund nachsagen mag: Ein Dummkopf jedenfalls ist er nicht.

Eigentlich hatte sich die Belagerung recht erfreulich angelassen. Vor allem für die einfachen Soldaten. Man unterließ sinnlose Angriffe auf die starken Mauern, und es gab genug zu essen und zu trinken, denn die Einheimischen in den Dörfern am Fluß und im Hinterland hatten die anrückenden Christen als Befreier begrüßt und mit allem Notwendigen versorgt. Aber ein derart vielköpfiges Heer ist gefräßig, und nach wenigen Wochen waren alle Scheunen leer.

Zwei Wochen vor dem Fest der Erscheinung des Herrn waren Bohemund und Robert von Flandern mit ihren Leuten das Orontes-Tal hochgeritten, um in der Umgebung der Stadt Hama Proviant aufzutreiben. Dabei liefen sie ahnungslos einem großen seldschukischen Ersatzheer in die Arme, das von Damaskus nordwärts vordrang. Fast wäre es zu einer Katastrophe gekommen, aber die Muselmanen erlitten schwere Verluste und zogen schließlich ab. Die Normannen und Flamen ihrerseits kehrten mit leeren Händen ins Lager zurück.

Drago lächelt und pflückt sich vom Boden einen neuen

Halm. Bohemund hatte damals gerast vor Wut. Nicht weil er fürchtete, vor dem ganzen Heer als Versager dazustehen, sondern über das, was in der Zwischenzeit vor Antiochia geschehen war. Der Statthalter nämlich hatte lediglich gewartet, bis die Proviantsucher am Nachmittag außer Sicht waren, um dann bei hereinbrechender Dunkelheit über die Orontes-Brücke einen Ausfall auf das Lager der Kreuzfahrer zu machen.

Nur der Aufmerksamkeit und dem Draufgängertum des Grafen von Toulouse war es zu verdanken, daß das Lager nicht verlorenging. Bei völliger Dunkelheit preschte er mit einer Handvoll Ritter mitten in die Angreifer hinein, die verdutzt kehrtmachten und zur Stadt zurückfluteten. Fast wäre es ihm und seinen Männern gelungen, durch das Brückentor in die Stadt einzudringen, als im allgemeinen Getümmel ein Pferd seinen Reiter verlor, durchging und eine Panik unter den Rittern auslöste. Im letzten Augenblick gelang es den Verteidigern, die Torflügel zu schließen und damit die Stadt zu retten.

Kein Proviant, beinahe das Lager verloren, die Chance verpatzt, die Stadt zu erobern! Bohemund brüllte wie ein Ochse, und Tankred versuchte vergeblich, ihn mit dem Inhalt eines gut gefüllten Weinschlauchs zu besänftigen. Bohemund schlug ihn dem Neffen aus der Hand. *Sind das Kinder oder Ritter? Kann man diese hirnverbrannten Idioten nicht einen Augenblick alleine lassen?* Tankred bückte sich, um den Schlauch aufzuheben, und goß sich selber einen Becher ein.

Was tobst du herum? Der Gaul hat dir die Stadt gerettet.

Zwei Stunden später, als der Schlauch leer war und ein zweiter dazu, hatte sich Bohemund beruhigt. Tankred hatte recht: Wenn es Raimund gelungen wäre, die Stadt zu erobern, hätte der Narr sie vermutlich an Kaiser Alexios als dem angeblich rechtmäßigen Eigentümer zurückgegeben. Aber Antiochia gehörte ihm, Bohemund; ihm ganz allein. Und inzwischen wußte er auch, wie er die Stadt an sich bringen würde. Zunächst einmal mußte Tatikios weg, die schlaue Goldnase, der lange Arm von Alexios und Sachwalter der kaiserlichen Interessen.

Es war gewiß nicht für die Ohren seiner Leibgarde bestimmt, was Bohemund mit Tankred besprach, aber der Soldat hatte seine Ohren nicht einmal spitzen müssen, um mitzubekommen, was da ausgeheckt wurde. Bohemund würde den Tatikios warnen, daß die anderen christlichen Anführer den Kopf des Griechen forderten, weil sie ihn für einen Verräter hielten und dafür verantwortlich machten, daß keine Hilfe aus Konstantinopel eintraf.

Tatikios würde angesichts dieser Drohung kaum auf seine Ermordung warten, sondern sich mitsamt seinen Hilfstruppen einschiffen. Nachdem das Heer dann solchermaßen weiter geschwächt worden war, würde auch Bohemund unverhüllt mit seiner Abreise drohen und sich allenfalls durch die Zusage der übrigen Fürsten zum Bleiben bewegen lassen, daß sie ihm Antiochia als Besitz zusprechen würden, wenn es ihm denn gelänge, die Stadt zu erobern.

Das sind zwei Schlauköpfe, sagt der Soldat zu seinem Gefangenen und dreht die Sanduhr wieder um. Der nackte Hüne schwankt unsicher hin und her, macht indes keine Anstalten, seine Arme zu heben. Drago geht hinüber zu den erbeuteten Waffen und wählt sorgfältig zwei gleichlange Stoßlanzen aus, hebt dann die schweren Arme des Grafen hoch und stellt die Lanzen mit den Spitzen nach oben darunter. *Laß die Arme nicht fallen,* ermahnt er den Mann und zieht sich zurück auf seinen Holzstapel, von wo aus er den Gefangenen aufmerksam betrachtet.

Der elende Kerl hatte sich zusammen mit diesem schäbigen Eremiten Peter aus dem Staub gemacht. Einfach so. Schnauze voll.

Darauf steht Todesstrafe, mein Lieber. Hattet ihr gedacht, ihr würdet damit davonkommen? Aber nicht doch. Nicht bei Tankred. Der ist mit ein paar Mann hinter euch hergeritten und hat euch in der Nacht mit einem Strick um den Hals ins Lager zurückgebracht.

Kannst noch froh sein, daß du so davonkommst! Kriegt ja niemand mit von deinen Kameraden, wie du hier herumhängst. Man hätte dich schließlich nach alter Sitte auch dazu verurteilen können, räudige Hunde durchs Lager zu tragen, so daß alle deine Schande gesehen hätten. Wäret ihr beide einfache Soldaten gewesen wie ich, hätte Bohemund euch wahrscheinlich die Füße abhacken lassen, aber dieser Peter verfügt anscheinend noch immer über ein paar Anhänger; deshalb muß man vorsichtig taktieren, und du bist immerhin ein Graf. Wenn auch ein feiger – und ein dämlicher obendrein.

Meinst du vielleicht, ich würde etwa nicht zuweilen das Lager verlassen? Aber bei mir lohnt sich das wenigstens. Kennst du das Dorf Talenki im Norden? Natürlich nicht. Dort bestatten die Seldschuken heimlich ihre Gefallenen. Nicht die gemeinen Soldaten, sondern nur die Edlen und Reichen. Wir von der Garde beobachten sie dabei aus der Ferne, und nachts holen wir die Toten aus den Gräbern und nehmen ihnen die Ringe ab und was sonst noch zu versilbern ist. So lohnt sich das Risiko wenigstens, verstehst du?

Es hat nicht den Anschein, als verstünde der Gefangene noch irgend etwas. Sein Gesicht ist aschfahl, die Haut fleckig, der Atem kommt in kurzen Stößen. Verzweifelt bemüht er sich, die Arme nicht auf die Spitzen der Lanzen sinken zu lassen.

Der Soldat meint, er sei ja kein Unmensch, und er könne die Lanzen auch wieder wegnehmen und ein wenig die Augen schließen, wo doch der Herr Graf ein so schönes Pferd habe und er selber nur so ein schäbiges Pony, das zudem seit Tagen lahmt.

Kein Geschäft zu machen? Auch gut.

Drago hat den Strohhalm gegen ein Stück Trockenfleisch eingetauscht, auf dem er geräuschvoll zu kauen beginnt. Er ist müde. Hoffentlich kräht bald der Hahn, denkt er.

Aber vor Antiochia gibt es schon seit sehr langer Zeit keine Hähne mehr.

Die Pfeile

Die Schlacht am See
Februar 1098

Der Ritter fühlt sich geschmeichelt. Sein Ansehen ist einigermaßen gestiegen, nachdem er sich damals freiwillig als Kundschafter gemeldet hatte. Seitdem hat Joscelin einen Stein im Brett bei dem Herrn von Monteil, und nur deshalb ist ihm die Ehre widerfahren, daß ihn der Bruder des Bischofs Adhemar von Le Puy mitgenommen hat zum großen Kriegsrat, der im Zelt des Kirchenfürsten stattfindet. Auf neutralem Boden sozusagen.

Adhemars nüchterne Art wirkt seltsam beruhigend auf die hochfahrenden und streitbaren Herren, die sich seit den Tagen in Konstantinopel eifersüchtig belauern. Die einen fühlen sich an den Lehnseid gebunden, den sie dem Kaiser geleistet haben, die anderen denken nicht einmal im Traum daran, erobertes Gebiet den Griechen zurückzugeben.

Balduin von Boulogne zum Beispiel, der mittellose Vetter Gottfrieds von Bouillon, hat seine Frau Godvere und die Kinder mitgenommen und ist mit dem erklärten Ziel ins Heilige Land gezogen, sich dort niederzulassen. Er hat sich vor einiger Zeit vom Hauptheer getrennt, den Seldschuken Armenien abgejagt und versucht im Augenblick, Herrscher von Edessa zu werden. Bohemund dagegen meldet ganz unverhohlen Ansprüche auf Antiochia an, was wiederum Graf Raimund von St. Gilles mit allen Mitteln zu verhindern sucht.

Aber heute abend ist nicht der Augenblick für das Austragen

kleinlicher Eifersüchteleien. Per Brieftaube ist die Hiobsbotschaft eingetroffen, daß die Seldschuken einen zweiten Versuch machen, Antiochia zu entsetzen. Vor ein paar Wochen ist ein Versorgungskommando auf Proviantsuche nur knapp einer Katastrophe entgangen, als es mitten in ein seldschukisches Ersatzheer hineinritt. Seitdem ist man vorsichtiger geworden und hat syrische Christen als Spione angeworben, die täglich aus Aleppo berichten.

Diesmal scheint es wirklich ernst. Emir Ridwan hat Unterstützung von seinem Vetter Soqman aus Diarbekir und seinem Schwiegervater, dem Emir von Hama, angefordert und sich dann selbst an die Spitze eines Heeres gesetzt, das nur wenige Tage bis Antiochia benötigen wird. Seit langer Zeit schon sind sich die christlichen Fürsten nicht so einig gewesen wie an diesem Abend: Wenn Ridwan das Lager angreift und Yaghi-Siyan zur gleichen Zeit mit all seinen Männern einen Ausfall unternimmt, wird das Ritterheer vernichtet, und alles war umsonst. Was geschehen muß, liegt auf der Hand. Es geht im Grunde nur um das Wie.

Wie viele Ritter überhaupt einsatzbereit seien, fragt der Bischof. Die Antwort ist niederschmetternd. Ganze siebenhundert sind es vielleicht, und einige haben nicht einmal mehr ein Pferd, sondern werden wohl auf einem Maulesel in die Schlacht ziehen müssen. Es fehlt an allem. Nicht nur an Brot und Fleisch. Auch an Waffen. Vor allem an Zuversicht.

Niedergeschlagenheit macht sich breit. Schließlich muß das Lager auch gegen einen möglichen Angriff durch die Seldschuken in der Stadt geschützt werden. Betreten schauen die Fürsten auf die Becher in ihren Händen, in denen billiger Rotwein schimmert. Der Vorrat an besserem ist schon vor einer Woche zur Neige gegangen.

Bohemund ist es schließlich, der das Wort ergreift. Das Fußvolk muß das Lager bewachen. Daran gibt es keinen Zweifel. Für die Ritter heiße es sterben oder siegen, sagt er, wobei siegen ihm persönlich sympathischer sei. Die anderen ringen sich ein müdes Lächeln ab. Wie er mit siebenhundert Rittern ein seldschukisches Heer schlagen will, fragen sie ihn, und er sagt es ihnen: *Indem wir ihnen keinen Raum lassen.*

Wenn es genug Tiere gäbe, sagt der Normanne, könnte man sie schlachten und mit den verwesenden Körpern eine Art Schlachtfeld abstecken, um die gegnerische Kavallerie daran zu hindern, das kleine Ritterheer an den Flanken zu umgehen und einzukesseln. Nicht einmal einen Araberhengst würde man dazu bringen, über Aas hinwegzusteigen. Jedes Pferd scheut vor diesem ekligen Geruch. Leider haben die christlichen Belagerer keine Tiere mehr, die sie schlachten könnten. Sie haben alle aufgegessen. Nicht nur die Pferde und die Schafe; auch die Ratten.

Also muß ein geeignetes Gelände gefunden werden, und Bohemund weiß auch schon, wo es liegt: an der Straße nach Aleppo, wo der Orontes-Fluß sich bis auf hundert Meter einem kleinen See nähert. Dort werden sich die Ritter aufstellen, und dort werden sie wie eine Wand aus Eisen auf die Seldschuken zureiten.

Einfach so? Gottfried von Bouillon fürchtet sich im Grunde vor nichts auf der Welt, außer vielleicht vor den Wolken von Pfeilen, die man spätestens seit Dorylaion kennt.

Nein, nicht einfach so. Bohemund hat sich gut vorbereitet. Er wird diesen Herren beweisen, wie sehr sie auf ihn angewiesen sind. Und wie sehr er allein es verdient hat, diese Stadt Antiochia in Besitz zu nehmen. Sofern man sie denn erobern wird.

Zum einen wird man die Pferde besser schützen müssen. Wenn der Feind – und wenn er klug ist, wird er es tun – mit seinen Pfeilen nicht auf die Ritter zielt, sondern auf die ungedeckte Brust der Pferde, wird die Attacke zum Desaster. Was soll aus der zweiten und dritten Reihe werden, wenn sich die tödlich getroffenen Pferde der ersten Reihe überschlagen?

Das leuchtet ein. Also, sagt der Normanne, wird man den

Pferden Lederschürzen vorbinden, aber nicht enganliegende, sondern lockere, in mehreren Schichten übereinander. Das ist nicht zu schwer, und anfliegende Pfeile werden sich in den Lederdecken verfangen. So Gott will zumindest. Und noch etwas scheint Bohemund unerläßlich. Auch dabei soll der See eine Rolle spielen.

Die Köcher der seldschukischen Reiter sind nicht sehr groß, weil sie sonst die Wendigkeit der Pferde beeinträchtigen würden. Der Nachschub an Pfeilen wird von Lastkamelen herbeigeschafft, die mit ihren großen Körben wenige hundert Meter hinter der Schlachtlinie stehen. Wenn die Reiter ihre Pfeile abgeschossen haben, preschen sie nach hinten, um ihre Köcher neu zu füllen. Dazu jedoch darf es nicht mehr kommen.

Bohemund weiß, daß es vielen der Anwesenden hier gegen die Ehre geht, was er nun vorschlagen wird. Ritter ersinnen keine Listen. Ritter reiten nach vorn, und wenn es sein muß, auch in den Tod. So war es schon immer. Aber Bohemund weiß auch, daß sie ihm zu guter Letzt zustimmen müssen, weil sie keine andere Wahl haben. *Wir wissen, wo genau sich die Schlacht abspielen wird,* sagt er, *und deshalb wissen wir auch, wo genau die Kamele stehen werden. Und wir wissen, wann in etwa die Reiter mit ihren leeren Köchern nach hinten kommen werden, um Nachschub zu holen.*

Sie dürfen keinen mehr vorfinden.

Zustimmendes Gemurmel im Zelt, gemischt mit leichter Skepsis, die aber bald weicht. *Zwanzig normannische Bogenschützen, allesamt gute Schwimmer, werden in der Nacht den kleinen See umgehen und warten, bis die Seldschuken von unseren Rittern gestellt werden. Dann schwimmen sie los. Wenn die Schlacht entbrannt ist, werden sie sich im Rücken des feindlichen Heeres befinden, das – wie wir erfahren haben – keine Nachhut hat, da die Seldschuken sicher sein dürfen, daß ihnen niemand folgt.*

Diese zwanzig Normannen werden jedoch nicht nur ihre Bogen bei sich haben, sondern auch Gefäße mit glühender Holzkohle, die sie zusammen mit Bogen und Köcher auf kleine Bretter stellen und beim

Schwimmen vor sich herschieben. Sie werden die Kameltreiber überrumpeln und die glühenden Holzkohlestücke in die großen Körbe werfen. Wenn die ersten seldschukischen Reiter zurückkehren, wird nichts mehr zu retten sein.

Die Fürsten gestatten sich ein beifälliges Kopfnicken. Bohemund hat es einmal mehr geschafft, ihnen Bewunderung abzunötigen. Das schmerzt besonders Raimund, den Grafen von Toulouse, den Erzrivalen des Normannenfürsten, aber selbst er muß sich eingestehen, daß der Plan genial ist.

Und Bohemund setzt noch einen drauf. Er läßt sich eine Lanze reichen, die ein Stück höher ist als er selber, sehr viel dicker als eine kurze Wurflanze und entsprechend schwer. *Wir sollten zumindest ausprobieren,* sagt er, *unsere Lanzen nicht auf gut Glück in die Reihen des Feindes zu werfen, um dann mit dem Schwert weiterzukämpfen. Versuchen wir doch, den Gegner mit der Lanze aus dem Sattel zu stoßen, und dann noch einen, und vielleicht noch ein paar andere.*

Er hält es nicht für notwendig zu erwähnen, daß er das mit einigen seiner Leute schon seit Wochen geübt hat, und deshalb stört ihn auch das spöttische Hochziehen der Augenbraue bei Gottfried nicht. Doch, doch, er hat bedacht, daß die Ritter bei einem harten Aufprall nach hinten vom Sattel fliegen könnten, und nun bringt ein Dienstmann einen Sattel, wie ihn die anderen noch nie gesehen haben. Ein merkwürdiges Ding, fast einem Sessel ähnelnd, mit einer hohen Rückenlehne, die weit über den Gürtel des Reiters hochragt. Dutzendweise sind die neumodischen Dinger in den letzten Wochen von den normannischen Handwerkern im Heer Bohemunds hergestellt worden.

Bohemund legt den Sattel auf einen Hocker und setzt sich rittlings darauf. Dann klemmt er die schwere Lanze unter den Arm und sieht die Runde herausfordernd an. *Hundert Normannen mit diesem Sattel und dieser Lanze in der ersten Reihe. Irgendwelche Einwände?*

Es gibt keine. Nicht einmal von Raimund.

Ein Tag nur verbleibt für Absprachen untereinander und die letzten Vorbereitungen. Vor allem die Pferde müssen an die ledernen Schürzen gewöhnt werden, und die normannischen Schwimmer müssen ihre Bretter basteln. Übermorgen wird man siegen. Oder sterben.

Am nächsten Morgen hat der eisige Regen nachgelassen. Noch jagen Sturmfetzen über den Himmel, aber hin und wieder reißen blaue Löcher auf. Joscelin sitzt vor einem vielfach geflickten Zelt. Er teilt es mit zwei anderen jungen Rittern, die wie er aus der Auvergne stammen und ebenfalls unter dem Herrn von Monteil reiten. Und mit einer Frau.

Seine Kleider sind seit Monaten nicht ein einziges Mal richtig getrocknet, und er stinkt schlimmer als ein Schafbock. Aber das stört ihn weniger. Alle hier stinken. Sogar seine schöne Geliebte, aber sie ist die einzige im ganzen Lager, die sich daran stößt. Zugegeben: Bei ihr stinken nur die Kleider. Duna selbst wäscht sich jeden Morgen im eisigen Wasser des Orontes; überall, wie der Ritter heimlich aus der Ferne beobachtet hat. Aber ihre schweren Kleider, die noch aus Belgrad stammen, würden nicht mehr trocknen in diesem verregneten Winter, wenn sie sie tatsächlich in kochendem Wasser waschen würde. Außerdem gibt es keine Kessel, die groß genug wären.

Der Ritter hat sein Kettenhemd über die angezogenen Knie gelegt und reibt es sorgfältig mit ranzigem Hammelfett ein, das er aus einer Dose fingert, die er normalerweise unter seinen Decken verbirgt. Wer weiß, ob es ihm sonst nicht schon längst jemand weggefressen hätte. Vor Antiochia gibt es nichts, was angeblich ungenießbar ist. Aber es gibt auch nichts Schlimmeres als ein rostiges Kettenhemd.

Die Beulen, die ihm verschiedene seldschukische Krummschwerter an seinem eiförmigen Helm eingebracht haben, hat er mit einem Stein mehr schlecht als recht wieder eingeebnet. Die Scharten im Rand seines Schildes sind nicht zu reparieren.

Irgendwann in Jerusalem wird er sich einen neuen machen lassen. Vielleicht sogar mit einem Wappentier darauf, wie sie jetzt Mode werden. Seine Familie daheim besitzt derartiges noch nicht, aber man wird wohl darüber nachdenken müssen. Wenn er denn überhaupt zurückgeht. Im Augenblick mag er sich das eigentlich nicht vorstellen.

Die Lederhandschuhe, auf dem Handrücken mit kleinen Eisenringen verstärkt, haben einem ihm unbekannten Ritter gehört, der vor Nikäa gefallen ist. Kettenhemd und Waffen hatten Fledderer dem Toten schon abgenommen, ihm nur die Handschuhe gelassen; vielleicht weil es zu viel Mühe gekostet hätte, sie von den erstarrten Händen zu ziehen. Außerdem waren sie bereits schwer beschädigt. Ein Schwerthieb hatte den linken aufgeschlitzt; der andere bestand anscheinend schon seit längerer Zeit nur noch aus dem Handschuhrücken. Joscelin konnte es sich nicht leisten, wählerisch zu sein. Verstärkt mit ein paar Riemen, war das immer noch ein recht guter Schutz.

Im Grunde ist er lausig schlecht ausgerüstet. Sein Pferd – er hat es in Ikonion gegen einen Ring eingetauscht, den er damals nach dem Gefecht einem der Seldschuken abgenommen hat – ist allenfalls ein Notbehelf; kräftig zwar, aber so niedrig, daß die Füße des Ritters fast über den Boden schleifen. Der Herr von Monteil hatte ihm versprochen, daß er aus der nächsten Beute eines dieser temperamentvollen Araberpferde erhalten werde wie jenes, das er als Kundschafter hatte mitnehmen dürfen. Leider hatte er es später wieder zurückgeben müssen.

Sein Sattel ist breit und flach, ohne Rückenstütze und ohne Steigbügel. Neidvoll betrachtet er zuweilen, wie sich andere Ritter in den Sattel schwingen. Er muß mit dem Bauch auf den Rücken des Tieres springen, um erst dann das eine Bein auf die andere Seite zu bugsieren und sich aufrecht hinzusetzen. In solchen Augenblicken ist es sogar von Vorteil, daß sein Gaul so kurze Beine hat.

Sporen besitzt er nicht, auch keine weichen Stiefel, wie diese gottverdammten Heiden sie tragen. Aber einen schönen Dolch hat er. Auch ein Beutestück, aus Dorylaion. Leider hat er kein vernünftiges Schwert.

Abteilungen des Fußvolks ziehen vorbei. Ein paar Normannen tragen merkwürdige Bogen, die quer auf einem geraden Holzsteg liegen. Im Gegensatz zu einem normalen Bogen kann man sie spannen, minutenlang auf den richtigen Augenblick warten und dann erst abdrücken. Er weiß, daß andere Ritter behaupten, so etwas sei ehrlos. Er dagegen wünscht sich nichts sehnlicher, als ebenfalls so ein Ding zu besitzen. Was nützt ihm die Ehre, wenn man ihn aus der Entfernung einfach wegputzt.

Bläulicher Rauch kräuselt sich über den Zelten. Am Flußufer suchen ein paar Flamen flache Kieselsteine für ihre Schleudern. Auf dem großen Platz am Lagereingang versuchen Knechte geduldig, scheuende Pferde an die Lederschürzen zu gewöhnen. Nackte Kinder jagen einer halbverhungerten Katze nach. Mönche gehen mit Kreuzen durch die Zeltgassen und predigen Buße; ein zerlumpter Mann trägt ein Fäßchen auf der Schulter und preist sein warmes Bier an.

Duna tritt aus dem Zelt, und der Ritter spürt ihren Schenkel an seinem Rücken. Seine Hand gleitet unter ihren Rock. Sie stößt ihn fort. Sie mag das nicht. Nicht außerhalb des Zeltes. Noch einmal greift er nach ihrem Bein. Sie entzieht sich ihm und wartet drinnen auf ihn. Sie weiß, daß er kommen wird.

Tankred flucht gotteslästerlich. Werden es diese Narren denn niemals lernen? War nicht jedes Detail wieder und wieder abgesprochen? Haben die hohen Herren etwa versäumt, es an ihre Ritter weiterzugeben? War Dorylaion nicht Warnung genug für diese hirnlosen Idioten?

Alles war so perfekt geplant. Genau an der vorgesehenen Linie, am Engpaß zwischen See und Fluß, hatten sich die Ritter bei Tagesanbruch dem Entsatzheer des Emirs von Aleppo entgegengestellt. Die Seldschuken waren nicht überrascht. Natürlich sind sie von Antiochia aus informiert worden, daß die Kavallerie der Christen ausgerückt ist. Aber sie wissen auch um die Schwäche der Christen, und sie werden diese siebenhundert Mann binnen weniger Stunden nach Antiochia zurücktreiben.

Langsam waren die beiden Heere aufeinander zu gerückt. Bohemund war zuversichtlich, daß seine zwanzig Bogenschützen sich inzwischen dem Seeufer näherten und die Kamele mit dem Nachschub an Pfeilen ansteuerten. Ridwan von Aleppo seinerseits war leicht irritiert von den seltsamen Schürzen, die auf der Seite des Gegners von den Hälsen der Pferde herabbaumelten. Auf sein Handzeichen war der ohrenbetäubende Krach der Pauken und der Zimbeln, der Flöten und Schalmeien verstummt, die Eunuchen den ganzen Marsch über gespielt hatten.

Totenstille hatte sich über die Walstatt gelegt.

Bohemunds Normannen hatten bereits ihre Stoßlanzen gesenkt und sich in die Steigbügel gestemmt, als urplötzlich eine Handvoll Flamen aus der zweiten Reihe hervorstieß und sich tollkühn dem Feind entgegenwarf.

Zurück, alle zurück, hatte Bohemund gebrüllt, aber die Flamen – wohl in der irrigen Annahme, ihr wahnwitziger Angriff würde die anderen Ritter mitreißen – preschten mitten hinein in die Pfeilsalven, und wenn auch die Lederschürzen der Pferde und die eisenbeschlagenen Schilde der Reiter viele Geschosse auffingen: Nur drei oder vier gelangten bis zu den feindlichen Reihen und wurden dort sofort umringt und niedergemacht. Die meisten hatte der Tod schon viel früher ereilt.

Schweigen senkt sich über das Schlachtfeld. Einer der überlebenden Flamen, der neben seinem toten Pferd liegt, versucht, sich zurückzuschleppen. Gottfried von Bouillon schickt zwei Männer los, die ihn bergen sollen. Ein paar dunkelhäutige Bogenschützen benutzen die Pause für Zielübungen, aber ihre Pfeile fliegen nicht weit genug, um den Verletzten und seine

Helfer zu treffen. Sonst passiert nichts. Die Heere stehen sich bewegungslos gegenüber.

Mit zusammengekniffenen Augen sieht Bohemund in der Ferne Rauchsäulen aufsteigen. Gellendes Wutgeschrei aus den Reihen der Seldschuken bestätigt ihm den Erfolg seiner Spezialeinheit. Es gibt keine Ersatzpfeile mehr auf der anderen Seite. Jetzt muß er nicht mehr befürchten, daß eitle Narren sich prahlerisch nach vorne wagen. Jeder hat gesehen, daß die verrückten Flamen ihre Tollkühnheit nicht überlebt haben. Die Normannen in der ersten Reihe senken ihre Lanzen.

Dann bricht über die Seldschuken die Hölle herein.

Joscelin ist ein Platz ganz hinten zugewiesen worden. Das hat ihn verletzt, denn hinter ihm sind nur noch die Ritter auf den Mauleseln. Andererseits ist er froh, daß er diesmal nicht ganz vorne steht. Er ist nicht sicher, ob er sich im Stande der Gnade befindet. Statt zu beichten, hat er praktisch den ganzen gestrigen Tag mit seiner Freundin herumgemacht, und daß die Generalabsolution, die unmittelbar vor der Schlacht ein alter Mönch dem ganzen Heer erteilt hat, tatsächlich alle seine Sünden vergibt, mag er nicht glauben.

Was er damals bei Clermont mit dem Mann und der Frau gemacht hat, ist nie Gegenstand einer Beichte gewesen, und er redet sich – wenn auch mit nur mäßigem Erfolg – bis auf den heutigen Tag ein, daß es vermutlich überhaupt keine Sünde ist, Leute gewaltsam dazu zu bringen, fromme Pilger mit Proviant zu versorgen. Schließlich waren sie ja im Auftrag des Papstes unterwegs. Andererseits beschläft er eine Frau, mit der er nicht verheiratet ist, und das ist – sagen die Mönche – eine der schwersten Sünden überhaupt.

Wer aber im Zustand der Todsünde stirbt – sagen die Mönche –, landet unweigerlich in der Hölle, wo schreckliche Dämonen die Sünder in rotglühenden Pfannen rösten, ihnen die Därme aus dem Hintern ziehen und sie damit würgen. Man zwickt sie mit glühenden Zangen und reißt ihnen die Augen aus und die Eier ab, und das nicht nur von morgens bis abends, sondern jeden Tag und jedes Jahr immer wieder von neuem; eine ganze Ewigkeit lang.

Die Reihen vor ihm setzen sich in Bewegung. Der Ritter tritt sein Pferd in die Flanke, aber es zottelt auch ohne diesen Ansporn los, im Trab hinter den anderen Pferden her. Vorne brechen die Normannen mit eingelegter Lanze blutige Gassen, von keinen Pfeilwolken mehr gebremst. Hinter ihnen fallen die anderen in die Reihen des Feindes ein.

Joscelin schlägt sein Schwert in das Gesicht eines seldschukischen Reiters, das in zwei Hälften zerbirst. Graue Hirnmasse spritzt nach beiden Seiten. Das Pferd bockt und schüttelt den Sterbenden aus dem Sattel. Ein dunkelhäutiger Krieger drängt sich von rechts an den Ritter heran. Dessen wuchtigen Schlag pariert der andere mit seinem Säbel. Das Schwert des Ritters verbiegt sich mit einem häßlichen Geräusch. Es ist nicht das erste Mal, daß dieses minderwertige Stück Eisen ihn in höchste Gefahr bringt. In der Schlacht ist selten Zeit, ein krummes Schwert gerade zu biegen. Aber dem Onkel daheim ist kein Vorwurf zu machen. Besseres Eisen gibt es in der Auvergne nun einmal nicht. Es wird Zeit, ein arabisches Schwert zu erbeuten, eine von jenen Klingen aus Damaskus, von denen wahre Wunderdinge erzählt werden.

Vorerst aber geht es um sein Leben, denn ihm bleibt nur der Dolch. Er läßt das Schwert und auch den Schild fallen und reißt mit beiden Fäusten den Gegner aus dem Sattel. Aneinandergeklammert wälzen sie sich zwischen den Hufen der Pferde im Sand. Verzweifelt stemmt sich der Ritter gegen die blitzende Klinge, die der Dunkelhäutige unerbittlich gegen seine Kehle zu drücken versucht.

Dieser Hundesohn, dieser verfluchte, will ihn umbringen. Will ihn den höllischen Mächten ausliefern, die schon auf ihn warten, die ihn in siedendem Öl braten wollen wegen seiner unzüchtigen Taten und der vermaledeiten Wollust, die er empfindet, wenn er sieht, wie andere gequält werden. Auch das hat er ja nie gebeichtet. Seine Erregung, als er sich vorstellte, wie er den Bauern und seine Alte foltern würde, wenn sie ihm keinen Proviant geben würden! Und wie heftig er sich jedesmal selbst befriedigt, wenn er sich daran erinnert, wie sie damals die Geiseln ermordet und verstümmelt haben. Es gibt nichts Aufregenderes, als einer Frau in die brechenden Augen zu sehen, wenn man sie langsam erwürgt.

Aber dafür wird man später auf ewig geröstet.

Joscelin spürt, wie seine Kräfte nachlassen. Lange kann er sich gegen den bärenstarken Mann nicht mehr wehren. Dann sieht er plötzlich den kurz gestutzten Bart des Mannes direkt vor seinem Gesicht und darunter den nackten Hals. In den schlägt er seine Zähne, blindwütig und voller Panik. Er spürt, wie der Knorpel Widerstand leistet und schließlich mit einem häßlichen Geräusch knackt. Er preßt seine Kiefer so lange aufeinander, bis das Handgelenk des anderen in seiner Faust erschlafft. Er merkt nicht, daß sein Mund voller Blut ist, das langsam das Kinn hinunter unter sein Kettenhemd fließt, er nimmt auch nicht wahr, daß die Schlacht längst über ihn und diesen Mann unter ihm hinweggegangen ist, dessen Gurgel er soeben wie ein wildes Tier zerrissen hat.

Als er wieder zu Bewußtsein kommt, kehren die ersten Ritter von der Verfolgungsjagd zurück. Die Seldschuken – ohne Unterstützung ihrer berittenen Bogenschützen – haben dem furchtbaren Ansturm der normannischen Reiter nur kurze Zeit standgehalten. Nach wenigen Minuten war alles vorbei. Es war die Stunde des Triumphs für Bohemund und seine Männer.

Joscelin hockt wie betäubt neben seinem toten Feind. In seiner Rechten dessen Damaszenerklinge. Einen Menschen zu erschlagen ist einfach, ihm wie ein Wolf die Kehle durchzubeißen – das kann nicht jeder.

Die heimkehrenden Ritter sehen mit Schaudern hinab auf den Mann, dem das Blut aus den Mundwinkeln tropft, und auf die furchtbar zugerichtete Leiche neben ihm. Schnell wenden sie die Augen ab, und es interessiert auch niemanden, ob der Ritter berechtigt ist, die glitzernde Klinge an sich zu nehmen, die einst diesem vornehmen Seldschuken gehört hat. Zwar müssen alle Beutestücke zunächst einmal an einem zentralen Sammelpunkt abgeliefert werden. Aber mit diesem schrecklichen Mann hier mag sich niemand anlegen.

Vielleicht ist er der Leibhaftige in Person.

Das Mädchen

Im Lager vor Antiochia
April 1098

Duna wiegt das zitternde Mädchen behutsam in ihren Armen und streicht ihm zärtlich das verschwitzte Haar aus der Stirn. Wie jung sie noch ist. Doch anscheinend nicht zu jung für die Liebe; oder was sie dafür hält. Das junge Ding hatte sich schon früh den Scharen der Armen angeschlossen, die mit dem Eremiten Peter losgezogen sind. Damals war es zehn Jahre alt gewesen und ein Waisenkind.

Zweimal hintereinander war daheim die Ernte vernichtet worden. Einmal durch Hagelschlag; beim zweitenmal hatte es wochenlang derart stark geregnet, daß die Ähren auf dem Halm verfaulten. Die Menschen hatten die Rinde von den Bäumen geschält und zusammen mit Wurzeln, Gras und Laub gekocht. So es überhaupt noch Hirsebrei gab, war er mit Sägemehl verlängert worden, und im Nachbardorf – so wenigstens wurde heimlich herumerzählt – hatte man einen durchziehenden Wanderprediger erschlagen und aufgegessen.

Halbverhungert war sie mit den anderen Bewohnern des armseligen Eifeldorfs bei Aachen hinter dem kleinen Mann hergelaufen, der ihnen versprochen hatte, Gott werde sie – so sie denn mit ihm kämen – alle ernähren und sicher ins Heilige Land führen.

Dieser Christengott verspricht viel, denkt Duna. Sie kennt diesen merkwürdigen Mönch, von dem das Mädchen erzählt hat. Schließlich hat auch sie sich ihm damals in Belgrad angeschlossen. Wo Aachen liegt, weiß sie nicht. Es scheint ihr auch nicht wichtig. Als dieses merkwürdige Heer später überfallen und sie erneut versklavt wurde, gehörte das Mädchen zu den wenigen, die den Sklavenhändlern entkamen. Zusammen mit einem Mönch und ein paar Leichtverletzten war es eine Zeitlang umhergeirrt, bis die kleine Schar auf einen Trupp Ritter gestoßen war, dem sie sich anschloß. Das Mädchen hatte versucht, sich hier und da nützlich zu machen, und war ein paarmal vergewaltigt worden, noch bevor es zum erstenmal seine Monatsblutung hatte.

Vor etlichen Wochen, als es noch Wein genug gab im Lager und nahezu jeden Abend in den Zelten Sauforgien gefeiert wurden, hatte einer der beiden jungen Ritter, mit denen Duna und ihr Geliebter das Zelt teilen, das Mädchen mitgebracht und unter seine Decke schlüpfen lassen. Dagegen war im Grunde nichts einzuwenden. Andererseits war es dann doch sehr eng geworden, zumal auch der andere Ritter einem Händler für wenig Geld eine fette ägyptische Sklavin abgekauft hatte. Gottlob hatte sich der Herr von Monteil nach der letzten Schlacht als sehr großzügig erwiesen und den drei Rittern aus der Beute nicht nur ein wesentlich geräumigeres Zelt, sondern auch aus mehreren Häuten zusammengenähte Decken zugewiesen, mit denen das Zelt so unterteilt werden konnte, daß man sich bei der Liebe allenfalls zuhören, aber nicht mehr zusehen konnte.

Die Frau seufzt. Nie hätte sie geglaubt, daß sie sich noch einmal derart an einen Mann verlieren könnte. Zwölf Jahre sind inzwischen vergangen, seit sie von den Liutizen geraubt und in die Sklaverei verkauft worden ist. Seitdem hatte sie sich von niemandem mehr anfassen lassen.

Zugegeben: Sie hatte auch Glück gehabt, vor allem im Serail von Belgrad. Noch heute weiß sie nicht, warum der Statthalter Niketas darauf verzichtet hat, sie totpeitschen zu lassen. Vielleicht wollte er sich einfach nicht mehr an diesen überaus peinlichen Abend erinnern; und auch nicht an dieses unverschämte Weib. Später lag es wohl an ihrer eisigen Unnahbarkeit, daß sich die Männer von ihr abwandten. Bis auf jenen Tag bei Ikonion, als dieser fremde Krieger ihr mit seinem blutverschmierten Schuppenhandschuh den Schleier vom Gesicht gefetzt hat. Wenn sie die Augen schließt, sieht sie die Szene vor Augen, als seien seitdem nicht viele Monate ins Land gegangen.

Sekundenlang starrt Duna in das Gesicht des fremden Ritters. Unnatürlich blaue Augen, merkwürdig weiche Lippen, in seltsamem Kontrast zu den sonst eher harten Gesichtszügen; schulterlanges, schweißverklebtes blondes Haar, das über breite Schultern fällt. Ein anmutiges Tier. Ein Raubtier.

Heiße Wellen durchströmen ihren Bauch. Sie krallt sich mit ihren Augen in den seinen fest und hofft inständig, daß er das Zittern ihrer Hände nicht bemerkt. Warum fällt ihr nichts Gehässiges ein, nicht einmal etwas Ironisches? Lahm fragt sie: *Seid Ihr ein Kelte?*

Sekundenlang scheint es, als würde er ihre Frage nicht verstehen. Dann nickt er, packt ihren Schimmel am Zügel und reitet wortlos mit ihr hinunter nach Ikonion. Zwei weitere Krieger folgen in einigem Abstand. In der Stadt bringt er sie in eine Herberge und zahlt vermutlich viel Geld für einen großen Raum, der zum Garten hin liegt. Wahrscheinlich hält er das für Luxus. Im Vergleich zum Frauenhaus in Belgrad ist es ein Stall. Doch in einem Frauenhaus gibt es keine Begierde, keine Leidenschaft, keine Raserei.

Nie hatte Duna sich bis zu diesem Augenblick Gedanken darüber gemacht, wie beschwerlich es ist, ein knielanges Kettenhemd auszuziehen. Im Grunde ist diese Szene ähnlich lächerlich wie jene mit dem Statthalter in Belgrad, aber sie findet es überhaupt nicht komisch, nackt und aufgewühlt darauf zu warten, daß er endlich dieses verfluchte Hemd aus Eisenringen los wird. Zum Schluß beteiligt sie sich ungeduldig an der Zerrerei, bis sie endlich auf dem fellbespannten Lager übereinander herfallen und sich keuchend und stoßend ineinander verbeißen. Das tun sie – mit kurzen Unterbrechungen – die ganze Nacht hindurch.

Und seitdem eigentlich in jeder Nacht.

Bis auf eine. Das war vor ein paar Wochen, als Joscelin aus einer schlimmen Schlacht heimkam, über und über mit Blut bespritzt, aber anscheinend unverletzt. Sie hatte ihn ausgezogen und gewaschen, ohne eine naheliegende Frage zu stellen, hatte das getrocknete Blut aus seinem Bart gespült, sich später neben ihn gelegt und ihm ihre Brüste angeboten, die ihn gemeinhin schnell erregen, aber er war stumm geblieben und abweisend, hatte sie von sich geschoben und sich betrunken. Sie hatte schweigend neben ihm gewacht und nachdenklich den arabischen Prunksäbel betrachtet, den er zwischen ihren und seinen Körper gelegt hatte.

Liebt sie ihn? Sie weiß nicht genau, was Liebe ist. Jedenfalls ist sie verrückt nach ihm. Sie will ständig, und er kann immer. Ist das schon Liebe?

Er sorgt für sie, und sie bemüht sich, seine grauslichen Tischsitten wenigstens ein bißchen zu verfeinern. Sie hat einen Korb ins Zelt gestellt, damit er die Knochen und andere Speisereste nicht irgendwo auf den Boden wirft; sie hat ihn angehalten, seine Zähne nicht mit den Fingernägeln, sondern mit seinem Dolch zu säubern; sich nicht in die Hand zu schneuzen, mit der man in die gemeinsame Schüssel greift, sondern in den Ärmel des Gewandes; und vom Braten soll er nicht derartig riesige Stücke abbeißen, daß sie ihm rechts und links aus dem Mund hängen. Aber er ist nun einmal ein Raubtier, und sie ist nachsichtig. Schafe gibt es genug.

Aber Liebe ist das wohl nicht.

Sie sorgt für ihn und weiß um sein geheimes Leiden, über das er nie sprechen will, aber sie hat es schon bemerkt, als sie zum erstenmal zusah, wie er sich in den Sattel schwang. Dieses kurze Zögern, bevor er sich endgültig niederließ, dieses kleine Zucken in seinen Augen. Warum will er ihr verschweigen, daß er diese häßlichen Knoten hat, die das Reiten zur Hölle machen? Sie weiß es aus den Jahren im Frauenhaus, wo besonders die Schwangeren häufig darunter litten.

Es ist bloß eine Frage der Ernährung. Leider ist die Lage im Augenblick nicht so, daß man besonders wählerisch sein kann. Es gibt Bohnen mit Brei, Bohnen mit Fladenbrot, ab und an sogar Bohnen mit kleinen Fleischstückchen, aber zumeist Bohnen ohne alles. Immerhin wird man satt. Viel mehr sollte man für den Augenblick nicht erwarten. Schließlich ist man nicht zu Hause an der Oder und schon gar nicht in Belgrad.

Man kann im übrigen Aloe verabreichen, doch das gibt es allenfalls im belagerten Antiochia, aber mit Sicherheit nicht außerhalb der Stadtmauern. Auch Rhabarber wird hierzulande schwerlich zu bekommen sein. Auf jeden Fall muß der Stuhl stets weich bleiben, denn die Knoten entstehen durch zu intensives Pressen. Ein Medicus in Belgrad hat die Frauen gelehrt, wie man kleine Stoffröllchen in den After schiebt, die mit gewissen Spezereien getränkt sind, um den Juckreiz zu lindern. Im schlimmsten Fall muß man einen Dolch nehmen, die Klinge im Feuer glühend machen und die Knoten aufschneiden. Aber davon will Joscelin nichts hören.

Da quält er sich lieber, der Dummkopf.

Solange sie darauf verzichtet, einen Vergleich mit einem Frauenhaus anzustellen, ist sie zufrieden. Eigentlich hat sie es ganz gut angetroffen. Natürlich ist es nicht einfach, den Körper zu pflegen. Immerhin besitzt sie einen ziemlich großen Kupferkessel, einen nicht minder großen Tonkrug und einen runden Schwamm, den sie einem Ritter abgehandelt hat, der ihn ohnehin nicht zu benutzen schien.

Mit dem Krug holt sie jeden Morgen Wasser vom Fluß, das sie in den Kessel gießt. Zuweilen kommt ihr Geliebter von einem Ausritt mit ein wenig Brennholz zurück. So gibt es ab und an warmes Wasser, was vor allem dann angenehm ist, wenn die Monatsblutung vorüber ist und man sich unten herum waschen möchte, was am besten mit einer Mischung aus heißem Wasser und Asche oder geriebener Holzkohle geschieht. Diesen grauen Brei streicht sie ihrem Geliebten auch in den blonden Bart, bevor sie ihn mit seinem Dolch rasiert.

Gegen seinen schlechten Atem, vor allem wenn er mit seinen Kumpanen gezecht hat, läßt sie ihn mit einem Gebräu aus Fenchel oder Kümmel gurgeln; notfalls tut es auch eine Mischung aus Essig, Kapern und Majoran, und wenn sein Zahnfleisch blutet, reibt sie es mit einem Extrakt aus Rettich ein. Die juckenden Ekzeme zwischen seinen Zehen behandelt sie mit dem Urin von Kamelen. Der stinkt zwar widerlich, aber das tun die Füße auch. Ihr Geliebter fügt sich zwar nur murrend, aber er wehrt sich auch nicht.

Die junge Frau in ihrem Arm beginnt wieder zu weinen. Drei Monate lang hat sie verzweifelt gehofft, daß alles nur ein Irrtum ist. Aber nachdem ihre Blutung zum drittenmal ausgeblieben ist, kann es an ihrer Schwangerschaft keinerlei Zweifel mehr geben. Hat sie sich vorgesehen? Natürlich nicht. Niemand hat ihr gesagt, wie man es verhindert, schwanger zu werden. Halbwegs sicher wenigstens.

Duna selber hat sich nie zu schützen brauchen. Natürlich war sie als Jungfrau in die Ehe gegangen, damals in ihrem Dorf. Sonst hätte ihr Mann sie ihrem Vater zurückgegeben, und der hätte seine Tochter im Moor ertränkt. Sie hatte sich auf ein Kind gefreut, aber sie war erst wenige Monate verheiratet gewesen, als man sie raubte. Erst später, im Frauenhaus, hat sie einiges gelernt. Zum Beispiel, daß Kinder entstehen, wenn der Mann sich in die Frau ergießt und sein Samen sich mit dem der Frau verbindet. Wenn also die Frau kein Kind will, gibt es nur zwei Möglichkeiten: verhindern, daß der Samen des Mannes sich mit dem ihren verbindet, oder den Samen des Mannes vorher abtöten.

Den Samen des Mannes unfruchtbar zu machen aber ist schwierig. Angeblich gibt es wirksame Gewürze, Kerbel zum Beispiel, aus denen man einen Sud kocht, den die Frau unmittelbar nach dem Geschlechtsakt trinken muß. Duna glaubt indes nicht, daß so ein Getränk den Samen des Mannes tief unten in ihrem Bauch abtöten kann. Kleine Schwämmchen, in Essig getaucht und in die Scheide eingeführt, versprechen schon mehr Erfolg. Völlig ungefährlich ist der Beischlaf während der Monatsblutung, aber der ist sowohl den Muselmanen als auch den Christen streng verboten.

Den Christen ist allem Anschein nach so ziemlich alles verboten. Das wenigstens hat ihr Geliebter gesagt; er würde – beispielsweise – sein Leben riskieren, wenn er ihr gestatten würde, beim Akt auf ihm zu reiten. Die Frau versteht nicht, was daran strafbar sein soll. Auch darf er sie nicht von hinten nehmen und schon gar nicht aus ihr herausgleiten, bevor es ihm kommt. Das sei eine Todsünde, hat er ihr versichert.

Was immer das sein mag.

Die sicherste Methode, auch das weiß sie von den Mädchen im Frauenhaus, besteht darin, daß sich der Mann nicht in die Scheide, sondern in den Darm ergießt. Alle Araber machen das angeblich, wenn sie keine Kinder haben wollen. Duna hat es einmal versucht, als ihr Geliebter ziemlich betrunken war. In nüchternem Zustand hätte er sich kaum getraut. Auch dafür nämlich kommt ein Christ in die Hölle. Aber sie hat es als sehr schmerzhaft empfunden, und so ist es bei diesem einen Mal geblieben.

Von alldem weiß die Kleine nichts, die noch immer herzzerreißend schluchzt. Nicht allein, daß sie schwanger ist. Ihr Geliebter hat ihr nicht nur ein Kind gemacht, sondern ist auch noch unvorsichtig genug gewesen, sich bei einem Erkundungsritt zu weit von seinem Trupp zu entfernen. Plötzlich war er auf umherstreifende Seldschuken gestoßen und mitten in eine

Wolke von Pfeilen hineingeritten. Seine Kameraden, die den Schwerverletzten geborgen hatten, berichteten später, sein Pferd habe einem Igel geglichen, und er könne von großem Glück sagen, daß er lediglich zweimal getroffen worden sei. Ein Pfeil hatte sich in seine linke Schulter gebohrt, der andere in seinen Unterschenkel. Jedenfalls liegt er jetzt drüben im Lazarettzelt, und niemand weiß, ob er mit dem Leben davonkommt.

Dabei habe er sie mit nach Frankreich nehmen wollen, jammert das Mädchen. Ohne ihn sei sie doch ein Nichts, da brauche sie doch gar nicht erst bei seiner Familie anzuklopfen. Als ob die ein armes Bauernmädchen akzeptieren würden, mit einem Balg, das von einem Tafuren stammen könnte. Oder von einem Mönch. Vielleicht sogar von einem Heiden! Und sie wisse ja nicht einmal, wie ihr Ritter richtig heiße, und wo er denn zu Hause sei. Danach hätte sie vielleicht vorher fragen sollen, denkt die Frau, gesteht sich aber sofort ein, daß sie selber von ihrem Geliebten auch nicht viel mehr weiß.

Haben Raubtiere überhaupt ein Zuhause?

Duna redet beruhigend auf das jammernde Kind in ihren Armen ein, das sich aber durch nichts trösten läßt. Was kein Wunder ist. Mehr als Phrasen kommen der Frau nicht über die Lippen. *Es wird schon alles gut,* sagt sie, ohne daran zu glauben. *Meist scheint es viel schlimmer, als es in Wirklichkeit ist. In einer Woche wird alles anders aussehen. Er wird schon wieder gesund. Es ist doch bisher immer alles gutgegangen. Seine Verletzungen sind bestimmt gar nicht so schwer.*

Morgen wird sie mit dem Mädchen zu ihm gehen. Noch lebt er ja.

Am nächsten Morgen lebt er tatsächlich noch, zwei Wochen später aber liegt er im Sterben. Jeden Tag sind die Frau und das Mädchen zu ihm gegangen. In dem großen Zelt, wo nur die Schwerverletzten aufgenommen werden, hocken sie stundenlang neben seinem schmutzigen Strohsack. Mönche schlurfen müde hin und her, und zuweilen heben sie einen der Männer auf ein Brett und tragen ihn zu einem gesonderten Platz, um ihm einen Arm oder ein Bein abzusägen.

Wenn der Verwundete Glück hat, gibt es ausreichend Opium und Haschisch, exotische Drogen, die mit Wolfsmilch und Mandragorawurzeln oder Bilsenkraut vermischt und auf ein Tuch getröpfelt werden, das man dem Patienten auf das Gesicht legt, bis er in tiefe Ohnmacht versinkt. In der Regel jedoch herrscht angesichts der Vielzahl von Verwundeten großer Mangel an diesen Drogen, so daß ohne Betäubung gesägt werden muß und der Patient so lange schreit, bis er irgendwann ohnmächtig wird.

Der Lederriemen, mit dem das Glied oberhalb der Amputationsstelle abgebunden wird, muß spätestens nach einigen Stunden wieder abgenommen werden. Häufig setzt dann erneut eine heftige Blutung ein, die in den meisten Fällen nur durch das Ausbrennen mit Hilfe eines rotglühenden Messers gestillt werden kann. Dann schreit sich der Patient erneut in die Ohnmacht. Es riecht nach verbranntem Fleisch, nach bitteren Arzneien und den Ausscheidungen der Todkranken, die zu beseitigen kaum jemand Zeit hat.

Das Mädchen hockt teilnahmslos am Strohsack seines sterbenden Geliebten. Das Bein hat man ihm schon abgenommen, weil es brandig geworden ist. Auch seine Schulter hat sich schwarz verfärbt. Sein Gesicht ist wächsern, sein Atem kaum noch wahrnehmbar. Das Mädchen spürt nicht mehr den schwachen Druck seiner Hand, mit dem der junge Mann sie und diese Welt verläßt. Sie läßt sich willenlos wegführen und folgt der Frau, die einen Entschluß gefaßt hat.

Seit Tagen schon flößt Duna dem Mädchen ein angeblich absolut zuverlässiges Gebräu aus Sade und Raute ein. Es hat nichts bewirkt. Wahrscheinlich hätte man es früher nehmen müssen. Wenn denn abgetrieben werden soll, dann muß es schnell geschehen. Es ist ohnehin fast schon zu spät. Die beiden Männer im Zelt dürfen nichts davon ahnen. Niemand darf etwas wissen.

Sie haben gewartet, bis die Ritter sich frühmorgens auf einen Erkundungsritt begeben haben. Dann geht alles sehr schnell. Das Mädchen legt sich auf den Rücken und hebt die gespreizten Beine an, so weit es geht. Die Frau hat die eiserne Spitze eines Pfeils in kochendem Wasser gesäubert und führt sie langsam ein. Das Mädchen windet sich vor Schmerzen. Vorsichtig stochert die Frau in ihrem Unterleib herum. So ähnlich muß es gehen, hat sie gehört. Die Pfeilspitze stößt auf Widerstand. Die Frau verstärkt den Druck. Das Mädchen schreit gellend auf, und die Frau zieht erschrocken den Pfeil heraus. Blut sickert nach.

Das Mädchen beginnt stärker zu bluten. Verzweifelt zerreißt Duna ihr Hemd in schmale Streifen und stopft sie der Schwangeren in die Scheide. Der Stoff färbt sich sofort tiefrot. Das Mädchen hat sich auf die Seite gerollt und krümmt sich vor Schmerzen. Irgend etwas ist nicht so gelaufen, wie die Frau es sich vorgestellt hat. In regelmäßigen Abständen wechselt sie die Stoffstreifen aus. Aber das Blut ist nicht zu stoppen. Bei Sonnenuntergang stirbt die Kleine.

Wenig später kommen die Ritter nach Hause und schauen fragend auf die in eine Decke gehüllte Gestalt auf dem Boden. *Sie ist tot,* sagt die Frau. *Einfach tot umgefallen.* Die Ritter zucken mit den Schultern. Da gibt es nichts zu fragen. Es wird viel gestorben in diesen Wochen.

Am Abend tragen die Männer das Mädchen zum Sammelplatz und werfen es in die dafür vorgesehene große Grube, die erst am Morgen neu ausgehoben worden ist. Etliche Leichen bedecken bereits den Boden. Man hat sie mit einer dünnen Schicht Kalk bestreut. Ein Mönch schlägt ein Kreuz über das tote Mädchen.

Requiescat in pace.

Der Verrat

Die Eroberung der Stadt
Juni 1098

Enttäuscht klappt Yussuf das schwere Buch mit dem kunstvoll verzierten Einband und den schon leicht abgegriffenen Seiten, das er sich aus der öffentlichen Bibliothek hat kommen lassen, zu und legt es zurück auf den kleinen, mit Intarsien verzierten Tisch neben dem Diwan. Natürlich kann sich die Bücherei von Antiochia nicht mit der von Bagdad messen, und sie hält auch keinem Vergleich mit den Bibliotheken in Damaskus und Alexandria, in Kairo und Córdoba stand. Es fehlt zwar nicht an langatmigen Auslegungen des Korans, und es finden sich auch genügend Reisebeschreibungen aus dem Süden der Arabischen Halbinsel, blumenreiche Erzählungen und sogar die weitaus meisten Hauptwerke der griechischen Klassiker, aber Gespräche des Sokrates mit seinen Schülern reizen den Eunuchen im Augenblick weniger. Nur ein einziges Buch über Jerusalem und seine Geschichte hat er gefunden, und das scheint ihm zu allem Überfluß erheblich mehr Dichtung als Wahrheit zu enthalten.

Interessieren würde ihn vor allem die inzwischen über vierhundert Jahre alte Al-Aqsa-Moschee und der nicht viel jüngere Felsendom. Von dem Platz, auf dem einst der Tempel der Juden gestanden hat, ist – wie jeder Gläubige weiß – der Prophet auf geheimnisvolle Weise in den Himmel aufgestiegen. In der siebzehnten Sure ist nachzulesen, wie Allah seinen Diener zum weit entfernten Ort der Anbetung geführt hat. Der nahe Ort der Anbetung, so hatte es der Eunuch in der Medresse gelernt, ist Mekka; der entfernte dagegen Jerusalem. Nichts anderes bedeutet ja auch der Name der Al-Aqsa-Moschee.

Aber nicht von Beginn an hat Mekka seinen bevorzugten Rang besessen. Ursprünglich hatte der Prophet den Gläubigen befohlen, sich während des Gebets in Richtung Jerusalem zu verneigen, denn hierhin hatte ihn auf Allahs Befehl sein Pferd Al-Burak (was soviel bedeutet wie »der Blitz«) in nur einer Nacht getragen, und Mohammed hatte das Tier an der sogenannten Klagemauer angebunden, dem einzig verbliebenen Rest des alten jüdischen Tempels.

Seitdem Yussuf während seiner Studien in der Medresse von diesen wunderbaren Dingen gehört hat und von all den Verkündern der größten Weisheit, die hier die Herrlichkeit des Wahrhaftigen priesen, hat er sich nie etwas sehnlicher gewünscht, als irgendwann einmal in seinem Leben an diesen heiligen Stätten zu beten. Andererseits: Wenn die Christen vor ihm in Jerusalem eintreffen und die Heilige Stadt erobern sollten, wird es wohl bei dem frommen Wunsch bleiben. Niemals werden die Franken es einem Gläubigen gestatten, dort oben seinen Gebetsteppich auszubreiten.

Der Eunuch lehnt sich zurück in die parfümierten Kissen und schließt die Augen. Es ist heiß in Antiochia, wenn die Sonne zur Mittagsstunde fast senkrecht am Himmel steht. Kein Luftzug raschelt in den Zweigen vor dem Fenster. Sogar die Finken, die sonst den ganzen Tag über in ihrem Käfig herumtollen, hocken müde auf ihren Stangen. Eine junge Sklavin trippelt herein, stellt ein Schälchen heißen Tee auf das Tischchen neben seinem Lager und huscht lautlos wieder hinaus.

Und was wäre, wenn er es – wie auch immer – schaffen würde, noch vor den Christen in Jerusalem anzukommen?

Unmöglich. Antiochia ist eingekreist. Selbst wenn es ihm gelingen würde zu desertieren, würden die Franken ihn fangen und köpfen. Wenn er Glück hätte. Vielleicht würden sie Schlimmeres mit ihm anstellen. Aber der Gedanke setzt sich fest. Vor den Franken in Jerusalem ankommen!

Aufgeregt läuft er im Zimmer auf und ab. Es muß einen Weg geben. Irgendeine Möglichkeit, die so abartig ist, daß sich sein Gehirn weigert, sich auch nur im entferntesten mit ihr zu beschäftigen. Er zwingt sich, langsam zu atmen. Man muß nur logisch denken. Hat man ihm das nicht beigebracht in der Medresse? Vor einem Spiegel bleibt er stehen und starrt in das schmale Gesicht mit den kurzen schwarzgelockten Haaren, das ihm daraus entgegenschaut.

Laß dir was einfallen, alter Freund!

Die kleine Sklavin hat ihm das Badewasser eingelassen und nicht mit duftenden Ölen gespart. Sie ist nackt und fast noch ein Kind. Seine Verstümmelung hat sie nicht erschreckt, als er sie in seinen Dienst nahm. Junge Mädchen in diesem Alter haben noch nie einen erwachsenen Mann nackt gesehen, allenfalls ihr Brüderchen. Vielleicht glaubt das Mädchen sogar, daß das Schwänzchen kleiner Jungen im Lauf der Jahre verschwindet.

Der Eunuch lächelt bei dieser Vorstellung. Sie ist niedlich mit ihrem kleinen Hintern und den Andeutungen von Brüsten. Erregen kann sie ihn nicht. Er mag üppige Frauen. Aber jetzt ist nicht die Zeit, an die Düfte des Harems zu denken oder an den Hintern der Dritten Frau. Er will nach Jerusalem.

Es läßt sich gut nachdenken im lauwarmen Wasser einer grauweiß gesprenkelten Marmorwanne, wenn ein kleines Mädchen auf ein Fingerschnippen hin kühles Wasser und saftige Feigen bringt. Der Palast ist der einzige Ort in der Stadt, wo noch kein Mangel herrscht. Das allerdings ist lediglich eine Frage von ein paar Tagen. Zwar sind die großen Zisternen gut gefüllt, aber niemand hat Lebensmittel gehortet, schon gar keine Luxusartikel. Dazu hatte offensichtlich keine Notwendigkeit bestanden.

Monate hindurch war es den Franken nicht gelungen, die Stadt vollständig einzukreisen. Ungehindert zogen Karawanen durch das Georgs-Tor und das große Tor an der Brücke in die Stadt und versorgten die Gläubigen nicht nur mit Mehl und Milch, mit Gemüse, Fleisch und Obst, sondern auch mit Waffen und Pferden, mit Pech, Pfeilen und allem anderen Material, das zur Verteidigung der Mauern benötigt wurde.

Wichtiger noch: Auch Spione gingen ein und aus. Viele Syrer waren durchaus der Meinung, daß es sich unter der Herrschaft der Gläubigen besser leben ließe als unter dem Joch der Griechen (was man sattsam kannte) oder dem der Franken (was auch nicht besser zu sein versprach). Da sie sich weder in Kleidung noch Sprache von anderen Christen unterschieden, sammelten sie nahezu ungehindert wertvolle Informationen für den Statthalter, der auf diese Weise ausgezeichnet über alle Vorgänge im Lager der Ungläubigen informiert war und sich seinen Kundschaftern gegenüber entsprechend großzügig erwies.

Yussuf wußte, daß der Herzog von Tarent offen mit Abreise gedroht hatte, wenn man ihm Antiochia nicht als Beute zugestehen würde. Natürlich erst nach der Eroberung der Stadt, was für den Normannen jedoch nicht das eigentliche Problem zu sein schien. Wieso eigentlich nicht? Der Statthalter hatte diese merkwürdige Tatsache damals anscheinend übersehen. Der Eunuch nicht. Aber erst jetzt erinnert er sich wieder daran.

Er schließt die Augen. Wenn Bohemund fest davon überzeugt ist, daß die Stadt fallen wird, obwohl ihre Mauern unüberwindlich sind, muß er etwas in der Hand haben, von dem sonst keiner etwas weiß; niemand in der Stadt und niemand im Lager der Franken.

Der Eunuch versucht, sich an weitere Einzelheiten zu erinnern, die dem Statthalter zugetragen worden waren: Die fränkischen Fürsten – hatten die Spione berichtet – zierten sich eine Zeitlang. Immerhin hatten sie in Konstantinopel geschworen, alles eroberte Gebiet dem Kaiser zurückzugeben. Bohemund dagegen verwies auf die Tatsache, daß Alexios ihnen bislang keinerlei Unterstützung habe zukommen lassen, und wenn der Kaiser sich nicht an das Abkommen halte, dann brauchten auch sie es nicht. Die Fürsten zauderten noch eine Weile, aber schließlich stimmten sie zu, die Stadt Bohemund zu überlassen, wenn es ihm denn tatsächlich gelingen sollte, sie zu erobern.

Ein paar Tage später brach das Spionagenetz des Statthalters mit einem Schlag zusammen. Die letzten Späher, die sich abends in die Mauern retteten, wußten Schreckliches zu berichten. Bohemund hatte etliche Gefangene hinrichten und ihre Köpfe, wie es allgemeiner Brauch war, mit Katapulten in die Stadt schießen lassen. Es ist schon demoralisierend genug, wenn Köpfe vom Himmel fallen und mit einem schrecklichen Geräusch auf Straßen und Dächern zerplatzen. Doch damit nicht genug: Die kopflosen Leichen ließ Bohemund zu den Schlachtern und Fleischern bringen. Die nun weideten auf seinen Befehl hin die Körper der Toten aus, steckten sie auf Spieße und rösteten sie über großen Feuern, die sie direkt unterhalb der Stadtmauern entfacht hatten.

Bei diesen Unglückseligen, ließ Bohemund zu den Zinnen hinaufrufen, handele es sich um gefangene Spione, und die Ritter würden sich an ihnen gütlich tun, denn in allgemeinen Zeiten des Mangels sei es die reine Verschwendung, wenn man das Fleisch von gesunden jungen Männern den Raben überlasse. In Zukunft müsse jeder Späher mit einem ähnlichen Schicksal rechnen.

Yussuf erinnert sich mit Schaudern an den gräßlichen Gestank, der von den gerösteten Leichen aufstieg, doch im Gegensatz zu den Soldaten auf den Wehrgängen und den vor Entsetzen schlotternden Syrern gehörte er zu den ganz wenigen in der Stadt, die das widerliche Spektakel für einen Bluff hielten. Kein Christ würde Menschenfleisch essen, aber die meisten Verteidiger von Antiochia waren vom Kannibalismus der Franken fest überzeugt, und das wiederum hatte Bohemund vorhergesehen.

Der Eunuch verzieht das Gesicht. Auf diesen Normannen wird man besonders achten müssen.

Unglückseligerweise war dies nicht die einzige Schlappe für die belagerte Stadt. In kürzester Zeit errichteten die Franken zwei Kastelle; eines an der Brücke und ein weiteres im Westen der Stadt. Damit war Antiochia endgültig von allen Lieferungen abgeschnürt. Händler, die jetzt noch eintrafen, wurden von den Franken abgefangen und durften von Glück sagen, wenn die ihnen ihre Waren bezahlten und sie nicht einfach beschlagnahmten. Antiochia scheint dem Untergang geweiht.

Oder auch nicht.

Der Eunuch kaut gedankenverloren auf einer Dattel. Eine Hoffnung schließlich bleibt noch: Kerbogha, der Emir von Mossul, hat ein starkes Heer gesammelt und ist entschlossen, Antiochia zu befreien. Trifft er rechtzeitig ein, wird das Heer der Franken vermutlich zwischen ihm und der Besatzung der Stadt aufgerieben. Der Herr von Mossul indes hat sich Zeit gelassen und geglaubt, zuerst einmal Edessa erobern zu müssen, das von einer verhältnismäßig kleinen fränkischen Gruppe besetzt ist. Aber wen darf Edessa interessieren, wenn Antiochia zu fallen droht!

Inzwischen hat der Emir den Ernst der Lage erkannt und die Belagerung Edessas abgebrochen. Langsam rückt er auf Antiochia vor. Zu langsam, wie es scheint, aber noch ist die Besatzung nicht verhungert, und noch halten die mächtigen Mauern. Einen Sturmangriff hält der Eunuch zudem für unwahrscheinlich. So töricht werden die Franken kaum sein. Was also soll schon passieren, bevor Kerbogha eintrifft!

Eben nichts. Vielleicht geht ja doch alles gut. Wenigstens was Antiochia angeht. Yussuf nimmt noch eine Dattel von dem kleinen Silbertablett, das ihm die kindliche Sklavin reicht. Ihm jedoch kann Kerbogha auf keinen Fall helfen. Wenn nämlich die Christen aus Angst vor dem anrückenden Entsatzheer die Belagerung aufheben und direkt nach Jerusalem weiterziehen sollten, ist seine Chance, vor ihnen in der Heiligen Stadt anzukommen, gleich Null. Die Franken werden dort alles zerstören, was an den Propheten erinnert. Zuerst die Al-Aqsa-Moschee und dann den Felsendom. Sie werden die heiligen Stätten dem Erdboden gleichmachen, und sein Traum wird sich nicht erfüllen. Niemals wird er dort beten dürfen, wo der Prophet mit Abraham, Moses und Jesus gebetet hat, die seinetwegen aus dem Paradies zur Erde herabgestiegen waren.

Doch halt: Die Christen werden ja überhaupt nicht abziehen. Bohemund weiß anscheinend, daß die Stadt fallen wird, und sie muß sofort fallen, denn Kerbogha rückt an. Also doch Verrat! Und Bohemund kennt den Verräter. Yussuf kennt ihn zwar nicht, aber er weiß immerhin jemanden, dem er es zutrauen würde, mit dem Normannen unter einer Decke zu stecken. Er wird Freund Firuz besuchen, den armenischen Hauptmann, der sich raffiniert vorgekommen war, als er sich vor einem Jahr zum wahren Glauben bekannte.

Allah macht es den Ungläubigen leicht. Zu leicht wohl, denn wer würde nicht gerne sein bißchen Vorhaut verlieren, wenn es ihm denn wirklich zum Vorteil gereicht. *Allah ist groß, und Mohammed ist sein Prophet!* Mehr braucht ein Christ nicht zu sagen, dann die kleine Operation, und schon ist er zum Rechtgläubigen geworden. Aber irgendwann werden die Heuchler in der untersten Hölle schmoren, und niemand wird ihnen die Hand zur Hilfe reichen. So steht es geschrieben.

Der Eunuch nimmt das rote Badetuch, das ihm das Mädchen reicht. Sorgfältig kleidet er sich an. Schwarze Seidenhosen mit silbernen Borten, darüber eine nachtblaue Jacke, ebenfalls silbern bestickt. Dazu den blauen Turban aus Damaskus mit dem großen Glasstein, der wie ein wirklicher Edelstein funkelt; die großen, schwarzen Schnabelschuhe, den purpurroten Gürtel und den breiten Säbel. Er wirkt wie ein Hinrichtungsschwert, denkt der Eunuch.

Er soll auch so wirken.

Zwei junge Männer der Palastwache begleiten ihn. Sie kommen aus Zentralafrika, und entsprechend schwarz ist ihre Haut. Die beiden tragen wirkliche Richtschwerter und sonst fast nichts. Sie sehen aus wie Todesengel.

Auch das ist beabsichtigt.

Firuz wohnt in einem eher bescheidenen Haus dicht unterhalb der Zitadelle. Sie schieben den krummrückigen Sklaven beiseite, der ihnen die Tür zum Haus des Hauptmanns geöffnet hat, und dringen geräuschlos in die Privaträume auf der rückwärtigen Seite des Innenhofs ein. Firuz, ein grobschlächtiger Mann mit schwarzem Bart und fast kahlem Kopf, erhebt sich schwerfällig von einem mit runden Kissen bedeckten Lager und fragt mit schwerer Zunge, was ihm die Ehre verschaffe.

Der Eunuch stößt ihn vor die Brust, und Firuz taumelt zurück in die Kissen. Es spricht sich leichter mit einem Mann, der am Boden ist, denkt Yussuf. Mit einer flüchtigen Handbewegung bedeutet er den beiden Afrikanern, den Raum zu verlassen und vor der Tür Aufstellung zu nehmen. Firuz scheint nicht sonderlich gefährlich, und Zeugen braucht der Eunuch ohnehin nicht.

Ein paar Sekunden lang sieht er stumm auf den Mann zwischen den Kissen hinab. Längst weiß man in der Stadt, daß der Eunuch zum Günstling des Statthalters aufgestiegen ist, und auch Hauptmann Firuz ist sich bewußt, daß die Anwesenheit dieses Herrn in diesem Haus Todesgefahr bedeutet. Die Fragen kommen leise und präzise. Wie lange der Armenier sich schon mit dem Gedanken beschäftige, Verrat zu begehen. Wer sein Verhandlungspartner auf der anderen Seite sei. Was man ihm dafür versprochen habe. Wie genau es geschehen solle, und vor allem wann?

Firuz leugnet. Natürlich. Wer würde nicht leugnen?

Yussuf erzählt ihm von einer großen, eisernen Pfanne in den Gewölben unterhalb des Palastes, *die so groß ist wie dieses Zimmer hier. Und aus der Mitte dieser Pfanne wächst eine Säule, an deren Schaft eine lange Kette angebracht ist. Ihr anderes Ende bindet man um den*

Knöchel von Verdächtigen. Wenn man unter dieser Pfanne nun ein Feuer aus Buchenscheiten anzündet, wird sie erst warm, später heiß und zum Schluß rotglühend. Meist gestehen die Delinquenten bereits, wenn sich die Pfanne erst langsam erwärmt. Irgendwann jedoch ist es zu spät. Dann hüpfen sie auf nackten Sohlen in der Pfanne herum, und wenn das Fleisch zu stinken beginnt und die Sohlen zu brennen, stürzen sie auf den glühenden Boden, springen jedoch sofort wieder auf, weil die Schmerzen unvorstellbar sind. Aber auf den brennenden Füßen können sie nicht mehr stehen, und so fallen sie auf den Bauch, der sofort zu schmelzen beginnt…

Der Eunuch hält inne, weil Firuz dabei ist, sich in die schönen Kissen aus Isfahan zu übergeben, und es dauert eine Weile, bis der Hauptmann sich wieder etwas gefaßt hat.

Danach ist er wesentlich gesprächiger.

Der Verstümmelte hört schweigend zu. Er muß ja nicht alles glauben, was dieser Armenier von der Ungerechtigkeit des Statthalters zum einen und von seiner Ehefrau, dem Flittchen, zum anderen erzählt. Er weiß jetzt, und das allein ist wichtig, daß Bohemund dahintersteckt. Immer Bohemund, für den er inzwischen eine widerwillige Bewunderung empfindet. Der Herzog von Tarent hat die schwache Stelle im Verteidigungsring der Stadt gefunden und lockt Firuz seit Monaten mit allen möglichen Versprechungen.

Bis heute hat der Armenier allen Bestechungsversuchen widerstanden. Nicht aus Treue (wem auch hätte er jemals Treue geschworen?). Nur aus Berechnung. Es ist nun einmal seine Art, sich an den Meistbietenden zu verkaufen. Der Eunuch kann ihm nicht viel versprechen. Jedenfalls viel weniger als der Normanne. Aber er kann ihm die Pfanne ersparen. Diese entsetzliche, glühende Pfanne.

Und was zählt mehr in solchen Augenblicken?

Der Turm der Kirche des heiligen Paulus wirft lange Schatten, als sich Yussuf der kleinen Pforte in der Ostmauer nähert. Ein pflichtbewußter Soldat hält ihn an und führt ihn nach einigem Zögern auf einen Turm, wo sie den Kommandanten dieses Mauerabschnitts treffen. Der Offizier kennt den Eunuchen zwar nicht, aber dessen Kleidung allein weist ihn als einen der Mächtigen aus dem Palast aus. Letzte Zweifel beseitigt ein kostbarer Ring mit dem tief eingeschnittenen Halbmond, den der Unbekannte vorweist.

Nach seinem Besuch bei Firuz war der Eunuch noch einmal zum Palast hochgestiegen. Er hatte jetzt keine Eile mehr. Es war Nachmittag, und er wollte ohnehin die Dunkelheit abwarten. Eine frische Brise war aufgekommen und brachte etwas kühlere Luft vom Orontes hoch. Der Statthalter lag auf einer versilberten Ottomane am hinteren Teich. Er schien mit offenem Mund zu schlafen, Speichel lief über sein Hemd, und sein Gesicht war unnatürlich gerötet. Der Eunuch trat näher heran und schob ein Augenlid hoch. Die Pupille war riesig. Natürlich. Er griff nach dem schlaffen Handgelenk. Wie erwartet: Der Puls raste.

An dem Mundstück der Wasserpfeife, das neben die Liege gefallen war, brauchte er nicht mehr zu riechen. Der Statthalter hatte sich einmal mehr so mit Drogen vollgepumpt, daß er in den nächsten Stunden schwerlich zur Besinnung kommen würde. Yussuf kam das entgegen. Ohne sonderliche Mühe zog er dem Bewußtlosen den schweren Ring vom Finger. Er würde vorerst nicht vermißt werden.

Eine kleine Pfeife Haschisch rauchte auch er zuweilen. Ein Rausch, den der Prophet durchaus gestattet. Der Statthalter indes hatte sich seit der Belagerung angewöhnt, zusätzlich Drogen aus Bilsenkraut und Mohn zu nehmen, eine gefährliche Mischung, die nicht nur auf Disziplinlosigkeit schließen ließ, sondern auch auf Angst hindeutete, wenn nicht auf Panik.

Einen Augenblick lang ist der Eunuch versucht, die Gelegenheit zu nutzen, sich von der Dritten Frau zu verabschieden. Er wird sie vermissen. Ihre schweren Brüste und ihren festen Hintern, das rötliche Haar zwischen ihren Beinen und die kleinen Seufzer, die sie ausstößt, wenn es ihr kommt. Doch es gibt noch mehr solche Weiber und in allen Städten Frauenhäuser, wo ein gebildeter Verschnittener wie er begehrt ist. Vorerst allerdings wartet anderes auf ihn. Er will zum Felsendom. Aber zunächst einmal muß Antiochia fallen.

Nur so hat er zumindest die Chance, wenigstens zeitgleich mit den Christen in Jerusalem anzukommen.

Yussuf schreckt aus seinen Gedanken hoch und betrachtet das Schauspiel, das sich ihm bietet. Der Offizier zeigt ihm das weiße Prunkzelt des Normannenherzogs. Weiter links ist auch das von Tankred zu erkennen, dem Neffen des Herzogs; dazwischen unzählige andere Zelte, Karren, Pferdekoppeln und Lagerfeuer. Der Anblick ist nicht neu für den Eunuchen, der schon häufiger auf den Mauern gestanden hat, aber faszinierend findet er ihn immer wieder.

Eine Stunde später ist die Sonne untergegangen. Der Offizier läßt ihn aus der Stadt, und im letzten Licht des Tages geht der Eunuch auf das weiße Zelt zu, über dem sich das Banner Bohemunds müde im schwachen Wind bewegt. Sehr weit kommt er nicht. Zwei Reiter nähern sich ihm, werfen ihm eine Schlinge um den Hals und ziehen ihn grob mit sich. Er muß laufen, um nicht zu Tode geschleift zu werden. Irgendwann kommt er keuchend zum Stehen. Man fesselt ihm die Hände auf den Rücken und stößt ihn neben einem Feuer zu Boden. Ein Spaßvogel ruft herüber, man solle ihn gleich den Schlachtern zum Grillen bringen. Ein anderer meint, er sei anscheinend aus reichem Hause, und man solle ihn lieber an Ort und Stelle ausweiden, weil ja bekannt sei, daß viele Deserteure ihre Juwelen verschlucken.

Als der Eunuch wieder halbwegs normal atmen kann, ruft er laut in der Sprache der Franken, daß er eine Botschaft für Bohemund habe. *Bohemund! Botschaft für Bohemund!* Viel Erfolg hat er damit nicht. Die Entdeckung des wertvollen Rings an seiner Hand löst eine wüste Prügelei unter den Soldaten aus, die erst durch das Erscheinen eines ungewöhnlich großen Mannes beendet wird. Sofort herrscht Stille. Der Hüne läßt sich den Ring zeigen und fragt nach dem Besitzer. Da zerren sie den Eunuchen auf die Füße, und wenig später steht er im Zelt des Normannenherzogs.

Bohemund hört ihm mit unbewegtem Gesicht zu. Er ist einen ganzen Kopf größer als der Eunuch. Seine Augen sind hellblau, die Haare kurz geschnitten und blond, sein Kinn ist rasiert, sein Brustkorb mächtig, sein Nacken muskulös. Der Eunuch überbringt mit seiner hohen und gleichwohl melodischen Stimme die Botschaft, die angeblich von Firuz kommt, in Wirklichkeit jedoch von ihm selber formuliert worden ist.

Am folgenden Tag solle die Hauptstreitmacht des Heeres nach Osten aufbrechen, als wolle man Kerbogha entgegenziehen und ihm den Weg nach Antiochia verlegen. Das werde die Aufmerksamkeit in der Stadt erheblich vermindern. In der Nacht jedoch solle das Heer zurückkehren, denn in den frühen Morgenstunden werde Firuz den Mauerabschnitt, den er und seine Leute zu bewachen haben, den Christen überlassen.

Bohemund sieht den Eunuchen nachdenklich an. Er hat keinen Grund, diesem Kastraten zu trauen. Andererseits bleibt ihm keine Wahl. Er hat nur Firuz, und wenn der ihn verraten sollte, ist ohnehin alles verloren. Er kneift die blauen Augen zusammen. Er wird die anderen Fürsten einweihen müssen, denn niemand darf zurückbleiben. Und übermorgen wird die Stadt ihm gehören. Dann endlich hat auch er sein Fürstentum, um das ihn der Vater gebracht hat, als er sich ein neues Weib nahm.

Er sagt dem Eunuchen, daß er ihn als ersten die Leiter hochklettern lasse, für den Fall, daß Verrat im Spiel sei. Yussuf erwidert den Blick furchtlos. Bohemund ist beruhigt. Das mit der Leiter war nur ein Test. Was soll er mit einem Verstümmelten mitten im Kampfgewühl?

Die Männer sind todmüde. Einen ganzen Tag und eine halbe Nacht sind sie marschiert. Zuerst nach Osten. Nicht gerade mit

Begeisterung, denn von dort rückt – wie inzwischen jeder weiß – der mächtige Kerbogha an. Man muß ihn weit vor der Stadt stellen, haben die Offiziere gesagt, damit man nicht zwischen zwei Fronten gerät. Offensichtlich kannten auch sie nicht die wahren Gründe. Am späten Nachmittag kam dann das Kommando zur Umkehr. Im weiten Bogen marschierten sie zurück. Erst kurz vor Tagesanbruch langten sie wieder vor der Stadt an. Jetzt lagern sie tausend Schritt von den Mauern entfernt. Keine Fackel darf entzündet, kein Feuer entfacht werden. Nur Schlafen ist gestattet. Zumindest eine Stunde lang.

Die Fürsten haben sich während des Marsches geeinigt, daß das Risiko gemeinsam getragen werden soll. Sechzig Ritter sind ausgewählt worden, Normannen und Flamen, Provençalen und Nordfranzosen. Fulk von Chartres soll sie führen, und diese sechzig Männer tasten sich jetzt lautlos über die Wiesen westlich der Stadt auf den Turm der Zwei Schwestern zu. Beim ersten Strahl der Sonne soll eine Fackel aus der kleinen Luke unter dem Zinnenkranz gehalten werden. Das ist das Signal. Dann wird ein Seil herabgelassen, an das die Ritter eine geflochtene Leiter mit hölzernen Sprossen binden, die hinaufgezogen und an der Mauerkrone befestigt wird. Um mit allen Waffen an einer solchen Leiter zwanzig Meter hoch zu steigen, braucht es nicht nur Kraft und Geschick, sondern auch Schwindelfreiheit. Und vor allem Mut.

Angeblich hat der Verräter Bohemund seinen eigenen Sohn als Geisel gelassen, aber was besagt das schon? Es gibt viele ungeliebte Söhne. Und wenn das Ganze inzwischen aufgeflogen ist? Vielleicht ist Firuz schon verhaftet und hat unter der Folter das verabredete Zeichen verraten. Dann werden die Seldschuken eine Fackel hinaushalten, und die Ritter werden einer nach dem anderen von der Mauer gepflückt, ohne daß die Nachfolgenden etwas merken.

Natürlich haben die Fürsten nicht gerade Feiglinge abkommandiert. Haudegen sind sie allesamt, jung noch zumeist, und die natürliche Vorsicht des erfahrenen Kämpfers ist ihnen fremd. Heute wartet Ruhm im Überfluß, und die Männer haben Müdigkeit und Durst vergessen. Der Himmel selber steht ihnen bei und hat es gefügt, daß Neumond ist. Die Nacht ist rabenschwarz und hat ihr Vordringen bis dicht unter die Mauer geschützt.

Gott will es!

Fulk blinzelt ungeduldig nach oben. Man hört Schritte von Männern, die anscheinend oben auf der Mauer marschieren. Hin und wieder klirrt eine Waffe. Langsam verlieren sich die Geräusche. Eine endlose Minute verstreicht. Jenseits der Stadt wird der Himmel hell. Bald wird es zu spät sein. Da taucht die Fackel auf, wird mehrfach hin und her geschwenkt, und dann fällt ein Seil nach unten.

Mit zitternden Händen verknotet Fulk die Leiter an dem Seil, zupft kurz daran, und schon schwebt das Ganze in die Höhe. Wieder hört man Geräusche von oben. Die Leiter wird befestigt. Fulk zieht daran, und sie hält. Noch ein festes Ziehen. Sie hält tatsächlich. Der Ritter bekreuzigt sich. *Heilige Mutter Gottes, hilf mir!* Dann steigt er hoch. Der nächste Ritter zählt bis zehn, bevor er hinter ihm her klettert. Es dürfen sich nur höchstens drei Männer zugleich auf der Leiter befinden. Sonst könnte sie reißen.

Für jeden die gleiche Anspannung: Ist Fulk gut angekommen, oder hat man ihm schon die Kehle durchgeschnitten? Jeder klettert allein mit seiner Angst hinauf. Dann stehen sechzig Mann oben und wickeln ihre Schwerter aus den Lumpen, die bis dahin jedes Geräusch erstickt haben. Zwanzig laufen nach links und zwanzig nach rechts. Die anderen runter zum Georgs-Tor!

Firuz hampelt nervös auf seinem Turm herum. Er soll weitere Fackeln schwenken, faucht Fulk ihn an. Er fühlt keinerlei Dankbarkeit gegenüber dem Armenier. Soll er vielleicht den Verräter umarmen? Fackeln her, alle Fackeln, die noch da sind! Während die Ritter die Mauerkrone entlanglaufen und die Wachen auf den nächstgelegenen Türmen überrumpeln, gellen draußen auf dem Feld die Trompeten. Alle Mann zu den Toren! Die Männer springen auf, reiben sich den Schlaf aus den Augen. Tatsächlich: Auf den Stadtmauern werden Fackeln geschwenkt. *Gott will es! Die Stadt ist unser!*

In den Straßen wird gekämpft. Die Ritter sammeln sich am Tor des heiligen Georg und dem an der Brücke. Griechen und Armenier, vom Lärm aus dem Schlaf gerissen, helfen den Rittern, die schweren Balken hochzuziehen und die Torflügel aufzureißen. Die ersten Soldaten stürmen von draußen herein.

Das Morden beginnt.

Als die Sonne an diesem Tag untergeht, lebt in der Stadt kein Seldschuke mehr, kein Mann und keine Frau, nicht einmal ein Kind. Yaghi-Siyan ist geflohen. Sein Sohn hat sich in der Zitadelle oberhalb der Stadt verschanzt. Bohemund reitet durch die breiten Straßen und Yussuf an seiner Seite. Der Herzog hat ihm befohlen, ihn zu begleiten. Vielleicht braucht er ihn als Dolmetscher.

In der Nähe des Turms der Zwei Schwestern finden sie Firuz. Er sitzt gegen eine Hauswand gelehnt und wiegt seine tote Frau in den Armen. Man hat sie im Hause ihres Liebhabers gefunden und sie für eine Seldschukin gehalten. Tränen laufen über das Gesicht des Verräters. Auch seinen Bruder hat man versehentlich erschlagen in dieser Blutnacht. Bohemund wirft dem Armenier einen Beutel zu. Er platzt neben dem Mann. Goldstücke rollen über die Straße. Firuz scheint sie nicht zu sehen.

Bohemunds Normannen unternehmen noch einen Angriff auf die Zitadelle, holen sich aber blutige Köpfe. Der Herzog pflanzt sein Banner schließlich am höchsten Punkt der Stadt auf. Dann reitet er zurück ins Lager.

An der Brücke kommen ihm fünf Armenier entgegen, die ihm einen abgeschlagenen Kopf verkaufen wollen. Bohemund hat schon zu viele abgehackte Köpfe gesehen, als daß ihn ausgerechnet dieser interessieren könnte. Der Eunuch beugt sich zu ihm hinüber und flüstert ihm etwas ins Ohr.

Der Herzog macht seiner Begleitung ein Zeichen. Ein neuer Beutel erscheint, und jeder der Armenier erhält ein Goldstück. Den Kopf nehmen die Soldaten und spießen ihn auf eine Stange hoch oben im Gerüst der Brücke.

Von dort hat Yaghi-Siyan einen schönen Blick auf seine Stadt.

Der Hunger

Kerbogha belagert die Stadt
Juni 1098

Ein schwacher Verwesungsgeruch liegt über der Stadt. Nach der Eroberung hat man sich beeilt, die zahllosen Leichen so rasch wie möglich in hastig ausgehobenen Massengräbern zu verscharren, aber vermutlich wurden nicht alle gefunden. Es gibt genug enge Winkel, halb verfallene Ställe und noch unentdeckte Keller, wo sich Verwundete vor dem mordenden Mob haben verstecken können. Jetzt sucht niemand mehr nach ihnen. Nicht einmal die Aussicht auf Geld oder Waffen lockt die Leute. Gold besitzt keinen Wert mehr in Antiochia.

Duna hat sich auf ihrem Bett ausgestreckt. Ihr Unterleib ist nackt. Auf einem Tischchen in Reichweite hat sie ein paar Töpfe und Tiegel aufgestellt, daneben liegen ein Schwamm, mehrere Pinsel, Pinzetten, ein scharfes Messer und kleine Tücher. Auf dem Boden steht ein Eimer mit warmem Wasser. Sie hat ihn selber auf das Feuer setzen müssen, denn Bedienstete gibt es nicht mehr. Nur noch einen letzten Rest von Luxus. Wie diese Kosmetika hier.

Dem Ritter ist die kleine Villa als Beuteanteil zugewiesen worden. Das ist keine besondere Auszeichnung. Jeder Ritter hat eine solche Villa erhalten. Manche auch zwei. Es gab genug davon in Antiochia. Man brauchte nicht knauserig zu sein. Den Hausherrn und seine Familie hatten die eindringenden Normannen abgeschlachtet. Nur eine zahnlose Vettel überlebte, eine uralte Sklavin aus dem Maghreb. Sie gehörte zu den wenigen Frauen in der Stadt, die nicht vergewaltigt worden waren.

Die Alte könnte mir jetzt gute Dienste leisten, denkt die Frau, die ihre Beine spreizt und mit einiger Mühe einen kleinen Spiegel so gegen ein Kissen lehnt, daß sie ihre Scham betrachten kann. Ein schwarzer Busch bedeckt ihr Geschlecht. Die Haare dort sind nicht mehr entfernt worden, seit sie aus dem Frauenhaus in Belgrad befreit worden ist. Ihr Geliebter hat sich nie daran gestoßen. Er kennt keine rasierten Frauen.

Sie greift nach einem größeren Topf, in dem sie Kalk und Arsen zusammengerührt hat. Vorsichtig taucht sie den Schwamm ein und betupft ihre Schamhaare. Eine Stunde dürfte vergehen, bevor man sie mit dem Messer abschaben kann. Dann wird sie sich sorgfältig mit Öl einreiben und ihr Geschlecht mit Henna flammend rot färben. Sie hofft, daß es ihren Geliebten so erregt, daß er sich ihr wieder häufiger zuwendet.

Joscelins Leidenschaft ist in den letzten Monaten merklich abgekühlt. Da ist keine andere Frau. Das spürt sie nicht nur, das weiß sie. Es gibt zwar genug Huren im Lager, aber dafür ist er sich zu schade, und von den höhergestellten Damen darf er nicht einmal träumen. Dennoch hat er sich verändert. Kürzlich hat er sie zum erstenmal geschlagen. Dabei hat sie lediglich versucht, ihn mit ihrer Hand zu erregen. Manchmal spricht er tagelang kein Wort, obwohl sie alles tut, um nicht sein Mißfallen zu erwecken. Ist er ihrer bereits überdrüssig? Schon nach so kurzer Zeit?

Während sie darauf wartet, daß ihre Schamhaare trocknen, überlegt sie, ob es ihm vielleicht gefallen würde, wenn sie ihr schwarzes Haar mit Hilfe von Ei und Safran blond färbt. Doch davon hat sie nur gehört; sie selbst besitzt damit keine Erfahrung, und da sie nicht weiß, ob man die helle Farbe schnell wieder auswaschen kann, beschließt sie, darauf zu verzichten. Aber keinesfalls kann es schaden, die in der Hitze des Sommers spröde gewordenen Lippen mit Fett, Lilienwurz und Honig einzureiben. Und den Hintern und die schweren Brüste mit Rosenöl.

Sie greift nach dem Messer und beginnt, die Haare an ihrem Unterleib wegzuschaben. Es ist anstrengend in dieser Stellung. Sie versucht sich aufzurichten, aber nun verrutscht der Spiegel. Schließlich setzt sie sich auf die Vorderkante einer Bank und legt den Spiegel zwischen ihre Beine, doch so ist das Licht zu schwach. Für einen flüchtigen Augenblick wünscht sie sich, die alte Sklavin nicht gegen einen Hammel eingetauscht zu haben.

Sie legt sich wieder auf das Bett, weil so das Licht besser zwischen ihre Beine fällt, und betrachtet ihre nackte Scham. Sie ist sich keineswegs sicher, daß ihr Geliebter ihr Werk zu schätzen weiß. Und ebensowenig ist sie sich sicher, ob sie noch immer ein Kind von ihm will.

Vor einigen Monaten noch war das anders. Da stand für beide fest, daß sie in wenigen Wochen in Jerusalem einziehen würden. Dort würde sie sich taufen lassen, ihn heiraten und zusammen mit ihm in seine Heimat fahren, wo er mit dem erhofften Beuteanteil fruchtbares Land erwerben und von seinen Hörigen beackern lassen würde. Und natürlich würden sie Kinder haben.

Abtreiben würde sie niemals. Zu gut erinnert sie sich an das arme Ding, das ihr im Frühjahr unter den Händen weggestorben ist.

Seitdem ist viel Zeit ins Land gegangen. Die Belagerung Antiochias hat einen hohen Tribut gefordert. Inzwischen hat das Heer Kerboghas die Stadt eingeschlossen, und niemand weiß, ob sie hier lebend wieder hinauskommen. Was genau geschehen ist, weiß sie nicht. Frauen haben sich nicht um Männersachen zu scheren, pflegt ihr Geliebter zu murren, wenn sie Fragen stellt, die ihr anscheinend nicht zustehen.

Einiges immerhin hat sich in der Stadt herumgesprochen: Obwohl seit Wochen bekannt war, daß Kerbogha heranzieht, haben es die Fürsten – warum auch immer – versäumt, sich ihm an der Eisernen Brücke, also etwa drei Stunden vor der Stadt, entgegenzuwerfen und ihm den Übergang zu verwehren. Vielleicht hat man es im Siegesrausch ganz einfach vergessen, vielleicht hat man sich auch nicht getraut. Jedenfalls ist die Stadt nun eingeschlossen, und Kerboghas Heerführer haben sogar die Zitadelle oberhalb von Antiochia besetzt, die noch immer von Yaghi-Siyans Sohn Schams ad-Daula gehalten worden war. Der aber ist mittlerweile abgelöst und durch Achmed ibn Merwan, einen Vertrauten Kerboghas, ersetzt worden. Die Ritter haben in fliegender Hast eine Mauer zwischen der Festung und den tiefer gelegenen Vierteln errichtet, damit die Stadt nicht im Handstreich von oben her erobert werden kann.

Jedenfalls ist Antiochia hermetisch abgeschlossen, und da schon die belagerten Seldschuken bis zur Erstürmung der Stadt gehungert hatten, hungerten die Eroberer jetzt naturgemäß ebenso. Und noch schlimmer.

In letzter Minute haben sich ein paar Ritter unter Wilhelm von Grant-Mesnil mit ihrem Gefolge davonmachen können, bevor Kerbogha den Ring um die Stadt schloß. Sie segelten nach Tarsos und trafen dort auf den Grafen Stephan von Blois, den Schwager des Herzogs Robert von der Normandie, der kurz vor der Eroberung Antiochias Fahnenflucht begangen hatte. Er war ein Feigling und ohnehin nur von zu Hause aufgebrochen, weil es seine Frau von ihm verlangt hatte. Sie heißt Adele und ist die Tochter jenes berühmten Wilhelm, der England erobert hat. Gemeinsam sind die Geflüchteten dem griechischen Kaiser Alexios entgegengezogen, der endlich aufgebrochen ist, um das Heer der Ritter zu unterstützen.

Noch also ist die Hoffnung groß in der Stadt; noch größer aber ist der Hunger. Duna ist klug genug gewesen, diese Entwicklung vorherzusehen. Während die Soldaten plündernd durch die Straßen zogen und zusammenrafften, was sie nur zu tragen vermochten, hatte sie das ihrem Geliebten zugewiesene Haus untersucht und das wenige Eßbare, das sie darin fand, in das kühle Gewölbe unter dem Atrium geschafft, wo sie nicht nur auf eine Anzahl Fässer mit griechischem Wein gestoßen war, sondern auch auf eine zur Hälfte mit Regenwasser gefüllte Zisterne.

Am Nachmittag des gleichen Tages sah sie den Soldaten. Er war schon ergraut und eher klein, breitschultrig und krummbeinig. Außerdem war er betrunken. Fluchend bemühte er sich, einem störrischen Hammel, den er an einem Strick bei sich führte, einen prallen Sack mit schepperndem Beutegut aufzuladen. Eine Zeitlang sah sie ihm amüsiert zu, dann sprach sie ihn an.

Mit Hilfe von zwei Bechern Wein konnte sie ihn davon überzeugen, daß selbst eine alte und fast zahnlose Sklavin geeigneter war, einen Sack mit Diebesgut hinunter ins Lager zu schleppen, als ein dickköpfiger Hammel.

Einen Hammel allerdings konnte man essen.

Es dauerte lediglich eine Woche, bis der Hunger in Antiochia verheerende Ausmaße annahm. Die Bäcker mischten Sägemehl unter das Gerstenmehl, und trotzdem rissen die Leute ihnen das Brot aus den Händen. Die Ritter mußten unter Androhung schimpflichster Strafen davon abgehalten werden, ihre Pferde zu schlachten, und machten in der Folge Jagd auf Hunde und Katzen. Alle Vögel in der Stadt waren nach wenigen Tagen mit Netzen und Leimruten gefangen, und auch die Pfauen und die prachtvollen Fasanen aus den Palastgärten waren längst in den eisernen Kochtöpfen der Soldaten gelandet.

Als es auch keine einzige Ratte mehr gab in der Stadt, prügelten sich die Menschen um ein Ei oder eine Handvoll Erbsen. Für einen Sack Mehl wurde der Preis geboten, den man zu normalen Zeiten allenfalls für ein Schlachtroß ausgegeben hätte. Für ein Gericht aus Eselshirn hätte man noch mehr geboten, aber es gab nicht einmal mehr Kamelhöcker oder Hahnenkämme. Die Menschen opferten ihre Sandalen und ihre Gürtel, schnitten das Leder in winzige Streifen und kochten daraus eine wäßrige Brühe. Als es auch kein Leder mehr gab, aßen sie Gras und Brennessel, Schilf und Weinlaub. Einige versuchten in ihrer Verzweiflung, durch reichliche Zugabe von Gewürzen sogar aus Pferdeäpfeln irgend etwas Eßbares herzurichten.

Die Frau lehnt sich zurück, um ihren Rücken zu entspannen. Plötzlich erscheint es ihr abartig, ihren Körper herauszuputzen für einen Mann, der schon morgen tot sein kann. Aber verhungern wird er zumindest nicht.

Abends steigen sie hinunter in das Gewölbe, wo sie ihren Schatz aufbewahren, und auf einem kleinen Feuer rösten sie sich ein kleines Stück Hammelfleisch, sorgfältig darauf achtend, daß der typische Geruch nicht nach draußen dringt und ungebetene Besucher anlockt.

Lange wird das Fleisch sich trotz der Kühle unter der Erde nicht mehr halten. Schon riecht es ein wenig stark, aber für Hungernde wird es noch eine Weile genießbar bleiben. Notfalls müssen sie halt auch die Maden essen.

Gebraten natürlich.

Tafuren essen sogar Menschen. Die ganze Stadt spricht davon, und dennoch schreitet niemand ein. Die Frau hat nur einmal einige von ihnen gesehen. Selbst Liutizen sind im Vergleich zu ihnen engelgleiche Wesen. Die meisten Tafuren sind nackt, gerade daß sie ihr Glied unter einem Schurz verbergen. Sie scheinen sich weder zu waschen noch zu kämmen. Ihre verfilzten Bärte hängen hinunter bis zum Bauch, und ihre Fingernägel sind krallenartig lang und zersplittert. Sandalen oder gar Schuhe trägt keiner von ihnen. Die Frau erinnert sich, daß sie sich gewundert hat, daß sie tatsächlich fast menschliche Füße haben.

Eher hätte sie Hufe erwartet.

Den Tafuren ist der Aufenthalt im Lager des Heeres aufs strengste verboten. Sie haben sich eine eigene Koppel errichtet und hausen darin wie das Vieh. Zelte besitzen sie keine. Abends hocken sie um ihre Feuer und grölen dumpf vor sich hin. Ursprünglich waren sie wohl mit dem Prediger Peter aus einem Land irgendwo im Westen gekommen. Waldarbeiter sollen sie dort gewesen sein, Köhler, Tagelöhner oder Bettler. Ihren Namen leiten sie von ihrem sogenannten König ab, der sich Tafur nennt, was auf Arabisch angeblich »besitzlos« bedeutet. Früher einmal soll er – wie sich die Leute erzählen – ein normannischer Ritter gewesen sein, der das Gelübde der absoluten Armut abgelegt und sich aus Reue über irgendeine schreckliche Untat dem Heerzug angeschlossen hat.

Ein seltsamer König, ohne Krone und ohne Land. Sogar ohne Schwert und Pferd. Kein Tafur besitzt eine richtige Waffe, und wer eine erbeutet, muß sie beim Heer abgeben und wieder zur Keule greifen oder zu seiner Sichel. Manche haben sogar nur einen angespitzten Stock oder ein rostiges Messer. Trotzdem sind sie in der Schlacht wie reißende Wölfe. Ohne jede Vorsicht werfen sie sich den anreitenden Seldschuken entgegen, verachten deren Pfeile ebenso wie ihre Säbel, und mehr als einmal haben sie mit ihren nackten Körpern den Rittern eine Bresche in die Front der Feinde geschlagen.

Als Duna sie während der Belagerung von Antiochia zum erstenmal gesehen hatte, waren sie gerade im Begriff, ein Dutzend seldschukischer Frauen und Kinder in ihre Koppel zu treiben. Das hatte sie gewundert, denn da ihnen jeder Besitz untersagt war, konnte es sich nicht um Gefangene handeln, die in die Sklaverei verkauft werden sollten. Inzwischen weiß sie, daß die Tafuren mit ihren Gefangenen genau das gemacht hatten, was Bohemund einige Tage zuvor lediglich vorgetäuscht hatte:

Sie haben sie geschlachtet und aufgegessen.

Die Frau schüttelt sich. Was wohl die christlichen Herren sagen würden, wenn Kerboghas Leute sich von Menschenfleisch ernähren würden? Inzwischen hat sie gelernt, daß die christlichen Ritter mit zweierlei Maß messen und sich über die heidnischen Barbaren erregen, während sie ihrerseits deren Köpfe durch die Gegend schießen. Doch was geht das sie an. Sie gehört nicht zu diesen Franken, und sie weiß auch noch nicht, ob sie überhaupt eines Tages zu ihnen gehören möchte.

Duna bestreicht ihre nackte Scham mit grellrotem Henna. Einerseits hofft sie, daß ihr Geliebter sie wieder begehren wird, wie damals in ihrer ersten Nacht in Ikonion; andererseits hofft sie, daß er dann betrunken genug ist, denn jedermann weiß, daß der Samen von Betrunkenen unfruchtbar ist. Sie will nicht schwanger werden. Wenigstens nicht, bevor sie in Jerusalem angekommen sind.

Lärm schreckt sie aus ihren düsteren Gedanken. Sie wirft sich hastig ein leichtes Kleid über und klettert auf das Dach. Zwei Straßenzüge unter ihr, nahe der südwestlichen Mauer, brennen die Holzhäuser der Handwerker. Menschen hasten durcheinander, zerren Hocker und Kisten aus den Flammen, bergen Kleider und Teppiche. Bohemund habe das Feuer legen lassen, schreien sie. Bohemund, dieser Hundesohn.

Der Wind facht die Flammen an, treibt sie aber zum Glück nicht auf ihre Villa zu. Dutzende Hütten sind schon niedergebrannt, und das Feuer frißt sich weiter den Hang hinab. Die Frau sieht, daß es nicht die Handwerker sind, die von den Flammen vertrieben werden. Es scheint sich um Soldaten zu handeln.

Spät am Abend lauscht sie zufrieden den schmatzenden Geräuschen, die Joscelin von sich zu geben pflegt, wenn er betrunken und gesättigt zwischen ihren Brüsten eingeschlafen ist. Ihr feuerroter Schoß hatte tatsächlich seine Lust entfacht und ihn seine Trunkenheit vergessen lassen. Er war sogar gesprächig gewesen.

Ja, das mit dem Feuer stimmt. In den Handwerkerhäusern hatten sich normannische Soldaten einquartiert. Sie waren derart vom Hunger geschwächt, daß sie den Dienst auf der Mauer vernachlässigt haben. Um ein Haar hätte ein seldschukischer

Stoßtrupp dort einen Turm erobert. Lediglich dem tollkühnen Einsatz von drei flämischen Rittern war es zu verdanken, daß die Stadt nicht durch einen Handstreich gefallen ist. Danach hatte Bohemund die Quartiere der Soldaten einäschern lassen. Wenn sie schon schlafen wollten, mußten sie es von nun an auf der Mauerkrone tun.

Diese Stadt ist nicht mehr zu retten, hatte ihr Liebster vor dem Einschlafen gemurmelt.

Allenfalls durch ein Wunder.

Die Lanze

Das Wunder von Antiochia
Juni 1098

Die grauen Leinenhemden der Männer sind schweißgetränkt. Seit den frühen Morgenstunden graben sich die zwölf durch den Boden der altehrwürdigen Kathedrale des heiligen Petrus, und außer ein paar rötlichen Tonscherben und etlichen Knochenresten haben sie nichts Nennenswertes gefunden. Wenigstens nichts, was nur annähernd nach einer Lanzenspitze ausschaut. Hinter dem Palast, in dessen marmorgekrönten Mauern die Dritte Frau noch immer auf den Besuch ihres merkwürdigen Liebhabers hofft, geht erschöpft die Sonne unter, und ihre schwachen Strahlen senden nur noch diffuses Licht durch die kleinen Fenster ins Innere des Kirchenraums.

Es sind nicht mehr viele Beobachter, die den Arbeiten zuschauen. Graf Raimund von St. Gilles, der so viel Hoffnung in diese Grabung gesetzt hat, ist schon vor Stunden tief enttäuscht gegangen. Alkuin harrt aus. Seit kurzem gehört er zur Begleitung des Bischofs Adhemar von Le Puy, der finster am Rand der Grube steht und unbedingt dabeisein will, wenn die Suche erfolglos abgebrochen wird.

Adhemar hält dieses windige Unternehmen für verschwendete Zeit und diesen Peter Bartholomäus für einen ausgekochten Scharlatan. Aber er hat sich nicht durchsetzen können im Rat der Fürsten, die sich verzweifelt an die Möglichkeit klammern, daß doch noch ein Wunder geschehen könnte, um die Stadt und das Heer zu retten.

Ob er etwa nicht an Wunder glaube, hat der Graf von Toulouse ihn gefragt. *Doch. Natürlich glaubt er an Wunder. Aber nur an richtige.*

Fünf Tage ist es her, da kam dieser Kerl vor das Zelt des Grafen und verlangte allen Ernstes mit dem Bischof von Le Puy zu sprechen. Schon wollten ihn die Wachen mit ihren Lanzenschäften fortprügeln, als Raimund erschien und nach dem Grund des Aufruhrs fragte. Und der Graf ließ sich tatsächlich einwickeln.

Peter Bartholomäus heiße er, sagte der Bauernlümmel, und er stehe im Dienste eines Mannes namens Wilhelm-Peter, der aus der Provence stamme und sich auf seiner Pilgerfahrt nach Jerusalem dem Schutz des christlichen Heeres anvertraut habe. Bischof Adhemar hatte sogleich Erkundigungen über ihn einziehen lassen, und dabei war herausgekommen, daß der Bursche immerhin ein wenig lesen und schreiben konnte, ansonsten aber in üblem Rufe stand und bei den Soldaten als Säufer und Raufbold bekannt war. Außerdem soll er an keinem Weiberrock vorbeigehen, ohne darunterzuschauen oder die Frauen in den Hintern zu kneifen.

Ausgerechnet dieser Hundesohn erzählt allen, daß er Visionen habe, Erscheinungen! Der Bischof spuckt aus, obwohl man das in einem Gotteshaus eigentlich unterlassen sollte. Aber Adhemar spuckt immer aus, wenn er zornig ist, und erst recht, wenn er glaubt, daß man ihn auf den Arm nehmen will. Außerdem fühlt er sich seit Tagen krank. Er will es sich nicht eingestehen, aber der Hunger macht ihm zu schaffen.

Und nun noch diese miese Komödie.

Besagter Peter Bartholomäus steht ein paar Meter neben ihm, und selbst auf diese Entfernung riecht er den Knoblauchgestank, der dem Kerl aus allen Poren dringt. Sein Hemd ist dreckig, sein Haar verfilzt und vermutlich auch völlig verlaust.

Der Bischof wendet sich angeekelt ab und geht zum Portal, um ein wenig frische Luft zu schnappen.

Mit Widerwillen erinnert er sich daran, wie Graf Raimund fasziniert an den Lippen dieses Bauern hing, als der von seinen Träumen zu sprechen begann. Schon seit Monaten erscheine ihm regelmäßig der heilige Andreas, um ihm mitzuteilen, wo die heilige Lanze verborgen sei, mit der ein römischer Soldat die Seite des sterbenden Heilands durchbohrt habe.

Was denn, eine Lanze, jene bewußte Lanze?

Raimund hatte sich kaum beherrschen können, aber dieser Schurke Peter Bartholomäus erzählte erst einmal umständlich, daß die erste Erscheinung am Tag des großen Erdbebens im Dezember des vergangenen Jahres geschehen sei, und wie sich der heilige Andreas ihm gegenüber zu erkennen gegeben habe, ohne indes zu verraten, wer der schöne und geradezu engelsgleiche Jüngling war, der stets in Begleitung des Heiligen auftauchte.

Aber es kam noch schlimmer: Der heilige Andreas beklagte angeblich, daß sich der Bischof von Le Puy zu viel um den Feldzug und zu wenig um die Seelen der Ritter kümmere. An dieser Stelle seiner Aussage mußte Adhemar von Freunden daran gehindert werden, den Burschen mit der flachen Seite seines Schwertes aus dem Zelt zu prügeln, was ihnen auch tatsächlich gelang. Mit einiger Anstrengung zwar, aber da sie unbedingt die Fortsetzung der Geschichte hören wollten, hatten sie sich dieser Mühe mit Freuden unterzogen.

Und das erzählte ihnen der angebliche Seher: Er, Peter Bartholomäus, wurde auf geheimnisvolle Weise vom Lager aus durch die Lüfte und über die Stadtmauer hinweg mitten zur Kathedrale des heiligen Petrus getragen, die zu dieser Zeit noch von den Türken als Moschee genutzt wurde. Der heilige Andreas hatte keinerlei Probleme, durch das Südportal in das Gebäude einzudringen, und ganz nahe beim Eingang verschwand er wundersamerweise im Fußboden und tauchte kurze Zeit danach wieder auf, wobei er ein nur wenig verrostetes Lanzenblatt vorwies.

Natürlich wollte Peter Bartholomäus die Lanze sofort an sich nehmen, wurde aber angeblich dahingehend belehrt, daß auch Wunder einen gewissen würdigen Rahmen bräuchten, und so befahl ihm der heilige Andreas, er möge sich den Fürsten offenbaren, und die sollten in der Kathedrale nachgraben lassen, was zum damaligen Zeitpunkt allerdings unmöglich war, weil sich die Stadt noch immer in der Hand der Ungläubigen befand.

Das aber war angeblich nicht der einzige Grund, der besagten Peter Bartholomäus zögern ließ, zu Graf Raimund zu gehen. Er befürchtete vielmehr vor allem, daß man einem Mann aus dem Volk eine derart haarsträubende Geschichte nicht glauben werde, und das trifft ja zumindest für den Bischof Adhemar auch zu.

Der nämlich ist ein gebildeter Mann und hegt begründete Zweifel an der Geschichte, denn um diese Lanze ranken sich nicht nur fromme Legenden. Noch viel mehr zu denken gibt dem Bischof, daß es der heiligen Lanzen bereits mindestens zwei gibt. Da ist zum einen die Lanze, die von der heiligen Helena, der Mutter des römischen Kaisers Konstantin, angeblich in Jerusalem gefunden wurde und in Konstantinopel verehrt wird. Und dann existiert da noch die Lanze, die der deutsche König Heinrich I. einem Burgunderkönig abgehandelt hatte, dessen Name dem Bischof nicht geläufig war. Immerhin ließ Otto der Große sie in der Schlacht auf dem Lechfeld gegen die Ungarn dem Heer vorantragen.

Bei der einen Lanze heißt es, sie sei die Waffe des heiligen Longinus, der Christi Seite damit durchstoßen habe; von einer zweiten wurde behauptet, sie habe dem heiligen Mauritius gehört, dem Anführer der Thebaischen Legion. Und wieder einer dritten sagt man nach, es handele sich nur um eine gewöhnliche Lanze, in die man lediglich einen Nagel vom heiligen Kreuz eingeschmiedet haben soll.

Nun also die vierte Version. Was Wunder, daß dem Bischof schon wieder nach Ausspucken ist. Diesmal tut er es draußen, auf dem Platz vor der Kathedrale. Immerhin, gesteht er sich ein, hat der Bursche eine ganze Zeit lang gezögert, bis er sich tatsächlich an die Fürsten wandte.

Aber seine Erzählungen wurden im Lauf der Zeit immer abenteuerlicher. Einmal, das war schon im Februar, befand er sich auf einem Beutezug in der Gegend von Edessa, als ihm der heilige Andreas erneut erschien, natürlich wieder mit dem schönen Jüngling im Geleit. Diesmal drohte er ihm an, er werde ihn stracks erblinden lassen, wenn er den edlen Herren nicht endlich von seinen Träumen erzähle.

Doch auch zum drittenmal brach Peter Bartholomäus sein Versprechen und folgte seinem Herrn auf eine Reise, die beide nach Zypern bringen sollte. Aber sie kamen nicht weit. Im nördlich von Antiochia gelegenen St. Simeon zeigte sich am Palmsonntag der Heilige angeblich ein weiteres Mal, und diesmal war er wirklich fuchsteufelswild. Der oben bereits erwähnte Wilhelm-Peter, der mit seinem Dienstmann Peter Bartholomäus im gleichen Zelt schlief, hat angeblich ebenfalls die Stimme des Heiligen vernommen, war aber nicht imstande, ihn auch zu sehen.

Immerhin war Peter Bartholomäus inzwischen so verängstigt, daß er versuchte, zu Graf Raimund vorgelassen zu werden, was ihm jedoch verwehrt wurde. Daraufhin brachen Herr und Knecht erneut zu einer Seereise nach Zypern auf, und wieder kamen sie nicht weit, denn auf höchst wunderbare Weise wurde ihr Schiff ein um das andere Mal vom offenen Meer auf den Strand zurückgeworfen.

Der Bischof von Le Puy war zu diesem Zeitpunkt nahe daran, in Anwesenheit aller versammelten Fürsten zu fragen, ob der heilige Andreas tatsächlich nichts anderes zu tun habe, als auslaufende Schiffe zum Festland zurückzublasen, und lediglich mit Rücksicht auf seinen Lehnsherrn, den frommen Raimund, Graf von St. Gilles und Toulouse, hielt er sich zurück.

Jedenfalls hatten seine Visionen den armen Peter Bartholomäus zunächst einmal aufs Krankenlager geworfen. Am 10. Juni indes war er wieder auf den Beinen und sah sich trotz seiner angeblichen Erschöpfung sogar in der Lage, an einem Ausfall gegen den anrückenden Kerbogha teilzunehmen. Bei diesem Scharmützel wäre er allerdings um ein Haar ums Leben gekommen, und das nahm der heilige Andreas ein letztes Mal zum Anlaß, ihm eindringlich ins Gewissen zu reden, und nun – endlich – wurde Peter Bartholomäus von Graf Raimund angehört.

Der Bischof zuckt die Achseln. Die Sonne wirft einen letzten Strahl über die Dächer der Stadt. Wo ist der Mönch, den er kürzlich in sein Gefolge aufgenommen hat? Er mag den alten Mann mit seinem Kinderglauben. Seit dem ersten Morgenlicht schon hockt er an der Grube und wartet darauf, daß eine Schaufel auf ein Stück Eisen stößt. Nun ist er schon einmal im Heiligen Land, und nun will er auch sein Wunder haben.

Adhemar geht zurück, um ihn zu holen. *Der Spaß ist zu Ende. Endgültig.*

Alkuin kämpft mit den Tränen. Direkt am Südportal soll die Lanze liegen, hat der heilige Andreas gesagt, und natürlich haben die zwölf Arbeiter dort mit der Grabung begonnen. Aber gefunden haben sie nichts.

Fast hatte er es befürchtet. Erst vor Tagen hat der Bischof die von den Ungläubigen entweihte Kirche säubern und alle heidnischen Inschriften übermalen lassen. Er hat auch die Fliesen aus der Erde reißen lassen, und beim Aufwühlen des Bodens, der danach wieder festgestampft wurde, kann durchaus ein unscheinbares Stück Eisen ausgegraben und heimlich beiseite geschafft worden sein. Eisen ist wertvoll. Ein Schmied würde sicherlich ein paar Kupferpfennige dafür zahlen. Wie anders ist es zu erklären, daß die Lanze bislang nicht gefunden wurde!

Der Mönch weiß, daß Bischof Adhemar nichts von Träumen

hält. Wenigstens nicht von denen des Peter Bartholomäus. Aber da war schließlich noch dieser Stephanus, ein Arme-Leute-Priester aus Valence, der in einem wesentlich besseren Ruf stand als jener Peter Bartholomäus, und der hatte nun ebenfalls geträumt. An einem Abend – so berichtete er – sei großes Geschrei gewesen in dem Viertel, wo er wohne. Im Glauben, es sei den Türken gelungen, eine Wache zu überrumpeln und in die Stadt einzudringen, seien er und andere Geistliche in die Kirche Unserer Lieben Frau gelaufen, um dort zu beten. Vom Gebet ermattet, seien später alle eingeschlafen; alle außer ihm.

Alkuin wiegt bedächtig den Kopf. Diese Schilderung erscheint ihm nicht gerade schlüssig. Daß Priester nicht kämpfen, sondern in eine Kirche laufen, wenn der Feind die Mauern überklettert, will ihm noch einleuchten. Daß sie aber im Augenblick höchster Gefahr plötzlich einschlafen, widerspricht jedweder Logik.

Nun gut. Jedenfalls war dem Priester – nach seiner Aussage – ein wunderschöner Mann erschienen, der ihn fragte, wer denn die anderen seien, die dort auf dem Boden lägen, und Stephanus, der in der Erscheinung sofort Christus erkannt haben will, sagte, daß dies keineswegs Ungläubige seien, sondern ebenfalls Diener des einzigen und wahren Gottes.

Auch hierzu schüttelt der Mönch sanft den Kopf. Ob der HERR sich tatsächlich danach erkundigen muß, wen er da vor sich hat?

Jedenfalls hat Stephanus besagter Erscheinung – der Mönch mag nicht glauben, daß es sich um den HERRN selber gehandelt hat – erklärt, daß es eigentlich keinen richtigen Oberbefehlshaber beim Heer der Christen gebe, aber der päpstliche Legat, Bischof Adhemar von Le Puy, sei wahrscheinlich der richtige Ansprechpartner.

Hier muß Alkuin ein wenig schmunzeln. Wer auch immer die Erscheinung war: Dieser Heilige muß gewußt haben, daß Adhemar ein großer Zweifler ist, und deshalb hat er ausgerechnet dem Bischof auftragen lassen, was nun zu tun sei: Fünf Tage lang sollten die Ritter und das ganze Heer fasten und Buße tun; dann werde der Himmel ihnen helfen.

Der Mönch wundert sich darüber, wie schlecht man im Himmel informiert ist über die verzweifelte Lage in der Stadt. Weiß man dort oben nicht, daß die Menschen hier bereits seit zwei Wochen fasten? Der Mönch bereut seine frivolen Gedanken sofort. Immerhin ist dem Priester Stephanus bei dieser Gelegenheit sogar noch die Gottesmutter erschienen, und später hat sich auch der heilige Petrus dazugesellt. Leider lösten sich alle Erscheinungen in Luft auf, als Stephanus versuchte, seine Gefährten zu wecken, so daß es keinen Zeugen für die Vision gibt.

Alles in allem aber war es viel beeindruckender als bei Peter Bartholomäus, so daß sogar der unwirsche Adhemar bereit schien, dem Priester Glauben zu schenken, zumal dieser auf die Bibel schwor, die Wahrheit gesagt zu haben.

Alkuin schrickt hoch. Der Bischof ist hinter ihn getreten und hat ihm die Hand auf die Schulter gelegt. *Hier gibt es nichts mehr zu sehen.*

Fackeln werden angezündet. Die Männer werfen die Schaufeln weg und klettern aus den Löchern, die sie in den Boden gegraben haben. Adhemar wendet sich dem Ausgang zu. Der Mönch folgt ihm. Seine Augen brennen. Warum läßt Gott die Seinen im Stich, wo sie doch so sehr auf ein Wunder gehofft haben!

Dann plötzlich ein Aufschrei. Jubelrufe. Alkuin stürzt zurück.

In einem der Löcher steht Peter Bartholomäus. Mit beiden Händen reckt er ein Stück nur wenig angerostetes Eisen hoch. Ohne Frage ist das ein Lanzenblatt. Er ist einfach in ein Loch gesprungen und hat die heilige Lanze gefunden!

Der Mönch kniet nieder. Dicke Tränen laufen ihm über die unrasierten Wangen. *Te Deum laudamus. Großer Gott, wir loben Dich!*

Die Menschen umarmen sich, laufen hinaus in die Dämmerung und schreien ihr Glück heraus. Die Lanze! Sie haben die heilige Lanze gefunden!

Und die Nachricht pflanzt sich fort, hetzt durch die Gassen und wird hochgetragen zu den Palästen, dringt vor zu den Zelten und bricht sich an den Stadtmauern. *Wir haben die Lanze!*

Am Abend sitzt der Mönch in dem kleinen Raum, den ihm der Bischof in seinem Stadthaus zugewiesen hat. Er hat Hunger, aber er ist glücklich. Der Bischof von Le Puy hat ihm Pergament zukommen lassen; Feder und Tinte sind leicht zu beschaffen. Nach langen Monaten schreibt er nach Hause. An den Abt.

Er schreibt von der heiligen Lanze und von dem Meteor, der am gestrigen Tag über dem Lager der Ungläubigen niedergegangen ist. Er schreibt von seinem Bischof, der von Tag zu Tag mehr kränkelt, und von dessen Zweifeln an den göttlichen Erscheinungen. Nicht mehr lange wird es dauern, und man wird in Jerusalem sein. Von dort aus wird er dann wieder berichten.

Das verspricht er. Und er wird dem Abt die heiligen Stätten beschreiben, den Kalvarienberg und das Heilige Grab, den Ölberg und den Platz, wo einst der Tempel stand. Der Abt wird es den anderen Brüdern vorlesen, während des Essens; und alle werden glücklich sein, daß sie endlich einmal etwas anderes zu hören bekommen als die eintönigen Heiligenlegenden.

Auf dem Dach der Villa hat sich Adhemar auf einer Liege ausgestreckt. Er hat die Kathedrale mit einem faden Geschmack im Mund verlassen. Zu durchsichtig war das Ganze gewesen. Warum lag, wenn denn die Vision dieses Peter Bartholomäus wirklich echt gewesen wäre, diese Lanze nicht an dem Ort, den der heilige Andreas genannt hat, nämlich dicht am Südportal? Natürlich, weil es da zu hell war für ein Täuschungsmanöver! Und deshalb wurde es auch erst durchgeführt, als des Tages Licht schwand und die Fackeln angezündet wurden.

Andererseits: Die Leute brauchten das Wunder. Nun haben sie es. Den Bischof beschäftigt nur eine Frage: Wer war es? Sein Instinkt sagt ihm, daß Bohemund die Sache ausgeheckt hat. Zynisch genug ist er. Und nutzen würde es ihm auch. Aber wem nutzt dieses sogenannte Wunder nicht? Adhemar beschließt zu schweigen.

In einer Sache, die zum Himmel stinkt, muß man nicht zusätzlich herumrühren.

Die Schlacht

Kerbogha geht in die Falle
Juni 1098

Hinter den Zinnen der Kathedrale des heiligen Petrus geht blutrot die Sonne auf. Es ist kalt an diesem Junimorgen, und die Ritter haben sich Decken aus grober Schafwolle umgelegt, die nicht nur die Schultern, sondern auch die Oberschenkel warmhalten. Die Pferde stoßen graue Wolken aus ihren Nüstern und frösteln ebenso wie die Reiter. Die Lederdecken um ihre Hälse schützen zwar gegen Pfeile, nicht aber gegen die Kühle der frühen Morgenstunde.

Die Männer haben die schweren Lanzen auf die Erde gestellt und gegen ihre Sättel gelehnt. Sie vergraben ihre Hände in den Achselhöhlen, um wenigstens sie einigermaßen vor der Kälte zu schützen. Die Zehen sind inzwischen gefühllos, und die Kettenhemden wirken wie Eispanzer. In ein paar Stunden werden sie sich in Brutkästen verwandeln.

Das Pferd des Ritters tänzelt nervös auf dem unebenen Pflaster oberhalb des Georgs-Tors. Der eigenwillige Araberhengst war ihm nach der Schlacht am See aus der reichen Beute zugeteilt worden, aber nur der weisen Voraussicht Bohemunds ist es zu verdanken, daß es überhaupt noch Reittiere gibt für die heute stattfindende, entscheidende Schlacht.

Als sich nach der Erstürmung von Antiochia die große Hungersnot abzeichnete, ist es einmal mehr der Normanne gewesen, der sich im Kreis der Fürsten mit der eindringlichen Forderung durchgesetzt hat, sämtliche Pferde in einer gemeinsamen und besonders sorgfältig bewachten Koppel unterzubringen. Niemand durfte mehr alleine ausreiten. Nur zu gemeinsamen Unternehmen wurden die Tiere freigegeben. Ausnahmen gab es keine. Selbst Graf Raimund und Gottfried von Bouillon hatten sich in die allgemeine Disziplin gefügt. So gab es nach wenigen Wochen zwar keine lebende Ratte mehr in der Stadt und keinen ungerupften Spatzen, aber draußen vor dem Mauerring grasten noch fast tausend Pferde.

Bis zu dieser Nacht. Weit vor Sonnenaufgang haben sich die Ritter unter den Bannern ihrer Heerführer gesammelt; unausgeschlafen und voll jener Angst, die sich in übertrieben fröhlichen Zurufen und leicht durchschaubaren Prahlereien verrät. Am Vorabend haben die Heerführer einigermaßen erfolgreich versucht, allzu große Gelage zu unterbinden. Es kämpft sich schlecht mit einem schweren Kopf; und schlecht mit einer schwarzen Seele.

Mönche und Arme-Leute-Priester sind durch das Lager gegangen, haben die Soldaten in ihren Zelten aufgesucht und oben in der Stadt an den Häusern angeklopft, die von Rittern bewohnt werden. Um die Seele der Christenmenschen gehe es, predigten sie, und obwohl dank der heiligen Lanze der Sieg ganz ohne Zweifel gewährleistet sei, müsse dennoch ein jeglicher damit rechnen, daß Gott ihn urplötzlich zu sich rufen werde. Und wie stünden sie dann vor dem Allerhöchsten: als Hurensöhne und Raufbrüder, als Gotteslästerer und Kamelficker, als Trunkenbolde und Leichenschänder!

Tatsächlich war es ihnen gelungen, fast alle Männer in den großen Kirchen der Stadt zu einem Bußgottesdienst zu versammeln. Alle hatten die Absolution empfangen, und bei der vorausgegangenen Gewissenserforschung hat selbst Joscelin Besserung gelobt und in diesem Augenblick auch die schlimmsten seiner Untaten bereut. Ob die guten Vorsätze halten werden, weiß er nicht. Für den Augenblick jedenfalls fühlt er sich so wundersam erlöst wie seit den Tagen seiner Kindheit nicht mehr.

Einige Wochen hat er gebraucht, um sich von dem schweren

Schock zu erholen, den er in der letzten Schlacht erlitten hat. Fast einen Monat lang glaubte er noch immer, das Blut des Seldschuken in seinem Mund zu spüren, und ganze Eimer voll schweren Rotweins vermochten nicht, den ekligen Geschmack wegzuspülen. Aber dann – eines Tages – war es ganz plötzlich vorbei. Das Grauen von gestern war einer wilden Lust gewichen.

Wieder und wieder versuchte er sich vorzustellen, wie der Kehlkopf des dunkelhäutigen Kriegers zwischen seinen Kiefern zersplitterte, aber es gelang ihm nicht. Er empfand nichts. Überhaupt nichts. Und das weckte einen unbezähmbaren Hunger in ihm zu töten. Er mußte wieder töten. Mit der Lanze, mit dem Schwert, mit den bloßen Händen. Er hatte in der Nacht vor Erregung kaum schlafen können und befand sich bereits weit vor Sonnenaufgang als einer der ersten bei der Koppel, um seinen Hengst zu satteln.

Sie sammeln sich am Tor des heiligen Georg; die Ritter aus Toulouse und Carcassonne, aus Lyon und Marseille. Und eben dieser eine aus der Auvergne, denkt stolz der Ritter und drängt sein Pferd näher an das des Herrn von Monteil, der sich wiederum dicht hinter dem Bischof hält. Adhemar von Le Puy, Vertreter des Papstes und unbestritten die geistliche Autorität des Heeres, führt an diesem Morgen das Kommando für den Grafen Raimund, der fiebernd auf einer Bahre liegt und vom Krankenlager aus zweihundert Männer befehligt. Sie sollen oben in der Stadt einen Ausfall der Seldschuken verhindern, die noch immer die höher gelegene Zitadelle besetzt halten.

Neben dem Bischof sitzt, ruhig und gelassen, ein schweigsamer Toulouser auf seinem mächtigen Kaltblüter. An seinem Sattel ist ein solides Futteral befestigt, in dem jetzt eine schwere Holzstange steht. Das ist Raimunds Bannerträger, aber er wird das Banner erst hissen, wenn Adhemars Männer draußen Aufstellung beziehen. Noch liegt es zusammengefaltet quer vor ihm auf dem breiten Rücken des Pferdes.

Die andere Seite neben dem Bischof nimmt der Chronist Raimund von Aguilers ein. Ihm ist die hohe Ehre erwiesen worden, die heilige Lanze in die Schlacht zu tragen. Man hat das Lanzenblatt vom Rost gereinigt und an einer langen Stange befestigt. Hoch schwebt die Reliquie jetzt über den Helmen der Männer.

Ausrücken werden sie über das Brückentor, aber um einen Überblick zu erhalten, was draußen geschieht, läßt Adhemar das Tor öffnen. Knirschend schwingen die schweren eisenbeschlagenen Flügel auf. Jenseits des Flusses bietet sich den Männern das nun schon gewohnte Bild: Ein Meer von Zeltdächern und flatternden Wimpeln färbt die Kämme der gegenüberliegenden Hänge grün, so weit das Auge reicht. Etwas unterhalb des gegnerischen Lagers ist Kerboghas Heer aufmarschiert. Es sind Kerboghas Heere, um genauer zu sein.

Joscelin kennt sich nicht besonders aus; immerhin weiß er die grün-gelb gekleideten, berittenen Bogenschützen von Dschanah ad-Daula, dem Emir von Homs, von den in orange-weiße Gewänder gehüllten Eliteeinheiten des Duqaq von Damaskus zu unterscheiden. Und wie alle anderen Männer in der Stadt weiß er, daß der Feind den Christen um ein Vielfaches überlegen ist. Lediglich der Fund der heiligen Lanze hat in den schon beinahe verzagenden Christen einen Funken Hoffnung geweckt. In manchen sogar eine Siegeszuversicht, die nun wirklich durch nichts gerechtfertigt scheint.

Der Lärm in der nur unwillig erwachenden Stadt schwillt an. Unmelodischer Hörnerklang übertönt das hastige Klappern der Pferdehufe auf dem Pflaster, das Rasseln der Waffen und das nervöse Wiehern der Pferde. Aus allen Vierteln strömen die einzelnen Abteilungen zu den festgelegten Sammelplätzen. Die Glocken der Kathedrale beginnen zu läuten. Später fallen auch die weniger großen der Kirche des heiligen Paulus und der anderen Kirchen ein. Auf den flachen Dächern knien übernächtigte Mönche und singen Fürbitten.

Durch das offenstehende Stadttor sehen die Männer um Adhemar, wie als erste die Franken und Flamen unter Hugo von Vermandois und Robert von Flandern in Viererreihen aus dem Brückentor reiten. Die Männer um Adhemar halten den Atem an. Wenn Kerbogha jetzt angreift, müssen die Ritter sofort zurück in die Stadt fliehen, und dann ist es aus mit der erzwungenen Entscheidungsschlacht. Dann bleiben lediglich noch ein paar qualvolle Tage voller Hunger und Durst. Dann werden die Christen kapitulieren müssen. Und jeder weiß, was das bedeutet.

Oder funktioniert wieder einmal eines dieser listigen Spiele Bohemunds?

Langsam rücken Flamen und Franken weiter vor. Ihnen folgt Gottfried von Bouillon mit seinen Lothringern, und noch immer kein Angriffssignal auf der anderen Seite des Flusses. Während Hugo von Vermandois und Robert von Flandern bereits die Brücke über den Orontes überqueren, verlassen die Normannen aus Nordfrankreich die Stadt.

Nun ist die Reihe an ihnen. Adhemar von Le Puy richtet sich in den Steigbügeln auf, und Raimund von Aguilers reckt die Stange mit der heiligen Lanze hoch. *Mit Gott und der heiligen Lanze!* Der Bischof gibt seinem Rappen die Sporen. *Gott will es!* brüllen die Ritter und folgen ihm. Bohemund und Tankred verlassen mit ihren Männern als letzte die Stadt; auch sie erreichen unbelästigt das andere Ufer.

Joscelin ist Bohemund noch nie begegnet. Schließlich ist der Ritter weder Normanne, noch gehört er zum Kreis der hohen Herren. Andererseits weiß jedermann im Lager, sogar das Bettelpack und die Huren, daß zwar Raimund von St. Gilles, der Graf von Toulouse, die Führung des Unternehmens für sich beansprucht, daß dieses Abenteuer jedoch ohne Bohemund längst beendet wäre. Und zwar auf eine sehr unrühmliche und vor allem ziemlich blutige Weise.

Andererseits: Bohemund ist nicht beliebt. Seine Männer

fürchten ihn; die Fürsten hegen ein ebenso tiefsitzendes wie berechtigtes Mißtrauen. Nahezu alle empfinden wie Adhemar. Daß des Normannen Seele für immer dem Satan gehört, steht für den Bischof fest. Als Mensch ist ihm Bohemund äußerst unsympathisch, als Heerführer aber hält er ihn für unersetzlich. Der Herzog von Tarent ist vor allem der einzige, der das Christenheer nach Jerusalem bringen kann.

Das allein zählt.

Gestern noch hat Bohemund eine Delegation in Kerboghas Lager geschickt. Als Botschafter wählte er ausgerechnet jenen Peter von Amiens aus, der im Januar mit Wilhelm, dem Grafen von Melun, genannt der Zimmermann, aus dem Lager desertiert und von Tankred wieder eingefangen worden ist. Seinerzeit hat er den seltsamen Mönch, den sie den Einsiedler nennen, nicht bestraft. Dafür hat er sich jetzt etwas um so Gefährlicheres für ihn ausgedacht.

Vermutlich hat er damit gerechnet, daß die Seldschuken den Kopf des merkwürdigen Botschafters sofort mit einem Katapult zurück in die Stadt schießen werden, wenn sie erst hören, was er zu sagen hat. Für ein solches Himmelfahrtskommando braucht man keinen Soldaten zu opfern.

Aber anscheinend verfolgte Bohemund mit dieser überraschenden Gesandtschaft gleich mehrere Pläne. Davon wenigstens ist der Bischof überzeugt, der den Verlauf des Gesprächs bei Kerbogha gestern abend seinen Männern im kleinen Kreis geschildert hat. Und er wußte es direkt von Bohemund, der dem feindlichen Heerführer durch den Mund des Mönches hatte ausrichten lassen, er solle mit seinen Truppen sofort verschwinden, wenn er nicht mit Mann und Maus untergehen wolle. Die Christen würden nur diejenigen Muselmanen am Leben lassen, die demütig um die Taufe bäten.

War die erste Forderung angesichts der Kräfteverhältnisse schon bizarr genug, stellte die Aufforderung zur Taufe geradezu eine ernsthafte Beleidigung dar. Und als solche war sie nach Adhemars Auffassung auch gemeint. Insofern ist es in der Tat erstaunlich, daß der Kopf des Einsiedlers nicht durch die Luft, sondern tatsächlich mitsamt dem übrigen Körper ins Lager zurückkam und die Antwort Kerboghas zurückbrachte. Der ließ ausrichten, daß er alle Christen in Antiochia töten und lediglich die unberührten Jünglinge und die Jungfrauen schonen werde, aber lediglich in der Absicht, sie auf dem Sklavenmarkt im fernen Chorasan verkaufen zu lassen.

Damit hatte Bohemund – wenigsten Adhemars Meinung zufolge – dreierlei erreicht: Zum einen war es ihm gelungen, in Gestalt des Peter von Amiens und seines Begleiters, des sprachbegabten Franken Herluin, der als Dolmetscher diente, zwei Kundschafter ins Lager Kerboghas zu schicken. Dabei ist zwar sicher nicht viel herumgekommen, aber ein bißchen Auskundschaften scheint immer noch gescheiter als eine Botschaft, die ohnehin völlig blödsinnig klingen muß.

Dringend notwendig dagegen war, daß das gesamte christliche Heer und vor allem die stets zaudernden Heerführer nun klipp und klar wußten, daß es jetzt um alles ging; daß kein Verhandlungstürchen mehr offen stand, und daß tatsächlich wirklich und endgültig nur noch die Wahl gab zwischen Siegen und Sterben.

Kerbogha hatte genau so reagiert, wie Bohemund sich das erhofft hatte, und sich in der Tat völlig unmißverständlich ausgedrückt.

Drittens und letztlich hatten sich die christlichen Heerführer sowohl durch den unstandesgemäßen Überbringer ihrer Botschaft als auch durch deren ebenso naiven wie unverschämten Inhalt in den Augen der Seldschuken als überhebliche und dumme Schwätzer erwiesen, die man folglich nicht mehr ernst zu nehmen brauchte. Und eben diese geringschätzige Einstellung Kerboghas den Rittern gegenüber war für Bohemund das wichtigste Ziel gewesen. Nur wenn Kerbogha die Christen für eingebildete Schlappschwänze hielt, würde er ihnen gestatten, in ihrer Gesamtstärke vor der Stadt Aufstellung zu nehmen. Kerbogha, der Emir von Mossul, die »Säule des Reiches«, wie er sich hochtrabend nannte, war in Wirklichkeit ein außerordentlicher Dummkopf, und wichtiger noch: Er war Bohemund in die Falle gegangen.

Das war nun wirklich das zweite Wunder von Antiochia.

Aber noch etwas wußte Adhemar seinen Leuten zu berichten: Es soll Schwierigkeiten geben im feindlichen Lager. Kerboghas Heer setzt sich zusammen aus Arabern auf der einen und türkischen Seldschuken auf der anderen Seite. Wie jedermann weiß, beherrschen die Seldschuken Syrien, die Araber jedoch Nordafrika, und um Jerusalem zanken sich beide Seiten seit Jahren. War nicht vor Monaten eine arabische Delegation ins Lager der Christen gekommen, um ihnen die Herrschaft über Syrien zu garantieren, wenn die Christen auf Jerusalem verzichten würden?

Offensichtlich hatten die Araber zu diesem Zeitpunkt noch immer nicht begriffen, daß es den Christen ausschließlich um Jerusalem ging. Aber das würden sie früh genug erfahren. Jedenfalls hatte man sie freundlich bewirtet und ihnen zum Empfang dreihundert gut erhaltene Türkenköpfe überreicht. Nur, sich über die Heilige Stadt einigen – das konnte man nicht.

Immerhin schied man in Frieden. Aber jetzt stehen die Araber drüben auf seiten des Kerbogha. Tief kann die Verständigung indes nicht sein, und vielleicht – hatte der Bischof gemeint – werden sie auch nicht allzu tapfer kämpfen, wenn sich im Verlauf der Schlacht das Glück gegen Kerbogha wenden sollte.

Und dann war da noch Duqaq von Damaskus, der sich dem Emir von Mossul nur zögerlich angeschlossen hat, weil der ihn ständig gegen Ridwan von Aleppo ausspielt, und Duqaq fürchtet, daß die Araber ihm Palästina entreißen könnten. Adhemars Männern brummt der Kopf. Wer soll sich da noch auskennen! Nur eines begreifen sie – und allein deshalb hat der Bischof ihnen diesen Vortrag gehalten: Kerbogha kann sich tatsächlich nicht unbedingt auf seine Unterführer verlassen.

Auch Joscelin hatte nicht sehr viel von diesen taktischen Spielchen begriffen. Das alles war ihm zu verwirrend, aber er hatte Kraft geschöpft aus der Zuversicht der hohen Herren.

Und die mußten es ja wohl wissen.

Den unübersehbaren Heerhaufen der Muselmanen steht das kleine, aber kompakte Ritterheer gegenüber. Sie sehen nicht sonderlich elegant aus, die Ritter, aber immerhin sitzen an die tausend hoch zu Roß, und hinter ihnen drängen sich dicht an dicht die Ritter, die ihr Pferd verloren haben und nun zu Fuß kämpfen müssen, die einfachen Soldaten mit ihren Spießen und Keulen, die Troßknechte, deren einzige Waffe ein Dolch ist, die wilden Tafuren mit ihren angespitzten Holzstöcken und benagelten Ästen; letztlich – wie immer dabei – einige Weiber, die hoffen, sich Waffen von Erschlagenen aneignen zu können, und ganz hinten diesmal die Bogenschützen, die ihre Salven über die Köpfe der eigenen Leute hinweg in die Reihen der Feinde schicken sollen.

Plötzlich öffnen sich die dicht gestaffelten Reihen des Feindes. Eine Gruppe von Reitern prescht durch die Gasse und galoppiert auf Bohemund zu. Dicht vor dem Normannen pariert der Anführer sein Pferd durch und ruft irgend etwas. Soll in letzter Minute doch noch verhandelt werden? Die Männer spitzen die Ohren, aber auf diese Entfernung ist nichts zu verstehen. Sie sehen nur, wie Bohemund seinen Arm hebt und nach vorne weist.

Das bedeutet Angriff!

Während die Banner der Christen entrollt werden, breitet der Bischof von Le Puy weit die Arme aus: *Gott, wenn es denn Dein Wille ist, dann hilf diesen Männern hier, die bereit sind, für Dich zu sterben!* Die Lanzen der Reiter senken sich. *Gott will es!* tönt es dumpf zwischen Helm und Schild. Dann setzt sich die eiserne Wand langsam in Bewegung.

Ruhig anreiten, lautet der Befehl. Diesmal tanzt keiner aus

der Reihe. Schließlich müssen auch die Ritter ohne Pferde Anschluß halten können, und natürlich auch das andere Fußvolk. Galoppiert wird erst auf den letzten zwanzig Metern, um massiv in den Gegner hineinzureiten. Die Fußkämpfer sollen dicht dahinter folgen und die Breschen verbreitern.

Wenn die Christen siegen sollten, darf sich niemand an der Beute vergreifen. So haben es die Heiligen dem Peter Bartholomäus und dem Priester Stephanus im Traum eingeschärft. Zu beutegierig hätten sich die Ritter bisher aufgeführt, hatten die Heiligen gesagt. Zunächst müsse der Feind vollständig vernichtet werden, erst dann dürfe man an die Beute denken.

Eine Zeitlang hört man nur das Klappern der Hufe auf dem steinigen Hang, den es jetzt hinaufgeht, und das ungeduldige Schnauben der Rösser. Die großen Banner knattern im Wind. Auf der Gegenseite antwortet der Feind mit dem immer lauter werdenden höllischen Geräusch der Trommeln und Zimbeln, der Kesselpauken, Flöten und Trompeten. Wolken von Pfeilen schwirren heran, verfangen sich in den losen Lederschürzen der Pferde, scheppern blechern an die Topfhelme der Reiter und prallen wirkungslos an den schweren Schilden ab. Nur hinten beim ungeschützten Bettelpack finden einige wenige ihren Weg in eine ausgemergelte Brust oder einen armdünnen Oberschenkel.

Dann sind es nur noch hundert Meter, dann fünfzig. Die feindlichen Bogenschützen sind vor den anreitenden Rittern durch die eigenen Reihen nach hinten ausgewichen. Gut, daß sie die Nerven verloren haben, denkt der Ritter. Einen Pfeil aus kurzer Entfernung hätte sein Schild wohl kaum abgefangen. Dicht vor ihnen blitzen jetzt die Säbel der Seldschuken, die sich ebenfalls in Bewegung setzen.

Hörner gellen durch den Staub. Angstgebrüll, das wie Triumphgeschrei klingen soll.

Gott will es!

Joscelin hält sich dicht an der Seite des Bischofs. Adhemars Bannerträger reitet links von ihm, Raimund mit der heiligen

Lanze direkt dahinter. Gibt es ein lohnenderes Ziel für die Ungläubigen? Von allen Seiten drängen sie ihre Pferde heran. Der Ritter durchbohrt den ersten mit seiner Lanze. Einen halben Meter ragt sie aus dessen Rücken heraus. Es ist nicht Platz genug, sie zurückzuziehen. Soll sie bleiben, wo sie ist.

Er stößt das spitze untere Ende seines Schildes in das schwarze Gesicht eines Angreifers und zerschmettert dessen Nase. Verflucht! Sein neues Schwert ist so lang, daß er es kaum einsetzen kann. Aber es schneidet dreimal so gut wie sein altes, aus dem er sich von einem Schmied Hufeisen für seinen Hengst hat machen lassen. Zwei Seldschuken hat er inzwischen ihren rasierten Schädel gespalten. Adhemar schwingt eine kurze Keule und zerschmettert schon den dritten Kopf. Blut und Hirn spritzten auf den weißen Umhang, den er über dem schwarzen Kettenhemd trägt.

Der Bannerträger wird von zwei Seiten angegriffen. Zwei Säbelhiebe wehrt er mit seinem runden Schild ab, einen von rechts und auch den von links, aber dann kommt seine Abwehr zu spät. Ein Säbel dringt ihm tief in die Seite. Das Banner sinkt und wickelt sich im Fallen um den zu Tode Verwundeten, der langsam aus dem Sattel gleitet.

Joscelin faßt den Fahnenschaft und reißt das Banner vom Körper des Sterbenden. Es ist blutverschmiert, aber nun flattert es wieder hoch über den Kämpfenden, und die Triumphschreie der Seldschuken verstummen. Zwei Ritter lenken ihre Pferde schützend an seine Seite. Noch einmal darf das Banner nicht sinken.

Tafuren drängeln sich an ihnen vorbei nach vorne. Wendig wie Katzen springen sie die feindlichen Reiter an und ziehen sie von den Pferden. Krallenbewehrte Finger reißen Augen aus, brechen Hälse, würgen langsam zu Tode.

Tafuren kämpfen nicht. Tafuren morden.

Zwei Stunden schon dauert das Schlachten an. Dann wälzt sich beißender Rauch über die Walstatt und trennt vorübergehend die Kämpfenden. Kerbogha hat das trockene Gras, das stellenweise den Boden bedeckt, anzünden lassen, um den angreifenden Christen die Sicht zu erschweren. Adhemar und seine Männer lassen sich etwas zurückfallen. An der Spitze von hundert Reitern jagt von rechts Graf Reinhold von Toul heran. Bohemund hat ihn geschickt, um die drohende Umzingelung des linken Flügels zu verhindern. Sekunden später ist der Trupp in einer Staubwolke verschwunden.

Erregte Rufe auf dem rechten Flügel lassen die Ritter ihre Pferde herumwerfen. Drei Reiter, ganz in Weiß gekleidet, galoppieren auf dem Hügel gegenüber auf den Feind zu. Niemand weiß, wer es zuerst gerufen hat, aber dann steigt freudiges Geschrei aus den Reihen der Christen: Die Heiligen, sie helfen uns! Dann werden auch Namen gerufen: *Georg, Merkurius und Demetrius!* Joscelin weiß nicht, wer der heilige Demetrius sein soll, auch den Merkurius kennt er nicht. Nur an Georg, den Drachentöter, kann er sich erinnern. Auch Adhemar, zu dem er fragend hinüberschaut, scheint nicht recht überzeugt. Der Ritter glaubt zu wissen, was der stets skeptische Bischof von Le Puy denkt: Schon wieder du, Bohemund?

Aber wer die Gestalten drüben am Hang auch sein mögen; wer auch immer sie hervorgezaubert hat: Tatsache ist, daß ihre Erscheinung die Ritter aufs neue beflügelt. Durch die schwelenden Gräser treiben sie ihre Pferde nach vorn in die Schlacht, doch ihr Angriff stößt ins Leere. Kerboghas Heer befindet sich in völliger Auflösung.

Von den orange-weiß gekleideten Reitern des Duqaq von Damaskus ist nichts mehr zu sehen. Auch andere Truppenteile haben sich zur Flucht gewendet. Um das Banner Kerboghas scharen sich lediglich die Bogenschützen des Emirs von Homs, aber als sich bergauf die eiserne Front der christlichen Reiter nähert, drängen auch sie den obersten Heerführer der Seldschuken zur Flucht.

Die Ritter jagen durch das verlassene Lager des Gegners,

aber noch haben sie keinen Blick übrig für die Prunkzelte; noch denken sie nicht an die unermeßliche Beute, die ihrer harrt. Und sie denken noch nicht einmal an den Hunger, der sie seit Tagen quält. Später werden sie ihn stillen. Wenn sie aus ihrem Blutrausch erwacht sind.

Sehr viel später.

Die Meuterei

Zank unter den Heerführern
Januar 1099

Eisiger Ostwind treibt Schneeregen über die weite Ebene von Buqaia. Schweigend stapfen die Männer hinter Tankred her, der ihnen befohlen hat, die mit eisernen Schuppen bedeckten Lederschuhe mit Lumpen zu umwickeln und die Scheiden ihrer Schwerter an der Hüfte so festzubinden, daß sie auf keinen Fall gegen das Kettenhemd schlagen können. Lautlos nähern sie sich den wuchtigen Mauern der alten Festung.

Plötzlich kracht es, als würden trockene Zweige zersplittern. Wütend fährt Tankred herum. Einer der Männer ist in den Brustkorb eines Gerippes getreten. Gestern war das noch ein Mensch, aber die Geier waren hungrig, und auch von den anderen Muselmanen, die bei dem heftigen Scharmützel starben, sind nur ein paar sauber abgenagte Knochen übriggeblieben.

Die Christen haben ihre Gefallenen notdürftig verscharrt. Es war ein schwarzer Tag. Auf ihrem Zug nach Jerusalem führte sie der Weg an dieser Kurdenburg vorbei. Hosn el-Akrad heißt sie bei den Ungläubigen. Sie liegt hoch über der Straße und beherrscht das Tal. An unzähligen Spuren war abzulesen gewesen, daß die Beduinen aus der ganzen Gegend mit ihren Herden hinter den mächtigen Mauern Zuflucht gesucht hatten. Das Heer ist im Augenblick zwar ausnahmsweise gut verproviantiert, aber wer weiß, wann es wieder einmal derart viel fettes Vieh zu erbeuten gibt.

Die Heerführer haben deshalb beschlossen, die Festung zu nehmen. Einfach so. Drago schüttelt grimmig den Kopf. Ein alter Hase wie er, der Rom kennt und Konstantinopel, der vor Nikäa gekämpft hat und vor Antiochia, der weiß eine Festungsmauer richtig einzuschätzen. Und wenn diese Mauern tatsächlich ordnungsgemäß bemannt sind, dann wird man sich hier die Zähne genauso ausbeißen wie vor Antiochia. Und diesmal findet sich bestimmt kein Firuz. Auch kein Bohemund.

Höchstens Ziegen und Schafe.

Die allerdings gibt es im Überfluß. Als das Heer sich gestern zum erstenmal ernsthaft daran machte, die Mauern zu erstürmen, öffnete sich ein Seitentor, und die Muselmanen trieben hundert Schafe heraus. Da ließen die Ritter Mauern Mauern sein, und wie gemeine Viehhirten jagten sie hinter den Schafen her. Nachdem sich jedoch die Ordnung völlig aufgelöst hatte, machten die Kurden einen Ausfall, und um ein Haar hätten sie tatsächlich den Grafen von Toulouse erwischt, dessen leichtfertige Leibwache anscheinend ebenfalls nichts Wichtigeres im Kopf hatte, als sich an der allgemeinen Schafsjagd zu beteiligen. Zuweilen denkt der Soldat, daß es zwar ein paar tapfere Männer unter den Heerführern gibt, aber keinen einzigen richtigen Kopf.

Außer Bohemund. Aber das ist eine andere Geschichte.

Immerhin – denkt der Soldat bei sich – ist es noch einmal gutgegangen, weil schließlich ein paar Ritter eingesehen haben, daß das Leben ihres augenblicklichen Anführers vielleicht doch etwas mehr wert ist als ein paar stinkende Hammel. Aber Lehren haben die hohen Herren aus der Beinahe-Katastrophe nicht gezogen. Jetzt wollen sie auch noch das andere Viehzeug haben, und deshalb muß er sich hier den Hintern abfrieren.

Dicht unterhalb eines weniger hohen Mauerabschnitts macht der Trupp halt. Der Soldat hat sich während der letzten Viertelstunde unauffällig nach rückwärts orientiert und seinen Kameraden etwas von *Pinkeln müssen* zugemurmelt. Inzwischen gehört er zu den Nachzüglern. Man muß ja nicht gleich als erster seine Nase über die Mauerkrone stecken. Schließlich wird er bald vierzig, und so alt wird kein Naseweis. Wenigstens nicht in diesem Beruf.

Tankred befiehlt Hinkauern. Die Mauerzinnen über ihnen sind nicht einmal zu erahnen. Man muß zumindest das erste Dämmerlicht abwarten, auch wenn die Gefahr der Entdeckung mit jeder Minute wächst. Gott sei Dank schneit es jetzt stärker. Die Männer kriechen zusammen und versuchen, jedes Geräusch zu vermeiden.

Drago hofft inständig, daß niemand das Klappern seiner Zähne hört.

Plötzlich reißt am Horizont der Himmel auf. Blaßrot wächst die Sonne über die Hügelketten. Tankred hängt schon in der Mauer. Sie ist gottlob aus groben Steinen aufgetürmt und nicht aus sauber zugeschnittenen Blöcken wie die von Antiochia. Es gibt zahllose breite Spalten und Zwischenräume, in denen Hände und Füße mehr oder weniger sicheren Halt finden. Die mitgebrachten Wurfanker dürfen – so lautet der Befehl – erst im äußersten Notfall eingesetzt werden, weil das klappernde Geräusch von Eisen auf Stein die Angreifer vorschnell verraten würde.

Die Männer haben sich das Wehrgehenk mit dem Schwert um den Hals gebunden, so daß es jetzt auf dem Rücken hängt. Den Dolch zwischen den Zähnen, klettern sie stumm nach oben, voller Haß auf Tankred, der sie dazu zwingt, und mit ebensoviel Haß auf den Feind, der jeden Augenblick auf den Zinnen auftauchen und ihnen den Kopf zerschmettern wird.

Drago läßt sich Zeit. Er weiß, daß der vorauskletternde Tankred ihn nicht sehen kann. Und er weiß auch, worauf es beim Erklettern einer Mauer besonders ankommt: niemals direkt unter einem Kameraden hochzusteigen. Es stimmt zwar, daß dessen Körper von oben kommende Pfeile oder Steine abfangen kann; andererseits ist die Wahrscheinlichkeit, daß er getroffen abstürzt und einen dann mitreißt, wesentlich größer ist als die, selber direkt tödlich getroffen zu werden.

Ganz abgesehen davon hat er auch schon miterlebt, wie einer der vorneweg Kletternden in seiner Panik die Kontrolle über seinen Darm verloren hat. Das war bei der Erstürmung der Festung Kastoria in Mazedonien passiert, und damals hatte es einen Kameraden des Soldaten erwischt. Nie wird er die Gesichter der Griechen vergessen, als mit grimmiger Miene ein über und über vollgeschissener Normanne die Leiter hochkam.

Im Augenblick jedoch ist dem Soldaten weniger zum Lachen zumute. Seine blau gefrorenen Hände tasten nach dem nächsten Vorsprung, seine Zehen krallen sich in einer schmalen Fuge fest. Trotz der Eiseskälte läuft ihm Schweiß in die Augen. Und jeden Augenblick muß der erste Schrei kommen, dieser entsetzliche Schrei, den ein Mensch ausstößt, in dessen Gesicht sich ein Messer bohrt oder dem ein schwerer Stein die Schulter zertrümmert. Aber nichts als das Schnaufen der Männer ist zu hören, das Kratzen der Kettenhemden an den Steinen und dann ein ganz anderer Schrei: der Triumphschrei Tankreds, der die Zinnen erreicht und sich auf den obersten Mauerkranz hochgestemmt hat.

Dann stehen sie alle oben. Schwer atmend und das nackte Schwert in der Hand. Doch niemand stellt sich ihnen entgegen. Es gibt weder Alarmrufe noch die befürchteten Wolken aus Pfeilen. Totenstille herrscht in der Festung. Dann meckert irgendwo eine Ziege. Blökend antwortet ein Schaf. Das ist alles. Auch an anderen Stellen ist die Mauer inzwischen erstiegen worden. Provençalen und Lothringer dringen ein. Niemand leistet Widerstand.

Die Besatzung und die Beduinen haben sich in der Nacht davongemacht. Ohne die Herden.

Am Abend brennen im weiten Hof der eroberten Festung die Lagerfeuer. Der Soldat hat sich vorsorglich das Fell eines geschlachteten Schafs gesichert, aus dem er sich Wickel für die Waden und die Unterarme zusammennäht. Seitdem die alte Sophia tot ist, muß er sich um so etwas selber kümmern. Drago hat sich den Bauch mit Hammelfleisch vollgeschlagen, dazu eine faustdicke Knoblauchknolle gegessen und mit viel Ziegenmilch nachgespült. Das Fleisch der Ziegen meidet er nach Möglichkeit. Die vielen Haare, die nach dem Häuten des Tiers im Fleisch zurückbleiben, bekommen ihm nicht.

Drago rülpst geräuschvoll und legt seinen Kopf auf das Säckchen Korn, das er vor ein paar Tagen in Rafaniya erbeutet hat, einem kleinen Städtchen, das sie ebenfalls verlassen angetroffen hatten. Endlich geht es voran mit dem Heerzug. Er hatte schon nicht mehr daran glauben wollen.

Nach dem wunderbaren Sieg über Kerbogha und seine Emire hatten die meisten erwartet, daß man nun unverzüglich nach Jerusalem aufbrechen würde. Das aber wäre – so wenigstens hatte es Tankred seinen Männern erklärt – ziemlich töricht gewesen, denn im Sommer marschiert man nicht durch fremde Wüsten, ohne eine genaue Vorstellung zu haben, ob und wo man wieviel Wasser finden wird.

Außerdem zankten sich die Heerführer nach wie vor über den Besitz Antiochias. Es ging damit los, daß Achmed ibn Merwan, der seldschukische Befehlshaber der nie eroberten Zitadelle, sich ergab. Natürlich hatte Bohemund schon lange mit ihm verhandelt und ihm versprochen, daß er ihn in seine Dienste aufnehmen werde. Voraussetzung war, daß er sich taufen ließ und ausschließlich Bohemunds Banner auf der Zitadelle hissen würde. Graf Raimund sah sich einmal mehr übervorteilt und schäumte vor Wut.

Dann brach die große Seuche aus. Der Bischof Adhemar von Le Puy starb, und nun war überhaupt niemand mehr da, der den Streit unter den Heerführern schlichten konnte. Die Normannen schikanierten die Südfranzosen und wurden dabei von den Nordfranzosen unterstützt, die Lothringer hielten sich bedeckt, und zu allem Überfluß begann der berüchtigte Peter Bartholomäus wieder zu träumen. Es herrschte ein heilloses Durcheinander, und um der verheerenden Seuche in der Stadt zu entgehen, brachen viele Heerführer mit ihren Truppen zu Raubzügen in die Umgebung auf.

So verging der Herbst. Dann kam der Regen, danach die Kälte und schließlich der Tag, wo sich das einfache Volk vor dem Zelt des Grafen Raimund versammelte und schrie, wenn Bohemund Antiochia behalten wolle, dann solle er das ruhig tun, und wenn der Herr Graf sich weiter mit dem Normannen herumzanken wolle, dann wäre auch dagegen nichts einzuwenden, aber der Sinn dieses Heerzuges sei es ja wohl, Jerusalem von den Ungläubigen zu befreien, und wenn die Fürsten nicht mitkommen wollten, werde man eben ohne die Herrschaften losziehen. Es war ein richtiger Aufruhr, der von weiteren Träumen des Peter Bartholomäus kräftig geschürt wurde.

Daraufhin beschlossen die Fürsten, zunächst einmal die stark befestigte Stadt Maarat ad-Numan zu erobern, die zwei Tagesritte südöstlich von Antiochia liegt, weil sie auf dem Zug nach Jerusalem die linke Flanke bedrohen könnte.

Stutenpisse. Der Soldat spuckt verächtlich aus. Die linke Flanke bedrohen! Ein Ablenkungsmanöver war es, und natürlich ein weiterer Beutezug. Um das Volk zu beruhigen, wird es in ein überflüssiges Gefecht geschickt. Und das Merkwürdige dabei ist, daß diese Taktik auch noch funktioniert.

Der erste Angriff, in keiner Weise vorbereitet und überhastet ausgeführt, geht schief. Wie immer. Als ob man sich so etwas noch leisten könnte bei den tausend Rittern und den fünftausend Mann Fußvolk, die im Augenblick noch Waffen tragen können! Zwei Wochen lang berennen die Christen die Stadt. In dieser wüstenähnlichen Gegend gibt es kaum Bäume, die man zum Bau von Belagerungsgerät verwenden könnte. Außerdem werden schon wieder die Lebensmittel knapp.

Endlich schafft man es, einen hohen Belagerungsturm zu

bauen, aber auch von dem aus gelingt es nicht, eine Fallbrücke auf die Zinnen zu werfen. Immerhin untergraben die Tafuren in seinem Schutz einen Abschnitt der Mauer, die am späten Nachmittag tatsächlich einstürzt. Die Bewohner der Stadt verbarrikadieren sich zunächst in ihren Häusern, und nur wenigen Soldaten gelingt es, Beute zu machen. Aber lange lassen sich Wohnhäuser naturgemäß nicht verteidigen.

Wieder ist es Bohemund, der die Situation als erster erfaßt. Er schickt einen Herold durch die Straßen und läßt verkünden, daß alle Menschen geschont würden, die sich in die Stadthalle flüchten und seinem Schutz unterstellen würden. Und die Bürger ergreifen tatsächlich die vermeintlich letzte Chance, raffen ihr Wertvollstes zusammen und sammeln sich in dem genannten Gebäude, wo sie von Bohemunds Henkern erwartet werden. Wie Schafe trotten sie zu ihrer Schlachtbank, und die Beute bringen sie gleich mit. Väter werden von ihren Familien getrennt und Mütter von ihren Kindern. Sklavenhändler führen kleine Jungen und halbwüchsige Mädchen weg; alle anderen werden abgeschlachtet. Drago ist froh, daß er nicht als Henker abkommandiert war. Aber seit jenem Tag ist eine Veränderung in ihm vorgegangen.

Als auch das Weihnachtsfest verstrich, ohne daß sich die Anführer zum Aufbruch entschlossen, brach im Lager Aufruhr aus. Der Soldat kann sich nicht daran erinnern, wer die Losung ausgegeben hat. Jedenfalls war er mit wenigstens tausend anderen losgezogen und hatte zusammen mit ihnen begonnen, die Stadtmauern von Maarat ad-Numan niederzureißen. Raimund sollte keine Stadt mehr haben, in der er sich verschanzen konnte wie Bohemund in Antiochia.

Es war zwar – zugegeben – offene Meuterei, aber die verbitterten Männer sahen darin die einzige Möglichkeit, den Grafen zum Aufbruch zu bewegen. Niemand verstand mehr das eifersüchtige Taktieren, den Neid und die Zwietracht unter den Fürsten. Sollte Bohemund doch in Antiochia bleiben. Sie brauchten ihn nicht. Sie waren Pilger und wollten zum Grab des Herrn.

Drago denkt in letzter Zeit häufiger an jenen Mönch, der ihm damals in Rom gesagt hat, daß seine Seele dreckiger sei als der Bauch eines Hundes. Dafür spricht tatsächlich einiges: Er hat geplündert und geschändet, verstümmelt und gemordet. Vieles hat er verdrängt oder sogar vergessen. Aber immer wieder sieht er die Frau des römischen Senators vor sich, wie sie sich im Morgenwind langsam an dem Strick dreht, mit dem sie sich in ihrem Garten erhängt hat. Blau hängt ihr die Zunge aus dem Mund. Er hat ihre Kinder an einen Sklavenhändler verkauft.

Er muß nach Jerusalem. Allein schon deswegen.

Der Botschafter

In Bohemunds Auftrag nach Jerusalem
Mai 1099

Im Namen Allahs, des Erbarmers, des Barmherzigen: Lob sei Allah, dem Weltenherrn, dem Erbarmer, dem Barmherzigen, dem König am Tage des Gerichtes! Dir dienen wir, und zu Dir rufen wir um Hilfe. Leite uns den rechten Pfad, den Pfad derer, denen Du gnädig bist, nicht jenen derer, denen Du zürnst, und nicht den der Irrenden!

Der Eunuch neigt sich demütig vor und legt die heiße Stirn auf den grauen Felsen. Feine Schweißperlen rinnen aus dem schwarzen Kraushaar und brennen in seinen Augen. Er nimmt sie nicht wahr, so wenig, wie er die Tränen bemerkt hat, die ihm die staubigen Wangen hinuntergelaufen waren, als er gestern zum erstenmal die heilige Stätte betreten hatte.

Dies ist der geheimnisvolle Ort, zu dem den Propheten sein Roß Al-Burak getragen hat. Noch immer ist sein Fußabdruck im Felsen zu sehen. Dies ist die Stelle, wo der Prophet mit Abraham, Moses und Jesus gebetet hat, bevor er in den Himmel aufstieg. Ergriffen beugt Yussuf erneut den Oberkörper nach vorn. Der Wahrhaftige hat ihn diesen Ort schauen lassen, bevor die Christen ihn zerstören werden. *Allah Akbar! Groß und gnädig ist der Allmächtige.*

Draußen schlägt ihm die Hitze entgegen. Fast senkrecht brennt die Sonne vom Himmel herab. Der junge Mann geht zum Brunnen, wo er vor dem Gebet die Füße gesäubert hat, und wäscht sich den Schweiß aus dem Gesicht. Dann schlüpft er in seine Sandalen. Sie sind aus weichem Ziegenleder und ein Gastgeschenk des fatimidischen Oberkommandierenden. Natürlich nicht das einzige, aber bestimmt das willkommenste, denn der Botschafter Bohemunds war barfuß in der Heiligen Stadt eingetroffen. Sein Schuhwerk, ausschließlich für die blanken Marmorfliesen im Palast von Antiochia angefertigt, hatte den Weg nach Jerusalem nicht überstanden.

Der Eunuch verläßt das ausgedehnte Plateau, das einst den Tempel des Königs Salomo getragen hat. Er will noch die heilige Stätte aufsuchen, wo der Prophet Jesus gestorben ist und begraben liegt. Die Christen wissen nicht – das wenigstens hat er in der kurzen Zeit, in der er zu Bohemunds Männern gehörte, gelernt –, daß vieles über Jesus und seine Mutter in der fünften Sure aufgeschrieben ist.

Hat Allah – *gepriesen sei sein Name* – den Propheten Jesus nicht daran erinnert, daß alles, was er zu seinen Lebzeiten bewirkte, ausschließlich mit der Erlaubnis des Allerhöchsten geschehen ist? War es nicht der Barmherzige selber, der dem Propheten Jesus gestattet hat, Tote zum Leben zu erwecken und Lahme wieder gehen zu lassen? Glaubt an mich, hatte Allah seinen Diener verkünden lassen. Glaubt an mich und an meinen Propheten Jesus! Jesus war natürlich nicht Gottes Sohn. Aber nahe wie ein Sohn hat er Allah gestanden, und trotzdem hat man ihn gedemütigt und hingerichtet wie einen Verbrecher.

Yussuf steigt die Treppen hinab zur Grabeskirche. Enttäuscht betrachtet er das Innere des kleinen Rundbaus, dessen Wände mit Mosaiken geschmückt sind. Nichts ist zu erblicken als eine Platte, die im Schein zahlloser Öllampen matt schimmert. Der Eunuch verneigt sich flüchtig und wendet sich zum Gehen. Vielleicht ist die letzte Ruhestätte der Mutter Maria besser erhalten, die er nun noch aufsuchen will. Er weiß indes nicht, wo sie sich befindet. Er weiß nicht einmal, ob Maria in Jerusalem begraben wurde.

Drei Tage lang hatte der listige Kommandant der Zitadelle von Antiochia nach der vernichtenden Niederlage Kerboghas verstreichen lassen. Drei Tage lang hatte er auf den kleinen dunklen Punkt hoch oben auf dem Pfeiler der Orontes-Brücke gestarrt. Zu einem derart kleinen häßlichen Punkt kann der Kopf eines Statthalters schrumpfen; aber auch der des Kommandanten der Zitadelle von Antiochia – wenn er im entscheidenden Augenblick das Falsche tut.

Oder das Richtige versäumt.

Am vierten Tag schickte er Boten in den Statthalter-Palast, wo Bohemund soeben dabei war, sich einzurichten. Man wurde sich schnell handelseinig. Achmed ibn Merwan gelobte feierlich, die Zitadelle niemand anderem als nur dem Fürsten von Tarent zu übergeben und sich taufen zu lassen. Bohemund seinerseits versprach, ihn als Unterführer aufzunehmen, ebenso alle seine Männer, sofern sie sich zum christlichen Glauben bekennen würden; den anderen jedoch werde er – ohne Lösegeld zu verlangen – die Freiheit schenken.

Der Eunuch, der als Dolmetscher an den Verhandlungen teilnahm, zog den treulosen Kommandanten der Zitadelle während einer Pause in einen abgelegenen Winkel des Gartens und überschüttete ihn mit Vorwürfen. Wußte dieser Unglückselige nicht, was über die Christen geschrieben stand, die bekanntlich mehrere Götter verehren? Heißt es nicht in der fünften Sure, daß niemand als Gläubiger anzusehen ist, der diesen Vatergott anerkennt und zusätzlich als zweiten Gott dessen angeblichen Sohn Jesus, den Sohn der Maria? Und ist da nicht angeblich auch noch ein dritter Gott, dieser Geist? Wer aber dem Barmherzigen auch nur einen einzigen anderen Gott zugesellt, wird der ewigen Verdammnis anheimfallen!

Achmed ibn Merwan hatte ihm grinsend geantwortet, das höllische Feuer sei noch weit, aber wenn er sich jetzt nicht mit dem Normannen einige, werde ihm dieser bald ein höchst diesseitiges Feuer unter dem Hintern entzünden. Noch sei die Zitadelle zwar gut verproviantiert, und auch die Mauern seien noch stabil, aber da von keiner Seite Hilfe zu erwarten sei, werde er sich lieber jetzt dem grausamen Bohemund unterwerfen, als noch Monate hindurch seinen Haß zu schüren, um am Ende doch aufgeben zu müssen. Dann nämlich werde er nicht mehr auf so günstige Bedingungen hoffen dürfen wie jetzt.

Und außerdem, sagte der Kommandant, wisse er schon gar nicht mehr, wie eine Frau aussehe, geschweige denn, wie sie sich anfühle, und Bohemund habe ihn eingeladen, von jenem gewissen Tisch zu essen, den der Statthalter reich gedeckt zurückgelassen habe.

Wenn der Eunuch wisse, was er meine.

Yussuf konnte es sich denken und sah ein, daß er vielleicht einen gottesfürchtigen Mann vor seiner Schande hätte bewahren können, nicht aber diesen rohen Schlagetot, dem nichts so wichtig schien wie sein Schwanz. Der Eunuch spuckte verächtlich aus, mußte sich aber zugleich eingestehen, daß er auf diesem Gebiet nicht unbedingt Experte war.

Fachmann war er, was den Harem betraf, und Bohemund hatte ihm angeboten, sein Amt auch weiterhin auszuüben, und den fragenden Blick des Eunuchen richtig gedeutet. Er, der Fürst von Tarent, sei schließlich Normanne und kein gottverdammter Heide. Er komme mit seiner jetzigen Freundin durchaus zurecht und brauche keine aufgeputzten und rasierten Hühnchen.

Aber anschauen – hatte er nach einiger Zeit hinzugefügt – würde er sich diesen Stall mit den angemalten Hühnchen schon gerne einmal. Man habe ja hin und wieder Gäste, und da gelte es schließlich zu wissen, welche netten Geschenke man im Zweifelsfall so zur Hand habe. Der Eunuch dachte an den Kommandanten der Zitadelle, dann an die Dritte Frau. Und dann ging er Bohemund voraus zu den Gemächern der Frauen.

Es war eine mondhelle Nacht. Schwerer Duft stieg aus den Blumenbeeten hoch, und das Konzert Tausender von Zikaden übertönte das flüchtige Geräusch, das die nackten Füße der Männer auf den warmen Platten machten, als sie die gewundene Freitreppe zum hinteren Teil der Palastanlage emporstiegen.

Yussuf ging direkt auf jene Tür zu, durch die er schon so oft heimlich geschlüpft war. Sie war nur angelehnt, und die Angel gab nicht den geringsten Seufzer von sich, als sie leise aufschwang. Auch der Eunuch unterdrückte einen Seufzer. So ähnlich hatte er es sich erhofft. Die Dritte Frau lag bäuchlings und splitternackt in den Kissen, ihr vorschriftsmäßiges Hinterteil der Tür zugewandt, und nichts anderes war in dem kleinen Raum zu hören als das zufriedene Schnarchen der anscheinend betrunkenen Venezianerin.

Und der belustigte Pfiff des Normannenfürsten.

Mit zornsprühenden Augen sah sich der Eunuch nach irgend etwas um, was als Schlaginstrument hätte dienen können, fand aber nur weiche Kissen und riß deshalb eine Kordel von der Wand, mit der die Papiertapeten vor dem Fenster hochgezogen wurden. Damit drosch er auf die nackte Frau ein.

Schamlose Hure, Tochter einer läufigen Hündin, wie kannst du es wagen, dich so deinem neuen Herrn zu zeigen? Steht nicht geschrieben, daß die Frauen sogar ihren Silberschmuck vor Fremden unter dem Gewand zu verstecken haben, und du zeigst aller Welt deine riesigen Wassermelonen? Und schreibt der Prophet nicht vor, daß du dein Gewand hinunterziehen sollst, damit niemand deine Schande sehe, und du prahlst mit deinen geheimsten Öffnungen wie eine geile Kamelstute?

Unter gräßlichen Verwünschungen prügelte der Eunuch die aus ihrem friedlichen Schlaf hochschreckende Rothaarige quer durch den Garten in den unteren Teil des Parks, und sie begriff geistesgegenwärtig, daß von ihr ein gellendes Geschrei erwartet wurde, obwohl das dünne Kördelchen ihr wenig zuleide tat.

Es dauerte ein paar Minuten, ehe Yussuf zu Bohemund zurückkehrte, völlig sicher, daß sich von nun an alle Frauen nicht nur in der gebührenden Kleidung, sondern auch mit dem Respekt zeigen würden, den sie ihrem neuen Besitzer schuldeten. Auf die Rothaarige allerdings, sagte der Eunuch zu dem Normannen, werde man für die nächste Zeit verzichten müssen. Sie werde morgen und an den folgenden fünf Tagen derart ausgepeitscht werden, daß sie keinesfalls in der Lage sein dürfte, das Begehren eines Mannes zu wecken, noch gar seine Geilheit zu stillen.

Sagte der Eunuch und fügte still hinzu: Außer der meinen.

Am nächsten Tag feiern die christlichen Ritter die Taufe Achmed ibn Merwans. Sie feiern sie auf sehr unchristliche Art, indem sie etliche Fässer Wein leer saufen und das den Strenggläubigen im Grunde verbotene Getränk nicht nur den Frauen des Harems, sondern auch dem Eunuchen gewaltsam einflößen.

Ob es stimme, daß Muselmanen nur nachts vögeln dürften, grölt ein Ritter über den Tisch hinweg dem Eunuchen zu. Und Yussuf antwortet mit schwerer Zunge, daß dies nur während des Ramadan gelte. Nur im Fastenmonat, aber der sei längst vorbei. *Um so besser!* Der Ritter brüllt vor Begeisterung und zwingt die Erste Frau Yaghi-Siyans, sich mit dem Bauch über eine Lehne zu beugen. Dann zerrt er ihr das Gewand hoch und nimmt sie von hinten, als würde er auf ein Schaf steigen.

Es ist eine Schande.

Zwei andere Ritter zeigen sich gegenseitig die Brüste ihrer Damen und streiten sich erbittert darüber, welche die pralleren hat. Eine andere Frau aus dem Harem bemüht sich vergeblich, einen sturzbetrunkenen Ritter zu erregen, indem sie seine schlappe Hand zwischen ihre Schenkel führt.

Dem Eunuchen wird schlecht. Er taumelt, versucht sich irgendwo festzuhalten, reißt dabei jedoch einen Tisch mit gläsernen Kelchen um und stürzt zwischen die Scherben auf den Rücken. Sein Gewand rutscht hoch.

Es wird ganz still.

Er ist viel zu betrunken, um sich schnell zu bedecken, und als ihm endlich bewußt wird, daß alle auf das starren, was ihm fehlt, findet er den Saum seines Gewandes nicht und greift ins Leere. Die Ritter drängen näher.

Ja, was haben wir denn da? Einen Mann ohne Schwanz oder ein Mädchen ohne Schlitz? Torkelnd umringen sie ihn, bis einer auf die Idee kommt, daß man zusehen will, wie er denn pißt, der kleine Schwuli. *KanntupipimachenohnePippimann?* Und sie wollen sich ausschütteln vor Lachen und greifen mit unsicheren Fingern nach dem polierten Elfenbeinstift, der seine geheime Öffnung verschließt, während er verzweifelt versucht, die Beine zusammenzupressen.

Und dann lassen sie ihn plötzlich los. Bohemund steht über ihm. Schwankend zwar, aber noch sicher genug, um zwei seiner Peiniger mit den Köpfen aneinanderzuschlagen, was ein häßliches Geräusch verursacht.

Sie sollen ihn loslassen! Sofort! Der Normanne brüllt wie ein Stier. Wer diesem armen Schwein etwas antue, dem werde er selber den Schwanz abreißen, damit er weiß, wie das ist. Verschwinden sollen sie! Abhauen!

Yussuf zeigt seine Dankbarkeit, indem er Bohemund ein paar Liter Rotwein über die Füße kotzt. Der tritt angewidert zurück. Das Fest der heiligen Taufe ist vorbei.

Bohemund läßt ihn nicht ausschlafen, sondern ruft ihn schon kurz nach Sonnenaufgang zu sich. Die blauen Augen des Normannen sind blutunterlaufen, und das blonde Haar hängt ungewaschen und strähnig auf seine Schultern.

Der Eunuch hätte ihm gerne seine Dankbarkeit bezeugt, sogar mehr als das, aber der Prophet warnt vor solchen Freundschaften. *Ihr Ungläubigen,* so steht es geschrieben, *nehmt euch nicht die Juden und die Christen zu Freunden. Wenn einer von euch sich ihnen anschließt, gehört er zu jenen und nicht mehr zur Gemeinschaft der Gläubigen.*

Yussuf unterdrückt aufkommende Rührseligkeit, beschließt, es bei der Dankbarkeit zu belassen, und hört zu, was der Fürst von Tarent ihm zu sagen hat. Und das ist eine ganze Menge. Bohemund beschwert sich über Raimund und betrauert den Tod des Bischofs Adhemar, beschimpft den feigen Stephan von Blois, der das Hasenpanier ergriffen hat, und lobt den tollkühnen Gottfried, der für ihn der einzige Mann ist bei diesem Unternehmen. Neben Tankred natürlich.

Trotz seiner dumpf pochenden Kopfschmerzen hört der Eunuch aufmerksam zu. Vieles weiß er zwar, aber es kann ja nicht schaden, es aus erster Hand bestätigt zu bekommen. Anderes ist ihm völlig neu, und so sitzt er da und verflucht den Wein und diejenigen, die ihn gestern in ihn hineingeschüttet haben. Er fragt sich, was Bohemund eigentlich von ihm will, und hört den Normannen sagen, daß er – obwohl er ein Ungläubiger sei – anscheinend doch den notwendigen Verstand besitze, um eine Botschaft nach Jerusalem zu bringen. Bohemunds persönliche Botschaft an Ifthikar ad-Daula, den Kommandanten der dortigen Garnison.

Nach Jerusalem? Blut schießt in das Gesicht des jungen Mannes. Sein Herz macht sich selbständig, seine Hände krallen sich in das Polster des Schemels. Er soll nach Jerusalem geschickt werden? In die Heilige Stadt? Noch bevor die Christen dort eintreffen?

Gleich wird er ohnmächtig werden.

Ob was los sei, brummt der Riese vor ihm. *Nein, nichts, nur der Wein gestern.* Der junge Mann stammelt wirres Zeug. Und Bohemund murmelt etwas von den jungen Leuten von heute, die allesamt Waschlappen sind.

Umständlich erklärt er, daß es bekanntlich zwei Sorten von Ungläubigen gebe: zum einen die Seldschuken und das übrige Türkenpack, das aus dem Osten komme, und zum anderen die Fatimiden, die von Kairo aus nach Norden drängen. Der Eunuch hat sich einigermaßen gefaßt und bemüht sich um ein ausdrucksloses Gesicht. Vielleicht sollte er darauf hinweisen, daß er die Geschichte des Islam über Jahre hindurch in der Medresse studiert hat und daß die Fatimiden von den Seldschuken aus Syrien vertrieben worden sind und gerade damit begonnen haben, sich Teile ihres einstigen Besitzes zurückzuerobern. Und wieso weiß dieser Bohemund anscheinend nicht einmal, daß sie auch Jerusalem lange Zeit besessen, dann an die Seldschuken verloren und erst vor einem Jahr von ihnen zurückerobert haben?

Auch daß Jerusalem neben Mekka und Medina die heiligste Stadt der Muselmanen ist, sollte selbst ein so ungebildeter Mann wie Bohemund eigentlich wissen. Aber anscheinend hat er davon noch nie gehört, denn sonst würde er dem Eunuchen nicht diese merkwürdige Botschaft mit auf den Weg geben:

An Ifthikar ad-Daula, dem Kommandanten der Festung Jerusalem, von Bohemund, dem Fürsten von Tarent und Befehlshaber der Festung Antiochia.

Das Heer der Christen ist aufgebrochen, um die Heilige Stadt Jerusalem zu erobern, die seit vielen Jahren von Männern Deines Glaubens besetzt gehalten wird. Nimm meinen Rat an und gib diese Stadt der Christenheit zurück. Wie Du aus der Tatsache ersiehst, daß ich hier in Antiochia bleibe, habe ich persönlich keinerlei Interesse an Jerusalem, aber die christlichen Ritter werden auf keinen Fall in ihre Heimat zurückkehren, ehe sie die ihnen heilige Stadt nicht aus den Händen der Muselmanen befreit haben werden. Opfere nicht Deine Freiheit und das Blut Deiner Männer wegen einer für Dich unbedeutenden Stadt.

Übergib sie jedoch nicht irgendeinem der christlichen Heerführer, sondern ausschließlich meinem Neffen Tankred, der sich für Deine Sicherheit verbürgen wird. Der Mann, der diese Botschaft überbringt, ist von Deinem Glauben, und er wird Dir bestätigen, daß ich auch den Kommandanten der hiesigen Festung in allen Ehren aufgenommen habe, denn ein Normanne bricht sein Wort nie.

Sprich weiter, Bohemund, erzähle noch mehr von diesem Unfug. Ich werde alles in Jerusalem melden, aber erst dort werde ich darüber lachen; sprich weiter, egal was du mir aufträgst; alles werde ich tun, wenn du mich nur nach Jerusalem schickst.

Der Eunuch rutscht unruhig auf seinem Schemel hin und her. Aber er ist noch nicht entlassen. Es gibt noch eine Botschaft an Tankred, die er ebenfalls auswendig lernen muß, denn er darf nichts Geschriebenes bei sich führen.

Diesmal ist die Anrede kürzer:

An Tankred von Bohemund. Der Mann, der diese Nachrichten überbringt, reitet weiter mit einer Botschaft an Ifthikar ad-Daula in Jerusalem. Gib ihm zwei Mann als Begleitschutz mit.

Ich habe schlechte Neuigkeiten. Unser Freund, der Kaiser, hat uns wissen lassen, daß er in seiner großen Güte nunmehr willens ist, uns zu Hilfe zu kommen, wenn Ihr Eurerseits mit dem Weitermarsch nach Jerusalem bis Juni wartet. In diesem Fall werde er sich an die Spitze des christlichen Heeres setzen.

Das fehlt uns noch, daß wir jetzt einen Oberbefehlshaber aus Konstantinopel bekommen, der selbstredend nichts lieber täte, als mir Antiochia wieder abzunehmen. Raimund, dieser Heuchler, würde sich natürlich diebisch freuen. Mache also entsprechende Stimmung unter den anderen, daß sie zum sofortigen Aufbruch drängen.

Du kannst ihnen auch sagen, daß wir Briefe von Alexios nach Kairo abgefangen haben, in denen er den Fatimiden versichert, er habe mit uns nicht das geringste zu schaffen und sei immer für gutnachbarliche Beziehungen. Das wird diesen Verräter im Heer wohl die letzten Freunde kosten.

Wenn Ihr Jerusalem belagert und der Kommandant Ifthikar Kontakt zu Dir aufnehmen sollte, behandle ihn wie ich damals Firuz. Wenn Du Glück hast, übergibt er Dir die Stadt. Ich in Antiochia und Du in Jerusalem. Das wäre gerechter Lohn für unsere Anstrengungen und eine besonders bittere Pille für Raimund.

In dieser Nacht schläft Yussuf nicht. Er geht auch nicht zur Dritten Frau, die wahrscheinlich auf ihn wartet. Am frühen Morgen reitet er los.

Er erreicht das nach Süden ziehende christliche Heer am Hundefluß, wo es auf fatimidisches Gebiet vorstößt. Tankred stellt ihm ein frisches Pferd zur Verfügung und gibt ihm zwei Berittene zur Seite. Ein paar Tage lang geht alles gut, und sie kommen schnell voran. Der Eunuch erinnert sich daran, daß bei solchen Gelegenheiten die vorgeschriebenen Gebete verkürzt werden dürfen, und seine christlichen Begleiter enthalten sich jeder Bemerkung, wenn er seinen kleinen Teppich auf der Erde ausbreitet.

Alles scheint nach Plan zu verlaufen. An einem Paß bei Tyros jedoch geraten sie in einen fatimidischen Hinterhalt, und der Eunuch pocht vergebens auf seinen Status als Botschafter. Man hält sie für Spione, und so legen sie die restliche Strecke nach Jerusalem zu Fuß zurück. Mit einem Strick um den Hals und die letzten beiden Tage barfuß. Aber glücklich.

Zumindest was Yussuf betrifft.

Die Strapazen sind vergessen. Yussuf ist in Jerusalem. Er hat in der Al-Aqsa-Moschee gebetet, und nicht einmal der ungeheure Lärm, der die ganze Stadt erfüllt, hat ihn in seiner Andacht gestört. Auf den Mauern wimmelt es von Menschen. Alle Bürger sind aufgerufen, sich an ihrer Instandsetzung zu beteiligen.

Der fatimidische Wesir Schah-an-Schah el-Afdal in Kairo hatte sich den Krieg zwischen Christen und Seldschuken im Norden zunutze gemacht und war in Palästina eingefallen, wo Soqman und Ilgazhi herrschten, die sich in das schwer befestigte Jerusalem zurückzogen und auf Hilfe aus Damaskus warteten. Die aber kam nicht. Dafür aber el-Afdal mit schwerem Belagerungsgerät. Vierzig Tage lang schoß er die Mauern sturmreif. Dann kapitulierte die Besatzung gegen die Zusicherung freien Abzugs. Jerusalem war wieder in den Händen der Fatimiden, aber seine Mauern bestanden nur noch aus Trümmern.

Und die Christen waren im Anmarsch.

Der Wesir hatte Ifthikar jede Unterstützung gewährt, Steinmetze aus Ägypten waren eingetroffen. Zimmerleute und Maurer, aber der Kommandant sah sich trotzdem gezwungen, alle Einwohner der Stadt wenigstens für einige Stunden am Tag zum Steineschleppen und Mörtelmischen heranzuziehen. Die Zeit drängte, und es wurde kein Unterschied gemacht zwischen Juden, Christen und Muselmanen; nicht einmal zwischen Männern und Frauen.

Der Eunuch schaut über das tief eingeschnittene Tal des Kedron-Baches hinüber zum Ölberg. Dort lassen sich die frommen Juden begraben, damit sie ganz nahe dabei sind, wenn der Messias kommt. Yussuf zuckt die Achseln.

Aberglaube.

Das Gottesurteil

Tod eines Propheten
Juni 1099

Der Mönch ist in die Knie gesunken. Tränen bahnen sich einen Weg durch die salzverkrusteten Runzeln seiner faltigen Haut und versickern im wilden Gestrüpp seines weißen Bartes. Seine Hände umklammern den knorrigen Pilgerstock, den er in einem Tal abgebrochen hat, wo es noch Bäume gab. Seine Kutte ist nur noch ein staubstarrender Fetzen grauschwarzen Tuchs; seine Sandalen hat er in Emmaus zurückgelassen, nachdem die mehrfach gerissenen und wieder zusammengeknoteten Riemen endgültig durchgescheuert waren. Aber er ist angekommen. Er ist tatsächlich angekommen.

Alkuin hört nicht den Jubel und das Geschrei der anderen; nicht den ungeheuren Lärm, den sie vollführen, indem sie in die Hörner blasen und mit Schwert oder Streitaxt gegen Brustpanzer und Beinschienen schlagen; nicht das trunkene Lachen der Männer und das übermütige Kreischen der Huren. Er sieht nur – weit in der Ferne – eine riesige dunkle Kuppel in der Sonne dieses heißen Junitages, und er weiß, daß Jerusalem vor ihm liegt. Sie sind tatsächlich angekommen.

Acht lange Jahre sind ins Land gegangen, seitdem er das Kloster im Schwarzwald auf Geheiß seines Abtes verlassen, und immerhin schon drei, seit er das fürchterliche Wüten unter den Judengemeinden am Rhein miterlebt hat. Vor genau zwei Jahren hat er in der Schlacht einen Menschen erschlagen; ein Alptraum, der ihn auch heute noch verfolgt. Aber jetzt soll all das wenigstens für Minuten vergessen sein. Er ist tatsächlich angekommen.

Nein, das sei nicht die Kirche über dem Grab Christi, hört er neben sich einen Bewaffneten sagen, der vor langer Zeit schon einmal als Pilger die heiligen Stätten besucht hat. Über zehn Jahre sei das nun her, aber das wisse er ganz genau: Die Grabeskirche liege versteckt im Häusermeer, während das da oben ein Gotteshaus der Ungläubigen sei, errichtet über der Stelle, wo einst der Tempel Salomos stand.

Es wäre dem Mönch schicklicher erschienen, wenn nicht eine Stätte der Muselmanen derart prachtvoll hergerichtet wäre, sondern das Grab des Erlösers, aber dann besinnt er sich darauf, daß Jesus kein Mann des Prunks war, und außerdem werden die Ritter den Heidentempel dahinten sowieso dem Erdboden gleichmachen. Vielleicht schon morgen. Jedenfalls noch in dieser Woche.

Dieser Hügel hier, auf dem sie jetzt stünden, schwätzt der angetrunkene Soldat neben ihm weiter, heiße seit alters her »Berg der Freude« wegen der Begeisterung, die den Pilger überkomme, wenn er von hier aus zum erstenmal die Heilige Stadt erblicke. Und da stimmt ihm der Mönch zu. Nie in seinem Leben ist er glücklicher gewesen als in diesem Augenblick, und er gelobt seinem Herrgott im stillen, daß er dankbar kommen werde, wenn ER ihn in diesem Augenblick zu sich rufen sollte. Aber anscheinend hat der Allerhöchste noch nicht das Bedürfnis, ihn um sich zu haben, und so erhebt sich Alkuin ächzend mit Hilfe seines Wanderstabes und humpelt hinter den vielen anderen Pilgern her, die sich als Teil des riesigen Heerwurms den Mauern der Stadt nähern.

Am Abend schlagen sie vor der Festung Jerusalem ihr Lager auf.

Ein blakendes Öllämpchen kämpft tapfer gegen die Dunkelheit an. Normalerweise ist Feuer im Zelt strengstens verboten, aber

Raimund von Aguilers, der den alten Mönch nach dem Tod des Bischofs unter seine Fittiche genommen hat, besitzt eine der ganz wenigen Ausnahmegenehmigungen. Raimund nämlich gehört zu den Chronisten, die der Nachwelt über den Verlauf des Kreuzzugs berichten sollen. Der Mönch weiß nicht, ob sein Zeltgenosse im Auftrag des Grafen von Toulouse schreibt oder für ein Kloster; es geht ihn auch nichts an. Aber er genießt dankbar den Schutz dieses angesehenen Mannes, der in der Kathedrale von Antiochia dabei war, als die heilige Lanze gefunden wurde, er hat sie in die Schlacht gegen Kerbogha getragen, und im Gegensatz zu seinem Bischof, dem verstorbenen Adhemar von Le Puy, hat er inbrünstig an das Wunder geglaubt.

Alkuin ist inzwischen skeptischer, was Wunder angeht. Gottlob fragt ihn niemand nach seiner Meinung. Dafür ist er ganz einfach zu unbedeutend. Aber die Geschichte mit Peter Bartholomäus hat ihm doch sehr zu denken gegeben.

Raimunds Gänsekiel kratzt mißtönend über das Pergament und erinnert den alten Mann vorwurfsvoll daran, daß ein Brief an den Abt überfällig ist. Sein letzter Bericht liegt immerhin zwei Jahre zurück. Nachdem er gebeichtet hatte, daß er zum Mörder geworden ist, hat er sich nicht mehr getraut, nach Hause zu schreiben. Nicht bevor er sich in Jerusalem von seinen Sünden hat freisprechen lassen.

Außerdem: Lebt sein Abt überhaupt noch? Ist da noch irgend jemand, der sich seiner erinnert? Schließlich war er damals der bei weitem älteste Mönch im Kloster, und allein deshalb hatte der Abt geglaubt, daß er reif genug sei, den Anfeindungen der heidnischen Welt zu widerstehen. Der Mönch denkt flüchtig an die Huren im Lager, die ihn – wie er sich eingestehen muß – tatsächlich vorübergehend verwirrt haben, aber das ist Vergangenheit. Inzwischen fühlt er sich zu alt, um derartigen Versuchungen ausgesetzt zu sein. Was diese Dinge angeht, ist seine früher zuweilen ausschweifende Phantasie wie tot.

Von seinem Fleisch ganz zu schweigen.

Von Jerusalem aus wird er nach Hause schreiben. Das nimmt er sich ernsthaft vor, und bei näherer Betrachtung scheint es auch völlig gleich, ob der alte Abt noch lebt oder ob sich irgendwer im Kloster an ihn erinnert. Von Raimund hat er gelernt, daß es wichtig ist, Geschehenes festzuhalten, weil es nur wenige gibt, die des Schreibens kundig sind. Wenn aber die Mönche zu träge dazu sind – wer sonst würde es tun?

Gern möchte er wissen, was Raimund da schreibt, aber der weigert sich, ihm das Geschriebene vorzulesen. Ob er immer noch an die Visionen glaubt? Selbst nach Arqa noch?

Es war wie immer gelaufen: Bohemund hielt Antiochia besetzt und war so besorgt, daß man es ihm wieder abnehmen könnte, daß er sich weigerte, mit nach Jerusalem zu ziehen. Er ließ Tankred beim Heer, damit dieser seine Interessen vertrete. Was der auch tat. Graf Raimund hätte am liebsten auf den Kaiser aus Konstantinopel gewartet, weil er sich ihm durch seinen Eid verpflichtet fühlte. Inzwischen aber hatte man erfahren, daß der Kaiser keinerlei Interesse daran hat, die ritterlichen Pilger zu unterstützen, weil er ihnen nicht über den Weg traut. Statt dessen verhandelt er noch immer mit den türkischen Seldschuken und den arabischen Fatimiden, die inzwischen wieder Herren von Jerusalem sind.

Endlose Nächte stritten sich die hohen Herren darüber, ob und wann man denn nun aufbrechen solle. Und wie man sich den muselmanischen Fürsten gegenüber verhalten solle, die alle Gebiete kontrollierten, durch die man auf dem Weg nach Jerusalem ziehen mußte. Sollte man mit ihnen verhandeln oder sie bekriegen? Sollte man sich durch Tribut den freien Durchzug erkaufen, oder schien es möglich, den Durchgang zu erzwingen und selber Tribut zu erheben? Sollte man den Weg durchs Gebirge suchen oder lieber einen einfachen an der Küste entlang, so daß man jederzeit Nachschub auf dem Seeweg erhalten konnte?

Im Emir von Tripolis, einem gewissen Dschalal el-Mulk Abul Hassan, hätte man einen guten Verbündeten gewinnen können, denn der betrieb eine Schaukelpolitik zwischen Seldschuken und Fatimiden, und nachdem die Seldschuken in der Person von Kerbogha eine schwere Niederlage erlitten hatten, suchte er nun Mitstreiter gegen das von den Fatimiden beherrschte Jerusalem. Einfacher konnte man keine Hilfe bekommen, aber nachdem Raimunds Gesandte den Emir in Tripolis aufgesucht und dessen Reichtum gesehen hatten, überredeten sie den Grafen, den Emir massiv zu erpressen.

Zunächst ließ Raimund von einer kleinen Truppe die Hafenstadt Tortosa umzingeln. Als die Männer nachts unzählige Feuer rings um die Mauern anzündeten, glaubten die Verteidiger, ein riesiges Heer würde angreifen, und machten sich über die See davon. Ermutigt von diesem Erfolg begann Raimund mit der Belagerung von Arqa, aber diese Stadt erwies sich als wesentlich widerstandsfähiger. Sie war hervorragend befestigt und zu groß, als daß man sie ringsum hätte einschließen können. An Aushungern war also nicht zu denken.

Als der Graf erkannte, daß die Stadt nicht im Handstreich zu nehmen war, hätte er die Belagerung am liebsten abgebrochen, aber damit hätte er dem Emir seine Schwäche verraten, was natürlich verheerende Folgen hätte nach sich ziehen können. So schleppte sich die Belagerung dahin, und die Soldaten, ausnahmsweise einmal bestens verproviantiert, rissen sich kein Bein aus, um die Mauern zu erstürmen.

Ein Gerücht jagte das andere. Angeblich rückte der Kalif von Bagdad mit einem muselmanischen Ersatzheer Arqa zu Hilfe. In Panik rief Raimund Gottfried und Robert von Flandern zu sich, die gerade eine andere Hafenstadt belagerten. Der Kalif von Bagdad kam nicht, aber dafür hatte Raimund, in Abwesenheit von Bohemund vorübergehend unangefochten Führer des Heeres, plötzlich wieder zwei Rivalen am Hals, die nicht daran dachten, sich seiner Autorität zu beugen.

Schließlich trafen Boten ein, die aus Jerusalem die Nachricht brachten, daß die Fatimiden den Christen freien Besuch der heiligen Stätten zusagten, unter der Bedingung, daß diese auf sämtliche kriegerischen Akte verzichteten. Ein Angebot, das natürlich abgelehnt wurde und das Heer in dem Wunsch bestärkte, sofort nach Jerusalem aufzubrechen.

Graf Raimund indes wollte auch vor den anderen Rittern sein Gesicht nicht verlieren und bestand darauf, zunächst Arqa zu erobern, was endlich die bekannten Träumer auf den Plan rief. An der Spitze aller Wahrsager erschien natürlich Peter Bartholomäus, ein Busenfreund des Grafen, und erzählte, Christus persönlich sei ihm in Begleitung der Heiligen Petrus und Andreas erschienen, und ihre Nachricht sei eindeutig gewesen: *Sofortiger massiver Angriff auf Arqa!*

Eine Botschaft, die bei den Gegnern Raimunds jedoch nur noch Hohngelächter hervorrief. Der Feldprediger Roberts von der Normandie, ein gewisser Arnulf, erklärte in aller Öffentlichkeit (und vermutlich auch im Auftrag seines Herrn), das ganze Spektakel mit der heiligen Lanze sei doch offensichtlich ein inszeniertes Theater gewesen, an das nicht einmal der verstorbene Bischof von Le Puy geglaubt habe.

Aber es gab auch Gegenstimmen: Der neue Freund des Mönches, Raimund von Aguilers, erinnerte daran, daß er selbst die Reliquie geküßt habe, als sie noch verdreckt im Boden der Kathedrale gelegen habe, und ein gewisser Desiderius verstieg sich sogar zu der Behauptung, der allen als solcher bekannte Skeptiker Adhemar sei ihm erschienen und habe behauptet, er müsse nun im Höllenfeuer schmoren, weil er damals an der heiligen Lanze gezweifelt habe.

Das wiederum rief den heftigen Protest der gesamten Opposition hervor, so daß Peter Bartholomäus schließlich in seinem Zorn schrie, er werde sich jedem gewünschten Gottesurteil stellen. Der Allmächtige werde schon beweisen, wer hier frevele und wer nicht. Da verstummten alle Anwesenden, und nach einer langen Pause erhob sich Graf Raimund und verkündete feierlich, daß er dieses Angebot im Namen der ewigen Wahrheit annehmen werde. Das Gottesurteil werde am Karfreitag stattfinden.

Der 8. April des Jahres 1099 nach Christi Geburt begann mit einem schweren Gewitter, das auch für diese Region der Erde ungewöhnlich war. Am Tag zuvor hatte es noch – ebenso selten im April – leicht geschneit, aber dann schob sich plötzlich schwülwarme Luft vom Meer her über das Land, und sintflutartige Regengüsse machten es notwendig, die beiden aus trockenem Gezweig errichteten Scheiterhaufen, die Kriegsknechte des Grafen von Toulouse oberhalb des Lagers aufgeschichtet hatten, vorübergehend mit Lederhäuten abzudecken.

Kurz vor drei Uhr am Nachmittag, zur Todesstunde Christi, führten psalmodierende Mönche Peter Bartholomäus aus seinem Zelt zu der Anhöhe. Er trug nur ein langes weißes Büßerhemd auf dem ansonsten nackten Körper. Seine Hände waren auf dem Rücken zusammengebunden, und um seine Hüfte hatte man ein Seil geschlungen, dessen Ende zwei Bewaffnete hielten, damit er nicht der Versuchung nachgeben konnte, möglichst schnell durch die Flammen zu laufen, sondern gezwungen war, sie gemessenen Schrittes zu durchschreiten. Er ging barfuß, und auch sein langes Haupthaar war nicht bedeckt.

Raimunds Gegner hatten angeregt, daß alle, die behauptet hatten, ebenfalls Visionen gehabt zu haben, zusammen mit Peter Bartholomäus durch die Flammen gehen sollten, aber Raimund hatte befunden, daß ein einziges Gottesurteil genüge. Man dürfe den Allerhöchsten nicht zu häufig versuchen.

Alkuin würde gerne wissen, ob auch Raimund von Aguilers bereit gewesen wäre, für seine Aussagen *durchs Feuer zu gehen*, aber er hat nicht den Mut, ihn zu fragen. Während die Feder des Chronisten geduldig über das rauhe Pergament kratzt, erinnert sich der Mönch schaudernd an jenen Apriltag vor Arqa, an dem die Knechte des Grafen von Toulouse die Reisigbündel in Brand setzten.

Zwei Meter hoch war das dürre Holz gestapelt, und der Durchgang zwischen den beiden Scheiterhaufen war lediglich eineinhalb Schritt breit, aber fünf Meter lang. An seinem Ende drängte sich das Volk, gierig zu sehen, in welchem Zustand der vermeintliche Seher dieser Flammenhölle entkommen würde.

Vor der Gasse hatten Bewaffnete dergestalt Aufstellung genommen, daß ihre waagerecht vorgestreckten Lanzen eine Art Trichter bildeten, an dessen Ende der Eingang in die flammende Hölle lag. In diesen Trichter wurde nun Peter Bartholomäus geführt, der noch einmal niederkniete und ein kurzes Gebet sprach. Dann erhob er sich, und mit dem Ruf *Gott wird es zeigen* schritt er anscheinend furchtlos ins Feuer.

Plötzlich jedoch spannte sich das Seil, das um seine Hüften befestigt war und ein schnelles Laufen verhindern sollte. Die beiden Kriegsknechte, die das Tau hielten, stemmten die Fersen in den Boden, und jeder konnte sehen, wie sich das Seil so stark straffte, daß die Männer Mühe hatten, es nur langsam durch ihre behandschuhten Hände gleiten zu lassen.

Aus der Menge hinter den Scheiterhaufen stieg ein Schrei hoch. Einer lodernden Fackel gleich erschien die wankende Gestalt des Propheten. Das Hemd war verbrannt, das Haar abgesengt, der Körper ein Klumpen verkohltes Fleisch. Die Menge stürmte auf den Todwunden zu, umringte ihn, warf sich über ihn, riß ihn zu Boden. Bewaffnete stachen mit den Schäften ihrer Lanzen in die Leiber der rasenden Menschen, aber es dauerte lange Minuten, bis der Mann geborgen wurde.

Zu retten war er nicht.

Mehr als eine Woche kämpften die Ärzte aus des Grafen Raimunds Umgebung um sein Leben. Dann starb Peter Bartholomäus. Man versuchte, das Gerücht zu verbreiten, er sei unversehrt den Flammen entkommen, und erst die neugierige Menge habe ihn ins Feuer zurückgestoßen. Aber diese Geschichte mochte niemand glauben. Auch nicht der Mönch, denn wenn Gott seinen angeblichen Seher beim Gang durch die beiden Scheiterhaufen auf wundersame Weise beschützt hat, warum sollte er ihn dann durch eine rasende Menge töten lassen?

Vermutlich – denkt Alkuin – hat der Bischof doch recht gehabt. Daß sie in dieser Nacht vor den Mauern Jerusalems schlafen, ist eindeutig Gottes Wille. Was braucht ER dazu eine Wunderlanze oder Heilige, die plötzlich zusammen mit den anderen Rittern im Heer kämpfen? Ist es nicht kleinmütig zu glauben, daß Gott sich derart zweifelhafter Mittel bedienen müßte? Wozu hat Gott uns den Verstand gegeben, wenn wir ihn in Notsituationen plötzlich abschalten sollen? Braucht ein Christ Wunder, um an den Allmächtigen zu glauben? Steht nicht geschrieben, daß diejenigen selig sind, die nicht sehen und dennoch glauben?

Unablässig kratzt die Feder des Chronisten. Alkuin murmelt ein gute Nacht und sucht im Boden nach einer kleinen Mulde für seine Schulter, während er sich auf die Seite dreht. Auch Raimund brummt etwas von angenehmer Nachtruhe und schreibt weiter die Wunder auf, die bislang geschehen sind.

Morgen, denkt der Mönch, wenn wir Jerusalem erobert haben, werde auch ich schreiben. An den Abt. Wie wir hierhergekommen sind. Einfach so. Und eigentlich ganz ohne Wunder.

Die Schande

Ende einer Leidenschaft
Juni 1099

Eine blutrote Abendsonne wirft ihre letzten Strahlen auf die Spitzen der Zelte. In der Ferne wacht rosafarben der Turm des heiligen Stephan über die Stadtmauern, auf denen es hin und wieder grell aufblitzt, wenn sich das Licht der untergehenden Sonne in einer Lanzenspitze oder einem Krummsäbel widerspiegelt. Bald wird sich die Nacht über das Lager der Christen senken.

Die Frau lehnt sich mit dem Rücken gegen eine Böschung und schaut von dem kleinen Hügel herab auf das Gewimmel zu ihren Füßen. Abgesattelte Pferde werden in eine Koppel geführt, Hunde schwänzeln um Frauen herum, die frisch gebackenes Fladenbrot zum Verkauf anbieten, nackte Kinder balgen sich im Staub, Kriegsknechte würfeln um Beutestücke, und vor einem großen blauen Zelt am äußersten Rand des Lagers versuchen Huren mit entblößten Brüsten, Kundschaft anzulocken.

Nur wenige Männer zeigen Interesse.

Duna verzieht schmerzhaft das Gesicht. Das Kind ist wach geworden und strampelt gegen ihre Bauchdecke. Verstohlen schaut sie sich um. Hier oben gibt es niemanden, der sie beobachten könnte. Nur eine Krähe flattert gleichgültig vorüber. Sie streift das schmutzstarrende Hemd bis zu den Hüften hoch und tastet nach der Wölbung ihres Bauches. Er ist hart und spannt. Dann fühlt sie wieder das ungeduldige Treten der kleinen Füße.

In einem kleinen Nest irgendwo am Orontes ist es passiert. Im Oktober vergangenen Jahres. In und um Antiochia herrschte noch immer Hunger. Graf Raimund von Toulouse war zu einem Raubzug aufgebrochen und hatte Rugia erobert. Es wohnten keine Christen dort, nur Ungläubige, und man war nicht besonders freundlich mit ihnen umgegangen. Um genau zu sein: Man hatte sie ausgerottet. Bis auf die wenigen, für die der Sklavenhändler zumindest ein paar Münzen zu zahlen bereit war.

Im allgemeinen ist es nicht üblich, daß Frauen und Freundinnen die Männer auf den Raubzügen begleiten. Andererseits wird immer wieder ein Auge zugedrückt, sofern das Unternehmen gefahrlos zu werden verspricht. Sie hatte sich dem Ritter aufgedrängt, weil sie von Tag zu Tag stärker spürte, daß er sich von ihr abwandte. Widerwillig hatte er sie schließlich mitreiten lassen, und die anderen hatten keinen Anstoß genommen.

Joscelin gehörte inzwischen zum engsten Kreis des Herrn von Monteil. Seine Gefährten bewunderten seine Tollkühnheit, die Ungläubigen fürchteten seine ungestüme Kraft, und nur einige wenige im Heer beobachteten mit Sorge seine tückische Grausamkeit. Andererseits kam seine abartige Neigung hin und wieder nicht ungelegen.

So bei der Eroberung von Rugia. Nachdem die Beute verteilt war – der Ritter hatte unter anderem ein Fäßchen besten Weines aus dem Keller der örtlichen Taverne in sein Zelt gebracht –, schien es den Herren seltsam, daß überhaupt keine Münzen gefunden worden waren. Irgendwo mußte doch auch Bargeld versteckt worden sein, als das Anrücken des christlichen Kriegshaufens gemeldet worden war. Zum Beispiel das Geld aus der Stadtkasse.

Der Ritter, beauftragt, danach zu fahnden, ließ unter den Gefangenen nach dem Ortsvorsteher und seiner Frau suchen. Am Nachmittag ritt er mit den beiden und ihren halbwüchsigen Töchtern hinaus in die Wüste.

Bis in die Abendstunden hinein wartete Duna auf seine

Rückkehr. Sie trank selten, aber an diesem Tag machte sie eine Ausnahme. Sie ahnte sehr wohl, was da draußen in der Wildnis geschah, und wußte, daß ihr Geliebter erst sehr spät zurückkommen würde. Sie war sich auch darüber im klaren, was er dann von ihr erwartete.

Vor ein paar Monaten erst hatte er – wieder einmal betrunken – in einem seltenen Anfall von Eifersucht nach den Männern gefragt, mit denen sie vor ihm geschlafen hatte; wollte peinliche Einzelheiten über deren körperliche Ausstattung und ihre sexuellen Besonderheiten beim Liebesspiel wissen. Ihrer Beteuerung, daß sie nur einen einzigen Mann besessen (über den zu sprechen sie sich weigerte) und über Jahre hinweg in einem Harem gelebt habe, ohne auch nur einmal angefaßt worden zu sein, schenkte er keinen Glauben.

Anfangs war er nur verärgert, aber ihre Beharrlichkeit machte ihn wütend und schließlich rasend. Er schlug sie mit den Fäusten und seinem schweren Gürtel, warf sie schließlich über einen Schemel und tat ihr auf rohe Weise Gewalt an. Dann schlief er ein. In der Nacht, als ihr Wimmern ihn aufweckte, vergewaltigte er sie noch einmal. Seitdem wußte sie endgültig, was sie bislang nur geahnt hatte: Es gab nichts, was ihn mehr erregte, als Gewalt, die er anderen zufügen konnte.

Duna goß sich einen zweiten Becher Wein ein. Er würde spät kommen, und zwar ohne seine Gefangenen. Er hatte sie bestimmt zum Reden gebracht. Die Frau versuchte, nicht daran zu denken, was er mit den beiden Mädchen gemacht hatte, aber das mißlang ihr.

Sie trank einen dritten Becher und starrte auf die schwere Klappe, die das Zelt verschloß. Durch diese Klappe würde er hereinkommen, mit diesem irren Glitzern in den Augen, und sie auffordern, sich hinzulegen.

Die Frau hielt sich schwankend an der großen Zeltstange fest. Der Pokal in ihrer Hand beschrieb einen großen Kreis. *Keine Sorge, mein Geliebter, ich werde noch einen weiteren Becher dieses köstlichen Weins trinken, und dann noch einen. Aber heute werde ich mich nicht für dich hinlegen. Heute nicht.*

Sie taumelte zu dem Fäßchen, doch der Becher fiel ihr aus der Hand, und als Joscelin am späten Abend heimkam, war sie längst nicht mehr in der Lage, aufrecht zu stehen. Aber das interessierte ihn nicht. Er war nicht einmal wütend. Er nahm sie sofort, und dann noch zweimal während der Nacht.

Und diesmal war er nicht betrunken.

Sechs Wochen später wußte sie, daß sie schwanger war. Ihre Versuche, die Blutung auszulösen, waren eher halbherzig. Sie sprang etliche Male von einem großen Stein auf den harten Boden und versuchte dabei, die Knie möglichst durchgedrückt zu lassen, damit der Aufprall heftiger war, aber es hatte nichts genutzt. Wirksame Getränke waren nicht zu beschaffen, und vor brutalen Eingriffen schreckte sie zurück. Zu lebendig war die Erinnerung an das junge Mädchen, das ihr unter den Händen verblutet war.

Wenn sie nachts wach lag, trauerte sie ihrer wilden Leidenschaft nach, von der lediglich Ekel übriggeblieben war. Gegen die seltener werdenden Zudringlichkeiten des Ritters versuchte sie sich zu schützen, indem sie aufhörte, ihre Kleider zu pflegen, was ihr zuwider war. Noch schwerer fiel es ihr, auf die tägliche Wäsche ihres Körpers zu verzichten, aber sie wollte so abstoßend auf ihn wirken, daß er sie nie mehr anfassen würde, und es war ihr recht, daß sie sich damit von allen weiteren Ausflügen in die Umgebung ausschloß.

So ging das Jahr zu Ende.

Irgendwann im Januar geschah tatsächlich das Wunder: Das Heer brach in Richtung Jerusalem auf. Die Frau sah den Ritter nur noch, wenn er abends nach Hause kam. Manchmal blieb er ganz fort, und sie war froh, daß er sie nicht mehr anrührte und infolgedessen auch das Ausbleiben ihrer Regel nicht bemerkte.

Am Morgen des 6. März erwachte die Frau mit starken Kopfschmerzen. Ihr war eiskalt, ihre Zähne klapperten unkontrolliert, ihre Glieder schmerzten unerträglich. Hohes Fieber schüttelte ihren Körper. Drei Tage lag sie so auf ihrer Matte. Längst hatte sie die Kontrolle über Darm und Blase verloren. Der Ritter stellte einen Krug mit Wasser neben sie. Das war es dann. Zuweilen, wenn sie kurz aus ihrem Dämmerzustand erwachte, rief sie schwach nach ihm. Aber er kam nicht.

Niemand kam.

Duna wußte, daß sie Flecktyphus hatte. Sie kannte die Anzeichen von Kindheit an, denn das gefährliche Fieber grassierte häufig in den Dörfern daheim. Ursache war der Schmutz, der deshalb von den Menschen, die in den kleinen Holzhütten an den Ufern beiderseits der Oder wohnten, erbittert bekämpft wurde. Kleine Tiere, hatte der Vater sie gelehrt, nisten sich in schmutzigen Kleidern ein und beißen die Menschen, wenn sie sich nicht genügend pflegen. Und eben diese Pflege, das wurde ihr sogar in ihren Fieberträumen bewußt, hatte sie in den letzten Monaten sträflich vernachlässigt. Sie hatte einfach nicht daran gedacht, daß es die gefährlichen Beißer auch hier – so weit entfernt von zu Hause – geben konnte.

Am vierten Tag ihrer Krankheit kam der Ausschlag. Vorsichtig betastete sie ihr verschwollenes Gesicht, das nun von Pusteln bedeckt war. Auch auf Armen und Beinen hatten sich Schuppen gebildet. Sie juckten kaum, und sie machte sich keine Sorge, weil sie wußte, daß nun das Schlimmste überstanden war.

Als der Ritter ihr an diesem Tag den Wasserkrug füllte, gelang ihr sogar ein Lächeln.

Joscelin schaute sie nur flüchtig an. Dann prallte er zurück, sah noch einmal genauer hin und stürzte sofort aus dem Zelt. Verwirrt sank die Frau zurück auf die Matte. Bot sie tatsächlich einen so schrecklichen Anblick?

Eine Stunde später kam der Ritter mit drei Männern zurück. Sie wirkten besorgt und baten sie höflich, die Ärmel ihres Hemdes hochzuschieben und ihre nackten Beine vorzuzeigen. Eine Zeitlang herrschte Schweigen im Zelt. Dann nahm einer der

Männer einen kleinen weißen Stock aus den Ärmeln seines Gewandes und zerbrach ihn feierlich über dem Kopf der Fiebernden. Ausgestoßen sei sie hiermit aus der Gemeinschaft der Menschen. Ihr Platz sei ab sofort ganz hinten beim Troß; noch hinter den Tafuren, die gemeinhin die Nachhut bildeten. Niemanden dürfe sie fortan mehr berühren.

Allenfalls einen anderen Leprakranken.

Dann hatten sie ein frisches Hemd neben ihre Matte gelegt und eine Klapper, die sie künftig zu benutzen habe, um andere Menschen vor sich und ihrem Aussatz zu warnen. Und nie wieder dürfe sie das Hauptlager betreten, sich nie wieder unter gesunde Menschen wagen. Nie wieder. Bei Androhung der Todesstrafe.

Dann waren sie gegangen. Nur der Ritter war geblieben und hatte noch eine Weile unschlüssig auf die fiebernde Frau gestarrt. Sie hatte versucht, ihm zu erklären, daß sie keinen Aussatz habe, nur Fleckfieber. Natürlich kannte sie das richtige Wort nicht, und Joscelin hätte es auch kaum einzuordnen gewußt. Wie auch sollte er von diesem Fieber wissen, das durch Läuse übertragen wird. Vielleicht gab es so etwas gar nicht dort, wo er aufgewachsen war. *Es ist keine Lepra,* hatte sie nur gestammelt und versucht, nach dem Saum seines Umhangs zu greifen.

Es ist keine Lepra. Nur die Läusekrankheit.

Er war zwei Schritte zurückgetreten. *Morgen bist du weg,* hatte er geantwortet, *sonst prügele ich dich hier raus. Und nimm deine vollgepißten Sachen mit.* Damit hatte er sich zum Gehen gewandt.

Aber das Kind, hatte sie geschrien, *das Kind!*

Joscelin, schon im Zelteingang, war stehengeblieben. *Welches Kind?*

Dein Kind, hatte sie geweint, *es ist doch dein Kind.*

Er wisse von überhaupt keinem Kind, hatte er geantwortet, und schon gar nichts von seinem Kind. Wenn Huren Kinder bekämen, dann seien es deren Kinder und nicht die der Männer, die zufällig mit ihnen geschlafen haben. Und was sie überhaupt von ihm wolle? Ob sie vergessen habe, daß sie eine Sklavin sei, und eine heidnische dazu. Nicht viel mehr als ein altes Maultier, dessen man sich entledigt, sobald es zu nichts mehr taugt. Und sie tauge nun wirklich zu nichts mehr. Zu den Tafuren solle sie sich scheren. Und damit war er aus ihrem Leben verschwunden.

Für immer.

In der Nacht hatte sie ihr beschmutztes Hemd ausgezogen, das neue Hemd und die Klapper genommen und war nackt hinunter zum Bach gegangen, wo sie sich den Schmutz und die Schande vom Körper wusch. Aus der Ferne beobachtete sie, wie der Ritter eine Fackel in das Zelt warf.

In den lodernden Flammen verbrannten die Läuse und zwei Jahre ihres Lebens.

Im Grauen des frühen Morgens traf sie an der Einfriedung ein, in der die Tafuren übernachtet hatten. Einige Männer näherten sich ihr begehrlich. Bis sie die Klapper sahen. Da wichen sie hastig zurück. Hinter der Einfriedung lagerten die Leprösen. Alle waren in weiße Hemden gekleidet und erwiesen sich als freundlich, aber zurückhaltend. Sie zeigten ihr einen Platz, wo sie sich hinlegen konnte, und ließen sie in Ruhe.

Duna begann zu weinen und weinte die nächsten drei Stunden hindurch.

Das Heer zog weiter nach Jerusalem. Vier Wochen lag sie krank auf einer Matte, die von einem kleinen Esel gezogen wurde. Die Aussätzigen wurden gut ernährt. Jeden Morgen stellte man Krüge mit frischem Wasser, zuweilen sogar Karaffen mit Wein vor ihrem jeweiligen Lagerplatz ab. Körbe mit Fladenbrot wurden gebracht, zuweilen Stockfische oder geräucherte Schinken. Wenn man sie schon verstoßen hatte – hungern sollten die Aussätzigen nach Möglichkeit nicht. Das schließlich gebot die christliche Nächstenliebe.

Endlich wich das Fieber von der Frau, und langsam kam sie wieder zu Kräften. Sie brauchte nicht mehr gezogen zu werden und folgte zusammen mit den anderen Aussätzigen dem Hauptheer. Ihre panikartige Scheu vor den Leprösen schwand allmählich, obwohl sie täglich sah, wie deren Glieder abfaulten und die Krankheit langsam die Gesichter zerfraß. Dann faßte sie einen Entschluß.

Ihr Kind würde nicht unter Aussätzigen geboren werden. Man hatte sie versklavt und verschleppt, ein Mann hatte sie geliebt und dann weggeworfen wie eine zerschlissene Sandale. Zwei Jahre lang hatte sie sich frei gefühlt und war doch nichts anderes gewesen als – wie hatte er gesagt? – ein altes Maultier, das irgendwann lahm geworden war. Oder so ähnlich. Damit mußte sie sich abfinden. Aber ihrem Kind würde sie dieses Schicksal ersparen. Sie war gescheit genug, nicht zu hoffen, daß ihr Geliebter sein Kind anerkennen würde. Dafür kannte sie ihn zu gut. Aber es würde nicht unter Aussätzigen geboren werden, sondern frei zur Welt kommen im heiligen Jerusalem. Dann würde man weitersehen.

Die Frau streicht sich eine Strähne ihres roten Haares aus der Stirn. Es wächst langsam nach, und an den Wurzeln ist es schon wieder schwarz. Es war nicht leicht gewesen, sich im Lager der Aussätzigen auf die Flucht vorzubereiten. Zunächst hatte sie sich ihre lange Mähne mühsam mit einem schartigen Messer abgeschnitten. Die verbliebenen Fransen hatte sie mit dem Saft roter Beeren leidlich rot gefärbt. So würde sie vielleicht der Ritter wiedererkennen, aber allenfalls er, und auch nur vielleicht; außerdem würde sie sich hüten, noch einmal seinen Weg zu kreuzen. Mit dem Messer hatte sie einen tiefen Ausschnitt in ihr Hemd gesäbelt und es unten so weit abgeschnitten, daß es gerade noch ihr Gesäß bedeckte.

Sofern sie sich nicht nach vorn bückte.

An einem warmen Abend im Mai, als sie am Hundefluß zelteten, hatte sie sich die Lippen und die Nägel an Fingern und Zehen rot gefärbt, und in der Morgendämmerung des nächsten Tages hatte sie gewartet, bis Frauen aus dem Hauptlager Wasserkrüge und Fladenbrote brachten. Sie stahl, soviel sie tragen konnte, und floh. Am späten Vormittag mischte sie sich unter die Huren, die jenseits des Tafurenlagers auf Männer warteten.

Das einzige, was sie von den anderen Frauen unterschied, war die Tatsache, daß sie jeden möglichen Kunden abwies. Sie verhandelte nur zum Schein, forderte unangemessen hohen Liebeslohn, verweigerte jedes Entgegenkommen, verspottete das Äußere der Freier. Einem Beobachter wäre aufgefallen, daß sie anscheinend an keinem Abschluß interessiert war, aber wer hätte sich die Mühe machen sollen, eine Hure zu kontrollieren. Sie war entschlossen, sich keinem Mann mehr hinzugeben, wohl wissend, daß sie sich vom nächsten Tag an ihr täglich Brot stehlen mußte.

Na und?

In der ersten Woche kam sie ganz gut zurecht. Zweimal gelang es ihr, ein Brot zu stehlen; Wasser schöpfte sie mit ihrem kleinen Krug aus den Bächen, von denen es gottlob genug gab. Anfang Juni jedoch, zwischen Cäsarea und Arsuf, wurden die Lebensmittel knapp, und jeder achtete sorgfältig darauf, daß sich niemand an seinem Proviant vergriff. Die Frau schlich um die Lagerfeuer, sammelte Essensreste und suchte nach weggeworfenen Knochen, an denen vielleicht noch ein paar Fasern oder sogar Fleischfetzen hingen.

Meistens waren die Hunde schneller.

Hin und wieder hatte sie versucht zu betteln, aber ohne Erfolg. Die Frauen jagten sie fort, und die Männer wollten nichts herausrücken, ohne ihr wenigstens an die Brüste oder unter das Hemd greifen zu dürfen. Da hungerte sie lieber.

Duna hungerte tagelang.

Immerhin gab es wenigstens genügend Wasser. Doch von Wasser kann man zwar sicherlich eine Woche leben, aber nicht monatelang, und auf keinen Fall zu zweit. Ihr von der Schwangerschaft zusätzlich strapazierter und von der langen Krankheit erschöpfter Körper verfiel mit jedem Tag mehr. Eines Morgens, als sie versuchte, ein Stück Baumrinde zu zerbeißen, verlor sie einen Schneidezahn. Er war nicht zerbrochen, sondern einfach ausgefallen. Entsetzt stellte sie fest, daß auch andere Zähne wackelten.

Geschwächt, wie sie war, verbot sich der Gedanke ans Stehlen von selbst. Sie war ja nicht einmal mehr in der Lage davonzulaufen, falls man sie erwischen sollte. Zusätzlich lähmte sie noch immer die Furcht, als Flüchtling aus dem Leprösenlager erkannt zu werden. Eigentlich war es nur noch der Gedanke an ihr Kind, der sie durchhalten ließ.

Jerusalem. Dort unten liegt es. Und dort unten, tausend Schritt vor den Mauern der Stadt, stehen die Zelte der Christen, in denen es Brot gibt und Fleisch, Früchte und Wein. Rauch liegt über der Zeltstadt; wunderbare Düfte wehen herüber. Der Abendwind treibt kleine weiße Wolken über den Himmel. Irgendwo singt ein Vogel.

Aus dem Zelt, das ihrem Hügel am nächsten errichtet wurde, kommt ein Mann. Ein Soldat. Seinem roten Haar zufolge vermutlich ein Normanne. Er ist untersetzt und kräftig, und seine Arme sind etwas zu lang geraten für den kurzen Körper; sie pendeln ungelenk links und rechts neben seinen krummen Beinen.

Etwas abseits vom Zelt ist sein Pferd angepflockt. Auf dem Boden neben dem Tier liegen Sattel, Zaumzeug und ein umfänglicher Sack. Der Soldat wühlt mit beiden Händen darin herum und fördert ein flaches Brot und einige Streifen geräucherten Schinken zutage. Er beißt ein Stück ab und verschwindet kauend im Zelt.

Der Magen der Frau zieht sich schmerzhaft zusammen. Seit zwei Tagen hat sie überhaupt nichts mehr gegessen. Auch das Kind scheint Hunger zu haben und beginnt wieder zu strampeln. Aus tief eingefallenen Augen starrt die Frau hinunter zum

Lager. Dort ist Essen. Dort ist womöglich sogar Sicherheit. Vielleicht kann sie mit der Schande leben. Ohne Brot wird sie in jedem Fall sterben. Sie und ihr Kind. Mühsam erhebt sie sich und geht schwankend den Hügel hinunter.

Auf allen vieren kriecht sie in das Zelt. Der Soldat schaut sie ernst an. Eine Brust fällt aus ihrem Ausschnitt. Sie sieht nicht gerade aufregend aus. Der Soldat wartet.

Ich habe Hunger, sagt Duna.

Die Belagerung

Weder Holz noch Wasser
Juli 1099

Ein leichter Wind treibt den Rauch der Lagerfeuer von Norden her durch das tief eingeschnittene Tal des Kedron im Osten der Stadt. Die Blätter der knorrigen Olivenbäume drüben auf den Hängen des Ölbergs schimmern silbrig, und weiter rechts erkennt man den ziemlich verwahrlosten Friedhof, wo sich die strenggläubigen Juden bestatten lassen, damit sie am Tag des Jüngsten Gerichtes nicht den Einzug des Messias verpassen, der durch das Goldene Tor in die Stadt einreiten wird.

Das Tor ist im Augenblick zwar zugemauert, aber das wird für den Messias kein Problem sein, denkt Drago, der es sich im verbrannten Gras oberhalb des Siloah-Tümpels bequem gemacht hat und nach Osten schaut. Die hohe Stadtmauer spendet angenehmen Schatten, und ein großer Felsblock, der über ihm aus dem Steilhang herausragt, schirmt ihn nach oben hin gegen die Pfeile der Fatimiden ab.

Von Zeit zu Zeit legt er ein flaches Sandsäckchen über den Lederbecher, der etwas wackelig zwischen seinen Beinen steht, öffnet den Verschluß seines prall gefüllten Wassersacks und läßt ein wenig von der braunen Brühe durch den Sand hindurch in den Becher tropfen. Eine umständliche Methode, aber anscheinend die einzige, um aus der trüben Jauche ein halbwegs trinkbares Naß zu filtern. Es ist auch so noch teuer genug. Wenigstens für die Pilger.

Abwechselnd haben die verschiedenen Heeresteile Wachen abzustellen für die einzige noch verfügbare Quelle im Umkreis von einem Tagesritt. Niemand weiß, warum Ifthikar ad-Daula, der Kommandant von Jerusalem, nicht auch diese Quelle hat unbrauchbar machen lassen. Alle anderen hat er verstopft, und in den Zisternen treiben Tierkadaver und die Leichen ermordeter Gefangener. Nur in den Siloah-Teich tröpfelt auf geheimnisvolle Weise noch immer Wasser, das aus dem Inneren des Berges zu kommen scheint.

Die Christen wissen nicht, daß sie im Grunde eigentlich nur das Schmutzwasser der Besatzung trinken, da diese einen Jahrtausende alten Zugang aus der Stadt zu der Quelle besitzt, und daß nur jenes Wasser in den Tümpel fließt, das irgendwo dort oben verunreinigt und verschüttet worden ist. Kurz nach der Ankunft hat eine christliche Patrouille hinter dem Teich halbverschüttete Gänge entdeckt, die anscheinend ins Innere des Berges führten, aber die Männer waren umgekehrt, als es schließlich nur noch senkrecht nach oben ging. Hier kam kein Angreifer hoch.

Außer David und seinen Männern – aber davon weiß der Soldat nichts. Vielleicht hätte wenigstens einer der Anführer die Bibel etwas aufmerksamer studieren sollen.

Von der Dämmerung an bis zum Sonnenhöchststand hat Drago mit ein paar anderen Normannen Wachdienst am Tümpel gehabt und in den frühen Morgenstunden ebenso wie die anderen den nachlassenden Andrang benutzt, um seinen Ledersack zu füllen. Die Wasserverkäufer waren klug genug gewesen, ihnen kein Geld abzuverlangen, denn im Krieg neigen Soldaten zu heftigen Reaktionen, und auf ein paar Tote mehr oder weniger kommt es ihnen nur selten an.

Diese Galgenvögel von Wasserverkäufern, die sich selber einen gut abgeschirmten Unterstand gegen mögliche Angriffe von oben gebaut haben, während ihre Kunden schutzlos der Beschießung von den Zinnen der Mauern ausgesetzt sind, und die sich nicht scheuen, von den Soldaten und den Mönchen, von den Huren und sogar von den halbverdursteten Bettlern die letzten Münzen für einen kleinen Schluck dieser ekligen Brühe zu verlangen, nennen sich tatsächlich Christenmenschen.

Gewiß, Ifthikar hat sie vor der Ankunft des Heeres zu Tausenden aus der Stadt vertrieben, weil er ihnen nicht traute und außerdem keine Lust hatte, den Proviant ausgerechnet mit jenen zu teilen, deren Glaubensbrüder soeben anrückten, um ihn zu verjagen. Nun lagern diese Ausgewiesenen unter freiem Himmel im Gehenna-Tal unterhalb der Südmauer, und die Heerführer haben ein Problem mehr.

Warum sie diesen Halsabschneidern am Siloah-Tümpel allerdings gestatten, ehrliche Christenmenschen um ihren letzten Pfennig zu bringen, weiß der Soldat nicht. Und das ist keineswegs das einzige, was er nicht begreift.

Tränen steigen ihm in die Augen, wenn er an Bethlehem denkt. Wie immer hatte Tankred sie angeführt, und weil sie mitten in der Nacht die Hügel hinunterpreschten, waren die Bewohner voll Panik geflohen, und erst als es dämmerte und sie erkannten, daß es sich bei den vermeintlichen Marodeuren nicht um Heiden, sondern um christliche Ritter handelte, hatten sie Mut gefaßt und waren ihnen in einer feierlichen Prozession entgegengezogen. Man wies ihnen den Ort, wo Maria den HERRN zur Welt gebracht hatte; Drago weinte wie ein kleines Kind, und er weinte noch mehr, als er selbst Tankred weinen sah.

Am Abend verfinsterte sich plötzlich der Mond, und alle gingen bedrückt umher, bis ein Mönch sie darauf hinwies, daß ja nicht Vollmond sei, sondern Halbmond, und wenn sich der Halbmond verfinstere, dann sei dies ja wohl ein böses Omen für die Muselmanen, die unter diesem Zeichen kämpften. Da wich die Niedergeschlagenheit einer trunkenen Zuversicht, und am nächsten Morgen machten sie sich auf den Weg nach Jerusalem.

Der Soldat war sehr befriedigt, als er sah, daß die gelblichweißen Mauern der Heiligen Stadt nicht einmal halb so hoch waren wie die von Konstantinopel. Trotzdem waren selbst sie noch zu hoch für einen Überraschungsangriff. Außerdem war vor der Hauptmauer noch ein unübersichtliches Gelände mit Vorwerken, Gräben und Verhauen zu überwinden.

Die Normannen haben ihr Lager an der Nordwestecke der Stadt aufgeschlagen, wo auch Gottfried von Lothringen Aufstellung bezogen hat, und für den nächsten Tag haben sich die Herren zu einem Erkundungsritt rund um die Stadt verabredet. Der Soldat hätte lieber den ganzen Tag verschlafen, weil er am Abend leichtsinnigerweise einen ansehnlichen Schlauch voll süßen Rotweins, das Geschenk einer dankbaren Witwe in Bethlehem, zur Gänze geleert hat, aber zusammen mit einigen anderen Normannen ist er zur Nachhut abkommandiert worden.

Sie brechen schließlich doch erst zur Mittagszeit auf. Vielleicht haben etliche der Herren die Nacht ebenfalls mit einer dankbaren Witwe verbracht und dabei entsprechend gebechert. Inzwischen brennt die Sonne erbarmungslos vom Himmel, und die Kettenhemden sind bereits so heiß, daß man sie mit bloßen Händen nicht mehr berühren kann. Der Staub, den die Hufe der Pferde aufwirbeln, kriecht in die Ohren und verstopft die Nasen, so daß sich die Männer ihre bunten Halstücher vor das Gesicht binden müssen. Verdrossen atmen sie den aufwirbelnden Sand ein, aber wer versucht, sich unauffällig zurückfallen zu lassen, wird von Tankred unbarmherzig wieder nach vorne gebrüllt.

So reiten sie die Nordmauer entlang, wo das Hochplateau relativ flach ist und zwischen Säulen- und Blumentor gute Angriffsaussichten bietet. Dann aber führt der schmale und steinige Weg steil hinunter ins Kedron-Tal, das im Osten zwischen der Stadt und dem Ölberg verläuft, und jedem wird klar: Von hier aus ist eine Erstürmung ausgeschlossen, und nicht einmal der Nachschub für die Besatzung kann an dieser Stelle wirksam unterbunden werden.

An der Südostecke der Stadt biegen sie scharf ab nach Westen und reiten zum Berg Zion hoch, auf dessen Rücken die alte Stadt liegt und der Saal, in dem Jesus mit den Jüngern das Letzte Abendmahl einnahm. Hier, am Zions-Tor, scheint die Stadt verwundbar, aber es wird nicht einfach sein, schweres Belagerungsgerät auf den Berg zu schaffen. Man wird sehen.

Sie reiten weiter nach Westen, biegen dann wieder nach Norden ins Tal von Gehenna ein und kommen an der alten Davidsburg vorbei, nur um festzustellen, daß auch hier ein Angriff keinerlei Chance auf Erfolg hat. Dennoch beschließt Graf Raimund eigensinnig und gegen den Rat seiner Gefährten, von hier aus sein Glück zu versuchen. Robert, Gottfried und Tankred dagegen bleiben bei ihrer Ansicht, daß die Stadt nur von Norden her einzunehmen sei.

Am späten Nachmittag sind sie zurück im Lager und lassen sich erschöpft aus dem Sattel gleiten. Die Soldaten nehmen sich noch die Zeit, die Pferde abzureiben und zu füttern, dann strecken sie sich vor den Zelten auf der nackten Erde aus und fallen auf der Stelle in tiefen Schlaf, aus dem sie nach genau zehn Minuten mit Fußtritten aufgescheucht werden. Mit Tritten, die um so unangenehmer sind, als sie ein tobender Tankred austeilt, der soeben mit seinen Sandalen in einen gewaltigen Haufen Scheiße getreten ist.

Zwei Stunden lang mühen sie sich, mit Schwertern, Dolchen und den bloßen Händen außerhalb des Lagers einen Graben auszuheben, bis Tankred ihn für tief genug hält, ihre Exkremente für die nächsten Wochen aufzunehmen. So lange nämlich werde man hier festsitzen, hat er gesagt. Oder ob irgendwer glaube, daß diese Mauern hier ohne Belagerungsmaschinen erstürmt werden können. Zu diesem Zeitpunkt ist das den Männern ziemlich gleichgültig. Sie lassen sich wieder auf die Erde fallen und schlafen sofort ein. Einer von ihnen sogar in dem soeben erst ausgehobenen Graben. Glücklicherweise ist dieser noch unbenutzt.

Am folgenden Tag geschieht nicht viel. Die Männer haben frei und brauchen folglich nur das übliche zu tun: die Pferde füttern und eine Stunde bewegen, die Hufe feilen und das Zaumzeug ausbessern, ihr Kettenhemd putzen und Schwerter und Messer schleifen, Wasser holen und Gerstenkörner in der Handmühle zerkleinern, Holz für ein kleines Feuer sammeln und Fladenbrote backen, den Lagerplatz fegen und pro Mann vier Stunden Wache halten.

Sonst nichts.

Am Abend sind alle froh, als Tankred mit den anderen Herren zum Ölberg hinüberreitet, wo auf einem halb verfallenen Turm ein uralter Einsiedler haust.

Am nächsten Morgen sind sie weniger froh, als der schrille Ton von Pfeifen und das dumpfe Geräusch der Trommeln sie um fünf Uhr aus dem Schlaf reißt. Der Alte hat geweissagt, daß sie sofort angreifen müssen, und die Herren, die ihn fassungslos auf das völlige Fehlen von Kriegsgerät hinwiesen, an Jericho erinnert. Waren nicht auch dort die Mauern beim Schalle der Posaunen zusammengefallen? Wo rechter Glaube sei, sei auch Gott mit den Seinen. Drum also fröhlich auf und drauflos!

Tankred flucht geradezu gotteslästerlich, während er seine erschöpften Leute hochscheucht, und Drago denkt bei sich, bei derlei heidnischem Herumgetobe könne man sicherlich nicht auf die Hilfe des Allerhöchsten hoffen, aber weder seine Zweifel noch die Ausfälle des Anführers verhindern, daß gegen neun Uhr das gesamte Heer die Vorwerke an der Nordmauer stürmt.

Sie überrennen die Gräben und schwingen sich über die künstlichen Hindernisse, zerhacken mit Beilen die hölzernen Schanzen und legen Feuer an das Dornengestrüpp, durchklettern die ausgehobenen Gräben, die gottlob nicht mit Wasser gefüllt sind, und schirmen sich geschickt mit ihren Schilden gegen die Pfeile ab, die von oben auf sie herabprasseln. Dann stehen sie vor der Hauptmauer, schleudern die an langen Leinen befestigten Wurfanker nach oben, von denen indes kaum einer den Zinnenkranz erreicht, setzen ein paar hastig gezimmerte Leitern an und versuchen, mit einem vorne angespitzten Baumstamm, Quader aus den Mauern zu stoßen.

Es wird ein Fiasko.

Gegen Mittag ist es noch nicht einem einzigen Mann gelungen, die Mauerkrone zu erklimmen, und die Verteidiger wehren alle entsprechenden Versuche mit geradezu lässiger Verachtung ab. Endlich erschallt das Signal *Alle zurück,* und der Soldat, der sich die letzte Stunde in einem halb abgebrannten Verhau totgestellt hat, kriecht rückwärts aus der Gefahrenzone, nachdem er sich vergewissert hat, daß Tankred anderweitig beschäftigt ist.

In einer Besprechung am Nachmittag lecken sich die Herren ihre Wunden, und irgendwann – nach etlichen Bechern kühlen Weins – kommen sie dann endlich zu der Erkenntnis, die Hunderten von Menschen das Leben hätte retten können, wenn man sie bereits einen Tag vorher gewonnen hätte: *So geht es offenbar nicht. Gottvertrauen allein bringt uns nicht ans Ziel. Wir brauchen schweres Belagerungsgerät, wenn wir diese Mauern bezwingen wollen.*

Drago streckt gähnend die Arme aus und sucht eine bequemere Stellung für seine fast eingeschlafenen Beine. Der steife Nordwind weht jetzt stärker und bringt angenehme Kühle mit. *Wie lange eigentlich brauchen die hohen Herren, um selbst einfachste Dinge zu begreifen?* Natürlich ist es gefährlich, so zu denken, und aussprechen darf man derartiges ohnehin nicht, aber hier, wo niemand ihm zuhört, nimmt sich der Soldat das Recht, zumindest dem gelben Gras zu seinen Füßen zu versichern, daß ein Robert Guiskard diesen Heerzug anders geführt hätte.

Zum einen hätte es überhaupt nur einen Anführer gegeben. Bei Bauern und den Leuten in der Stadt mag es Meinungsverschiedenheiten und Abstimmungen geben, aber im Krieg gibt es nur eines: befehlen und gehorchen. Gehorchen müssen viele, auch die Herren von Adel, aber befehlen darf nur einer. Der wird gewählt, und für die Dauer des Kriegszuges ist er der unbestrittene Anführer. So wie Bohemund bei den Normannen oder eben Tankred, wenn Bohemund abwesend ist.

Aber in diesem zerstrittenen Haufen glauben alle, mitbestimmen zu müssen. Größenwahnsinnig sind die einen, eifersüchtig die anderen, tollkühn einige, feige ein paar weitere. Schon streiten sie sich, wer einst als König in Jerusalem herrschen werde, und ob es überhaupt einen König geben dürfe in der Heiligen Stadt oder lediglich einen Statthalter. Wie die Kinder zanken sie und wissen noch nicht einmal, ob und wie sie diese Mauern bezwingen können.

Kann der einfache Soldat von seinen Vorgesetzten nicht mehr Fürsorge erwarten? Zumindest vorausschauendes Handeln? Oder doch ein Minimum an Planung? Wieso ist nach der Eroberung von Antiochia, wo man doch wußte, daß der Weg nach Jerusalem zwangsläufig durch feindliches Land führen mußte, anscheinend niemand auf den Gedanken gekommen, Nachschub über das Meer anzufordern? Von Konstantinopel war ja wohl keine Unterstützung mehr zu erwarten; wie also sollte das riesige Heer in den vor ihm liegenden, fast wüstenartigen Gebieten ernährt werden?

Drago gesteht sich ein, daß wohl auch Bohemund und Tankred nicht zu den Weitsichtigen gehören und daß anscheinend nicht einmal sie Robert Guiskard das Wasser reichen können. Andererseits: Bei Bohemund weiß man nie... Vielleicht hat er das Desaster kommen sehen und ist deshalb in Antiochia geblieben.

Jedenfalls standen sie nun da, die Herren, und hatten endlich erkannt, daß man Belagerungstürme und Wurfmaschinen bauen muß. Aber womit? Huren und Mönche gab es genug, aber weder genug Schmiede noch Zimmerleute, und wo keine Schmiede sind, da gibt es auch keine Nägel und keine Beschläge, nicht genug Breitbeile und Stemmeisen. Die wenigen Zimmerleute hatten kein Holz, weil rings um Jerusalem alle Wälder längst gerodet und die letzten Büsche von Ifthikars Leuten verbrannt worden sind.

Dann aber war einmal mehr ein Wunder geschehen, was beweist, daß Gott wohl noch immer mit dem Heerzug ist: In den Hafen von Jaffa liefen vier englische und zwei genuesische Schiffe ein, und der Soldat denkt, daß damit wohl endgültig bewiesen sei, daß Kaufleute mehr Verstand besitzen als Heerführer, denn die Menschen in der Heimat wissen – woher auch immer – anscheinend besser, was man zur Erstürmung von Städten benötigt, als diese selbsternannten Befehlshaber vor Jerusalem.

An Bord befanden sich die dringend benötigten Nägel, dazu Bolzen, Keile, Seile, Werkzeug aller Art, Lebensmittel und zahlreiche große Krüge mit Essig, der zum Haltbarmachen von Fleisch dient. Und weil inzwischen eine ägyptische Flotte aufkreuzte und den Schiffen den Rückzug unmöglich machte, wurden sie unverzüglich in ihre Einzelteile zerlegt und die Planken und Bohlen auf dem Landweg nach Jerusalem gebracht, wo sie zum Bau der Belagerungstürme höchst willkommen waren.

Aber selbst diese unerwartete Holzlieferung reichte nicht aus. Robert von Flandern und Tankred, der seit Tagen unter einem hartnäckigen Durchfall litt, der seine Laune keineswegs besserte, stellten daher eine gemeinsame Truppe zusammen, die mit schweren Karren und einer stattlichen Zahl von Kamelen loszog, um nach Wäldern Ausschau zu halten. Sie wandten sich nordwärts und marschierten vier Tage lang Richtung Samaria, ohne auch nur auf einen einzigen brauchbaren Baum zu treffen.

Am Morgen des fünften Tages zogen die Flamen los, um an anderer Stelle nach Holz, vor allem aber nach Wasser zu suchen, während die Normannen weiter nordwärts zogen. Am Nachmittag überkam Tankred einmal mehr das Bedürfnis, dem Grollen in seinen Därmen nachzugeben, und er verschwand in einem Anfall von Schamhaftigkeit hinter einigen Felsbrocken, die ihn, wie er feststellte, aber keineswegs vor den Blicken seiner Männer verbargen.

So kletterte er tiefer und tiefer in das kleine Wadi hinein und fand schließlich eine Höhle, in der er sich ungesehen erleichtern konnte. Aber er fand noch mehr: In der Höhle lagen – von wem auch immer frisch geschlagen – an die vierhundert Baumstämme, und das war weitaus mehr, als sie auf die Karren laden konnten. Also machten sie sich zunächst einmal daran, weitere Karren zu bauen, wofür sie vier Tage brauchten, und warteten im übrigen auf Verstärkung durch die Flamen.

Nach weiteren drei Tagen gingen ihnen die Lebensmittel aus, und sie schlachteten die Esel, die die Karren mit den Stämmen ziehen sollten. Sie tranken das warme Blut der Tiere, denn nicht einmal das schien derart ekelerregend wie die Flüssigkeit, die ihre arabischen Führer mit langen dünnen Rohren aus den Mägen ihrer Kamele saugten.

Am achten Tag kamen die Flamen zurück. Sie brachten nicht nur frisches Wasser, getrocknetes Ziegenfleisch und Säcke voll Gerste mit, sondern zusätzlich an die dreißig schwarze Sklaven. Die hatten sie arabischen Händlern abgejagt, die sie auf den Markt von Damaskus bringen wollten. Es waren junge, muskulöse Männer, die anstelle der Esel vor die Karren gespannt wurden, um das Holz nach Jerusalem zu ziehen. Die meisten starben unterwegs an Erschöpfung, weil man ihnen nichts zu essen, sondern nur ein wenig zu trinken gab. Zu guter Letzt mußten die Soldaten die Karren selber ziehen. Der Versuch, Kamele einzuspannen, scheiterte kläglich.

Inzwischen ist die Sonne über die Stadt nach Westen gewandert. Der Soldat richtet sich auf und wirft sich den noch immer halbvollen Wassersack über die Schulter. Langsam steigt er entlang der Südmauer hinab zum Kedron, wandert nordwärts das Tal hoch und schlendert an den Mauern auf der Nordseite entlang, wobei er sorgfältig darauf achtet, den gebotenen Abstand zu halten.

Drago denkt an die junge Frau, die im Zelt auf ihn wartet. Sie wird sich über das Wasser freuen.

Am nächsten Abend bringt er kein Wasser mit. Den ganzen Tag über hat er beim Bau von Wurfmaschinen geholfen. Ausgelaugt von der erbarmungslosen Sonne und erschöpft vom Schleppen der Bretter und der Taue, taumelt er auf sein Zelt zu. Böse Ahnungen haben ihn die letzten Stunden über gepeinigt. Seine Kameraden haben sich über die erbeuteten Sklaven lustig gemacht und ihre schrecklichen Grimassen, als man sie sterbend in der Wüste zurückließ. Es bringt Unglück, wenn man häßlich über Menschen spricht, die gerade gestorben sind. Auch wenn es nur schwarze Heiden waren.

Vor dem Zelt tritt er auf einen großen, flachen Stein. Er dreht ihn vorsichtig um und schaut nach, ob sich etwas darunter verbirgt. Er findet nichts. Weder einen Wurm noch eine Ameise. Auch das ist ein schlimmes Vorzeichen. Aber was soll sich schon unter einem glühendheißen Stein in der Wüste verbergen? Allenfalls ein Skorpion.

Doch selbst die haben sich verkrochen.

Im Zelt ist es kaum kühler als draußen. Die Frau erhebt sich, als er eintritt. Das tut sie immer, obwohl er nur ein gemeiner Soldat ist und sie nicht als seine Sklavin gekauft hat. Es ist ihre Art, ihm zu danken, daß er sie in ihrer Not nicht mißbraucht hat. Er legt flüchtig seine Hand auf ihren geschwollenen Bauch und läßt sich auf ein Kissen fallen.

Es ist noch Wasser da, wenn auch nicht mehr viel. Sie kann haushalten, findet er und sieht ihr zu, wie sie seinen Brei macht. Sie gießt feinen Sand in die Pfanne, die über dem Feuer steht, und bringt ihn fast zum Glühen, dann streut sie Gerstenkörner hinein und rührt die seltsame Mischung geduldig um. Nachdenklich schaut der Soldat ihr zu. Selbst Christenmenschen können von den Heiden noch lernen, denkt er und erinnert sich an seine eigenen Röstversuche, bei denen die

Gerstenkörner häufig als kleine schwarze Bohnen zurückgeblieben sind.

Zum Schluß gießt die Frau das Gemenge durch ein Sieb, so daß der Sand unten herausfällt und nur die goldbraunen Körner übrigbleiben. Dann mahlt sie die Gerste zu feinem Mehl, mischt etwas Honig und Butter darunter und kocht es mit Wasser auf, bis der Brei so fest ist, daß man ihn mit den Fingern in den Mund schieben kann.

Sie essen schweigend. Erst dann sagt er ihr, daß es ab morgen keine Butter mehr geben wird. Sie blickt fragend auf. *Dieser Peter Desiderius hat mal wieder geträumt,* sagt der Soldat. Duna erinnert sich jetzt an die Belagerung von Antiochia, und sie kennt auch besagten Peter Desiderius. Es ist dieser Priester, der seinerzeit vor Arqa behauptet hat, den verstorbenen Bischof Adhemar von Le Puy gesehen zu haben, wie er angeblich schreckliche Qualen erdulden mußte, weil er an der heiligen Lanze gezweifelt habe.

Nun hat Desiderius wieder geträumt. Diesmal hat Adhemar ihm angeblich gesagt, das Heer solle drei Tage lang fasten und dann in einer feierlichen Prozession um die Stadt ziehen. Innerhalb der nächsten Woche werde der HERR dann Jerusalem den Christen überantworten.

Vielleicht haben die edlen Herren mehr auf die Belagerungstürme gebaut als auf den direkten Eingriff des Herrgotts, aber sie sammelten sofort ihre Männer und zogen in feierlicher Prozession die Nordmauer entlang und dann ins Kedron-Tal hinunter, um auf der anderen Seite zum Ölberg hochzusteigen.

Hier predigte Peter der Einsiedler zu ihnen, dieser Einsiedler, der sich anscheinend auch im vergangenen Jahr nicht gewaschen hatte, ferner der Beichtvater des Grafen von Saint Gilles, jener Raimund von Aguilers, sowie Arnulf von Rohes, ein Feldkaplan aus der Umgebung Roberts von der Normandie, dem die Soldaten am liebsten zuhören, weil er ihre Muttersprache spricht.

Nach den Predigten zog das Heer, vorneweg die psalmodierenden Mönche, dann die Herren, schließlich das Fußvolk und zum Schluß alle anderen Pilger, durch den Garten Gethsemane zurück ins Tal und dann den Berg Zion hoch, wo der Weg relativ nahe an der Stadtmauer vorbeiführt. Auf den Zinnen hatten die Sarazenen hastig zusammengebastelte Kreuze an Galgen aufgehängt, die sie vor den Augen der Christen schmähten, bepinkelten und sogar mit Kot beschmierten.

Der Soldat fand, daß dies nicht besonders gescheit von ihnen war, denn während er selber dem rüden Spektakel einigermaßen gelassen zusah, hörte er das Haßgeschrei seiner Kameraden, die drohend die Fäuste nach oben reckten, was die Besatzung zu noch größeren Heiterkeitsausbrüchen veranlaßte.

Wenn sie mal nur nicht zu früh lachen, dachte der Soldat und stapfte nachdenklich vom Berg Zion hinunter ins Gehenna-Tal und auf der anderen Seite wieder hoch und zurück ins Lager, wo sofort mit dem Bau der Belagerungstürme und weiterer Katapulte begonnen wurde.

Duna legt eine Hand auf ihren Bauch, in dem das Kind wild strampelt, und fragt leise, wann denn nun gestürmt werden solle, und Drago sagt, daß er es nicht wisse. In drei Tagen vielleicht. Wenn die Türme fertig sind. Bis dahin müsse man fasten. Kein Fleisch, aber das gibt es ohnehin schon lange nicht mehr. Auch keine Milch und keinen Käse. Und natürlich keinen Wein. Aber im Grunde müssen sie nur auf die Butter im Brei verzichten. Etwas anderes haben sie ohnehin nicht.

Bei den Herren wird es wohl anders aussehen.

Eine Zeitlang schauen sie schweigend ins Feuer, und der Soldat tastet verstohlen nach der vertrockneten Magnolienzwiebel in seinem Brustbeutel, die ihn – wie er hofft – auch weiterhin vor Pfeilen, Dolch und Schwert schützen wird. Die Frau steht auf und sucht in einer Ecke des Zeltes zwischen den Decken. Dann kommt sie mit einem kleinen Medaillon zurück, durch das sie einen dünnen Lederriemen gezogen hat.

Verwirrt starrt Drago auf das kleine Tonplättchen mit dem Bild des Erzengels Michael, des Schutzpatrons der Normannen. Schnell senkt er den Kopf, damit sie nicht sieht, daß ihm Tränen in die Augen schießen. Duna hängt ihm das Medaillon um den Hals und haucht einen Kuß auf seine Stirn, der sich aber im Staub seiner roten Haare verirrt.

Am Abend fragt er Duna, ob er ihr aus Holz eine kleine Puppe schnitzen soll, die einen Ritter darstellt. Wenn sie dann einen Nagel hineinbohre, werde der Vater ihres Kindes ohne jeden Zweifel sterben. Duna schüttelt den Kopf. Sie möchte ihn nicht tot wissen. Sie will ihn vergessen.

Und genau das, denkt der Soldat, wird ihr nicht gelingen.

Der Sturm

Mit Essig gegen das griechische Feuer
Juli 1099

Schwer atmend lehnt der Ritter den großen, ovalen Schild an einen Felsen. Nachdenklich betrachtet er den blau gefiederten Sarazenenpfeil, der Holz und Leder durchschlagen hat und im Inneren gut eine Hand breit herausragt. Das hätte schlimm enden können. Für ein paar Minuten rastet er außerhalb der Reichweite der sudanesischen Bogenschützen und in sicherer Entfernung von diesem schrecklichen Feuer, das die schwarzhäutigen Söldner der Sarazenen mit ihren kleinen Katapulten verschießen oder von den Zinnen herabschleudern. Die Luft ist erfüllt von den Schmerzensschreien der Sterbenden, und schwarzer Qualm verfinstert immer wieder die Sonne. Auf dem Berg Zion ist das Inferno ausgebrochen.

Seit dem frühen Morgen sind Graf Raimunds Männer auf den Beinen. Noch heute soll die Stadt fallen. Das wenigstens haben sich die Anführer vorgenommen. Die riesigen Belagerungstürme bewegen sich schwerfällig, aber unaufhaltsam auf die Mauern zu und haben bislang jedem Versuch widerstanden, sie in Brand zu setzen. Erfahrene Sappeure graben sich seit Tagen durch die Vorwerke, um die Befestigungsanlagen von unten her zum Einsturz zu bringen, und riesige Wurfmaschinen schießen zentnerschwere Felsbrocken gegen die Zinnen, von denen herab die schwarzen Teufel den Tod auf die Angreifer regnen lassen.

Graf Raimund hat nach der Ankunft vor Jerusalem zunächst die Westmauer belagert, sich später jedoch, als er das Hoffnungslose seines Unterfangens einsah, auf den im Süden des alten Tempelbezirks gelegenen Berg Zion konzentriert, während sich Flamen und Normannen vor der Nordmauer eingerichtet haben. Von Westen und Osten scheint die Stadt unmöglich einzunehmen.

Nach dem Desaster des ersten Angriffs hat man mit dem Bau von Wurfmaschinen und Katapulten begonnen, später – nachdem Flamen und Normannen Holz aus Samaria herbeigeschafft hatten – auch mit dem Bau eines Belagerungsturms, den ein gewisser Wilhelm Embriaco beaufsichtigt, der sein Geschäft anscheinend versteht.

Nach seinen Plänen haben die Zimmerleute gearbeitet, und nach deren Anweisungen alle Soldaten. Auch die Pilger werden zu Hilfsdiensten herangezogen, und besagter Wilhelm scheut sich nicht, selbst Frauen und Kinder für leichtere Arbeiten einzusetzen. Es gilt, Felle aneinanderzunähen, Matten zu flechten, in den Weinbergen Rebzweige zu schneiden, Nägel zu holen, Brei zu kochen und am Siloah-Tümpel um Wasser anzustehen, das seit einigen Tagen kostenlos verteilt wird, nachdem die Verkäufer aufgrund der Wucherpreise, die sie forderten, von Raimund vertrieben worden sind.

Dicht neben dem Ritter steht in erhöhter Position die Wurfmaschine des Grafen, die aus dem Holz der letzten Bäume errichtet wurde, die man unmittelbar nach der Ankunft noch vorgefunden und sofort gefällt hat. Sie ist an die zehn Männer hoch und hat am kürzeren Wurfarm ein Kontergewicht, das aus einem stabilen Korb besteht, in den man über zwanzig Felsstücke von der Größe eines Schafes gestapelt hat. Am anderen Wurfarm befindet sich eine halbrunde Schale, in die man einen ansehnlichen Gesteinsbrocken hievt, der dann in hohem Bogen über die Mauern geschleudert wird.

Joscelin, wiewohl unerfahren in der Belagerungstechnik,

denkt bei sich, daß zu viele Männer zu viel Schweiß darauf verwenden, Felsen durch die Luft segeln zu lassen, von denen niemand weiß, ob sie irgendeinen Schaden anrichten, wenn sie – weiß Gott wo – in Jerusalem vom Himmel fallen.

Wilhelm Embriaco hat ihm anvertraut, daß auch er sich wirksameres Schleudermaterial vorstellen könne, das er im Dienste der Griechen auch schon angewendet habe, aber das stehe hier leider nicht zur Verfügung. Bienenstöcke zum Beispiel seien sehr unangenehm, weil die Tiere – durch die zunächst notwendige Verstopfung der Ausgänge und durch die dann folgende rasende Fahrt – nach dem Aufprall wie wahnsinnig seien und über alles herfallen würden, was sich in ihrer Nähe befinde.

Sehr schlimm für die Moral der Verteidiger seien auch Fässer voll Scheiße oder verwesende Tierkadaver, die Krankheit und Tod in die Stadt tragen würden, aber Scheiße brauche man leider gerade an anderer Stelle, alle Tiere im weiten Umkreis seien bereits geschlachtet, und das besonders wirksame Hinüberschleudern lebender Gefangener habe der Graf in seiner gewohnten Gefühlsduselei abgelehnt. Also müsse man sich mit dem Material begnügen, das vorhanden sei, und zwar im Überfluß: Steine.

Diese Antwort vermag den Ritter nicht zufriedenzustellen. Steine! Vielleicht schlagen sie nutzlos auf einer Straße ein, vielleicht treffen sie (ebenso sinnlos) einen alten Mann, der gerade seine Schlafmatte ausschüttelt. Vielleicht machen sie auch ein Huhn platt oder verwüsten den Balkon eines hübschen Serails.

Und dafür dieser Aufwand?

Da gefallen dem Ritter die kleinen Katapulte, kaum mehr als mannshoch, schon besser, die ihre Felsbrocken nicht in hohem Bogen über die Zinnen, sondern nahezu waagerecht gegen die Mauern schleudern. Sie sind erstaunlich treffsicher, und schon nach zwei Tagen sieht man die ersten Steine aus den scheinbar so unverwundbaren Befestigungen herausbrechen.

Nach einigen Wochen entsteht vielleicht sogar ein richtiges

Loch. Allerdings nur, wenn die Belagerten nichts dagegen unternehmen. Aber genau das tun sie natürlich, diese gottverfluchten Heiden. Vor gefährdeten Stellen lassen sie von oben grobe Säcke herunter, die gegen mögliche Brandpfeile mit nassem Heu gefüllt sind und jedes Geschoß aus einem jener kleinen Katapulte watteweich auffangen und abtropfen lassen.

Joscelin weiß wirklich nicht, weshalb sie noch immer versuchen, die Mauern zu unterminieren, die Zinnen zu zerstören oder schwere Felsen in die Stadt hineinzuschießen. Längst wissen doch alle, daß diese Stadt nur mit Hilfe von Belagerungstürmen zu erstürmen ist. Gottfried von Bouillon hat einen gebaut, drüben auf der anderen Seite der Stadt, und Tankred angeblich einen weiteren, der allerdings kleiner ausgefallen sein soll. Auch Graf Raimund hat den Flamen und Normannen für teures Geld aus seiner Privatschatulle das notwendige Holz für einen solchen Turm abgekauft, und der ist inzwischen fertiggestellt und bewegt sich langsam auf die Mauer zu.

Aber da gibt es noch ein Hindernis, einen Graben unmittelbar vor den Mauern, der zwar nicht sehr tief, aber einigermaßen breit ist. Man hat ihn in den Fels gehackt, und sein Boden ist uneben und scharfkantig. Über eben diesen Graben muß der Belagerungsturm geschoben werden, damit man von seiner obersten Plattform herab eine Art Brücke auf die Mauer werfen kann. Gelingt dies, ist die Stadt so gut wie erobert.

Das wissen natürlich auch die Heiden, und deshalb versuchen sie mit allen verfügbaren Mitteln zwei Dinge zu verhindern: daß der Graben aufgefüllt wird und daß der Turm bis an die Mauer gerollt wird. Ein besonders bewährtes Mittel ist ihr fliegendes Feuer.

Wilhelm Embriaco behauptet, es sei eine Erfindung der Griechen, und die Sarazenen hätten sie lediglich von diesen übernommen, aber wo ist da der Unterschied? Tatsache jedenfalls ist, daß nicht einmal er das genaue Rezept kennt, nach dem man diese brennende Masse zusammenbraut, die von den Heiden täglich in großer Menge auf die christlichen Belagerer geschleudert wird.

Finster starrt der Ritter auf die verkohlten Überreste am Fuß der Mauer. Das waren einmal Soldaten, Frauen, Kinder, die versucht haben, den Graben mit Steinen aufzufüllen. Graf Raimund hat nicht nur den Belagerungsturm auf seine Kosten errichten, sondern darüber hinaus durch Ausrufer verkünden lassen, daß er einem jeden einen Dinar (einen ganzen Dinar!) zahlen werde, der drei ordentliche Felsbrocken zum Graben tragen und hineinwerfen würde. Einen ganzen Dinar – davon konnte man auf einem Feldzug drei Tage leben. Und das für nur drei Steine!

Das war weiß Gott viel Geld, aber jeder Stein konnte seinen Träger auch das Leben kosten. Nachdem der Turm fertig war, haben sie ein rollbares Etwas gebaut, das von den Männern »Schildkröte« genannt wurde (weil es ziemlich platt war, so daß man nur sehr geduckt darin gehen konnte) und sich schwerfällig – wie eine Schildkröte halt – auf vier dicken Rädern vorschob. Eigentlich sah es aus wie ein kleines Haus, gezimmert aus festen Balken und mit einem steilen Dach aus gespaltenen Stämmen. Es war an die zehn Meter lang, und wenn sich genügend Männer mit ihren Felsbrocken unter seinem Dach versammelt hatten, wurde es langsam in Richtung des Grabens geschoben, und weder Steine von oben noch Wolken von Pfeilen konnten den Steineschleppern etwas anhaben.

Nur das griechische Feuer, wie diese Höllenglut gemeinhin genannt wurde.

Wilhelm Embriaco und schon gar nicht die anderen Ritter hatten geglaubt, daß irgend etwas derart dicke Stämme hätte in Brand setzen können. Wenigstens nicht innerhalb von Minuten. Als sich die »Schildkröte« zum erstenmal der Mauer genähert hatte, geschah zunächst überhaupt nichts. Wozu diente das alles, wird man sich auf den Zinnen gefragt haben. Wollen sie die Mauern unterminieren?

Als die Sarazenen am nächsten Tag aber des Belagerungsturms

ansichtig wurden, der zwar hinter einem kleinen Hügel errichtet wurde, mit seinen ersten zwei Stockwerken nun aber auch für die Heiden sichtbar emporwuchs, begriffen sie, daß unter dem Dach der »Schildkröte« der Graben eingeebnet werden sollte.

Sie warteten eine Viertelstunde, bis sich ihrer Meinung nach genug Männer unter dem Holzdach versammelt hatten, dann regnete es Feuer vom Himmel. Wie kochende Lava ergoß sich von oben ein glühender Strom auf die langsam anrollende Schutzhütte, und die wenigen Ledereimer mit kostbarem Wasser, mit dem die entsetzten Soldaten das Dach zu löschen versuchten, schienen das Feuer nur noch mehr anzufachen.

Innerhalb einer halben Stunde verwandelte sich die »Schildkröte« in einen Haufen Holzkohle. Die meisten Steineschlepper hatten sich gottlob retten können.

Am Nachmittag folterte Wilhelm Embriaco mit ausgesuchter Sorgfalt fünf sarazenische Gefangene. Vier waren sehr tapfer, unglaublich tapfer sogar. Sie stießen zwar unmenschliche Laute aus, als er ihnen die Fingerkuppen mit einem Hammer platt schlug, aber zu einer Antwort waren sie nicht bereit. Vielleicht wußten sie auch ganz einfach nicht, woraus sich das Brennmaterial des griechischen Feuers zusammensetzte und wie man es bekämpfen konnte.

Sie schrien lange an diesem Nachmittag, weil man ihnen die Zehen abschnitt und die Hoden zerquetschte, aber sie starben, ohne irgend etwas Verwertbares zu sagen. Der fünfte schließlich war dem Wahnsinn nahe, weil man ihn mit Bedacht zunächst verschont und lediglich bei der Folterung der anderen hatte zusehen lassen. Irgend etwas von Teer hatte er gestammelt und war dabei wie irrsinnig vor dem Zelt des Ritters umhergetanzt, Begriffe wie Werg und Schwefel hatte er zu guter Letzt ausgespuckt und Wörter, die wie Pech und Salpeter klangen. Aber irgendein Rezept, die Maße der Mischung oder anderes Brauchbares, waren nicht aus ihm herauszubekommen. Allerdings hatte er etwas von Pisse gelallt. Und von Essig.

Natürlich hatte er Arabisch gesprochen, und deshalb hatten die Männer auch nicht alle Bezeichnungen verstanden. Einen Tag lang experimentierten sie mit Schwefel und Teer herum, füllten die so entstandene Masse in tönerne Krüge, setzten sie in Brand und schossen sie über die Mauer. Der Erfolg hielt sich in Grenzen, und das einzige, was sie herausfanden, war, daß ihr merkwürdiges Gebräu sich tatsächlich mit einer Mischung aus Essig und Urin löschen ließ, während Wasser die Glut nur noch weiter anfachte.

Jedenfalls ist die »Schildkröte« dahin, und das übriggebliebene Holz wird dringend für den Belagerungsturm benötigt, der zum Schluß auf fünf Stockwerke angewachsen und zum Schutz gegen Brandpfeile mit Lederhäuten benagelt worden ist. Über den Häuten hängen geflochtene Matten und Bündel aus Rebzweigen, die anfliegende Steine abwehren sollen und rasch abgeworfen werden können, falls sie in Brand geraten.

Joscelin leckt sich die gesprungenen Lippen. Abschätzend betrachtet er die steilen Holzleitern, die innerhalb des Turms von Geschoß zu Geschoß führen. Ganz oben ragt steil eine Art Zugbrücke in die Luft, die auf die Krone der Stadtmauer fallen soll. Über diese Brücke wird er stürmen, vorausgesetzt, es gelingt, den Turm nahe genug an die Mauern heranzurollen. Und wenn ihn das griechische Feuer nicht vorher zerstört.

Den Grafen hat es weiteres Geld gekostet, ein paar große Krüge von dem Essig zu kaufen, den die englischen Schiffe nach Jaffa gebracht haben. Damals hat sich jedermann gefragt, wozu der Essig dienen soll, da es doch schon seit langem kein Fleisch mehr gibt, das mit ihm haltbar gemacht werden könnte. Jetzt plötzlich ist Essig so kostbar wie Trinkwasser.

Aber nicht nur der Essig. Nach dem Experiment wurde sofort befohlen, daß niemand mehr einfach hinpinkeln dürfe, wo er gerade stehe. Männer und Frauen hatten ihre Notdurft in große Tonnen zu verrichten, und eine der Huren, die man dabei ertappte, wie sie sich nachts einfach breitbeinig vor den

Zelteingang stellte, ist am nächsten Morgen vor aller Augen ausgepeitscht und gebrandmarkt worden.

Seitdem füllen sich die großen Gefäße zusehends, und Freiwillige betrachten es als einen persönlichen Bußakt, aus dem Inhalt der Tonnen und dem gekauften Essig eine eklige Mischung herzustellen, mit der sie vor dem heutigen Sturm die Lederhäute des Belagerungsturms getränkt haben.

Den ganzen gestrigen Tag über haben Soldaten und Pilger schwere Steine zum Graben vor der Mauer geschleppt, um sich nachher ihre Dinare abzuholen. Einige sind inzwischen wohl reich geworden, aber sehr viele von ihnen werden keine Gelegenheit mehr erhalten, ihren Lohn in Wein oder etwas Eßbares umzusetzen. Zu heftig war der Beschuß von den Zinnen herab, und wenn die Belagerten fanden, nun würde es sich besonders lohnen, warfen sie mit der geheimnisvollen Mischung getränkte Heuballen nach unten, die beim Aufprall einen riesigen Feuerball entfachten, in dem jeder umkam, der sich im Umkreis von zwanzig Schritten aufhielt.

Überall sieht man die bis zur Unkenntlichkeit verbrannten Körper liegen, die ihre verkohlten Glieder anklagend in den gleichgültigen Himmel recken, und trotzdem füllt sich der flache Graben langsam mit den klobigen Steinen, die von den Männern gebracht werden, mit den bauchigen Grasgarben, die Frauen darüberwerfen, und mit dem feinen Kies, den Kinder herbeischleppen, den kleinen Ledereimer in der einen Hand und ein kleines Brett in der anderen, in der törichten Hoffnung, mit diesem winzigen Schild die Pfeile der Sarazenen abwehren zu können.

Für jeden, der mithilft, den Graben einzuebnen, gibt es ein kleines Geldgeschenk. Sogar für jene, die sich inmitten des Pfeilhagels noch die Zeit nehmen, den bereits starren Körper eines gefallenen Kameraden in den Graben zu wuchten. So leisten sogar die Toten ihren Beitrag zur Eroberung der Heiligen Stadt.

Wenn sie denn erobert werden kann.

Joscelin weiß nicht, wie weit der Angriff im Norden gediehen ist. Auch Graf Raimund will es nicht wissen. Er hat nur den unbändigen Wunsch, die Mauern als erster zu übersteigen und Jerusalem vor den anderen in Besitz zu nehmen. Niemand wird ihm diesmal die Stadt wegnehmen wie damals in Antiochia, wo der verhaßte Bohemund den Ruhm einheimste, der es ja noch heute für sich beansprucht. Raimund hat geschworen, daß Jerusalem ihm gehören wird. Ihm ganz allein, und wenn es ihn sein gesamtes Vermögen kosten sollte.

Der Graf erhebt sich von seinem Feldstuhl, von dem aus er das Ringen um den Graben beobachtet hat. An einer etwa vier Meter breiten Stelle scheint er ihm ausreichend gefüllt. Bis der langsam sich vorwärts bewegende Turm dort anlangt, werden die Soldaten ein paar flache Bretter über den unebenen Untergrund im Schatten der Mauer geschoben haben. Dann muß es gelingen.

Im Westen geht die Sonne unter. Raimund gibt das Zeichen zum Angriff.

Der Ritter schreckt aus seinen Gedanken hoch. Trompeten rufen die Ritter zurück zum Turm. Raimund steigt als erster die steilen Holzleitern hoch, der Herr von Monteil und andere Adlige folgen. Ihre langen Schwerter scheppern über die Sprossen, mühsam ziehen sie die Schilde hinter sich her. In jeder Etage verharren sie schnaufend für ein paar Minuten, während die anderen Ritter von unten nachdrängeln.

Es ist unerträglich heiß unter den Lederhäuten, die vor dem Feuer schützen sollen, andererseits aber auch jeden Luftzug im Inneren des Turms unterbinden. Der fürchterliche Geruch verschlägt den keuchenden Männern den Atem. Was ist, wenn die mit Essig und Urin getränkten Lederhäute das griechische Feuer nicht abzuwehren vermögen? Vermutlich werden sie dann wie ein Lammrücken auf dem Rost gegrillt.

Sie hören das häßliche Klatschen, mit dem Pfeile von außen in die Häute einschlagen, aber ihre Wucht wird durch das Gestrüpp der Weinreben und die schützenden Matten gemildert. Mühsam kämpfen sich die Männer in ihren schweren Kettenhemden nach oben.

Schwankend bewegt sich der Turm auf die Mauer zu. Zuweilen bremst ein vorstehender Stein die schweren Holzräder. Dann müssen zwei Männer nach vorn, die von anderen so gut wie eben möglich gegen den Beschuß von oben abgeschirmt werden. Mit bloßen Händen graben sie den störenden Stein aus, schaufeln das entstandene Loch zu und treten die Erde fest, um sich dann wieder jenen anzuschließen, die von hinten den Turm nach vorne schieben.

Zentimeter für Zentimeter, Fußbreit um Fußbreit.

Nur vier Meter bleiben jetzt zwischen Turm und Mauer, doch noch immer ein ganzer Meter zu viel für die wuchtige Holzbrücke, die von der obersten Plattform auf die Mauerkrone fallen soll, jene Brücke, über die Raimund als erster der christlichen Ritter in die Stadt eindringen will. Zehntausende Meilen sind sie hierhergezogen. Nun fehlt lediglich ein einziger Meter bis zum Ziel.

Dann stoppt der Turm, und alles Schieben der Männer da unten hilft nichts. Die Sarazenen haben einen Balken zwischen den Zinnen herausgeschoben, der den Turm zum Stehen gebracht hat. Ein simpler Balken nur, aber verankert in einer Vorrichtung, an der anscheinend schon seit Tagen gebastelt worden war.

Der Graf brüllt, daß man ihm diesen Balken wegschaffe. Aber was macht man gegen einen Balken aus solider Zeder, der in großer Höhe aus dem Mauerwerk herausragt und den Belagerungsturm auf Abstand hält? Man kann ihn nicht mit Pfeilen beschießen und nicht mit dem Schwert zerhacken. Man kann ihn allenfalls verbrennen.

Aber nur, wenn man griechisches Feuer hätte.

Das muß schließlich auch Raimund eingestehen, der widerwillig den Rückzug befiehlt. Enttäuscht verlassen die Ritter den Turm, damit er leichter wegzuziehen ist. Da die Nacht hereingebrochen ist, brauchen sie nicht mehr den Pfeilregen der Heiden zu befürchten, die ihr Abrücken lediglich mit höhnischem Geschrei begleiten.

Wenig später reiten die Ritter durch das Gehenna-Tal nach Norden, um sich nach den Fortschritten Gottfrieds und der anderen zu erkundigen. Auch dort sind die Mauern an den Stellen, wo die Belagerungstürme errichtet worden waren, sinnvoll verstärkt und die Türme selbst, auf die gleiche Weise wie am Berg Zion, mit Balken von den Zinnen ferngehalten worden.

Auf die Frage, wie sich Gottfried den Angriff am nächsten Tag vorstelle, zeigt sich der Lothringer wortkarg. Es sei zwar nicht sonderlich ritterlich, brummelt er in seinen Bart, aber eine List könne man nur mit einer Gegenlist bekämpfen. Raimund hört nur mit halbem Ohr zu, weil jemand von einem neuen Traum des Peter Desiderius berichtet. Gottfried scheint nicht interessiert, wünscht allgemein eine gesegnete Nachtruhe und verläßt die Versammlung.

Joscelin blickt ihm nachdenklich nach und hat das unangenehme Gefühl, daß sein Graf am nächsten Tag wieder einmal zu den Verlierern zählen könnte. Gut möglich, daß nicht Raimund, sondern Gottfried die Stadt einnehmen wird. Wie auch immer: Jerusalem wird morgen fallen.

So Gott will, wenigstens.

Am Wohlwollen des Allerhöchsten zu zweifeln, kommt dem Ritter nicht in den Sinn.

Der Tod

Jerusalem erstickt in Blut
Juli 1099

Verschwitzt schreckt der Soldat aus flachem Schlaf hoch. Es ist dunkel im Zelt, und irgendwo in der Finsternis hört er die Frau angstvoll stöhnen. Er kriecht zur Feuerstelle und versucht, in die Glut zu blasen, aber es gibt keine Glut mehr, lediglich kalte Asche. Was los ist, *verflucht,* will er wissen, hört aber nur das leise Weinen der Frau und ihr klägliches Gestammel, daß das Wasser weg sei. Irgendwann findet er sie, zusammengekrümmt auf ihrem nassen Strohsack, und begreift endlich, daß ihr Kind kommen will.

Ausgerechnet in dieser Nacht.

Zwölf endlose Stunden haben sie damit verbracht, Tankreds verdammten Turm an die Stadtmauer heranzuschieben. Zwölf Stunden haben sie sich damit abgeschunden und unter ständigem Beschuß versucht, das Ungetüm durch den mehr oder weniger aufgefüllten Graben an der nördlichen Mauer vorwärts zu schieben, haben Felsen zertrümmert und Löcher aufgefüllt, brennende Pfeile aus den mit Essig und Pisse getränkten Kuhdecken gerissen, mit denen der Turm verhängt worden war, und haben es immer wieder geschafft, dem von oben herabregnenden Feuer zu entkommen und hin und wieder einen von den schwarzen Burschen mit einem Glücksschuß von den Zinnen zu holen. Aber das war es denn auch schon.

Weder den Normannen noch den Flamen nebenan, die weiter westlich versuchten, ihren Turm an die Mauer vorzuschieben, war es gelungen, nahe genug an die Zinnen heranzukommen, um ihre Brücke von oben darauffallen zu lassen. Hier wie dort hatten die vermaledeiten Heiden einen schweren Balken in der Mauer verankert, der die Belagerungstürme auf Distanz hielt. Den gleichen Trick haben sie angeblich auch auf der anderen Seite der Stadt angewandt, wo Graf Raimund am Zions-Tor seinen Belagerungsturm in Stellung gebracht hat.

Am späten Nachmittag haben die Belagerer aufgegeben und die Türme nach hinten zurückgezogen, aus Sichtweite der Verteidiger. Nur ein Trupp ist vor Ort geblieben; die anderen wurden zu den restlichen Nachtwachen eingeteilt, und so ist auch der Soldat für ein paar Stunden Schlaf heimgekommen.

Jetzt soll er Hebamme spielen; so, als habe Tankred ihm das persönlich beigebracht! Vermutlich ist ihre Fruchtblase geplatzt, oder so ähnlich, und er wird irgendwas abbinden müssen. Hoffentlich fällt sie nicht in Ohnmacht, damit sie ihm das Notwendige erklären kann, sofern sie es selber weiß.

Das hat ihm gerade noch gefehlt. Gleich muß er zur Wache und vorher noch Kinder auf die Welt bringen.

Was stöhnt sie da?

Heißes Wasser, sagt die Frau, brauche sie nun. Schöne Scheiße. Das Feuer ist aus, und Wasser gibt es sowieso nicht. Vielleicht tut es ja auch Wein. Er hat noch einen Krug vergraben. Nur für Notfälle eigentlich, aber dies scheint ein solcher zu werden. Also stochert er mit dem kurzen Schwert im Boden herum und fördert eine mittelgroße Amphore hervor, füllt aus ihr einen hölzernen Becher und setzt ihn der Frau an die Lippen. Die trinkt gierig, besteht aber trotzdem auf ihrem blöden heißen Wasser.

Also trabt der Soldat los zur zentralen Feuerstelle, wo man jederzeit eine kleine Pfanne mit glühender Holzkohle bekommt, weil auf einem Feldzug nicht erwartet werden kann, daß in jedem Zelt ständig ein Feuer unterhalten wird. Schon gar nicht bei dem augenblicklichen Holzmangel.

Eine halbe Stunde später ist er zurück. In der linken Hand die kleine Pfanne mit der Holzkohle, unter dem rechten Arm ein Bündel dürrer Stöckchen, die er aufgelesen hat, ferner in ein Leinensäckchen gepreßtes, trockenes Gras und im Ledergürtel ein Dutzend Schweinerippchen. Knochen brennen zwar schlecht, aber mit dem bißchen Fett, das noch an ihnen haftet, dazu das Gras und die kleinen Zweige – vielleicht geht es ja doch.

Es geht eher schlecht. Die Zweige sind feucht vom Abendtau, und das Feuerchen kokelt müde vor sich hin. Nicht daran zu denken, darauf zwei Liter Wein zum Kochen zu bringen. Also flößt der Soldat der wimmernden Frau noch einen Becher von dem lauwarmen Zeug ein. Doch auch schwerer Rotwein hilft nicht gegen Wehen, die sich in immer kürzeren Abständen einstellen.

Drago läuft nach draußen und schaut sich um, ob er Hilfe findet, aber es gibt keine Frauen in den Zelten nebenan. Nur Normannen, die schlaftrunken von ihrem Lager hochfahren und ihn zur Hölle wünschen. *Scheiße. Gottverfluchte Scheiße.* Gleich ist Mitternacht; dann muß er für drei Stunden wieder raus an den Turm und Wache schieben. Danach kann er nur noch einmal kurz zu ihr zurückkommen, denn im Morgengrauen soll erneut gestürmt werden.

Er schlüpft zurück ins Zelt, wischt Duna unbeholfen mit dem Ärmel seines Wamses über das schweißglänzende Gesicht. Er gießt den warmen Wein aus dem eisernen Kessel zurück in den Krug und stellt ihn neben ihren Strohsack. Er sucht im schwachen Licht der lächerlichen Glut nach irgend etwas, auf das sie beißen soll, wenn der Schmerz zu groß wird. Das beste wäre ein Stück Holz, aber Holz gibt es nicht mehr vor Jerusalem. Da nimmt er seinen Dolch, der einen Horngriff hat. Er trennt sich ungern davon, aber die Frau braucht ihn jetzt dringender als er, der ja noch ein Schwert besitzt, falls ihm einer der dunkelhäutigen Strolche zu nahe kommen sollte.

Er steckt den Griff zwischen seine Zähne und zeigt ihr, wie sie es machen soll. Sie versucht ein Lächeln, als er die Waffe neben ihren Kopf auf den Strohsack legt, aber als er sich abwendet und nach draußen kriecht, springt der Schmerz sie an wie ein Tier, und er hört im Davonlaufen ihren schrillen Schrei. Ihre Angst verfolgt den Soldaten bis hin zu der Stelle, wo noch am späten Nachmittag Tankreds Sturm stand.

Er steht jetzt woanders.

Im Schutz der Nacht haben die Lothringer und die Normannen die Türme Gottfrieds und Tankreds an eine andere Stelle geschoben, wo – so hofft man – keine Balken auf den Zinnen angebracht sind, die die Türme auf Abstand halten können. Wenn sie im Morgengrauen anrollen werden, wird den Belagerern keine Zeit mehr bleiben, die Balken neu zu verankern. Dann wird Jerusalem fallen.

Gott will es!

Drei Stunden lang glätten sie in völliger Dunkelheit den Weg vom neuen Standort der Türme durch ein niedriges Dornengestrüpp bis hin zum zugeschütteten Graben. Vor allem die ersten fünfzig Meter müssen beim bevorstehenden Angriff so schnell wie möglich zurückgelegt werden, hat Tankred ihnen eingeschärft, damit die Überraschung gelingt. Und deshalb sollen sie nicht nur schnell arbeiten, sondern auch geräuschlos. Tankred steht zwischen ihnen, in der rechten Faust eine Lanze. Er hat versprochen, jeden niederzustechen, der auch nur einen Laut von sich gibt, und der Soldat weiß, daß Tankred solche Versprechen normalerweise einhält.

Eine Stunde vor der Dämmerung werden sie entlassen und dürfen noch einmal zurück in die Zelte. Für eine halbe Stunde Schlaf oder ein letztes Gebet.

Oder um einem Kind auf die Welt zu helfen.

Trotz seines schweren Kettenhemdes und der hinderlichen Waffen hat Drago den Weg zum Lager laufend zurückgelegt. Vor dem Eingang des Zeltes hält er zögernd an. Kein Geräusch dringt aus dem Inneren zu ihm. Weder Geschrei noch Stöhnen. Mit dem Fuß schiebt er den flachen Stein am Eingang beiseite. Wieder ist nichts drunter. Kein Wurm und kein Käfer. Nicht einmal ein Skorpion. Er geht auf die Knie und kriecht ins Zelt.

Duna hat sich ihr Kleid vom Körper gerissen und liegt wie in Totenstarre auf dem Rücken, die Augen weit aufgerissen, den Griff des Dolches zwischen den Zähnen. Der Soldat läßt das Schwert fallen und lehnt den Schild an die Innenwand des Zeltes. Verlegen nähert er sich der Frau, ihrem grotesk gewölbten Leib und den gespreizten Beinen, zwischen die er sich nun knien soll, wenn er die bettelnden Augen in dem fahl-blassen Gesicht richtig deutet.

Heiliger Michael, wie bringt man ein Kind zur Welt?

Dann sieht er dieses rote Etwas aus der Frau herausschauen, und obwohl er nichts von den gewissen Künsten weiser Frauen versteht, weiß er doch, daß Menschenkinder niemals mit den Beinchen voran zur Welt kommen dürfen. *Der Kopf muß es sein,* erinnert er sich dumpf. *Der Kopf, und nicht die Beinchen.*

Die Frau keucht angstvoll. Wahrscheinlich weiß auch sie, daß das Kind falsch herum liegt, und deshalb faßt sie nach unten zwischen ihre Beine und versucht, das rote Beinchen zurückzuschieben, was natürlich mißlingt. Da greift sie die schwielige Hand des Soldaten und führt sie nach unten. Er soll es statt ihrer versuchen, bedeutet sie ihm. Vielleicht kann er das Kind drehen. Aber wo soll der Soldat das gelernt haben?

Ebenso behutsam wie ungeschickt schiebt er das winzige Beinchen zurück in den Leib der Frau. Aber es springt wieder heraus, und der Soldat gerät in Panik, zumal er draußen Tankred toben hört, der die Kameraden aus den Zelten jagt. Gleich wird er auch hier erscheinen und ihn zwischen den Beinen dieser Frau sehen. *Kamelpisse, verfluchte!* Er gibt sein verzweifeltes Vorhaben auf und nimmt der Frau den Dolch aus dem Mund.

Vielleicht liest Duna in seinen geröteten Augen, was er ihr nicht ins Gesicht zu sagen wagt: *Versteh' doch, daß dein Kind ganz einfach nicht zur Welt kommen will. Nicht in diese Welt hier und schon gar nicht mitten im Krieg. Auch du wirst sterben müssen, langsam und qualvoll, zusammen mit deinem Kind, weil ich dir nicht mehr helfen kann, und allen anderen Menschen in diesem Lager ist es völlig gleichgültig, ob irgendeine heidnische Sklavin und ihr vaterloser Wechselbalg am Leben bleiben oder elendiglich krepieren. Jesus Christus aber soll dich auf Fürbitte der Mutter Maria aufnehmen in den Himmel. Dich und dein armes Kind. Amen.*

Tränen laufen dem Soldaten über die unrasierten Wangen, als er sanft nach der linken Brust der Frau tastet, unter der er angstvoll ihr Herz pochen spürt. Er versucht noch ein Lächeln, das aber mißlingt, sieht den Schmerz und die Verzweiflung in ihrem blassen Gesicht und schließlich das jähe Erstaunen, das langsam einer friedlichen Starre weicht. Sanft drückt Drago der Toten die Augen zu und zieht den Dolch aus ihrem Herzen.

Dann kriecht er schnell aus dem Zelt.

Durch die engen Gassen rund um den Geflügelmarkt rast der Tod. Der eben noch weiße Seidenumhang des Ritters hat sich in einen häßlichen, roten Lappen verwandelt, ein blutbesudeltes Etwas, das klatschend gegen seine geschienten Beine schlägt und sich immer wieder irgendwo am Kettenhemd verhakt. Er reißt den Mantel von den Schultern und läßt ihn achtlos hinter sich gleiten. Sein Schwert spaltet den Kopf einer Frau, die schreiend zu entkommen versuchte. Hirn spritzt gegen die Flanken des Pferdes. Weiter. Schneller. Da laufen Kinder.

Joscelin reitet sie nieder, sticht mit der Lanze nach den kleinen, zuckenden Körpern, jagt die Gasse hoch, köpft einen alten Mann, der sich in einem Hauseingang unsichtbar machen will. Eine unverschleierte alte Frau, die ihm um Gnade flehend die dürren Arme entgegenreckt, packt er bei ihren weißen Haaren und zieht sie im Galopp hinter sich her, reitet dicht an einem Brunnen vorbei und freut sich über das Geräusch, das der Kopf der Alten macht, als er an der steinernen Umfassung des Beckens zerplatzt. Weiter, immer weiter! Noch immer leben zu viele von diesen plattnasigen Heiden!

Die Stadt war gefallen an einem Freitagnachmittag, wundersamerweise zur gleichen Stunde, in der der Heiland gestorben war. Gott selbst hatte dieses Zeichen gesetzt, und viele im Heer haben drüben – jenseits des Kedron-Tales – auf dem Ölberg den Engel gesehen, der mit seinem Schild das Zeichen zum alles entscheidenden Angriff gegeben hat. Joscelin hat es nicht bemerkt, weil er oben auf der Brücke des Turms gestanden hatte, aber ein Schrei war durch die Reihen der Provençalen gegangen, und auch die Flamen und die Normannen auf der anderen Seite der Stadt müssen die Erscheinung gesehen haben. Jedenfalls waren sie als erste in der Stadt gewesen, und als die Verteidiger kopflos von jenem Abschnitt der Nordmauer geflohen waren, hatte sich Ifthikar, der fatimidische Befehlshaber der Stadt, endlich genötigt gesehen, dem Grafen von St. Gilles eine Botschaft zukommen zu lassen.

Weder er noch Raimund hatten Zeit zu verlieren. Bei Ifthikar und seinen Männern ging es ums nackte Überleben. Der Graf dagegen hatte schon Antiochia an Bohemund verloren. Sollte er auch noch um Jerusalem geprellt werden, weil das Kriegsglück in diesem Augenblick auf seiten Gottfrieds zu sein schien?

Raimund hatte während des Sturmangriffs auf seinem schweren Streitroß etwa hundert Meter hinter seinem Belagerungsturm gesessen, der unter unsäglichen Opfern dicht an die Stadtmauer geschoben worden war, ohne daß jedoch eine Brücke zu den Zinnen hätte geschaffen werden können. In vorderster Linie zu kämpfen wie der Normanne Tankred oder Gottfried von Bouillon – dazu war er nicht mehr in der Lage. Mit sechzig Jahren und lediglich einem Auge schlägt es sich nurmehr schlecht; an Mut hätte es ihm wahrlich nicht gefehlt.

Plötzlich war die weiße Fahne auf der Brüstung erschienen, und ein dunkelhäutiger junger Mann mit kurzem, krausem

Haar hatte in der Sprache des Grafen gerufen, ob er den Besatzern freien Abzug verspreche, wenn sie das Stadttor öffnen würden. Raimund hatte begriffen, daß Kriegsruhm in diesem Augenblick nicht das Wichtigste war, und gab sein Ehrenwort, daß der Besatzung nichts geschehen solle, wenn sie sich vorerst in die Befestigung zurückziehen würde, die den Namen von König David trägt.

Wenig später ritt er, begleitet von den Herren François-Lambert und Wilhelm-Hugo von Monteil, den jüngeren Brüdern des verstorbenen Bischofs Adhemar von Le Puy, durch das Zions-Tor in die Heilige Stadt ein. Die Verteidiger hatten sich zurückgezogen, und die Ritter sahen sich unvermittelt umgeben von Gruppen alter Juden, von Bettelpack, kleinen Kindern und verschleierten Frauen, die allesamt kopflos durcheinanderliefen und anscheinend nur daran dachten, sich irgendwo in Sicherheit zu bringen.

Während der Graf und die Herren in seiner Begleitung unschlüssig innehielten, da sie zunächst nicht wußten, wohin sie sich wenden sollten, preschte plötzlich ein Ritter aus ihrem Gefolge nach vorn und trieb eine Gruppe alter Leute in eine kleine Gasse, um sie dort erbarmungslos niederzureiten. Wütend wandte sich der Graf an seine Begleiter. Kämpfen Christenmenschen gegen Greise und Kinder? Hat man nicht soeben Waffenstillstand geschlossen mit den Menschen innerhalb der Mauern?

Und wer überhaupt ist dieser Wahnsinnige?

Auf Befehl Wilhelm-Hugos von Monteil bildet die provençalische Leibgarde einen dichten Ring um den Grafen und seine Begleiter. Niemand kann beurteilen, ob das Friedensangebot der Heiden keine Falle ist. Wenn schon der Graf in seiner frommen Arglosigkeit naiv genug ist, dem Wort eines schwarzen Affen zu vertrauen, heißt es für seine Umgebung, besonders wachsam zu sein. Sechs Armbrustschützen marschieren vorneweg, sechs weitere hinter dem Grafen. Der Herr von Monteil winkt ihren Führer zu sich und flüstert ihm ein paar Worte ins Ohr. Wenig später setzen sich zwei Männer mit ihren Waffen unauffällig ab und folgen Joscelin, der jetzt lachend hinter einem Kind hergaloppiert.

Das Kind ist flink, huscht unter einer Leine hindurch, an der Wäsche trocknen soll (wer hat sich die Mühe gemacht, an einem solchen Tag zu waschen?), und springt über drei große Körbe, in denen große Fladenbrote liegen. Das Pferd des Ritters scheut, als die Körbe zwischen seine Hufe rollen. Inzwischen ist das Kind in eine andere Gasse entwischt, und Joscelin flucht gotteslästerlich, als er sein Pferd herumwirft, um dem Wechselbalg den Weg abzuschneiden.

Auf dem kleinen Geflügelmarkt findet er das Kind wieder und nickt grimmig, als er bemerkt, daß es in eine Sackgasse geflüchtet ist. Langsam trabt er heran. Der Junge – kaum mehr als acht Jahre alt – will zwischen Mauer und Roß hindurchschlüpfen, aber der Ritter drängt das Pferd zur Seite, und der Junge zappelt eingeklemmt zwischen Mauer und Sattel. Er sieht die gepanzerte Faust, die ihn hochzieht, und fühlt schmerzhaft, daß der Ritter ihm den Hals zurückbiegt.

Dann läßt ihn die Faust plötzlich los.

Joscelin hat im Handgemenge die beiden kurzen Schläge kaum gespürt, weder den unterhalb seines linken Schulterblatts noch den im Genick. Vielleicht hat er gedacht, der strampelnde kleine Kerl habe ihn getroffen, und deshalb wird er ihm jetzt auch den dürren Hals durchschneiden, dann aber zerreißt ihm ein Hustenanfall die Brust, und ungläubig sieht er die Fontäne hellen Blutes, die aus seinem Mund über den Hals seines Pferdes schießt und die silbergraue Mähne in ein häßlich-klebriges rotes Fell verwandelt. Das Kind entgleitet seiner linken Faust, verschwindet irgendwo unter dem Bauch des Pferdes und kriecht davon, noch immer halbtot vor Angst. Es wird Nacht vor den Augen des Ritters. Langsam gleitet er aus dem Sattel und ist tot, noch bevor er auf das staubige Pflaster rollt.

Wenig später gesellen sich die beiden Armbrustschützen wieder zur Leibwache des Grafen. Ihr Blick begegnet dem des Herrn von Monteil, und ihre Köpfe senken sich leicht nach vorn. Wilhelm-Hugo antwortet mit einem ebenfalls kaum wahrnehmbaren Nicken.

Zuweilen braucht man Männer fürs Grobe. Ansonsten sind sie widerlich.

Alkuin hat sich sehr viel Zeit gelassen. Wie ein Wunder war es ihm erschienen, daß sich nach dem Morden der letzten Tage die schweren Flügel des Zions-Tores plötzlich öffneten und der Graf und die edlen Herren – anscheinend ohne auf Widerstand zu stoßen – in die Stadt hineinritten. Er hat nicht mitbekommen, daß an der Nordseite der Stadt anscheinend die Mauer erobert worden war und sich die Verteidiger der Südmauer dem Grafen von Toulouse ergeben hatten. Irgendein Wunder muß wohl geschehen sein, aber noch mag der alte Mann kaum glauben, daß er in wenigen Minuten am Grab des HERRN stehen wird.

Hinter den Rittern strömen die anderen Bewaffneten in die Stadt, und der Mönch ahnt, daß es wohl nur wenige mit dem reinen Herzen eines Pilgers tun. Seit Tagen schon haben sie sich ausgemalt, welch ungeheure Schätze auf sie warten, und da kein Plünderungsverbot ergangen ist, wird wohl kaum jemand an sein Seelenheil denken, sondern ausschließlich an die Beute, die sie allesamt machen werden.

Und an die Frauen.

Hinter den Soldaten drängen die Unbewaffneten in die Stadt, die Mönche und Händler, die Roßknechte und die Handwerker, die Huren und die Bettler, zum Schluß sogar die Tafuren und die Leprakranken. Irgendein Stück Beute wartet auf jeden, und wer überhaupt nichts findet, kann wenigstens seinen Haß austoben, diesen unbändigen Haß auf die Heiden, die gute Christenmenschen verhöhnen, diese Rachegefühle gegenüber den Juden, die den HERRN gekreuzigt haben, und überhaupt diese gegen jeden und gegen alles gerichtete blinde Wut, die sie allesamt seit Jahren mit sich herumschleppen und die jederzeit von einem beliebigen Prediger von neuem angefacht werden kann.

Alkuin wartet, bis er einen Nachzügler findet, dem er sich anschließen kann, und als er einen humpelnden Soldaten anspricht, erkennt er in ihm ausgerechnet jenen Mann wieder, der den Pilgern damals vom Berg der Freude aus die in der Ferne liegende Stadt erklärt hat. Der Soldat erinnert sich, daß das Heilige Grab nicht weit entfernt vom Zions-Tor liegt, tausend Schritte vielleicht; einfach geradeaus gehen solle der Mönch und sich dann etwas links halten. Er werde es schon finden.

Und so macht sich der alte Mann auf das letzte Stück seiner Pilgerfahrt. Er versucht zu beten, aber wer mit nackten Füßen durch riesige Blutlachen gehen muß, dem fällt es schwer, andächtig zu bleiben.

Die breite Gasse ist nahezu bedeckt mit Leichen, die anscheinend völlig willkürlich abgeschlachtet worden sind. Der Mönch – wiewohl unerfahren im Kriegshandwerk – bemerkt sehr wohl, daß die Menschen nicht einfach erschlagen oder erstochen worden sind. Die meisten von ihnen sind verstümmelt, man hat ihnen die Augen ausgestochen oder sie ihrer Nase und Ohren beraubt; viele Frauen hat man offensichtlich geschändet, und der Mönch wendet sich ab, um ihre Blöße nicht zu sehen. Säuglingen hat man den kleinen Kopf an den Hauswänden zertrümmert und Greisinnen die Brüste abgeschnitten. Irgendwo in einer Seitengasse brüllt ein Soldat sein *Deus le volt!*

Diese Greuel soll Gott gewollt haben?

Beim Weiterhasten gelingt es dem Mönch, für die Seelen seiner christlichen Brüder und Schwestern zu beten, die wie die Verrückten durch die Gassen der Stadt laufen, Holztüren einschlagen, über die Dächer in die Häuser eindringen und wahllos jeden foltern, der ihnen in die Hände fällt. Er versucht vergeblich, drei Frauen davon abzubringen, einem kahlköpfigen Greis den Bauch aufzuschlitzen. Den Schmuck seiner Frau habe der verstockte Heide verschluckt, schreien sie den Mönch an und jagen ihn mit ihren dicken Knüppeln fort. Er ist zu schwach, um sich gegen die Weiber zu wehren und dem alten Mann zu helfen.

An einem bescheidenen Rundbau verschnauft er und hört, nachdem sich sein Atem etwas beruhigt hat, aus dem Inneren leises Gemurmel. Zögernd tritt er ein und befindet sich in einem kleinen, kapellenartigen Raum, an dessen Ostseite ein eigenartiger Altar steht. Eigentlich ist es nur eine Platte, um die herum viele Kerzen brennen. Ein paar Nonnen knien davor; man sieht zwei Mönche, und dann erkennt er auch Raimund, den Geschichtsschreiber, mit dem er das Zelt teilt. Ist auch er unterwegs zum Heiligen Grab?

Nein, sagt Raimund, sie seien schon da.

Der Mönch ist nicht mehr der jüngste, aber als taub würde er sich eigentlich nicht bezeichnen. Deshalb fragt er nach, sogar zweimal, so daß Raimund unwirsch reagiert. *Ja doch. Dies hier ist das Grab.* Zumindest befand es sich früher hier, und es sei ja schließlich ganz gleich, ob noch etwas davon übrig sei. Hier, genau an dieser Stelle, sei der Mensch Jesus als Gott von den Toten auferstanden, und hier befinde sich das Zentrum des christlichen Glaubens, nicht in Nazareth oder in Bethlehem, nicht auf dem Platz des alten Tempels, ja, nicht einmal auf dem Kalvarienberg, der nur ein paar Dutzend Schritte von hier entfernt sei.

Die Auferstehung sei die Botschaft, nicht Geburt und Tod.

Alkuin weiß nicht, was er sich erträumt hatte, vielleicht eine geheimnisvolle Höhle, verschlossen vielleicht noch mit dem großen Stein, den der Engel weggerollt hat. Vielleicht auch die Totenbinden? Nein, sicherlich nicht; die wären längst zerfallen. Er steht wie betäubt. Rein theologisch vermag er Raimund zu folgen, aber er weiß zugleich, daß ihm diese Botschaft auch während der Karsamstagsliturgie daheim im Kloster alljährlich zuteil und bewußt geworden ist.

Drei Jahre lang ist er durch die Hölle gepilgert, hat Schreckliches erlebt und Grauenhaftes gesehen. Alles für diese schlichte Grabplatte? Betäubt wankt er nach draußen. Vielleicht will Gott ihn nur versuchen. Vielleicht will er nur seine Demut und seinen Gehorsam erproben. Vielleicht gibt es doch irgend etwas in der Heiligen Stadt, das ihn faszinieren und sein Herz mit Licht und Freude erfüllen kann.

Aber da draußen tanzt nur der Tod, und der Mönch fragt sich zum erstenmal ernsthaft, wozu Christus eigentlich gestorben ist.

Yussuf hatte ebenfalls am Zions-Tor gekämpft. Um bei der Wahrheit zu bleiben: Gekämpft hat er eigentlich nicht. Er hat mitgeholfen, die Stadt zu verteidigen gegen die anrennenden Christen, aber er ist nicht geübt im Umgang mit dem Bogen, und selbst einen Krummsäbel hat er bislang nur als Zierde an seinem Gürtel verstanden. Weil er sich dennoch eifrig nach vorne gedrängt hatte, um seinen Mut und seine Einsatzbereitschaft zu beweisen, hatte ihm ein unwilliger Unterführer die Aufgabe übertragen, die kämpfenden Männer auf den Zinnen mit Wasser zu versorgen. Weiberarbeit im Grunde, aber der Eunuch war ehrlich genug, sich einzugestehen, daß ihn wenig von einem Weib unterschied; allenfalls seine Bildung, aber die war in diesem Augenblick weniger gefragt.

Bis zu jenem Augenblick, als er zu Ifthikar gerufen wurde, um den Christen sein Angebot zu übersetzen, gegen die Zusicherung freien Abzugs das Stadttor zu öffnen. Ihm war der Atem gestockt: Übergabe? Zu diesem Zeitpunkt?

Im Gegensatz zu seinem Befehlshaber wußte er noch nicht, daß die Mauer im Norden überrannt war. Dennoch übersetzte er gehorsam die Worte Ifthikars, während sich in seinem Herzen finstere Verzweiflung ausbreitete. Die Offiziere also werden abziehen mit ihren Männern, aber ihn, den kleinen Eunuchen, wird man zurücklassen, und die Christen würden die Stadt erobern und ihm seinen Schwanz abschneiden, so er denn noch einen hätte, und in Ermangelung dessen vermutlich seinen Hals. Zu gut erinnert er sich an die Orgie in Antiochia. Nur wird diesmal kein Bohemund dazwischentreten, und auf Tankred mag er sich lieber nicht verlassen.

So stiehlt er sich denn – kaum daß er seinen Auftrag erledigt hat – davon und flieht zum Haram es-Sherif, dem Tempelberg, wo der Felsendom steht und die Al-Aqsa-Moschee. Tausende Menschen versuchen in blinder Panik ebenfalls, sich in die heiligen Stätten zu retten, und erst jetzt begreift der Eunuch, daß Jerusalem unrettbar verloren ist. Schon ziehen die Christen raubend und mordend durch die Straßen.

Vom Dach der Moschee aus sieht er die Normannen von der Nordmauer her vorrücken, an ihrer Spitze Tankred, das blutige Schwert in der Hand. An Verteidigung ist nicht zu denken. Vor den verschlossenen Türen der Moschee kommt der Ansturm der Normannen kurz zum Stehen. Der Eunuch sieht eine winzige Chance und ruft vom Dach her Tankred auf normannisch an. Der erkennt den Botschafter, den ihm sein Bruder seinerzeit geschickt hat, und er zögert keinen Augenblick, ihm seine Kapitulationsforderungen zu stellen: Tankreds Banner wird auf der Moschee gehißt, und die dort Versammelten zahlen ein Lösegeld, dessen Höhe später festgesetzt wird.

Es gibt nichts zu verhandeln. Es gibt nur die bedingungslose Kapitulation. Ein paar Minuten später flattert Tankreds Banner über dem Gebäude, und die darin Eingesperrten atmen erleichtert auf. Sie sind dem Morden entronnen. Nur: Für wie lange?

Am Abend schleicht sich Yussuf hinaus, nachdem er einen Ledersack mit Wasser aus der großen Zisterne der Moschee gefüllt hat. Überall scheint es für einen Araber im Augenblick sicherer zu sein als unter einem normannischen Banner. Die

Stadttore, hat er sich überlegt, werden bewacht sein. An einem langen Seil, das er einem Bediensteten der Moschee unter fadenscheinigem Vorwand abgeschwatzt hat, läßt er sich an der Ostwand des Tempelbergs vorsichtig abwärts ins Kedron-Tal gleiten. In einem der alten Grabmale dort unten wird er sich verstecken, um am frühen Morgen zunächst einmal in die Wüste zu fliehen. Dort wird er kaum auf Christen treffen.

Dann wird man weitersehen.

Vom flachen Dach des bescheidenen Hauses aus betrachtet Drago mit Wohlgefallen die aufgehende Sonne. Er fühlt sich richtig gut. So gut hat er sich schon lange nicht mehr gefühlt. Das liegt zum einen daran, daß er den großen Weinkrug, den er unten in den kühlen Vorratsräumen gefunden hat, bereits zur Hälfte geleert hat. Aber er ist auch stolz. Auf den Instinkt des alten Soldaten, der nicht wie die anderen Kameraden achtlos an diesem Haus hier vorbeigelaufen ist.

Schätze – das hat ihn sein langes Soldatendasein gelehrt – finden sich zwar auch in Palästen, aber eben nicht nur dort. Er kichert in sich hinein. Immer wieder laufen diese Dummköpfe zu den Palästen, und dort prügeln sie sich dann um die Beute, die ihnen meist auch noch von den hohen Herren weggenommen wird. *Die Häuser der Handwerker muß man suchen,* doziert er einem nicht vorhandenen Publikum mit erhobenem Zeigefinger. *Die Häuser der Handwerker,* wiederholt er und grübelt ein Weilchen vor sich hin, bis es ihm wieder einfällt: *Und die der Juden natürlich!*

Man hat sie alle verbrannt in dieser Nacht. Einen Augenblick denkt er darüber nach, ob das richtig war, und kommt zu dem Schluß, daß es aus zwei Gründen zumindest vernünftig war. Zum einen haben sie schließlich den Heiland umgebracht – oder? Und zum andern stehen jetzt alle ihre Häuser leer, und man kann sich ohne jede Behinderung seitens ihrer geizigen Eigentümer bedienen.

Drago rülpst vernehmlich und gestattet sich einen weiteren großzügigen Schluck aus dem Krug. Dann findet er, daß dies die Art gemeiner Soldaten sei, einfach aus einem Tonkrug zu trinken, und er kramt aus dem Bündel, in das er seine erbeuteten Schätze gepackt hat, einen silbernen Pokal hervor, den er jetzt mit dem schweren Wein füllt.

Auf alle Juden, die nun leider nicht mehr unseren Heiland beschimpfen können. Er hebt feierlich den Pokal, wobei er die Hälfte des Getränks verschüttet. *Auf alle heidnischen Hundesöhne, die nun leider keine Kreuze mehr anpinkeln können, und auf alle Frauen, die ich je geliebt habe, obwohl sie immer irgendwie sterben müssen, diese blöden Weiber!*

Der Soldat erhebt sich schwankend und reißt das Bündel mit seiner Beute auseinander. Ein hellblaues Seidengewand gefällt ihm besonders, und er zieht es sich mit einiger Anstrengung über den Kopf. Es spannt nirgendwo, im Gegenteil, fast ist es zu groß für seinen spindeldürren Leib. Und dieser Schleier hier! Drago versucht unbeholfen, sein rotes Haar damit zu bedecken, was ihm schließlich sogar gelingt. Mit einem goldenen Stirnreif befestigt er das Tuch über seiner Stirn.

Er streift funkelnde Armreife über seine Handgelenke und befestigt mit einiger Mühe kleine silberne Schellen an seinen Füßen. *Und dieser goldene Gürtel hier!* Der Soldat tapst unbeholfen über das Dach, von dem aus er in der Nacht beobachtet hat, wie man die Juden der Stadt in die große Synagoge geführt hat. Tausende hat man hineingetrieben und dann die großen Tore verrammelt. Wenig später waren Flammen aus dem Dach geschlagen. Drago hat sie schreien gehört und sich die Ohren zugehalten, aber das hat nicht viel geholfen. Geholfen hat letzten Endes nur der Wein.

Der Soldat übergibt sich heftig und spült den Mund sofort mit Wein. Er hat Angst davor, plötzlich nüchtern zu werden. Er sieht eine Frau vor sich, die sich leise im Morgenwind dreht. Die Zunge quillt ihr aus dem Mund. *So eine Scheiße,* sagt der Soldat.

Das hätte sie nicht tun müssen. Sie ist schuld, daß meine Seele so schmutzig ist wie der Bauch eines Hundes.

Aber warum soll er immer alleine schuld sein? *Alles Hundesöhne,* lallt er und schaut hinüber zur Al-Aqsa-Moschee, aus der jetzt ebenfalls helle Flammen schlagen. Auf dem Dach verwandelt sich Tankreds Banner soeben in eine flammende Fackel. *Provençalen, die Hurensöhne! Wir waren es doch, die für diese elenden Feiglinge die Stadt erobert haben. Wir und die Flamen. Jetzt brechen diese Scheißer Tankreds Wort. Alles Bastarde.*

Drago gießt einen weiteren Becher in sich hinein und bemerkt nicht die vier Lagerhuren, die sich heimlich auf das Dach geschlichen haben und die mit Schmuck behängte Gestalt umkreisen. *Hundesöhne allesamt,* lallt er trunken, *Hosenkacker.* Dann sind die Frauen über ihm, und eine stößt ihm einen langen Dolch durch das Seidengewand in den Unterleib.

Sie reißen ihm den Goldreif ab, den Gürtel, die Armringe und die silbernen Glöckchen von den Fußgelenken. Irgendwann erkennen sie, daß sie einen Mann getötet haben, und einen Normannen dazu. Sie ziehen ihm hastig die restlichen Kleider vom Leib und stoßen seine nackte Leiche über den Rand des Daches in die Tiefe.

Niemand wird ihn vermissen.

Alkuin ist den ganzen Abend durch die Stadt gewankt. Er hat sich immer wieder verlaufen und in der Enge der Gassen nur Tote gesehen, gräßlich verstümmelte Leichen von Juden und Sarazenen. Der süßliche Geruch von Blut wabert durch die Straßen, und auf den Leichen sammeln sich Schwärme schwarzer Fliegen. Nur weg von hier, weg von dieser Art Christen und raus aus dieser fürchterlichen Stadt! Schließlich war er durch das Blumentor in der Nordmauer ins Freie geflohen.

Hier war noch am Nachmittag schwer gekämpft worden, und die Christen haben noch keine Zeit gehabt, ihre Toten zu begraben. Ein junger Mönch, der anscheinend in vorderster Linie gestanden und sich irgendwann mit einem Sarazenenpfeil zwischen den Schultern sterbend hinter einen Felsen geschleppt hat, fleht ihn an, ihm die Beichte abzunehmen.

Müde setzt sich der Mönch neben den Todwunden und erteilt ihm die Absolution. Als die Sonne untergeht, begräbt er ihn. Zuvor hat er ihm die Kutte ausgezogen. Sie ist nicht ganz so zerfetzt wie die seine, und dort, wo der junge Mitbruder jetzt hingeht, wird man ihm eine neue geben. Das wenigstens hofft der alte Mann, der sich die gebrauchte Kutte über die Schulter wirft und rechts an der Mauer entlang hinab ins Kedron-Tal hastet, wo es viele Grabhöhlen gibt. Dort wird er eine Möglichkeit finden, sich umziehen.

Es ist finster in der Grotte. Finster und eng. Alkuin tastet sich vorsichtig hinein und sucht einen Platz, um einen Augenblick zu verschnaufen, bevor er die Kutte wechselt. Dann trifft seine suchende Hand auf eine andere, kalte, zitternde und zuckt zurück, als habe er eine Schlange berührt. *Freund oder Feind*, fragt er, und als keine Antwort kommt, fragt er es noch einmal, diesmal schon etwas mutiger.

Eine helle Stimme fragt schließlich zurück, ob das noch einen Unterschied mache. Nach einigem Zögern nickt der Mönch in die Dunkelheit. Recht hat er, der Fremde, es gibt nur noch Täter und Opfer. Aber wissen möchte er nun doch, ob er mit einer Frau spricht oder mit einem Jüngling. Für einen Mann ist die Stimme zu hoch, aber fraulich klingt sie auch nicht. Auch diesmal kommt die Antwort erst spät. Ob er nur einer Frau helfen, einen Mann aber ausliefern würde? Alkuin schüttelt müde den Kopf. Er wird niemanden ausliefern. Es ist genug gemordet worden.

Er wirft die Kutte in die Richtung, aus der die Stimme gekommen ist.

In der Morgendämmerung pilgern sie talwärts in Richtung Bethlehem. Sie haben die Nacht damit verbracht, sich gegenseitig ihre Geschichte zu erzählen, und schließlich den Entschluß gefaßt, gemeinsam aufzubrechen. Yussuf, in die Kutte gehüllt, wird stumm bleiben, sofern sie kontrolliert werden sollten, und der Mönch wird den Posten erzählen, daß es sich um einen griechischen Mitbruder handele, der ein Schweigegelöbnis abgelegt hat und deshalb nicht sprechen darf.

Am Rande der Wüste legt der Eunuch seine Kutte ab, legt sie auf den Boden und betet, das Gesicht und die Hände nach Mekka gewandt.

Später fragt ihn der Mönch, ob er ihm übersetzen mag, was er da zu seinem Gott gesprochen habe. Yussuf glaubt nicht, daß etwas dagegen einzuwenden ist, wenn ein Ungläubiger weiß, wie man richtig betet, und so beginnt er:

Im Namen des barmherzigen und gnädigen Gottes.
Lob sei Gott, dem Herrn der Menschen in aller Welt,
dem Barmherzigen und Gnädigen,
der am Tag des Gerichtes regiert! Dir dienen wir,
und Dich bitten wir um Hilfe.
Führe uns den geraden Weg, den Weg derer,
denen Du Gnade erwiesen hast, nicht den Weg derer,
die Deinem Zorn verfallen sind und irregehen!

Alkuin lauscht versunken, und wenn der Abt jetzt anwesend wäre, würde er ihn wohl fragen, ob man nicht genauso auch in einem Kloster im Schwarzwald zum Herrn beten könnte.

Vor Bethlehem biegen sie nach Westen ab und wandern Richtung Askalon. Dort liegt eine islamische Garnison, der sie sich anvertrauen werden. Der Eunuch hat dem Mönch versichert, daß seine Glaubensbrüder sehr tolerant sind.

Grausamer als Christen können sie tatsächlich kaum sein, denkt Alkuin und findet, daß er auch von Askalon aus nach Hause schreiben kann. Und ganz leise sagt der Mönch: *Vielleicht gibt es außer Gott noch zwei andere Gottheiten, einen für die Juden und einen für die Seldschuken und Fatimiden. Einer von ihnen wird mich sicher den rechten Weg führen. Wenigstens einer von ihnen muß wissen, was Recht ist und was Unrecht. Vielleicht lehrt mich erst das Alter, Gutes von Bösem zu unterscheiden.*

Und noch leiser fügt er jenes arabische Wort hinzu, das er erst kürzlich gelernt hat: *Inschallah.*

So Gott will!

Zeittafel

1038 Der Mönch wird geboren
1059 Der Soldat wird geboren
1064 Die Frau wird geboren
1074 Der Ritter wird geboren
1077 Der Eunuch wird geboren
1081 Alexios I. wird Kaiser in Byzanz
1084 Die Normannen befreien Papst Gregor VII.
1095 Aufruf Urbans II. zum Kreuzzug in Clermont
1096 Judenverfolgungen am Rhein
1096 Schlacht von Civetot
1097 Die Heere der Kreuzritter treffen in Konstantinopel ein
1098 Einnahme von Antiochia
1099 Eroberung von Jerusalem

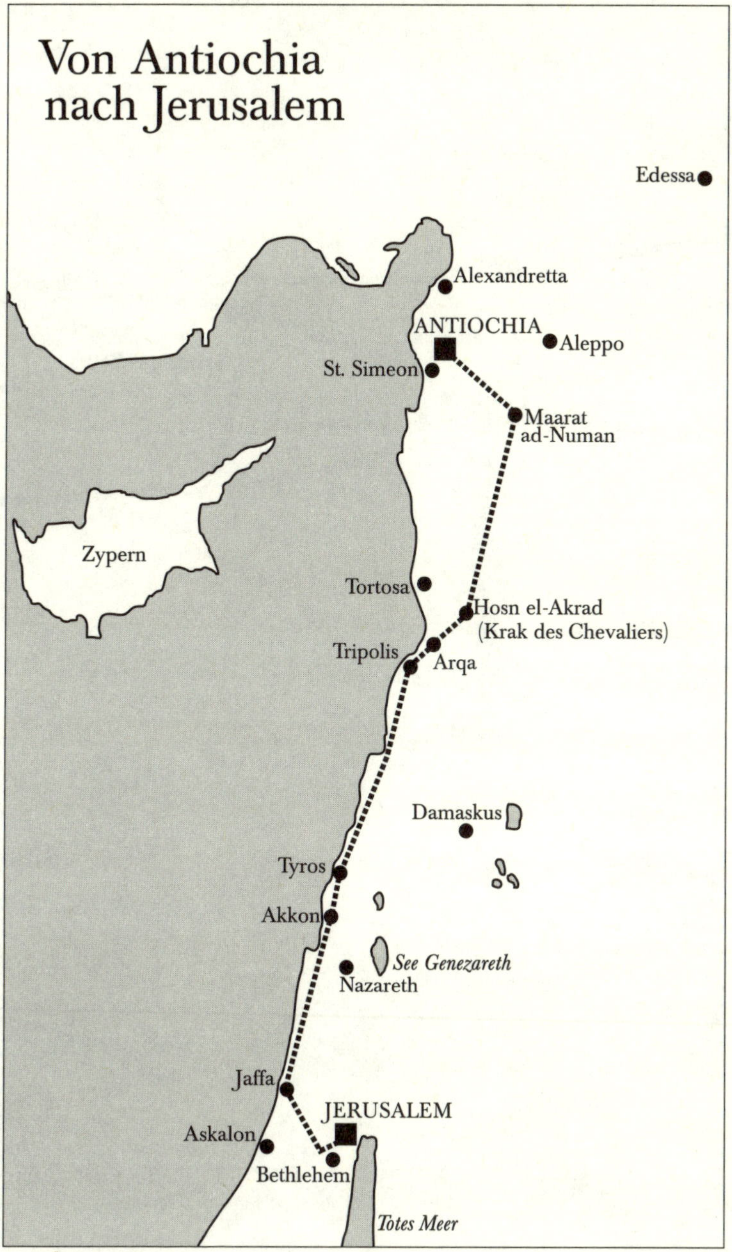
Von Antiochia
nach Jerusalem
Edessa
Alexandretta
ANTIOCHIA
Aleppo
St. Simeon
Maarat
ad-Numan
Zypern
Tortosa
Hosn el-Akrad
(Krak des Chevaliers)
Tripolis
Arqa
Damaskus
Tyros
Akkon
See Genezareth
Nazareth
Jaffa
JERUSALEM
Askalon
Bethlehem
Totes Meer

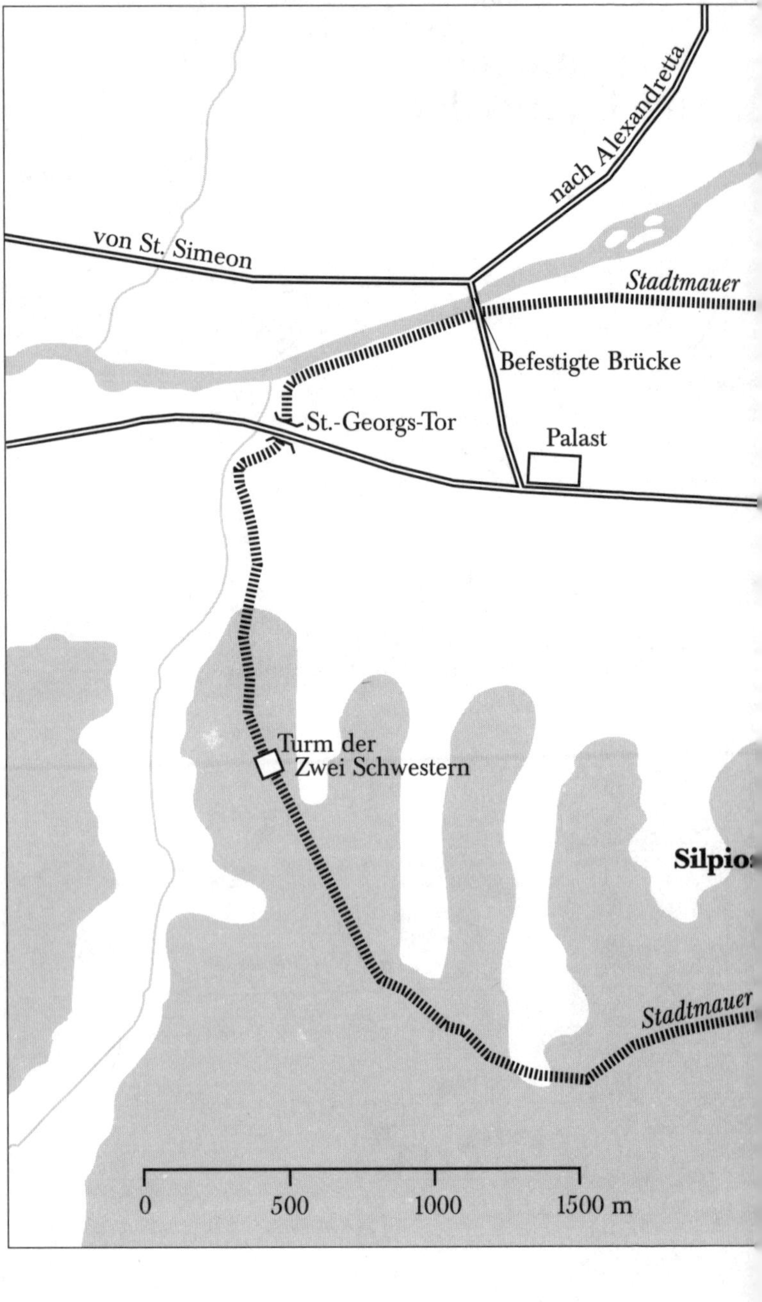
nach Alexandretta
von St. Simeon
Stadtmauer
Befestigte Brücke
St.-Georgs-Tor
Palast
Turm der
Zwei Schwestern
Stadtmauer
0
500
1000
1500 m

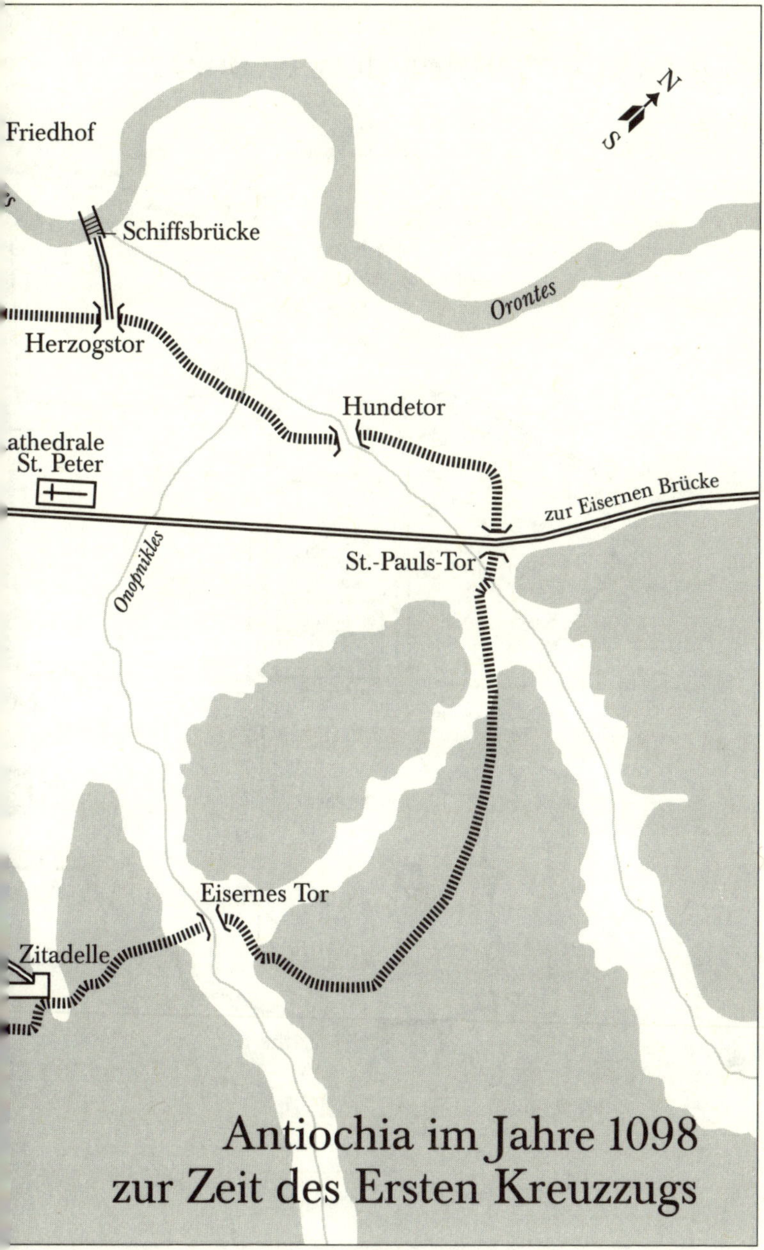
Friedhof
Schiffsbrücke
Orontes
Herzogstor
Hundetor
athedrale
St. Peter
zur Eisernen Brücke
St.-Pauls-Tor
Onopnikles
Eisernes Tor
Zitadelle
S
N
Antiochia im Jahre 1098
zur Zeit des Ersten Kreuzzugs

Jerusalem unter den Kreuzfahrern

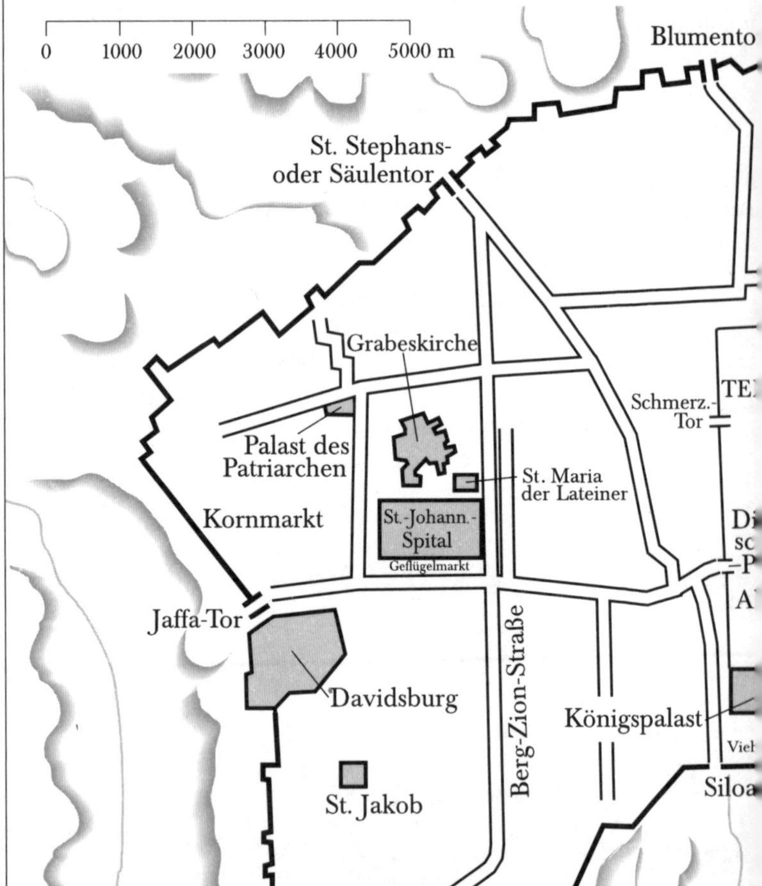

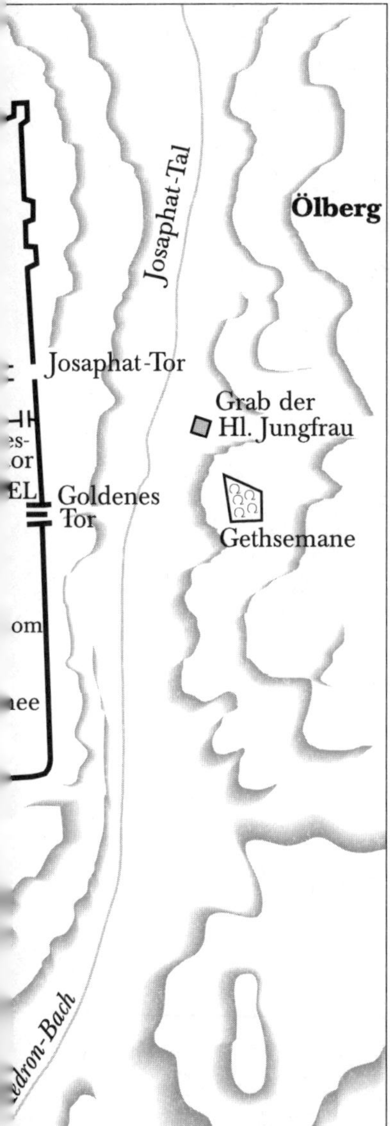

Josaphat-Tal
Ölberg
Josaphat-Tor
Grab der
Hl. Jungfrau
Goldenes
Tor
Gethsemane
edron-Bach

Personenregister

Orts- und Sachregister

Zur Karte im Vor- und Nachsatz

Peter Amiens predigt zunächst in Frankreich, kommt dann nach Köln, zieht weiter über Regensburg, Wieselburg, Belgrad und Sofia nach Konstantinopel.

Die Frau Duna wohnt an der unteren Oder, wird nach Nisch verschleppt, von hier nach Belgrad verkauft, dort aus dem Frauenhaus befreit und zieht mit Peter von Amiens weiter. Nach der Schlacht von Civetot wird sie erneut versklavt, bei Ikonion wieder befreit und folgt Ritter Joscelin über Antiochia nach Jerusalem.

Der Mönch Alkuin kommt vom Schwarzwald nach Köln, reitet mit Emicho von Leiningen bis Wieselburg, schlägt sich nach Italien durch, folgt dem französischen Heer über das Meer und durch Mazedonien nach Konstantinopel und über Dorylaion sowie Antiochia nach Jerusalem.

Der Ritter Joscelin zieht mit dem Heer des Grafen Raimund von Toulouse nach Norditalien, von dort aus an der Dalmatinischen Küste entlang nach Süden und schließlich ostwärts auf der großen Straße nach Konstantinopel, Antiochia und Jerusalem.

Der Soldat Drago segelt mit Tankred von Bari nach Avlona und folgt dann der großen Straße nach Osten.

Der Eunuch Yussuf kommt aus Damaskus direkt nach Antiochia; geht dann nach Jerusalem.

Köln
Regensburg
Wieselb
Clermont
Toulouse
Rom
B
Tarent
Schlacht
Peter von Amiens
Die Frau Duna
Der Mönch Alkuin
Der Ritter Joscelin
Der Soldat Drago
Der Eunuch Yussuf
(Weitere Erläuterungen zur Karte auf Seite 336)